徐迅 散文年编

《雪原无边》《皖河散记》《鲜亮的雨》《秋山响水》《竹山可望》

时代出版传媒股份有限公司
安徽文艺出版社

徐迅，安徽潜山人。著有小说集《某月某日寻访不遇》，散文集《徐迅散文年编（5卷）》(《雪原无边》《皖河散记》《鲜亮的雨》《秋山响水》《竹山可望》)、《半堵墙》、《响水在溪——名家散文自选集》等20多部。曾获首届老舍散文奖、第二届冰心散文奖、三毛散文奖、琦君散文奖、全国煤矿文学乌金奖以及"啄木鸟"杯中国文艺评论优秀作品奖等。现任中国煤矿文联副主席、中国煤矿作协常务副主席，系中国作协第九、十届全委委员，中国散文学会副会长。

徐迅 散文年编

竹山可望
ZHU SHAN KE WANG

徐迅 ◎ 著

时代出版传媒股份有限公司
安徽文艺出版社

图书在版编目（ＣＩＰ）数据

竹山可望 / 徐迅著. -- 合肥：安徽文艺出版社，2025.4
（徐迅散文年编）
ISBN 978-7-5396-7958-7

Ⅰ．①竹… Ⅱ．①徐… Ⅲ．①散文集－中国－当代
Ⅳ．①I267

中国国家版本馆CIP数据核字(2024)第026370号

出 版 人：姚 巍	
策 划：朱寒冬	统 筹：张妍妍
责任编辑：张妍妍　姚爱云	装帧设计：褚 琦

出版发行：安徽文艺出版社　www.awpub.com
地　　址：合肥市翡翠路1118号　邮政编码：230071
营 销 部：(0551)63533889
印　　制：安徽新华印刷股份有限公司 (0551)65859551

开本：880×1230　1/32　印张：14.375　字数：320千字
版次：2025年4月第1版
印次：2025年4月第1次印刷
定价：58.00元(精装)

（如发现印装质量问题，影响阅读，请与出版社联系调换）

版权所有，侵权必究

说散文（代序）

　　散文写作应该遵从心灵的召唤，从内心出发。好的散文作品一定都是激情的产物。激情的生命越真实、表现越长，散文写作的成就就会越大。这种激情是语言的激情，是创造的激情，是对世界看法的激情，是对事物迷恋和叙述的激情。从这个意义上说，散文是人性激情的部分，是人性激情最剧烈的表现，这不仅仅是灵感乍现，灵感乍现不足以表达。

　　好的散文也一定包含作家的天性，是作家生命里派生出的一种艺术，一种激情的、有高度的生命存在。现在散文写作出现大量同质化现象，我以为主要有两种情形：一是散文写作的惰性。记得老舍先生说，我们写信、日记、笔记、报告、评论……都是散文。现在差不多有很多人也把除小说、诗歌之外的东西都当作散文。这样，散文写作门槛就很低。人类的亲情、乡情、爱情等等，又是人类共同的情感，共同的情感总会产生同质性，总会有相同的表现。而与小说相比，散文本来就缺少想象力的支撑，一个人的散文资源又很有限，所以长久下来就造成散文写作资源的枯竭和书写的同质化。二是现在的网络、新媒体写作带来的文字碎片化、快餐化。一目十行,过目就忘,不需要灵魂的思考,却使人很容易产生阅读的满足感。而这两种情况的出现,或者造成了人们说的散文边界的模糊。

一些散文作家对此早已忍无可忍,为追求纯粹的散文文本,他们寻找和捍卫散文文体的尊严,面对当代散文写作现状,纷纷拿起了"异质化"的武器。比如,这几年散文界出现的"新散文""原生态散文""在场散文"等等。在我看来,这些主张不论其目的如何,都是反对散文写作同质化的一种努力。但是,散文写作一定就有边界吗?散文写作同质化的危害是什么?这不可能有标准的答案。在散文创作"异质化"方面,有的散文作家颇为刻意,比如提倡题材、视角的独特,语言的陌生,等等。其实,这不仅散文需要,其他文体也同样需要。除少数几位天才的散文作家外,很多散文作者尽管取得了一些成就,但更多的在用力表现一番"异样"后,还是回归到传统的题材与语言的圈子里打转转,好像这是没有办法的事。

自媒体时代的写作,对散文这种文体的写作要求应该更加严苛。什么样的散文写作才是最有力量的呢?我还是认为,真挚的情感和语言的魅力与散文关系甚大。散文创作还是要讲究真实。这种真实即散文作者心灵的真实,情感乃至生命的真实。没有情感的真实,而一味追求散文异质化,同样会让散文面目可憎,或者像电脑一样出现语言乱码,或像一树婆娑,婆娑的全是枯枝败叶或焦黄的一丛。这种异质显然没有什么意义。只有我们认识到人类共同的情感经验,而又能剔除那一部分公共的情感经验,创作出的真实、饱满、鲜活、独特的散文作品，才是散文写作应该追求的"异质"，也是我们散文创作可遇不可求的。如此，散文写作说到底还是要强调自由，充分的自由才永远没有边界。

徐可

2021 年 12 月 12 日于北京湖南大厦

目录 Contents

说散文（代序）/ 001

关于绿皮火车的记忆 / 001

青衫一袭在，恨水东流去
　　——读解玺璋先生的《张恨水传》/ 007

吃春、观音豆腐及莲花姜 / 012

水富捡石记 / 019

太白鸟 / 022

我的喝酒简史 / 026

小乔的婆家 / 032

他是地地道道的小说家
　　——答《新京报》记者问 / 037

四季的哲学 / 044

我说《安庆日报》/ 051

送别永鸣 / 054

天柱杜鹃红 / 059

撩我乡思是黄梅 / 063

遗失与遇见
　　——撒哈拉散文集《随遇而安》序 / 068

爱石记 / 071

倾听蒲公英在异乡的歌唱
　　——读俞胜散文集《蒲公英的种子》／075

王晓峰和他的散文集《木里的冬天》／078

在苏州／081

纸上的祖先／084

成善一和他的煤矿文学评论
　　——读《黑色沃土，金色的花》／101

春与花／105

唐宋朝的马／107

村庄的路灯／111

家山茶香／115

谭随是谁／119

诗心写草木
　　——序王张应散文集《草木诗心》／124

善良、温暖与爱
　　——《陌上花开蝴蝶飞》序／127

故乡有此好湖山
　　——序《触摸天柱山》／130

一花一木耐温存／133

行走与仰望
　　——姚中华散文集《在尘世间仰望》序／137

飞翔与匍匐
　　——沈俊峰散文集《在城里放羊》读后／141

听笋／144

一城花繁半在梅 / 147

说茶 / 151

听取新翻杨柳枝
　　——读吴晓煜《煤炭文学作品札记》/ 155

自我完善
　　——序曹凯散文集《糊涂是福》/ 159

云端上的乡音 / 162

临潭的眼 / 181

在冶力关看到了柳树 / 185

天柱山瀑布 / 188

邂逅"桐柏英雄" / 192

在来安看树 / 199

邯郸的美 / 202

他们能听到地心的蛙鸣
　　——读三位当代煤矿工人的煤炭诗 / 206

走近程长庚
　　——《京剧创始人——程长庚传》序 / 210

打铁的父亲 / 213

文心诗情报乡邦
　　——关于韩结根先生和他的两部著作 / 222

天柱山冰瀑 / 227

雾 / 230

陪母亲 / 234

潜山茶二题 / 239

在长兴喝茶想起的…… / 246

老友记 / 252

道是故乡即家乡 / 255

青绿 / 258

"也卜居"记 / 261

优雅之书
　　——读赵焰先生的《宣纸之美》/ 265

作家与故乡 / 269

竹山可望 / 273

极端环境下的童心与人性
　　——读长篇儿童小说《大水之夏》/ 281

故乡手记 / 284

从前慢·去省城路上（外一章）/ 292

读书二题 / 296

夜宿茈碧湖 / 300

一城潜山 / 303

梅骨莲心
　　——申瑞瑾散文印象 / 306

悬崖上的人生 / 309

追寻生命的升华
　　——序胥得意散文集《每个人都是一条河》/ 336

达者永生
　　——怀念恩公徐继达先生 / 341

潜山归去来 / 346

阳光照耀崇礼／350

辽西走笔二题／354

N位诗人，N种方向／362

建安年的女神／381

生命的荒腔走板／403

《徐迅散文年编》有关篇目附注／426

关于绿皮火车的记忆

有些事物一旦进入回忆的层面就消失殆尽,但绿皮火车没有,它还真切地存在着。我不知道现在还有多少辆绿皮火车奔跑在祖国的大地上,但我从北京回老家安庆偶尔还坐它。眼下当然有七小时内就能快速到达老家的那种宽敞且明亮、舒适的高铁,但慢吞吞的,就像蜗牛一样爬行十几个小时的绿皮火车,总在我记忆里鲜活地存在着,一旦坐进它的车厢,我心里就会弥漫一种温馨与甜蜜——换一句话说,我现在时而坐一次绿皮火车,主要就是想找寻与沉湎于一种从前的记忆。

我第一次坐绿皮火车是在二十一岁那年。那年,全省村镇建设方面的一个学术研讨会在滁州琅琊山召开。我因为写了一篇论文,被邀请参加。暮色中,我连合肥火车站里面的模样都没看清,就匆匆上了车。当时没有绿皮火车的概念,我只看见火车站里几辆火车就像苍龙一般蛰伏。我要坐的火车显得有些陈旧,车身有大块的污渍,绿色斑驳、零落,但这不影响我坐火车的新鲜感。作为生长在乡村,从未出过远门的青年,平生第一次坐上有别于手扶拖拉机和在乡村公路上奔跑的汽车的火车,我被这长长的绿色的铁家伙引起的心灵震撼,是由里到外的。一路无语。从合肥到滁州,我几乎一路都站在火车车厢门前,看着夜色越来越浓,乡村或城市的灯光,星星点点地在面前明明灭灭,一晃而过。这些光亮与我青春的迷茫一同灌入我青涩的心。火车,绿皮火车……后来我才知道,那火车涂抹的一层深绿色叫国防绿,它是一个时代的空间和速度的象征,是一代人青春的象征。

只是,知道这些意味着我已经变老了。

我20世纪90年代和21世纪最初几年的奔波,几乎都通过绿皮火车——因为北漂,我经常往返于北京与老家之间。其时,老家并没有通火车,我只能早早地从老家坐汽车赶到合肥火车站。当时的火车票是一票难求。现在想起来,我黄金时代的整个行旅,不知动用了多少朋友关系。在北京找铁道部的老乡,为区区一张回家的车票,让他开过"路条";我的一位老领导的两个儿子在合肥工作,他们也为我买过无数次火车票,而且,常常是我们一同到合肥,他们在合肥办完该办的事,我顺便就取回了票。前不久,有几位合肥的作家朋友出差到北京,席间,作家赵宏兴还谈及那几年我在合肥误车的笑话。我说,合肥几乎就是我人生的中转站——赵宏兴就为我托人买过不少火车票,而在取票时,也就少不得有一场饭局,因为喝酒而误车或差点误车的事经常发生。

真正抹不去的对绿皮火车的记忆,是裹挟人群的嘈杂、充斥着浓浓烟味和汗臭味的混合记忆……候车室、火车站台,人来人往,熙熙攘攘,都是肩挑背驮的人流。那真是一场旅行的劫难。开始火车上没有空调,冬天,火车与钢铁一样生硬、冰冷;夏天,太阳烤得车厢像个大蒸笼。车厢两头悬挂着浅绿色小电扇,但只听得见电扇摇摆的呼呼声,感觉不到一丝丝凉意。火车奔跑时,有一阵风从敞开的车窗吹来,有微微的清爽;火车停站时,车厢里立即热气蒸腾……软卧、硬卧、硬座和站票,我坐得多的是硬卧。卧铺分上、中、下三层,鸽笼一般住了六人,在旅程的几个小时或十几个小时里,大家相互搭讪、攀谈,从陌生到熟悉,或者干脆就一路陌生着,其间人的善良、雷锋式的好人好事和人的自私、奸诈、丑陋都暴露无遗。我因碰到老人和母子一起乘车而让过下铺,老人还好说,那母子在一起的,常常孩子一夜哭闹,这就让我一夜无眠。而更让我无眠的,是车厢里此起彼伏的鼾声,有时候声音一浪高过一浪,铺天盖地。有人称那是一种美妙的音乐,而对我简直就是一种巨大的折磨。当然,我也买过软卧,但印象深的还是坐硬座。那些年,正是我的父老乡亲在北京打工的美好岁月,他们为了省钱,买的几乎都是硬座。没有座位,他们就很有经验地带一张凉席或报纸垫在地上,直接钻到座位下面,一觉睡到终点。

　　一张小小、薄薄的普通纸片般的火车票,到了春运时几乎让无数人疯狂。那一阵子,无论是火车站,还是街道的火车购票窗口,经常都是这样的场景:要回家过年的旅人起早摸晚,排起了长长的购票队伍,连周围的空气中都弥漫着一股带来希望又让人失望,甚至叹息、绝望的气息。由此也衍生出走后门、托关系,购买高价票,以及大量的"黄牛党"……我与"黄牛党"们也打过交道,与他们交头接耳、跟踪尾随,特务接头一般……弄到无座票,在车上一般补不上票。春运的火车上,我看见有人递上一张纸条,列车员一看,二话没说就给补了;火车车厢连接处或拥挤的过道上,有人悄悄地尾随列车员塞上几十块钱,也能补上票——弄得我很是羡慕。真的补不上卧铺票,我就无奈地交上几十块钱在餐车里待上一夜。夜长难熬,就有人找列车员理论,但往往也以失败告终。我和列车长也理论过一回。有一年过年,回家买不到票,我和妻子咬咬牙买了北京至芜湖的 1409 号加班车的软卧,给孩子买了无座票。我其时患了重感冒,孩子过来看我,列车员不让他待,我送孩子回到他的硬座车厢,列车员却锁了车门,不让我回来,一时真是叫天天不应,叫地地不灵,我只好在车厢的连接处站了好久。后来见到列车员我生气了,发出的声音很大,吓得孩子连连摆手,把我的火气摁了下去。

后来北京到安庆通了绿皮火车。慢慢地,从合肥到南昌的火车也经过家乡,这样,家乡就有了一个小火车站。绿皮火车也开始装空调了。在家乡的小站,我看见一批又一批的人奔跑着,一拥而上冲上火车,还有人干脆摇下车窗的玻璃,从车窗爬进去。绿皮火车的辉煌时代常常就出现这样的奇观——我爬上火车,擦擦汗,喘口粗气,避开人流,静静地等火车开动。火车终于开动,哧的一声,紧接着刺的一声,火车颤抖一下,又猛地颤抖一下,然后哐当哐当地启动,吭哧吭哧,就驶出家乡的小站了。一道长长的鸣笛后,在转弯处,我看见一条青绿色的"巨蟒"摇头摆尾,带着我义无反顾地一路北上。随即,早已塞满胸腔的绵绵乡思,便随我那一口烟很快布满了我的故乡路。这使我有段时间很天真地认为,所有的乡愁都是由绿皮火车带来的……当然,在绿皮火车的辉煌年代,我也有一些有趣的记忆。记得有一年腊月二十四,我买到一张回家过年的卧铺票,在火车上不知怎么突发豪情,跑到餐车上,对着坐在我面前的两个小伙子说:"今天我老家过小年,今天我买单,我请你们一起过小年。"弄得那两个小伙子一愣一愣的,和我一起喝了一点酒,吃了晚餐。多少年过去,我早由毛头小伙子变成两鬓斑白的老年人,我不知道那两个小伙子,是否会因绿皮火车上的一次邂逅感到温暖,或者干脆就当是碰上了一个傻瓜。

动车、高铁时代的到来,也改变了速度,缩短和节约了人们的出行时间。那像飞机舱一样或比飞机舱更为宽敞明亮的空间,使人们的出行更为舒适,但也因此减少了绿皮火车因为慢而带来的艳遇、爱情、巨大的诗意以及人间烟火味……漫长的旅途中,火车行驶在茫茫的旷野上,哐当哐当的火车撞击铁轨。安静的夜车突然在一个不知名的陌生小站停靠,坐绿皮火车的人都会生出一种漫无边际的遐想。有人回忆坐绿皮火车的经历,说漫漫长夜里,硬座上坐了一对青年男女,那女青年靠着男青年的肩膀睡着了,男青年为了女青年竟是一夜端坐无眠,结局是女青年嫁给了男青年……这是绿皮火车上所发生的无数绮丽故事中的一个。爱情无处不在,相信现在的动车、高铁上也会产生美丽的爱情。但我想说的是,在无数次乘坐绿皮火车时,我都感受到一种特殊的舒心。我查词典,知道"舒心"的近义词有"惬意"与"舒坦",异常高兴。那真是一种贯穿全身的惬意与舒坦……这一种说不出来的舒心,是我现在乘坐动车和高铁时感受不到的。那时我尚吸烟,在车厢连接处,我发现面前有一缕烟雾升腾,就有一些沉思的意味。还有,在绿皮火车上,当全体旅客进入梦乡时,车与铁轨的撞击声常常会把我带入一种虚空,让我的思维也变得格外活跃。若是有月亮的夜晚,火车在月光如水的夜晚奔跑,我感觉那月光明晃晃的,像有无数尾小银鱼拥在火车的周围,它们追赶着、撕咬着。我们把身体交给了火车,思绪却随铁轨无穷无尽地延长,好像还有一些盘点人生的意味。一些奇思妙想就丰富和充实了我的漫漫旅途……

直至火车到达终点,车上的旅客纷纷下车,面前的一切突然就有一种提前结束的感觉。

绿皮火车远去,留下的是一声巨大的回响。

我前不久在微信里看到过一个视频,说某位女子为让自己的丈夫坐上高铁,在车站竟挡住高铁的车门,不让高铁开动。这自是一种非常危险的行为,也是高铁时代才可能发生的惊奇故事。在绿皮火车时代,我就没有听说过这种奇闻。绿皮火车的特征是慢,老牛拉破车般的慢,声声慢,一种从前的慢。这种慢,就使一切有节奏的生命都会慢下来,其结果就是让人不那么急躁,甚而变得浪漫。说起来,人的回忆也是有选择的。比如,那年我乘坐绿皮火车去滁州琅琊山,回合肥乘坐的应该是同样的绿皮火车,但现在我怎么也记不起来了。我只记得,我去时一直站在车厢连接处的车门前。那里,除了有我第一次坐火车的新奇外,我觉得好像还有别的什么。只是这感觉无法言说,它就像梦一样,曾经清晰,但再也没有出现过。

2018年3月31日下午于北京至安庆1701次列车上

青衫一袭在，恨水东流去
——读解玺璋先生的《张恨水传》

关于张恨水先生，我不仅自己不揣浅陋地写过，还曾将搜集到的一些资料提供给几位有兴趣的师友，希望他们也好好写写。在我心里，我总想我敬重的这位大老乡精彩而传奇的人生，应该有一个十分真实而准确的呈现。莎士比亚说"一千个读者眼中就会有一千个哈姆雷特"，但我认为张恨水唯有这一个。对于我这位善良的乡贤前辈，我觉得我有责任去接近他，探寻他生命的真实存在和鲜活的生命精神。

解玺璋的《张恨水传》洋洋洒洒四十万字，沉甸甸的，另有一份文字的厚重。这不重要，重要的是书中自有的一种历史事实的丰盈与厚重。张恨水是民国时一位声名赫赫的报人，他有着长达三十年的报人生涯。同时，他一生创作了一百多部中长篇小说，还有大量诗词、散文、杂文、时评，写作的字数应在三千万言以上，是真正的著作等身。民国是他生命与创作的黄金时代，我们现在寻找他，自然无法绕开民国。军阀混战、灾难深重的民国，其中的纷乱与繁复让人眼花缭乱，解玺璋却清晰地把张恨水在民国的历史中定格，从他的家世、早教、求学、漂泊、生计、报人生涯以及他生命的成长入手，直抵他生命的最初，让我们看到张恨水童年的欢快、青春的潦倒与苦闷、中年的成功与辉煌。作为一个破落的"武门之后"，张恨水从城市回到乡村，又从乡村"北漂"到北京，当他求学的美梦无奈地化为泡影时，他步入报坛，编副刊、写小说……他时而一袭青衫，时而西装革履，历经家道中落、山河破碎，活得千辛万苦而又活色生香。因有了民国的镜像，我们真切地触摸到了深嵌在民国深处的一个真正传统的中国文人孤独的灵魂。解玺璋说，有人把民国想象得凄迷而美丽，读张恨水却让人看清民国官场与文化界真正的生态文化，他由此希望"把北洋时期的中国称作最美中国"的人，也看看张恨水，这也算是对民国最为清醒的一种认识。

《张恨水传》史料绵密扎实，考证有据，文字既有文学意趣，又有文史底蕴。张恨水是"中国现代文学史上被歪曲，被误解，被轻视，被忽略，被埋没最严重、最长久的作家之一"（解玺璋语），长期以来，因了有色眼镜的观照，他一直置身于革命文学的镜像里被遮蔽、被审视。沉湎已久，我们所有人身不由己，也都喜欢在那种尺度里来度量他。拨乱反正，人们不是重新认识什么鸳鸯蝴蝶派，认识通俗文学，而是仍纠缠于张恨水的是与不是。这种努力虽然有用，但终因缺乏更为宽阔的时代背景和深厚的理论根基，久而久之，就又把张恨水拖入"正名"与"辩诬"的阴影。解玺璋以史家独特的视角，以自己同样的几十年报人生活的感同身受，告诉我们，原来的研究"总离不开'革命'与'进步'两大主题，所有的见解几乎都在这个固有的思维范式中翻跟头"。

我们骑马找马,骑驴找驴,仿佛盲人摸象。在传记里,解玺璋充分尊重大时代与个体生命独特存在的复杂性,用《圈子》《成名》《帽子》《雅趣》为题,截取张恨水几个人生的横断面,从传统的中国文化,从文学成长的自身规律和环境,从张恨水的人生态度、政治态度中探求他的文学价值与贡献,凸显了张恨水作为一个传统文人的道义、良知和精神风骨,这便让人豁然开朗而又深以为是。

由于张恨水一生娶了三位夫人,他的爱情与婚姻生活也是经常被人谈论的。比如民间传说的"调包计",洞房花烛夜的逃婚,在福利院"捡回"一位女子,以及爱情的罗曼蒂克和他的笔名"恨水"的由来,等等,都特别容易激发人们的好奇心,因此也总被牵强附会,以讹传讹。解玺璋不附和,而是根据自己的考证得出结论。特别是张恨水从北平妇女救济院娶回的第二位夫人,至今解玺璋还因未在档案馆里找到记录而深感遗憾……在他看来,张恨水的婚姻生活是诚恳的,家庭生活是张恨水人生的重要组成部分,是张恨水生命态度的缩影。对此,他不想人云亦云,或者一笔略过……解玺璋说:"作为一个传记作者,所有的细节都要弄清楚,即便不写进书里,也要弄清楚是怎么回事,坚决不能虚构,虚构还是真人吗?"在他的眼里,张恨水遵循了"苟日新,日日新,又日新"的圣训,信奉的是"流自己的汗,吃自己的饭"的人生信条。张恨水一生辗转在北京、南京、重庆这样的大城市,他熟悉市民文化,了解民间疾苦并对此深深同情。他一生不党不群、无党无派、不官不商,随时代而生,也算是生逢其时。他真诚地拥抱了那个时代,可惜并没有超越。幸运的是,他对所处的时代,都能发表自己的看法,那声音有些委婉,有些温和,但也不乏尖锐。当然,他更有能我们让听见的振聋发聩、让人记怀的声音。他以笔弯弓发出的"国如用我何妨死"的呐喊和他示儿的"敬祖才能爱国家"的嘱咐,其声其音,一以贯之。他是一位有道德、有立场、有深厚的家国情怀和民族情感的作家,他的成长是传统中国文人的成长,他的存在是有血性、有骨气、有担当的中国文人的存在。

尽管张恨水晚年有力求追赶时代的心愿,但他的声音终究还是弱了下去,弱得只有他自己才能听见……当代著名作家吴泰昌先生曾告诉我,20世纪50年代末,他拜见张恨水先生时,对张恨水先生说他很喜欢读《啼笑因缘》,张恨水却摇摇手,说:"随意写的东西,不值得你花时间去看。"后来的两个多小时,俩人竟就"沉默一对寡言人"。在《张恨水传》里,解玺璋以《晚景》为题,用大量文字写了张恨水晚年落寞、暮气横生的原委,这也十分契合吴先生的记忆,真切地再现了张恨水这位"著名病人"的晚景。张恨水由童年、少年、青年到中年、老年,直至生命的最后,解玺璋书写得纵横交错、错落有致,他让人们全面、完整地了解了张恨水丰富灿烂的一生,也让我体味出我的这位大老乡与我的乡亲们如出一辙的乡音和处世的方式。由此,我以为解玺璋对张恨水的理解不仅是一个文人对文人、一位报人对报人的理解,他还站在生命高处,沉潜到了人性深处。对此,解玺璋自己好像也颇为自得。他说:"这样的一个张恨水是我所感兴趣的,完成这样一个对张恨水的叙述,是我对自己的一点期待,也是我努力追求的目标。"他成功地做到了——他成功地为我们呈现出了一位有血有肉、有着博大的心灵世界的张恨水。这不由得让我也有了一声喟叹:青衫一袭在,恨水东流去。

2018 年 8 月 5 日下午于北京

吃春、观音豆腐及莲花姜

吃　春

春天,有味道的是野菜粑。我的家乡位于大别山余脉,吃野菜粑的习俗畈区有,山区也有。我们那里把丘陵和平原都称作畈区。畈区有水菊粑,山区有毛香粑。我觉得家乡人说"吃春",十有八九说的是这个。春天咬一口野菜粑,真的让人有一种"吃春"的感觉。

我的家在畈区。畈区春天里的田间、坝头长得最多的就是水菊。水菊细嫩的叶子,绿绿的,挨着潮湿的地疯长,形状就像菊花一样,最后开的也是黄花,只是不能等到花开——开花就意味着老了。清明节前后正是采摘水菊的时候,姑娘嫂子手挽着菜篮,说说笑笑,在野地里就像揪耳朵一样揪回了水菊。洗净,用刀切碎,拌以腊肉丁、咸菜什么的,用糯米粉、小麦粉揉和在一起,然后蒸成粑。吃起来,嘴里有一股子清香,一闻就是春天的味道,让人感受到畈区人民生活的幸福。

但高兴了不多久,我去山里亲戚家做清明,发现山里老表家的桌上也有这种野菜粑。我开始以为是水菊粑,后来发现不是。两种粑虽然做法一致,但味道各异,一问才知道这叫毛香粑。毛香只有在山里才生长,畈区是没有的。便想,大自然这个造物主真是公平,同是春天,山区、畈区人民差不多有一种相同的美味。

水菊与毛香显然是两种野菜。但毛香更香,毛香粑吃起来比水菊粑味道要香一些。我查了查词典,发觉这两种野菜有一个共同的名字——鼠曲草或鼠麴草。说水菊又名水萩、清明草、寒食草、佛耳草、母子草,还叫绵菜、米菜、地菜、香芹娘。而说到毛香,就直接说是山间常见的一种鼠麴草,一年生草本植物。每年的农历二三月里长出嫩芽,嫩绿的叶片上有一层霜白。也开花,花呈白色。

"三月三,吃水菊。"关于吃粑的习俗,家乡的老人说是为了"粘魂"。老人们说每年农历三月三是"鬼节",这天傍晚会有野鬼游荡,到处摄取儿童的魂魄。吃了这菜粑,就能把魂牢牢地粘住,不至于让鬼摄走。

不过,水菊粑和毛香粑,家乡人还叫它们"清明果"。

周作人先生在散文《故乡的野菜》中写到"黄花麦果糕",那吃法和我家乡的差不多。他说:"黄花麦果通称鼠曲草,系菊科植物,叶小微圆互生,表面有白毛,花黄色,簇生梢头。春天采嫩叶,捣烂去汁,和粉作糕,称黄花麦果糕。"小孩们有歌赞美之云:

　　黄花麦果韧结结,

关得大门自要吃,

半块拿弗出,一块自要吃。

周作人先生说:"清明前后扫墓时,有些人家——大约是保存古风的人家——用黄花麦果作供,但不做饼状,做成小颗如指顶大,或细条如小指,以五六个作一攒,名曰茧果,不知是什么意思,或因蚕上山时设祭,也用这种食品,故有是称,亦未可知。自从十二三岁时外出,不参与外祖家扫墓以后,不复见过茧果……"

"茧果"就类似于清明果吧?周先生家乡在浙江绍兴,那里与我的家乡大别山差了不少的路程。他可能不知道毛香粑,更是没有吃过。如此,春天的味道自然是少了一口,春天的气息也缺了一缕。可惜。

观音豆腐

观音豆腐,家乡人叫"观音槎豆腐"。有人疑心"槎"应是"权"字。我查词典,"槎"字有树木枝丫的意思,与"权"字近义。所以我坚持说观音槎豆腐。观音槎豆腐与观音菩萨有关。说观音槎,里面似乎就有一种优雅与佛性。

传说,很久以前我家乡发生大饥荒,一时饥民遍野,饿殍无数。观音菩萨看了,菩萨心起,用杨柳枝蘸洒甘露,普度众生。甘露化雨,雨过天晴,山里便长出了一棵棵、一簇簇的绿树。这绿树便是观音槎。饥民们捋其嫩叶做豆腐食用,由此度过饥荒。为了感念观音菩萨,有人将这豆腐尊称为"观音豆腐"。

观音槎,书本上找不到这树名。书上倒是有叫"豆腐柴"的,不知是不是它的别名。据考证,观音槎属木本植物,是一种野生灌木,多生长在我家乡大别山区。酷热难熬的夏天,观音槎在阳光下兀自散发着一股淡淡的药味,还有一种树木的清香。观音槎树个头不高,树条宛若手指粗,树叶茂密而娇嫩。茂密娇嫩的树叶饱含着浓浓的绿汁,这绿汁就是制作绿色豆腐的原料。

一般制作观音豆腐的程序是这样的:先将下观音槎鲜嫩的叶子,用水浸泡、洗净,再在盆里就一块干净的石头一遍遍搓揉;待将叶子揉搓碎了,反复挤压出大量的绿汁;最后剔去叶渣,用一条干净的纱布过滤,滤下一汪浓酽酽的绿汁:这就算完成了制作观音豆腐的第一步。第二步是点卤。点卤大有讲究。用黄豆做豆腐时用的是石膏,观音豆腐用的是滑石粉,有的地方还用稻草灰点卤。把稻草灰水浇到用观音槎叶揉搓出的绿汁里,然后均匀地搅拌,让其沉淀。点卤的过程虽说简单,但火候要掌握好,否则豆腐无法成型,或者干脆就应了那句老话:"马尾穿豆腐——提不起来。"点卤后,用干净的湿毛巾搭上盆口,紧紧捂一会儿,观音豆腐就做好了。

掀开毛巾,就能吃到通体碧绿的观音豆腐了。那豆腐水嫩细滑、晶莹剔透的,就像是一大块天然的碧玉。用刀横竖划成几块,即可食用。鲜嫩可口的观音豆腐,放上少许的白糖搅拌,吃在嘴里甜甜的,细腻滑嫩,清凉松软……赤日炎炎如火烧的夏天,吃观音豆腐,抹抹那一嘴的碧绿,就足以让人心旷神怡、浑身清凉了。

观音豆腐能解渴又能解馋,能降温又能解暑,现在是我家乡独特的消夏食品了。其味道连现在城市里出售的果冻、冰激凌恐怕也无法媲美……家乡还有人把观音豆腐当一般豆腐来制作豆腐类菜肴，也是一种极佳的美味。但我还是喜欢用白糖凉拌观音豆腐，我觉得那是原汁原味，里面有独特的乡野风味，有一种乡土的野趣。

在我的家乡，制作观音豆腐的原本都是一些姑娘嫂子。如今，她们都因为生计出去打工了。会制作观音豆腐、被乡亲们称为"豆腐西施"的已是芳踪难寻。能吃观音豆腐的季节只有夏天，若白白地耽误一个夏季，再想吃它，就只得秋冬春夏地盼着。盼整整一年。

朱雀花，莲花姜

浙江仙居县有一种花，叫朱雀花。花一串串的，呈暗红或深紫色，像一只只小鸟，或吮吸在一棵棵树的枝干上的小鸟张开的嘴。仙居人告诉我，这花真正的名字叫"常春油麻藤"。当地风景区受此花启发，将景区里的灯柱、地灯等标识都制作成此花的形状，清新、雅致。

常春油麻藤，这名字太拗口，不好记，不如朱雀花名叫得鲜艳、美丽。看见朱雀花的颜色，我就想起莲花姜。莲花姜是一种菜，朱雀花的颜色和形状像极了莲花姜。不过，朱雀花长在树上，莲花姜却是生在泥地里的。从泥地里拔出的莲花姜，有状如莲花的瓣，洗净擦干，那暗红色显出一种金属的光泽，像古时妇女插在头上的簪子。

想起莲花姜，我就想起外婆、外婆家的菜园地。

外婆家的菜园地在一口池塘的下面。菜园里有黄瓜、辣椒、茄子、韭菜……都是乡村的时鲜小蔬。菜园地里不知怎么辟有一方小水池,外婆叫"水凼"。水凼里就栽有莲花姜。莲花姜簇拥一丛,枝繁叶茂,青翠婆娑,像一幅水墨画儿,很好看。外婆家菜园地里有很多菜,唯有莲花姜"一枝独秀"。也由此我知道了有些菜不仅能吃,还可以观赏。

莲花姜,词典上说学名蘘荷,又叫阳荷姜、观音花、阳藿、茗荷等等,都是些好听的词。它是多年生草本植物,叶秆长一米左右,地下有球状的营养根。当年栽种,不用经营就会有收获。收获后,洗净晾干,用菜坛或者水果罐头瓶腌制。佐粥,或是当作佐酒的菜肴都可。莲花姜香香脆脆的,让人口舌生津。夏天时,有的人家还将莲花姜以及辣椒或秋葵切成丝状,用素油一块清炒。那菜一红一绿,清爽怡人。还有人用它炒毛鱼(家乡的一种小河鱼),也令人食欲大增,吃得满头大汗。

莲花姜有姜的味道。乡亲们叫它莲花姜,怕是由此而来。

外婆仙去多年,后来我与妹妹谈起外婆家的菜园地,妹妹说外婆家的菜园地里有黄花菜,水凼里还有水芋头呢。水芋头就是魔芋。妹妹的意思我懂。莲花姜、水芋头和黄花菜,我们家的菜园地里就没有。我家离外婆家只有三四里地,外婆就我母亲一个女儿,而我祖母祖父膝下却有二十多人,人口众多。我姊妹也有五六个,日子过得粗糙。小时候,妈妈把我和妹妹的童年都交付给了外婆。妈妈哪有心思莳弄些稀罕的菜蔬?相对而言,外公外婆两个人,外婆聪明又勤快,外婆是想着法子把日子过得丰富而精致的。

也不尽然。

在外婆家我就没有见过西瓜和苹果。这些水果我直到二十几岁才吃到嘴里。总之，在我们那个年代，乡村的孩子就是这样没见过世面。

外婆过世后，莲花姜这道菜我也很少见到了。如今，我也只是偶尔回乡走山里亲戚时才会吃上，好像它已是山珍海味里一道名贵的"山珍"。栽种的人很多，但莲花姜这个菜种在外婆家的菜园地里，曾为我的童年留下一个画面，打开了一扇窗，令人神伤。

现在，每年的清明节在为外公外婆扫墓时，我还会看到外婆的菜园地。只是物是人非，外婆的菜园地也早易其主。但站在外公的墓前，我还是忍不住朝那菜园地瞟上一眼，那一园的蔬菜绿葱葱的。面前的那口池塘还在，水虽不深，时光的水却漫溻进我的胸腔。

又及：仙居的山里，还有一种朱雀花是浅白色的，也是蝶形花科藤本植物，名曰"白花油麻藤"，又称"禾雀花"。花，白里透着淡绿，如栀子的花瓣，却没有栀子花香。

同游仙居的诗家朱小平先生有诗"朱雀花落染清溪"，又云"翠树悬缠朱雀花"。朱雀花，仿佛他离散多年的妹妹，他尤为钟情。他还有专门写朱雀花的文字，说"诡异的朱雀花盘缠在如烟似雾的苦楝树上，如展翅的紫雀"。看来，让人们印象深刻的还是紫色的朱雀花。

2018年8月5日至30日于北京寓所

水富捡石记

水富的天气真好,天朗气闲,云白风清。这样的天气最适宜捡石头——捡石头是水富人近年颇流行的事。有朋友来,或问:"去捡石头?"只要你说一声"去",立即就有人开车领你去了。水富县境内有长江、金沙江、横江,江边都有石头——这回,主人领着我们去的是长江。但见长江两岸青山逶迤,滩浅石现,裸露的石头密密麻麻、层层叠叠在一起,让人感觉那石头活蹦乱跳的。

众人到了江边星落而散,转眼就不见了人影——都专心捡石头去了。

有人说富,便说富得流油,水富却是富得流水——长江、金沙江、横江,三江交汇,江水滔滔,滔滔不绝。那地面上的水落差大,水流湍急,能发电,能灌溉良田;地下的水温情脉脉,嘟嘟地冒出来便成了温泉……水富人分明是知道了水的好处,于是建了一座名叫"向家坝"的水电站,把水变成能源;又建了一处西部大峡谷温泉馆,说是"云上温泉,金沙神汤",让天南地北的人到这里泡得乐不思蜀;还在建万里长江的第一港,想让千吨级的大船自由出入水富……让人惊异的还有,水富不仅水富,石头也富——人到这里不仅能看水富的水,还能欣赏到石头的美。

水富的石是江中卵石,五颜六色,造型美,画面好。有芙蓉石、丹彩石、龟纹石、彩蜡石、墨画石、油画石、烫画石……被日晒、被月照,被风吹、被雨打,石头经过亿万年的碰撞、打磨和洗礼,便成了古怪精灵。石头上有画,画面或含蓄或逼真,或空灵或幽远,一律优美而明丽。于是,有人在石头上看到人,看到佛,看到道;有人在石头上看到山,看到水,看到树,看到花,看到叶的脉络,看到了自然界的一切……石头上有虎,有猫,有熊,有鱼,有乌龟,有世上存在的一切动物;也有我们能在世上见到的奇花异草;还有沟壑,有江河,有云朵,有雾霭,有与天对应的风火雷电和日月星辰……有人世间能看到的,也有世人看不到的种种玄妙。人看到这些玄妙的东西,怎么也解释不透,只觉得好,只觉得神秘,便感叹"石不能言最可人",觉得世上再没有什么比石头更贵重,再没有什么比石头寿命更长的了,渐渐地对石头生出一份敬畏之心。

好石头可遇不可求。

石遇有缘人,他们总这样说,总这样告诉捡石的人。他们说得很认真很虔诚,他们捡石头的样子也很认真虔诚。久而久之,他们就捡出了经验,捡出了文化,捡出了艺术。发现一块绝妙的石头,他们会用细毛刷刷净石上的沙土,用矿泉水瓶灌水小心擦拭,还用橄榄油、蜡涂抹还原出石头本来的美丽。有人开始靠捡石头为生,以捡石头发财。但捡着捡着,他们突然改变了主意,他们不说玩石头,而说养石头。石头成了他们的爱情,石头成了他们的歌唱,石头成了他们的生命。有人干脆辞去工作,专门干起捡石头的营生。他们不再把石头只当作石头、当作沉默的物体,也不随便地与人说石头如何神奇、如何有神韵,而是直接说石头的神性,直接把石头当神供养了。

  一个人,两个人……午后的江边,三三两两,远远近近,捡石头的现在只剩下我们这外来的一群。我看见一块石头很有型,拿起来,却什么也不是;我还看见一块石头上的画面奇异,只是一脚迈得太远,竟然就错过去了,当我回头寻找时,那一块石头却突然消失得无影无踪,怎么也找不到了……我有些眼花缭乱,有些期盼,还有些沮丧。我觉得我与石头的缘分不深,却也希望有奇迹发生。转头再看同行的伙伴,发现他们与我差不多。他们也没有捡到他们心仪的石头,我也只当他们与石头的缘分浅了。

  "石遇有缘人。"我对自己说。我这样说着,忽然就觉得眼前一亮,有一块石头跃入了我的眼帘。那石头很小,只有鸡蛋一般大,但石头上的颜色丰富,上面有一块深绿,一块墨黑,还有一块淡黄,在阳光下绿茵茵的,就像一颗彩绘的蛋。再仔细看,上面竟然有一道清瘦的身影,峨冠博带,仰天长啸,孤独如斯,就如在汨罗沉江的屈子。再看,两位隐士背对背而坐,仿佛在议论什么。那画面栩栩如生,惟妙惟肖,越看越像传说中的唐代那两位背对背而坐的高士了,于是起名《推背图》。我将其握在手中不停地摩挲,心里一阵欢喜,是大欢喜。

2018 年 8 月 8 日于北京寓所

太白鸟

在仙居,我每天都在鸟鸣声中醒来。

黎明,我还沉睡在梦乡,那些鸟便叽叽喳喳、啁啁啾啾,声音就像一粒粒珍珠滚落在我的枕边,悦耳、清脆而有力……于是,我每天起床的第一个动作,就是奔向窗前,推开巨大的玻璃窗,寻找鸟鸣的所在。但没有看到一只鸟,看到的只是绿树婆娑的青山。我满心喜悦,仿佛真的身处仙境。

鸟鸣山更幽。

鸟鸣的晨际便有一种异样的安静。草叶上的露珠,珠圆粒满,晶莹欲滴。走在草间小道上,沁凉的露珠很快打湿了我的裤脚。我心无旁骛,仿佛在寻找鸟儿飞过的痕迹。但是,面前仍然什么也没有——我想,仙居的鸟应该是仙鸟吧?这样想着,碰巧就有两个韩国人与我擦肩而过,脚步匆匆而又悄无声息,我便疑心他俩也是因为没寻到鸟儿而神伤。但转念一想:仙鸟来无影去无踪的,哪里能寻觅到仙踪?不觉哑然失笑。

抬头四望,山峰耸立环绕,幽蓝色的天幕下,峰峦就像一群仙人的剪影。朝霞蔚起,一阵烟云随之滚涌而来,霞光泼洒上烟云,溅金流银,琼台楼阁隐约其间,重重叠叠,让人飘飘欲仙。不由自主地,我嘴里就冒出李白的诗句:"天姥连天向天横,势拔五岳掩赤城。天台四万八千丈,对此欲倒东南倾。"鸟鸣声里,忽然一阵清风吹来,面前山峰列列,亦佛亦仙,亦儒亦道,醉卧烟霞或打躬作揖,衣袂飘飘的,似乎都动了起来……"霓为衣兮风为马,云之君兮纷纷而来下。虎鼓瑟兮鸾回车,仙之人兮列如麻。忽魂悸以魄动,恍惊起而长嗟。……"我先是猜疑这是李白《梦游天姥吟留别》那首诗的暗示,但凝望眼前一情一景,觉得真的契合了李白的诗句,相信这就是诗仙梦游的天姥山了。

从鸟鸣声开始,循着林荫小道,走到吴昌硕题写的篆书"太白梦游处"跟前。吴昌硕,这位晚清著名书法家,不知怎么就认定这是李白的梦游地,但他分明相信这里是天姥山的。比他更早的,还有曾经路过这里的文天祥,他吟诵了两句"风摇春浪软,礁激暮潮雄","风摇春浪"便成了这里一景……在鸟鸣声中行走,我的心也风摇春浪,就有了"脚著谢公屐,身登青云梯。半壁见海日,空中闻天鸡"的轻松与愉快。触目所及,山峰孤绝,沟涧万丈,面前似徐徐展开了一幅巨大的画屏。画屏里,幽岫含烟,深溪蓄翠。苍翠的悬崖,云雾缭绕,悬空的栈道如架在云端。找一处安静所在歇息,我四下张望,面前的风景仿佛早凝聚在了李白的笔端:"千岩万转路不定,迷花倚石忽已暝。熊咆龙吟殷岩泉,栗深林兮惊层巅。云青青兮欲雨,水澹澹兮生烟。列缺霹雳,丘峦崩摧。洞天石扉,訇然中开。青冥浩荡不见底,日月照耀金银台。"我惊讶得一时无语,越发觉得李白一定到过这里,才有了这样雄浑而贴切的吟哦。

"湖月照我影,送我至剡溪。谢公宿处今尚在,渌水荡漾清猿啼。"当一条碧绿的溪水突然出现在面前时,我还是微微吃了一惊。这样的溪水在北方肯定就是一条河流,但这里人只叫它溪,曰"永安溪"。漫步溪边,李白的诗句又像一粒粒饱满的种子,按捺不住,适时地蹦跳在我的心间。不见谢公,却有了溪月;听不见猿啼,却有了鸟鸣。面前一样的渌水荡漾,便把永安溪活泼泼地当成了"剡溪"……溪水汪汪,一眨一眨,明晃晃的,如大地清澈而明媚的眸子,两岸绿树便是大地长长的睫毛吧?溪水倒映着洗衣、钓鱼的人的身影。有人划一只竹筏,悠悠荡荡。竹筏过处,绿水碧波,拍打着两岸嶙峋的岩石。岩石上端坐着一位头戴斗笠、身着蓑衣的钓翁,很有浑然天成的中国水墨画意境,那钓者就是在富春江七里滩垂钓的严子陵了……

一瞬间,我有些昏晓交错,时空颠倒。

也是,若是时光倒退千年,永安溪边白沙千里,杳无人烟,溪流里每天却有四五百艘帆船经过,那时,舟楫点点,日夜穿梭。据说有人看中这个水陆码头,便在此开埠行市。从此这块风水宝地人声鼎沸,商贾云集。皤滩镇依水而生,隋唐时初现规模,至明清时期繁华极尽。米行、药店、炭行、染坊、酒坊、白油行、南货店……石头砌的宅屋店铺连绵几里,鹅卵石铺砌的街道九曲回肠。过往商人舟船劳顿,到这里便放下身心,夜夜笙歌,纸醉金迷,错把他乡当故乡,把自己都当成了活神仙……

循着诗仙的足迹,穿行于仙居古老的村落,萦绕于心的还是鸟鸣。

是红尾水鸲、黄眉柳莺的鸣叫,还是山雀声声?在仙居,我发觉人们一不小心就被李白的诗心俘获了,总容易纠缠在李白那浪漫而又飘逸的梦里——不止我,与我同来的朋友也着魔似的追寻着诗仙的踪迹……但只闻鸟鸣,未见其身,一切都扑朔迷离。好在朋友里有诗人,也就有着诗仙一样的激情与浪漫,诗人干脆称那鸟为"太白鸟"了。在绿水青山间,诗人大声吟唱着:"太白鸟早早地叫醒我……太白鸟头顶一撮白毛/我不远不近地跟着他/那撮白毛与山顶的云雾/他们像两座天姥山相对……"

太白鸟,一个多么好听的名字!

轻唤一声太白鸟,我立即就有了醍醐灌顶般的清醒与欢喜,觉得仙居的天空、树木和花草里蹦跳的都是太白鸟那美妙而动听的音符了。一下子,我生命里所有的躁动与不安都归于宁静。

2018 年 8 月 12 日于北京寓所

我的喝酒简史

我有些年应酬特别多,喝酒也多。喝到兴头上,白酒、红酒、啤酒混杂在一起喝,来者不拒,直喝得醉眼蒙眬。朋友每每在酒桌上见我这样,都以为我的酒量了得,天生的能喝酒。其实不然,我二十几岁时还不会喝酒,甚至还讨厌喝酒。我讨厌喝酒是缘于父亲的一次醉酒。那一次,父亲喝醉酒被送进公社的医院,医生给他吊盐水,结果他因对青霉素过敏而差点丢掉了性命。母亲吓得脸煞白煞白的,骂父亲:"喝一生的酒,丢一生的丑!"那时候我尚在读初中,自那以后我就知道酒喝多了会出丑。

但我还是沾了酒。喝酒是一件热闹事,生长在乡村,红白喜事都有酒,一个男人滴酒不沾是不可能的。乡村里,丧事由于气氛悲凉,喝酒还节制一些;而办喜事,简直就是纵酒的节日了。记得刚分责任田到户的那几年,乡村渐渐地富裕,富裕的乡村时兴建造新房子,而且一队人仿佛比试着建造。新房子有"进屋"的仪式。于是,不是今天这家进屋,就是明天那家进屋,而进屋也一定要置办喜酒的。这样,我不仅常常代父亲去喝酒,因为辈分小,还会被叫去斟酒。斟酒自有一套礼仪。斟酒的人自己不仅要带头喝,还要陪坐同桌的长辈。这样几番酒斟下来,我的酒量渐渐就大了。酒壮尿人胆,喝多了酒,胆子也大了。有一年,我的一位小爹爹家进屋,他让我斟一桌酒,我陪他们每人一盅,他们每人还我一盅。仗着年轻气盛,我还不知天高地厚地陪了其他几桌,好像也没醉。

带着这样的酒量进城,我在酒桌上自然也能抵挡一阵子。在县城工作的头几年,我吃机关食堂。食堂一年剩下来的伙食尾子照例吃一次,叫"打平伙"。除了打平伙时能喝到一次酒外,平时是没有酒的。即便是打平伙那样的场合也只能一桌一瓶酒。拿嗜酒的人的话来说,是拿舌头舔了一下酒,总是无法尽兴。有一回我下班吃过饭,无事,跑到物价局的一位朋友处玩。物价局里有一排柜子,柜子里就装有厂家送来作价的酒。我和朋友不知怎么说上了酒,说着说着,两人就吹起了牛,柜子里的酒是现成摆着的,明晃晃的,当然取出来就喝——没有菜,也没有零食,我们俩就一碗一碗地喝,喝到一瓶多时,我把朋友喝得趴在水池旁直吐,而我居然像没事一样,惹得我的酒名大振。直到现在回到老家的酒桌上,还有人把那次喝酒当成趣事,劝我喝酒,吓得我连连摆手,说那是斗酒,仗的是年少轻狂。

说起来,我所有的年少轻狂都是因为酒。有一年单位同事结婚,她的同学坐在一桌,我们这些同事围了一桌。她的同学男生多,我们同事女生多。喝着喝着,她同学那一桌不知怎么开始起哄,说我们这一桌喝酒不如他们。我一听,一下子充起了"大头鬼",站起来和他们拼起了酒。我找到"挑"酒事的人,他一盅我一盅的，一下子就把他喝得呼啦啦，当即"飞流直下三千尺"。我这一桌，由于开始喝得少，我虽没醉，但肯定也喝多了。因为到现在我也想不起来，在那个酒后的下午我干了什么。还有一回，我所在的单位召开一个全国性的学术研讨会，晚上让我主持一个小型的座谈会。因为会议的安排，又因为我酒后脸色叫人看不出我喝了酒，我飘飘欲仙地当起了主持人。据说，当时在会上我就说些车轱辘话，惹得参加会议的人莫名其妙。我的领导为我着急，幸好他知道我喝多了酒，直截了当地接过了主持，才没让我出更大的洋相。会议散场后，领导狠狠地批评了我一通。我有些委屈，还和领导顶起了嘴。直到第二天，我才知道自己差点出丑，心里才像所有醉了酒的人一样，郁闷了好几天。

"酒有别肠，不必长大。"虽然古人这样说，但依照我的经验，喝酒的过程其实也是人生成长的过程。我第一次感觉喝酒有着别样情趣，是在到北京之后。在北京，一天中午我与两位朋友喝酒，喝的是二锅头，下酒菜也就是花生米、拍黄瓜之类，但他俩一人一个大玻璃杯，慢条斯理的，边喝边说，喝完一杯又加一杯，居然毫不在意。一看他们用大玻璃杯喝酒，开始我吓得不敢喝，后来一边慢慢抿，一边被他们的酒量吓得心里直打鼓，生怕他们劝我酒。还好，他俩只顾自己喝，并没有劝酒的意思。这下，我心里一轻松，就卸下了喝酒的负担，觉得这样喝酒就是一种享受。又觉得我以前粗野、狂放式的喝酒，快乐是快乐，但有一种斗酒的味道，缺乏一种趣味。很快，我就与他们混成了酒友，寻找到一种喝酒的乐趣，慢慢地也跟上了这种喝酒的节奏，喜欢上了这种氛围。当然，在北方也会遇上大碗喝酒、大块吃肉的酒宴。但由于长期训练和一种喝酒习惯的养成,好朋友们凑在一起,我也能大杯大杯地喝,甚至端起一大杯酒,一饮而尽。

看人豪情万丈地喝酒,我很容易感动,感动朋友们的一种激情,一种真诚,一种沉醉……有一回,我到徐州有事,当地的朋友把菜端上桌,酒也喝了起来,但偏偏就在这时,离此不远的宿州的一位老者却要我必须赶过去,说他不远千里回家,就是要陪我喝酒。如果当地人不开车送,他就派车来接我,说的全是一些逼人退到墙角的话。没办法,我只好答应了。为了感谢这边的朋友,我站起来连喝两大杯以示敬谢,并让他们开车将我送了过去。到了宿州,只见那老者一个人坐在宽敞的饭厅里,桌上摆满了凉菜和好多的酒。宽敞的饭厅,他孤零零的,真的一直在等我,让我好一阵感动。"来了,喝!"见我一到,他立马像是酒魂附体,张罗起了酒。偌大的圆桌上,竟摆了茅台、五粮液、口子窖三种酒。他自己只喝五粮液,茅台、口子窖却让客人随便选。我还是第一次见到这阵势,且喝吧,自己挑了茅台,尽兴喝了不少。

这样的喝酒有一些排场,有一些霸道,但也有着浓浓的情意。

吟诗、猜拳、击鼓传花……老祖宗在喝酒这事儿上还创造了很多饮酒行令,说是"酒文化"。这种带有文化的酒,我也偶尔见识过。记忆里,二十多年前和一群朋友在九江,在白居易写下千古名作《琵琶行》的浔阳江头,浔阳酒楼没有江州司马闻听的琵琶之声,却有用《水浒传》中梁山泊上的一百零八将制成的酒令。谁抽上,谁就诵读酒令,喝酒。比如抽到"行者"武松,就有诗云"孤胆豪杰数刚强,纯真炙耀日月光。汇集人间胆和力,万代惊叹景阳冈",下注"豪饮三杯酒",得喝三大杯。"玉麒麟"卢俊义是"奖酒一杯"、"豹子头"林冲是"自饮一杯",不一而足。不知中了什么邪,那天有一位朋友抽到"行者"武松,喝了三杯,又抽到"黑旋风"李逵,喝了三杯,而后又是"母夜叉"孙二娘、"花和尚"鲁智深,竟都是"豪饮三杯"的主儿,害得他喝得酩酊大醉,醉而成欢。而我抽到的竟都是"小李广"花荣、"呼保义"宋江这样"奖酒一杯"的梁山好汉,算是躲过了一劫。写宋江的那首酒令,现在我还记得,诗曰:"貌不惊人刀笔吏,威震山河及时雨。百川汇聚梁山泊,赖知胸藏忠和义。"

常言道:"常在河边走,哪有不湿鞋?"这话放在喝酒、醉酒上也能每每应验。在酒场上,我当然也会经常看到朋友们醉酒。一年春节前夕,我们一帮人到一位朋友家喝酒,朋友打开自酿的一大壶葡萄酒。仗着是葡萄酒,我们端着大大的玻璃杯喝,一杯复一杯,最后一个个都喝得人仰马翻。有趣的是,一位朋友以为只有自己醉了,怕失了面子,早早地先走了,结果他走到门口的桥头,抱着一根电线杆不停地转,转到了半夜;还有一位把身上所有的钱都掏了出来,见人就散,竟弄了一地……尽管都是醉酒,我有时还是感觉自己醉比看朋友醉酒好得多。家乡有位在北京发展的朋友,一喝就醉。醉了,就掏出手机不停地给人打电话,然后问人家"行不行"。有一回在大街上,他赖在地上问了手机里所有的朋友。我因为怕他说"不行",就赶过去陪他,结果陪了他一个晚上。北京的春夜,夜深更残,露水浸衣,害得我身上一阵阵发冷,回家就感冒了。

这种醉酒的故事很多。只是由于"禁酒令",更因为我的身体状况,我现在已不能喝酒了。不喝酒,却差点因为酒而惹出了一件大事。

　　前年我生病回老家休养时，有一天晚上，与兄弟们在一家饭店吃饭，在门口遇上一位朋友也上这家饭店吃饭。我看他一个人，寒暄过后便让他与我们一起吃。他与我的兄弟们也很熟悉，就很爽快地答应了。有了他，自然就有了酒。我不喝酒，就看着他们几个喝。但没想到还没怎么开始喝，他不知道怎么了，就一下子从椅子上溜下，人事不知了。我吓得一边让兄弟们照应好他，一边打电话给120和他爱人。120来了，他爱人也来了，但他爱人却袖手旁观，冷冰冰地在一边说着风凉话："喝死了好！喝死了，你们一人赔我几万块钱。"我想，也是。尽管不是我张罗的酒宴，我也没有喝酒，但人是我喊的，出了事就是我的事。于是，我抱着虚弱的身子，一路小心地陪着，伺候他，一直把他送到了医院。直等到医生确切地说没事，我们才离开。事后知道，那一段时间那家伙因为太贪玩，身体也玩虚脱了，几杯酒下肚就受不住了。

　　如此，我真正地害怕喝酒了。有时候三两好友聚在一起，看朋友们喝酒，为了不至于冷场，我还是想喝一些红酒，但喝着喝着，我就把红酒当成了牛饮，不知不觉会喝上一瓶，直喝得自己面红耳赤的。这时，我才知道我是真的不能喝酒，而又知道了什么叫江山易改，本性难移——常常自己手足无措了。

　　　　　　　　　　　2018年8月21日晚于北京寓所

小乔的婆家

很喜欢庐江。庐江的名字很"汉代",很美,也很男人气。美而有男人气,就是美丈夫了。庐江是出过美丈夫周瑜的。周瑜与来自我家乡的美女小乔是三国时的一对英雄儿女。若按我家乡人的说法,"嫁鸡随鸡,嫁狗随狗",小乔嫁了周瑜,周瑜就是我们家乡的小姑爷,我的家乡与庐江是"抵手"的亲家了——到了庐江,我也就像是到了小乔的婆家,有点走亲戚的意思。

当然不仅如此,到了庐江我还像是回到了家。比如,这里人喊父亲为"大大",叫外婆为"嘎婆",管母亲的姐夫、妹夫叫"姨夫",儿媳称男方的父母为"公公""婆婆"等,这些与我家乡的土语毫无二致。我老家人讲"当真三的",有当真的意思,这里也是。有趣的是小孩尿床,这里说是"下芜湖",我们那里说"到石牌"。这里离芜湖近,我的家乡离石牌近。芜湖、石牌都是水乡,如此一个意思,也就有一样的风趣幽默。

在庐江还能吃到一种青菜——香菜。香菜文雅的名字叫芫荽。芫荽青绿绿、水灵灵的,这里称为"盐水菜"或"盐熟菜",不知与我家乡叫"盐西菜"的是否同科。但有一种油炸的豆腐,别的地方叫油果、豆泡……庐江却与我家乡一样叫"生腐"。"生腐烧肉"是庐江的一道名菜,冬天里火锅烧肉用生腐,里面再佐以盐水菜,真的让人吃得口齿生香,美味得很。

十里不同音,百里不同俗。庐江与我家乡相距百多里路程,属江淮官话区,我家乡属赣语系,如此,却有十分相似的方言土语,我很疑心这与汉代同属庐江郡有关。汉代的庐江郡地盘很大,管我家乡叫皖县,这里叫舒县。郡治先是设在现在庐江的西南处,因为战乱,后来又迁到我的家乡。《三国志》对此有明确记载:"汉初平四年(193年)春,袁术入据寿春(寿县),庐江太守陆康与袁术'有隙(仇怨)',将攻康,康遣(陆)逊及亲戚(亲属)还吴(苏州),遂将庐江郡自舒县移治皖县……""书同文,车同轨",秦代有过统一文字的要求,不知汉时的庐江郡是否也推广过通用语。

乡音如胎记,有乡音的地方就有故事——早年,我家乡的一位大货车师傅,在陕西柞水县某处半夜开车抛了锚,下车找人帮忙,黑灯瞎火地去敲门。没想到,开门的人说的竟是家乡方言,师傅几乎吓瘫了,说:"我都跑了好几天,怎么还在家门口?"最后才知道那里是清乾隆时期家乡去陕西的移民后代的聚集区。乡音袅袅,老家来人,自有一番客气。这故事被家乡人当笑话讲,其实却证明了乡音的力量——不仅亲切,还很强大。

有了这亲切的乡音,说小乔被"虏获"的也好,周瑜与小乔一见钟情也罢,他们的爱情到底是有乡音做底色的。《三国志》等书记载:乔公居潜山县北五里处,二女大乔、小乔,皆国色天香。东汉建安四年（199年），孙策从袁绍处得三千兵马，在东汉名将周瑜的扶持下，一举攻克皖城，"策纳大乔、瑜纳小乔"。孙策还曾与周瑜戏说："乔公二女虽流离，得吾二人作婿，亦足为欢。"为欢的也是孙策和周瑜。周瑜出身士族，少年英俊，精通音律，从小与孙策就被人称为"江东双璧"。周瑜归附于孙策，为建威中郎将，人称周郎。庐江有"曲有误，周郎顾"的典故，说周瑜即便醉了酒，但闻弹奏者有些微的差错，他也会扭头看是哪一个出错。据说汉代美少女们为了博得他的一顾，故意将曲谱弹错的，也不在少数。

不知道小乔是否也有这样的故意，看描写他们的爱情戏曲，一定会有小乔弹琴的场景。这的确是一个美丽的画面，只是红颜薄命，孙策婚后不久便离世，大乔却不知所终。苏东坡词曰："遥想公瑾当年，小乔初嫁了，雄姿英发。羽扇纶巾，谈笑间，樯橹灰飞烟灭。"显然也是觉得周瑜娶了小乔后踌躇满志。可惜这一对三国著名的夫妻终是英雄气短，美人迟暮，人间不允见白头。有史料称，小乔与周瑜，婚期十三载，育有二男一女。周瑜三十五岁病逝，小乔四十七岁也弃世而去。湖南岳阳有座小乔墓，依当地的说法，小乔跟随周瑜镇守湖南巴丘，死后葬于此地。而安徽南陵因乾隆四十四年（1779年）小乔出现在当时知县高怡的梦里，高怡便命令典史江鲲在当地香油寺西苑重建小乔墓。周瑜曾经做过春谷（南陵）长，说小乔死后葬南陵，南陵人也是"当真三的"。

但庐江人从来就不信这些说法，他们引经据典，信誓旦旦地说，在周瑜征战途中，小乔一直是相随陪伴在夫君左右的。周瑜病逝后，小乔扶柩东归，寂守墓庐，抚养遗孤，在公元224年前后病逝,"葬庐城西门绣溪河畔真武观西百步"。《庐江县志》记载得更是活灵活现:"真武观西百步,周瑜之妻乔氏也。俗称瑜婆墩,冢上多古砖,人不敢窃,动辄有咎。"凄凄两冢,周瑜与小乔依庐江城郭相望,庐江人认定周瑜和小乔是魂归了故里。如此,小乔也算是回到了婆家。

我倒愿意相信这一种说法。青山处处埋忠骨,话虽这么说,但记怀英雄的还是家乡的一抔黄土。与小乔一样,周瑜的墓也多有争议。唐朝梁肃的《周公瑾墓下诗序》和陆广微的《吴地记》说周瑜墓在苏州:"周瑜坟,在县东二里。"陆游所撰的《南唐书》上却说:"瑜葬宿松,即墓为祠,子孙居其旁者,犹数十家……"还有,湖南的岳阳、江西的新淦,与庐江县接近的巢县、舒城也都说有周瑜墓。英雄墓葬多处,似有出处。但20世纪80年代末,庐江人还是要求文物管理部门组织专家对周瑜墓进行了多方论证,最终确认庐江周瑜墓为周瑜的首丘之地。这样,周瑜的乡亲算是释怀了。

在庐江,我拜谒了周瑜墓园。周瑜墓园建有高高的门楼,有影壁、门阙、石像生、享堂、碑廊及周瑜生平事迹的陈列馆。一组组仿汉的建筑群,拱绕着的是按汉代形制建造的覆斗形方锥夯土的周瑜墓冢。汉代气象、三国风云,俱归杳杳,但明月芳草,松柏森然,墓园就给人一种旷远、肃穆之感。墓园里还有一座汉白玉的小乔雕像,雕像下有一口"胭脂井"——此处建"胭脂井",依附的怕也是一种周瑜文化。因为小乔的娘家,即乔公当年居住的皖县彰法山,有溪水环曲,松竹郁茂,传说大乔、小乔那时以井水为镜梳洗装扮,残脂落于井中,井水渐为胭脂染红,故曰"胭脂井"。

井栏石上刻有"建康元年(144年)十月"的字样,已为世人公认。此处"胭脂井",只当是小乔婆家赋予小乔的一种浪漫了。

庐江以小乔的名字命名"小乔巷",为的只是纪念。

小乔巷说是一条巷,其实是一条街。听说早年庐江人将小乔墓遗址的东侧居民区与县法院、粮食局宿舍之间的一条小巷道称为"小乔路",后来城市道路改建,他们拓宽小乔路,修建这样一条"小乔巷",并垒石栽花,立石为记。小乔巷的一侧,花摇竹影,汉砖徽瓦砌成的一溜儿白墙,镌刻的都是后人缅怀周瑜与小乔的诗联。就像一条时光隧道,小乔巷似乎有让人重回三国古战场,寻觅风华绝代小儿女之意——不知道小乔与周瑜成亲后回过婆家没有,也不知她是否走过小巷,但这条巷有了关于她的传说,也就有些妖娆,有些妩媚。

走在小乔巷,夕阳西下,阳光涂抹在汉砖徽瓦的白墙上,泛出一道明黄色的光……"嘎来了?""嘎来着。""七饭了?""七饭了。"小巷深处,隐隐约约地,我听到一阵开门、关门的声音,还有一对母子柔情的应答声。袅袅乡音在寂静的小巷中显得异常清脆、亲切和明媚,宛若天籁。我从心里感到异样的温暖,以为真的是回家了。

2018年9月3日于北京寓所

他是地地道道的小说家
——答《新京报》记者问

《新京报》：您是作家，我知道张恨水与您是同乡，您能简单地介绍他的生平吗？

徐迅：张恨水 1895 年 5 月 18 日（农历四月二十四）出生于江西。他曾在《我的创作和生活》中说他出生于江西广信（江西上饶一带），但根据他祖父当时在江西的工作情况，他应该是在景德镇出生的。

因祖父在江西做官，张恨水的童年乃至少年时光都是在江西度过的，他的入学启蒙也是在江西完成的。十岁时他返回过一次原籍——安徽潜山，在家乡黄土岭的储姓祠堂读了两年书，到了十二岁时又回到了江西。应该说，由于祖父和父亲的工作的关系，一家人生活在一起，他的童年生活还是无忧无虑的。这也使他有机会接受私塾教育，有机会读到一些辞章和小说，为他日后成为一位优秀的小说家和报人打下了良好的基础。

关于张恨水的一生，我认为有三个节点：第一个节点是 1912 年他十七岁时，父亲去世。父亲的去世使他读书、出国留学的愿望成为泡影,一家人只好从江西回到潜山,靠数亩薄田过日子,生活一下子走入了低谷。他在故乡的黄土书屋里读书,跑上海,考入苏州蒙藏垦殖学校,开始小说创作。后来跟随本家兄弟唱戏,又在故乡结婚,这段时期他有些穷困潦倒、莫可奈何,但他也因此接触底层社会。在故乡七混八混,一直到二十三岁,朋友郝耕仁推荐他到芜湖的《皖江日报》当副刊编辑,他的这一段流浪和不稳定的生活才算结束。

他的第二个人生节点是他离开芜湖的《皖江日报》到北京。这是 1919 年的秋天,他二十四岁时。到了北京,他原来是想报考北京大学,但阴差阳错,他还是先从上海《申报》驻京记者秦墨哂手下谋到一份差事,后来又认识了《益世报》的编辑成舍我,从此就开始了他的报人生涯。一做就是三十年,一直到 1949 年。这一时期是他人生辉煌的时期,是他的黄金时代。

这三十年里,得力于他的报纸连载小说,他的文学创作取得了辉煌成就。1924 年,他在《世界晚报》"夜光"副刊连载长篇小说《春明外史》;1927 年,他在《世界日报》"明珠"副刊连载长篇小说《金粉世家》一百多万字;1929 年,他创作长篇小说《啼笑因缘》并于 1930 年在上海《新闻报》连载;1939 年 12 月,他在重庆《新民报》连载长篇小说《八十一梦》;还创作了大量的抗战作品……

他的第三个人生的节点是 1949 年 2 月,北平《新民报》发表新任总编辑王达仁撰写的《北平〈新民报〉——在国特统治下被迫害的一页》。这篇文章把张恨水当作国民党特务迫害北平《新民报》的帮凶。这对他这个书生意气的人刺激很大,那年 5 月他中风了。后来一家人赖以生存的存款,又被人席卷一空,他的身心又受到摧残,那时候他才五十四岁。生活拮据、清贫,五十四岁的他从此成为一个著名的病人。这期间,尽管他也想努力跟随时代步伐,但总显得力不从心。1967年2月15日(正月初七)张恨水逝世,终年七十二岁。

《新京报》:张恨水对章回小说做了哪些改良?

徐迅:章回小说有"花开两朵,各表一枝"的体例,要求小说故事连贯,段落整齐。"欲知后事如何,且听下回分解。"小说不注重人物心理和景物的描写,而只有简单的白描,在内容上,往往也如张恨水所说:"侠客口中口吐白光,才子中状元,佳人后花园私订终身。"张恨水如此说,表明他对章回小说的改良是自觉的,也是多方面的。他的小说,除了借鉴中国古典小说的优良传统之外,实际上也向当时文坛"新派小说"靠拢,或者说也借鉴了外国小说的叙事方式。他自己就说:"关于改良方面,我自始就增加一部分风景的描写和心理的描写。有时,也特地写些小动作。实不相瞒,这是得自西洋小说。"比如,他的小说《啼笑因缘》里面就有这样的句子:"白雪中那两扇小红门,格外触目,只是墙里两棵槐树,只剩杈杈丫丫的白干,不似以前绿叶荫森了。那门半掩着,家树只一推,就像身子触了电一样,深深麻木起来。"这就全然不见章回小说的笔法,而在营造故事气氛、人物心理描写和刻画典型人物方面都很现代了。

张恨水对章回小说的"回目构制"有着天然的喜爱,但他又不断地打破章回小说的原有格局和一些陈规旧俗,有自己的创新。他的创作取"叙述人生"的路径,但他的小说并不仅仅是简单地写故事,也着眼于"人"和"人性"的探求。他后期的小说更是既有传统章回小说的气息,又有一种现实精神。1944年5月《新华日报》发文评介他,说:"虽然还不离章回小说的范畴,但我们可以看到和旧型章回体小说之间显然有一个分水岭,那就是他的现实主义道路……"(大意)我觉得这话很对。我认为,张恨水是旧文学向新文学过渡时期的一位承前启后的人物,他对中国现代文学创作的贡献很大。

《新京报》:您认为,记者生涯对其创作产生了什么样的影响?

徐迅:这种影响是巨大的。如果张恨水没有记者或者报人生涯,那么他整个的文学创作可能是另外的一番景象了——张恨水的文学创作起始于青少年,起始于故乡,但几乎伴随着他的记者或者说他的报人生涯并同步发展。早年,他在汉口一家小报社帮忙,后来又到安徽芜湖的《皖江日报》工作,及至北漂北京,先后在《益世报》《世界晚报》《世界日报》《南京人报》《新民报》当记者、编辑、主编……正是他所投身的记者工作,使他"看了也听了不少社会情况,新闻的幕后还有新闻,达官贵人的政治活动、经济伎俩、艳闻趣事也是很多的"(张恨水语)。他创作的一百多部小说中,《春明外史》《金粉世家》这两部号称百万言的小说,是他呕心沥血之作。这两部小说都缘于他的记者身份。由于记者身份,他能够与当时北平的政界、军界、文化界、教育界及演艺界形形色色的人打交道,能够近距离地接触他们,如此,就掌握了很多第一手的小说素材。他说,长篇小说《春明外史》就是因为记者生活而引起他创作"打算"的。这部小说甫一问世,就有许多人把小说的主人公——记者杨杏园当作张恨水本人看。记者生涯不仅使他能够获得大量的、难得的小说素材,还使他有了一副观察社会、观察人生的另类眼光,增加了他"叙述人生"的创作动力和源泉。晚年的张恨水写过一部长篇小说《记者外传》,这里面就有他自己的生活。由此看,张恨水对自己的记者生涯也很怀念。

关于张恨水的记者生涯与他创作的关系,解玺璋先生新近出版的《张恨水传》阐释得非常充分,也很准确。

新京报:张恨水的作品,大都是因约稿而作,在报纸连载(有时甚至六七部作品同时进行),这种形式对其写作有哪些制约和影响?

徐迅:张恨水的作品大多是在报纸连载。说到约稿,我觉得细分起来有两种情形:一是因他创作的小说《春明外史》《金粉世家》在《世界晚报》和《世界日报》副刊连载,一炮走红,名噪大江南北,很快就有很多报纸约稿。比如他的长篇小说《啼笑因缘》就是因为上海《新闻报》严独鹤先生约稿而成的。二是他自己编的报纸的副刊需要小说连载,那算是他自己对自己的约稿。如他在《皖江日报》创作连载小说《紫玉成烟》《南国相思谱》,更多的是为招徕读者的一种即兴创作。这些报纸有"同人报"的意思,他创作连载小说的动机恐怕与别人约稿的有所不同。

关于张恨水同时写几部连载小说的故事,有好几个版本。我亲耳听到的是1994年我拜访吴祖光先生时,吴先生告诉我的:那时他和张恨水都在重庆《新民报》工作,他去张恨水住在南温泉的家,看见张恨水的书房很简陋,书桌也不大,面对墙壁。墙壁上有块木板,木板上有十多个钉子,每个钉子上挂着一个小本本,每个本子拴着一根绳子。每个本子上有小说的人物表,还写有小说的情节写到了什么地方。吴祖光赞叹说:"他是用毛笔写作的……这样做,是为了免得写乱了。一个作家,在同一时期内写几部、十几部小说,不仅现代没有,古代也没有。"解玺璋先生在《张恨水传》里也有披露,他说:"张恨水创作高峰时期,有六七部长篇小说同时推进,可惜的是那些作品大都未能善终。时局动荡的年代,报纸的寿命不长,依附报纸副刊的连载小说自然不能幸免……说起来,连载小说的创作,好处是更大程度地激发了张恨水的创作热情,不断发掘了他的文学想象力。但缺点也很明显。我曾说他:如果不是父亲早逝,使他不得不做一个孝子,过早挑起一家老小经济生活的重担;如果他不是生于忧患,遭遇那个颠沛流离的年代;如果他更讲究语言艺术……他的创作环境或许就不一样,他的文字或可更加精致,他的才华或可得到更大程度的喷泻和发挥。这同样适合于说他的连载小说创作的得与失。"

《新京报》:张恨水作为当时通俗文学最重要的代表人物之一,与当下的通俗文学作家相比,两者有哪些异同?

徐迅:哈,这题目有些大。首先,我没看过当代的通俗小说,不知道现在的通俗文学作家。你是指现在的一些网络作家?如果是,那他们最大的不同就是:一个是用毛笔写,一个是用电脑写。(笑)但要把张恨水与金庸、梁羽生、古龙那一代武侠小说作家相比,显然他们走的不是同一条路。张恨水一生创作小说、散文、诗词和评论文字三千万言,写的都是社会现实。若论字数算,在民国他没有超过被称为"现代武侠小说之王"的作家——还珠楼主。还珠楼主一生创作四千万字,张恨水只能屈尊位于第二。现在由于写作工具的变化,相信很多网络作家的创作字数都是天文数字,与他也没有可比性。

  我这里想说的是,张恨水在民国时期是一位家喻户晓的作家,只要连载他小说的报纸一出,报馆门前买报纸的人就排起了长队,一时洛阳纸贵。不仅大作家鲁迅的母亲喜欢看他的小说,就连陈寅恪这样的文化大师也喜欢看。老舍先生说张恨水是"唯一的妇孺皆知的老作家、一个爱惜羽毛的人"。我觉得这是中肯的评价,没有几位通俗文学作家能享受到这样的赞美。记得有一段时间,我在现在的坊间书报摊上常常会看到当代的一些通俗小说,书的封面上印了一些丰乳肥臀、玉体横陈的照片,翻开里面的文字,也是恶俗下流、不堪入目。而张恨水的所谓言情小说,言的也只是朋友之情、亲人之情、男女爱情,书里既没有露骨的肉欲描写,也不见床上动作……他背上"鸳鸯蝴蝶派""黄色小说家"的恶名,若按现在的眼光看,实在是有些冤枉了他。

  解玺璋先生出版的《张恨水传》里有一句宣传语:"多产的通俗小说家,满怀忧世之思的报人,新旧婚姻中的暖男。"我觉得把"通俗"那两个字拿掉就更合适了——他是一位小说家,一位地地道道的小说家。

2018 年 9 月 12 日夜于北京寓所

四季的哲学

北风吹过,天寒地冻,河流结着厚厚的冰。屋檐下的冰凌一溜溜的,在阳光下一片芒寒。路上见不到行人,田野空旷,土地显得冷寂而坚硬。草木枯萎发黄,在风中凋零,三两只寒鸦在瑟瑟的树叶中蓦然掠起,苦哇一声飞向天空,在长空画下长长的一串省略号。

在乡村土坯老屋里,有人围着熊熊燃烧的栗炭火,温一壶烧酒或一罐热茶,笼着袖子坐在火盆边,喝酒或品茶……年末将至,他们拽着四季的尾巴,就这样感受着四季的序变,打发一年中最为寂寞的时光。

"春雨惊春清谷天,夏满芒夏暑相连。秋处露秋寒霜降,冬雪雪冬小大寒。"他们唱着二十四节气歌,嘴里念着城里人不太懂的谚语,"清明前后,种瓜点豆""立夏吃蛋,石头踩烂""清明要晴,谷雨要淋"……这些农谚却让人感受到了自然的美丽,农事的芳香,也感受到乡土生命的成长和诗意。

四季有序。这序既是农事的,也是人事的。

春种、夏长、秋收、冬藏,农事在季节的链条上总是一环紧扣着一环,舒缓或紧张,呆滞或匆忙。一年之计在于春。春天,春光明媚,春风得意;春天,万物生长,欣欣向荣……春天是孕育的季节,是播种、发芽的季节,春天的土地总是那样肥得流油,似乎播下种就会有收获。

伴随着春种,夏天到来了。

故乡一年两季都栽插水稻。"抢收""抢种"在我的故乡叫"双抢"。抢收,即抢着收割春天种下的稻子;抢种,即抢着把第二季的秧苗栽入泥田。秧苗只有在立秋前栽插在田里才会立根发棵——这是节气规定的,有些神秘,却每每应验。

故乡的"双抢"因此有一种很强的仪式感。田野一片金黄,稻穗一天天结实,土地里就有一股热气冒出,在这股滔滔热浪里,若有德高望重的老人高喊一声"开镰",故乡长长的苦夏便开始了……

艰苦的夏天,繁重的农事……经历过"双抢"的乡亲说:"那真是一种从里到外的苦!"

因为丰收的到来,痛苦很快就被喜悦覆盖住了。秋收,真的是喜悦的。喜悦还因为那时候已经天高气爽、万里无云……美丽的春种,繁忙的苦夏,一切的忙碌终于有一个很不错的结果。秋收是顺理成章的事。若是秋天里庄稼颗粒无收,那真逆了天理!逆了天理,乡亲们一定是要骂娘的。

转眼,过冬了。

冬天,一切的农事早早地结束。农民刀枪入库,他们把农具洗净拾掇干净,挂在墙壁上或放进仓库里,严严实实地藏好了秋天的果实,同时也藏好自己一年的心思,然后就蹲在暖暖的火盆旁。这时,外面北风凛冽,寒风吹彻大地。他们知道再过几天,雪花也会兴奋起来,飘飘洒洒地飞来人间,帮助他们隐藏一年的幸福。

四季就这样充满了神性。
这神性与一个叫"九"的数字还有重大关系。
在乡亲们眼里,九就是极数,是最大、最多、最长久的数。九个九即八十一,更是最大不过的数。过了冬至日,乡亲们认为九九八十一,春天就肯定到来。
其实,"九九歌"不只是冬天才有,夏天也有,叫《夏九九歌》:

夏至入头九,羽扇握在手。二九一十八,脱冠着罗纱。三九二十七,出门汗欲滴。四九三十六,卷席露天宿。五九四十五,炎秋似老虎。六九五十四,乘凉进庙祠。七九六十三,床头摸被单。八九七十二,子夜寻棉被。九九八十一,开柜拿棉衣。

唱着唱着,就唱起冬天的《九九歌》。
冬天的《九九歌》更多。如:

一九二九难出手,三九四九冰上走。五九六九好摆手,七九八九沿河看柳。九九耕牛遍地走,春后三天草复苏。

有的地方唱作:

一九二九不出手;三九四九冰上走;五九六九沿河看柳;七九河开八九雁来;九九加一九,耕牛遍地走。

这两首《九九歌》尽管差别细微,但流行的地区很广,乡亲们都能背。我们扳着指头数,也唱,算是学前的教育吧。

还有《九九消寒诗》,诗把冬天分成九个九,与朝代更替联系在一起:

头九初寒才是冬,三皇治世万物生。尧汤舜禹传桀事,武王伐纣列国分。

二九朔风冷难当,临潼斗宝各逞强。王翦一怒平六国,一统江山秦始皇。

三九纷纷降雪霜,斩蛇起义汉刘邦。霸王力举千斤鼎,弃职归山张子房。

四九滴水冻成冰,青梅煮酒论英雄。孙权独占江南地,鼎足三分属晋公。

五九迎春地气通,红拂私奔出深宫。英雄奇遇张忠俭,李渊出现太原城。

六九春分天渐长,咬金聚会在瓦岗。茂公又把江山定,秦琼敬德保唐王。

七九南来雁北飞,探母回令是彦辉。夤夜母子得相会,相会不该转回归。

八九河开绿水流,洪武永乐南北游。伯温辞朝归山去,崇祯无福天下丢。

　　九九八十一日关,闯王造反到顺天。三桂领兵南下去,我朝大清坐金銮。

冬至交九,乡亲们说冬至一到,就是数九寒天。每九天分为一个"九",共分九个"九",数到八十一天时便是"九尽桃花开"。

乡亲们用歌谣一面打发着漫长的冬夜,一面熟悉着朝代的兴亡。

不只有诗,还有《九九消寒图》。"日冬至,画素梅一枝,为瓣八十有一,日染一瓣,瓣尽而九九出,则春深矣,曰'九九消寒图'。"(明代《帝京景物略》)有人说《九九消寒图》是宋时文天祥在元人的监狱里画的杰作,不知此事真否。如是,该是被囚禁的文天祥内心对春天的极大的渴望吧?

古时,有写"九"字消寒,或说"九九消寒句",即描写"亭前垂柳珍重待春风"九个双钩空心大字。每天描上两笔,九九八十一笔便描写完了,描写完这九个字,便是"九九加一九,耕牛遍地走"的日子。

四季,轮回如常。

或说,去年天气旧亭台。

四季有序。

偏偏,春夏秋冬就各有说法。比如,春就有咬春、赶春、打春之说;夏有苦夏、消夏之称;秋有偷秋、摸秋之动作;冬有忍冬、消寒之心。

一年四季,四季总是贴着人心。人顺应自然,也与自然争斗。

说起来,被春天的风咬上一口都让人心醉,谁还忍心去打它、去赶它?但乡亲们说,新春大似年,春和年一样是不吉之物。因此我故乡一到立春时,就有人燃鞭鸣炮驱邪,以示迎春纳福,颇有古风。

春天有很多禁忌。比如,寒食不兴烟火、清明上坟祭祖,"做清明"。

到了夏天,城市人不知什么时候有了电扇、空调……变着法子消夏。民国年间,丰子恺还说以"文章",即小品文消夏。那自有文人的一种优雅与自得。乡亲们最简便的消夏方式只是袒胸露臂。

消夏也用物件。比如,竹席、竹床……竹席是用水竹编成的凉席。夏夜纳凉,炎热的夏夜里,坐在用竹子制作的凉席或凉床上,仰望天上星星,看眼前萤火虫款款飞,听青梅竹马声声醉,有一种贴心的凉爽。

还有食品。比如观音豆腐。

乡亲们从大山捋来观音槠的树叶,洗净,然后放在置有一块干净石头的盆里,使劲搓揉。揉搓后,用一块干净的纱布,将汁水和叶渣分离。剔去叶渣,然后烧一些干柴草,或用一小把柴草灰化成水,通过毛巾过滤出灰渣,再反复将已点上草灰水的叶汁搅拌均匀,用洗净的毛巾盖住,凝成绿色豆腐。

绿豆腐通体碧绿,切成小块,水滑晶莹。最简单的吃法是拌上白糖,入口清爽,令人回味无穷。炎炎夏日,那一种碧绿让人心旷神怡。食之,滑嫩松软,芳香清凉。

起起落落,此消彼长。

四季的物事在乡亲们手里轮转。

吃了观音豆腐,就要忙"称夏"。——立夏那天,乡亲们一定会在厅堂的屋梁上挂一杆大秤称体重。说这时候称人,能让人精力更加旺盛。乡亲们乐于此事,他们仿佛乐意感受大自然对他们的检测和警告:你到底有几斤几两?称夏,秤砣在秤杆上可以后移,但绝不能前移。这也是禁忌。

称了夏,便走到了秋天的门槛。细心的人在这时候会发现,蝉在立秋时,声音突然变得嘶哑了。

随着最后一声蝉鸣,秋天如期而至,便说要"贴秋膘"。

民谚:"六月六,钵装肉。"贴秋膘,在我的故乡是要吃猪肉的。有人大块大块地吃着猪肉——不仅要吃肉,还要吃瓜果。秋天的夜晚,乡亲们开始了"摸秋"和"偷秋"的嬉戏。

摸秋、偷秋,说的是同一个意思吧?中秋之夜,去偷别人果园或菜园里的瓜果之类的农作物,即使被抓住,乡亲们也不认为是偷。还说若偷得冬瓜,则预兆得子。如此风俗,是"贴秋膘"中的一部分,还是暗合了大自然某一种秘密的诗意?

只是乡亲们来不及询问,万物萧条的冬天又到了。

冬天是冰,是雪,是消寒,是故乡的腊月皇天……上一次腊坟,完成一次祭祖的仪式,孩子们便嚷嚷,吵着要过年了——

四季轮回。

是一年又一年,年复一年。

2018年11月4日于北京寓所

我说《安庆日报》

《安庆日报》创办七十年了。

猛然听到《安庆日报》创刊七十年,我却有一阵恍惚,我不知道这七十年说的是哪份报纸。因为在我的记忆里,安庆当时有两份报纸,一份叫《安庆报》,还有一份叫《安庆新闻报》。前者是当时安庆地委的机关报,后者是那时安庆市委的机关报。这两份报纸,特别是报纸的副刊,我都十分熟悉。《安庆报》的副刊叫"天柱山",《安庆新闻报》的副刊有"大观""百花亭"等。在这些副刊上,我都曾发表过一些文字。那是个文学的年代,两份报纸的副刊都办得风生水起、活色生香。为了培养安庆的作家,编辑老师们还不吝惜版面,拿出整版篇幅发表安庆地区或安庆市作者的小说、散文、诗歌和报告文学作品,甚至一版一版、很有节奏地集中发一位作者的作品、创作谈、介绍等。这种影响是深远的,我算是其中的受益者之一吧。我最大的受益是认识了这两份报纸的副刊编辑,有的甚至成了我几十年的良师益友,且现在还在交往……这些副刊分明给了我一个美好的文学舞台和记忆。如果没有这些报纸副刊,我想我的文学地理有一部分是会显得无趣的。

我曾留存了一张1994年10月5日的《安庆日报》。在这张报纸上,有一篇题为《徐某某关心迷路儿童》的文章,写的是我父亲遇上一个迷路的小男孩,带孩子到处寻找亲人的故事。其主旨是"六旬老人关心迷路小孩,受到了村人的夸赞",文章发在"读者来信"的《新风赞》栏目。一件很小的事,却是我亲爱的父亲留在这个世界上的有关品行的唯一的文字记录。我收藏了这张报纸。父亲离世多年,这张报纸从此就变成了我对他最好的纪念……有一年我在老家整理旧物,突然翻出了当年《安庆报》几位副刊编辑老师写给我的一些信。这些信有谈稿子的,也有谈人生的,散发着一种久违的陈年的墨香。读着这些信,我有一种回到从前的感觉。岁月流逝,弥足珍贵。就是现在想起这些信,我都会一阵激动,心里有一阵别样的温暖。这是一个报人与作者之间友情的见证,一份美好的记忆。如今,我和编辑之间已经没有这种书写的文字来往了。新媒体消灭了一些我们本可以拥有的记忆,这是无可奈何的事。

可我的记忆又是那么混乱。我想,无论是《安庆报》《安庆新闻报》衍变成现在的《安庆日报》《安庆晚报》,还是如今的纸质媒体正面临着新媒体的冲击,说纸寿千年,或说人到七十古来稀,《安庆日报》能坚持创办七十年,怎么说都是一件值得庆祝的事。这七十年,我觉得《安庆日报》就像屹立在长江边上的一幢建筑、一所庭院,那里既有让人正襟危坐的"厅堂",也有叫人偶发闲情逸致,并且流连忘返的"后花园"。我们经常光顾,我们收获满满,我们既有神情肃穆、心态庄严的时候,也有能够敞开胸襟,说说掏心窝子话、下下棋、扯扯"段子"、吼两句黄梅戏文,甚至诉诉苦的时光。当然,这里面自始至终都有一个编者与读者、编者与作者、读者与作者良好的互动关系。这种互动有时是技术方面的,但更多的还是精神方面的。比如,在很长一段时间里,我在《安庆日报》副刊每发表一篇文章,编辑老师不仅会给我寄一份报纸,同时还会另附一张剪下的我的文章的样报。这种认真而老派的编辑做法,也许有人会说是举手之劳,却让我心生感动。办报如做人,人是决定报纸生命的关键。好的报纸版面其实就是一种语言。用一种美好的语言与人交谈,人们就会感到亲切,就会有发自内心的喜欢。

拉拉杂杂地说这些,还是真诚地祝贺《安庆日报》创办七十年。

2019 年 4 月 10 日于北京东城区和平里

送别永鸣

我来得有些早。宽阔的候机大厅显得有些清冷,但我分明感受到了你生命的气息。我们是有过在这里见面的情形的。那时,你也总是早到,然后呵呵一笑,说:"还是我们守时。"然而,今天你不会出现了。因为昨天你从这里走了——走得那么突然,走得那么决绝……我不断地接到朋友们的电话,那也都是你的朋友。伤心、哭泣、喉咙哽咽,久久不愿相信……我的泪水止不住地流。

永鸣,我来这里,飞行千里,只想送你一程。

4月11日,是小说家林斤澜先生去世十周年的忌日。在手机微信里,我看见北京文学界正在举行纪念活动,朋友圈里弥漫着怀念的气氛。在我们共同的群里,我看到你给朋友的留言:"我到机场了,你在哪儿?"你总离不开朋友,又总喜欢先到。我知道你是去宜宾参加一个文学活动。想起去年年底直到今春,你还说你眼睛不好,说你不能喝酒而推辞了几次饭局,因而我心里暗暗一喜,心想你"出山"了。然而没想到几小时后,我就接到你病危的电话……慌乱的夜晚,灾难深重的夜晚,我向朋友告知了你女儿的电话号码,再也无法入睡。我一遍遍地对妻子说:"永鸣不会出事吧?"一遍遍地,我又给你身边的朋友打电话,无人接听;打另一朋友电话,竟是关机。我心里不由得一阵阵发冷。

事情很快得到证实。早上,我把噩耗告诉了你的另外几位朋友,然后就和刘俊赶赴了机场。飞机晚点。后来听说,你昨天的飞机也晚点了,差不多也是这个时候到的宜宾。出了机场,天下起了小雨,眼泪混合着细雨,把我的镜片弄得一片模糊。我们叫了辆出租车直奔殡仪馆,很快,我们就见到了你的女儿,见到了你的妻子……你孤独地躺在那里,紧紧地闭着眼睛,你再不理睬我们了!你再不会嘿嘿一笑,说:"嗬,你们来了,整酒呗!"那些年我们漂在北京,虽然你也漂着,但你总以饭馆为家,隔三岔五地总会招呼我去你的饭馆喝酒。其实,我心里明白,你那是想让我们有一种家的感觉啊!

"你不够哥们儿!你不能这样不理我们……"你家乡的哥们儿来了。他们号啕大哭,他们哽咽不止。北京、深圳、苏州、海口……三三两两,天南海北的哥们儿都来了,就像你精心设置的一场酒局。他们来了,你却躺在那里不闻不问。晚上,当地的朋友也办了酒。要是你在,你一定会喝。喝到高兴处,你还会以酒助兴,手舞足蹈,唱《鸿雁》,唱《不要说再见》,你有着讲不完的故事,说不尽的幽默……那些年,每逢这种场合,你总怕冷落了朋友,怕场面难堪,你有意无意地总是带头喝酒、带头唱歌。然而这回却没人喝酒,也没有人动杯子,连筷子也举得有气无力。你女儿"伯伯""叔叔"一声声地喊,说夜深了,大家伙为你操持累了,喝点儿酒解解乏,喊得我们心里酸酸的,但谁也喝不下酒。

你安详地躺在那里,躺在鲜花丛中,你的笑容虽然定格在黑白的镜框里,我仍感受到你笑得爽朗,笑得真诚,笑得善良。没有哀乐,响起的是你最为熟悉、你生前最喜欢唱的《鸿雁》。一遍遍地放:"天苍茫,雁何往,心中是北方家乡……酒喝干,再斟满,今夜不醉不还……"激越而高亢的旋律回响在大厅,回荡在我的心间。还是你的妻子、女儿理解你,她们让这首你喜欢的歌,伴你长眠。歌声里,我泪眼蒙眬,总想起你从座位上站起身子,用筷子作指挥棒,动情地唱《鸿雁》的情景……那时候你是多么健壮、多么激昂、多么有力啊!在北京、在你的家乡和草原,我们喝酒、吃手扒羊肉、唱歌……只要和你在一起,任何的惆怅和不快,你都会用酒把它们融化,让我们感受到的都是快乐……

北京候鸟酒煮华章言犹在耳,
广陵绝响风摧桃李恸已铭心。

这是朋友为你写的挽联,浓缩了你曾经的生活,刻画出了你在挚爱的文学上取得的成就……你笔耕不辍,每取得一点儿成绩,你总不忘家乡,也总关照身边的文学朋友,希望他们与你一起成长。那些年我当杂志主编,你常和我说:"有一篇稿子,我看写得还行,你看看吧。"每每遇到有潜质的作者,你就会说:"这哥们儿写得不错,你关注一下……"当听说某一位有才华的朋友搁笔时,你会惋惜地说:"写得好好的,咋就不写了呢?"那时,我听到的是你那兄长般深情的话语。现在,我再也听不到你的声音了,那副挽联就像两行簌簌而下的热泪……

一鞠躬,再鞠躬,三鞠躬……站在你的遗像前,我们垂首鞠躬。恍恍惚惚,我如在梦里,觉得周围的一切都不真实。你的女儿强忍悲痛,说你一生喜欢文学,你选择在宜宾,选择在这样一个山清水秀的地方,走完你人生的最后一步,你走得很安详……她哽咽着,她明明知道,你绝不会想到你会这样撇下骨肉亲人;她明明知道,我们谁也想不到,你在此与世诀别。何况你是那么热爱生命、热爱朋友啊!记得那年我生病,你先是怪我不和你说,然后执意和嫂子跑去医院看我。看我恢复得很好,你还经常关心,遇上差不多与我一样生病而健康起来的,你就兴奋得像个孩子一样打电话给我,谁谁谁现在都能喝酒了,别当回事……

那时,你总说:"我们都在故事里,老了还在一起玩。"

可你自己却不辞而别……咫尺天涯,阴阳两隔,从此世事两茫茫。我们含泪向你告别,我们不忍离去。抬头看窗外,宜宾已是暮霭四合。乌云低垂,江河呜咽,那朵朵黑云,仿佛知道自己做错了什么,痛苦得无地自容。空气压抑得令人窒息。走在宜宾的路上,我们面前空茫一片,一种空落落的情绪袭上心头,我竟一刻都不想在宜宾逗留。但为了你,我们还是度过了一个漫漫长夜。第二天一早,我们伴随着你的灵车,缓缓地把你送向你的往生之地——南溪。南溪,这是一个多么好听的名字啊!要是你生前听到,准会呵呵一笑,说:"这是个好地方!"可是你怕是做梦也想不到,这里竟成为你寄付肉体生命的地方。

天在下雨,天在哭泣,你的妻子儿女轻轻地簇拥着你,你的朋友们轻轻地簇拥着你,庄严地把你送给了南溪。当我听到你妻子喊一声"老荆,咱不怕!老荆,咱回家"时,当看到一缕青烟缓缓地升腾在南溪的上空,慢慢归于道山时,我的泪水禁不住再次夺眶而出,心里一声长啸……

永鸣,一路走好!

2019年4月12日至5月10日,从宜宾写到北京

天柱杜鹃红

上天柱山，几位作家朋友滞留在山的半腰。朋友都是我的朋友，理应由我相陪。找了一家客栈，让他们喝茶、聊天、吸氧。我没事，就在这半山腰瞎转悠。这一转，就有一大群杜鹃花映入了我的眼帘。杜鹃花团团簇簇的，一丛丛一排排，一路沿天柱山的石阶蜿蜒盛开。红的，红得耀眼，似是直冲云霄的一溜云霞；紫的，紫得发嗲，仿佛蒸腾在云霞边的一片美丽的烟岚。

家在天柱山。拿与我同游的朱小平先生的话说，天柱山就是我的家山。"无双毕竟是家山。"小平先生很喜欢清代龚自珍的这首吟咏家乡的诗，曾用这句诗做了他书写故乡的书名。我的家山天柱山雄奇灵秀，一柱擎天，众山拱绕，草木山川繁茂绮丽，真正算是"家山无双"。家山上有很多奇花异卉，比如兰草、映山红、天女花、望春花、瑞香花……然而，对杜鹃花长时间的熟视无睹，我自己竟有些诧异——我知道杜鹃花一名映山红、山石榴，为常绿或平常绿灌木，说是杜鹃啼时开花。民间还传说杜鹃花是杜鹃鸟，即子规。因杜鹃鸟哀鸣不断，咯血染红山花而得名。每年春四月,天柱山就有星星点点的杜鹃花开放,那丛生在悬崖沟壑间的杜鹃花,鲜红的花蕾就像一束束小火把。先是万绿山中一抹红般的醒目,接着就开得如火如荼,灿若云霞……杜鹃花当是天柱山的一大名花。

最早知道杜鹃花即映山红,是因为电影《闪闪的红星》里的那首歌:"若要盼得哟红军来,岭上开遍哟映山红……"那优美的旋律、清脆婉转的歌喉,让我从小就懵懵懂懂地将映山红与红军、与中国革命紧密地联系在一起。再是收录在中学课本里的《我们爱韶山的红杜鹃》那篇散文:"正是杜鹃花开遍三湘的季节,乡亲们怀着深厚情谊,连同韶山的泥土,送给我们一棵盛开的红杜鹃。"毛岸青和邵华的这篇散文写得感情充沛,一路抒情,把杜鹃花比作革命的烈火,比作漫天的云霞,比作烈士的鲜血……这使我们能更加感觉到一棵革命花朵的壮美。看到杜鹃花,就会想到熊熊燃烧的火焰,想到"霞姑",想到革命烈士——童年的教育和记忆就这样深刻而神奇……更有趣的是,多年以后我还和唱《映山红》的女歌唱家邓玉华在一起工作,亲耳聆听到她唱《映山红》以及大型音乐舞蹈史诗《东方红》里的《情深谊长》。她说,她唱《映山红》时不知道映山红是什么,听爱人说美术馆有专门画杜鹃花的画,就马上骑车去看。在看的过程中,她深深体会到杜鹃花开遍山野时那种胜利的喜悦,感情上就把杜鹃花当作一朵革命的花了。

在天柱山下我度过了青春岁月,我当然知道天柱山也有革命的故事。例如,宋末抗元义兵长刘源为抵御元兵南侵,带领他的将士春则放归耕种,冬则聚合整训,按当地农事特点开展保卫战,保护数十万天柱山人免受元兵蹂躏达十年之久。直到宋恭帝德祐元年(1275年),安庆知府范文虎降元,他仍然率兵据守在天柱山山寨与敌奋战。他总是出奇制胜,屡获胜利。但终因敌众我寡,最后与元蒙顽敌力战而死。死后,元兵割下他的首级邀功。当地百姓心疼难忍,为寄托他们的哀思,用檀木为他配做了一个假头,把他安葬在天柱山百花崖上,世代祭祀……这也会使人联想到杜鹃花与英雄的斑斑鲜血吧?"千峰巉绝一英雄,兵马堂堂百战功。护地丹心终不死,罡风长吼是王风。"天柱老人乌以风曾有诗怀念他。

在解放战争时期,这样血洒天柱山的革命英雄更是无数。我脑海里印象很深的是天柱山的两位女英雄,一位名叫张淑华,一位名叫陈桂珍。1937年,红军高敬亭部在皖西开辟革命根据地,张淑华随义父参加了共产党地下活动。一直到1942年,她还在当地为新四军的部队筹集柴米油盐等物资,为他们站岗放哨。后来,她不幸被国民党反动派抓捕,国民党反动派对她严刑逼供,让她交出共产党员的人数和名单。她坚决不从,敌人无计可施,把她押至河边活埋。据说土埋至她的胸口,他们还用水灌,用刺刀戳她,她死时才二十二岁。而曾获得人民政府"新四军母亲"称号的陈桂珍,自1941年开始接待新四军、解放军战士,收养伤病员,九年如一日,人数达数百人之多。在那残酷的岁月里,她无偿地为新四军伤病员提供吃喝用住,不辞劳苦地为游击队传递情报信件。敌人把她抓住捆吊在大树上,用扁担和枪托毒打她,她从此一病不起,长期吐血屙血,年轻的生命倒在了新中国成立之际……后来我参与编写《潜山县志》人物传记,还收录了这两位人物。如今,看到满山遍野开得如潮如海的杜鹃花,我不知怎么就想起了她们,觉得她们就是天柱山杜鹃那一缕缕花魂,是她们的鲜血让天柱山杜鹃花儿红——杜鹃为什么这样红?因为烈士的鲜血染红了它。我们说烈士的鲜血染红了杜鹃,不仅是一种浪漫的遐想,也是真理。

半山腰上,作家朋友们还在客栈里喝茶、聊天。外面,有当地几位抬滑竿的农人在热情地等待游客。我与他们攀谈,他们告诉我,现在上天柱山坐滑竿的游客少,有些人不坐,是因为良心上过不去,不好意思让他们抬。"你说我们不在乎,他们倒在乎,这生意不好做吧?"他们叹息着。我问他们:"这里的杜鹃花怎么生成了这样的一群?"他们告诉我:"这是从山上各处移栽来的。不然,哪有这么漂亮喳!"说着朝我一笑,嘴里轻轻哼着,"杜鹃花,朵朵红,爷娘比我一条龙。哥莫怨,嫂莫嫌,用心养我四五年,好田好地我不要……"渐渐地,就消失在天柱山的山中了。

2019 年 5 月 4 日于北京朝阳区奥运村翠堤春晓

撩我乡思是黄梅

在安庆四月明媚的春光里,我首先想到了黄梅戏。想到黄梅戏,我自然想到的是严凤英——我这样说,好像是在说绕口令。但事实是,耳闻大街小巷袅袅飘荡的黄梅腔,听说我们要去严凤英的家乡时,我心里就有些兴奋和期待。记得有年在桐城,在严凤英陈列馆有了匆匆一瞥,我就动了去严凤英故居的念头——那时,还说她的老家是桐城罗岭。至于桐城的罗岭怎么变成宜秀的罗岭,我一时还弄不清。弄不清就弄不清。这就如同来自民间乡野的黄梅戏,到底是源自邻县的采茶调还是本土安庆,谁能一下子说得那么清呢?

能弄得清楚的是:如果没有严凤英,就没有黄梅戏的辉煌。安庆是地道的黄梅戏故乡。

我也是黄梅戏的故乡人。但荒唐的是,虽生在黄梅戏之乡,我却迟迟没有领略黄梅腔,很晚才知道严凤英。因为从记事起,满世界激情亢奋的是革命样板戏——《红灯记》《沙家浜》《智取威虎山》……那时候公社大喇叭里一天到晚播着这些现代革命京剧。京腔京调的，当然同样让少年的身心痴迷。记得小学五年级时，老师不知怎么看上了我，让我演了一回《沙家浜》里的"郭建光"。公社的戏台下，密密麻麻地坐着革命群众，至于演得怎么样，至今没听人说起，但我过了一把唱戏的瘾。更重要的是，演出时，借了女同学弟弟的一件白衬衫，同学们都说穿得很帅气，以至于演出结束，妈妈要还给人家，我还一肚子不乐意。

多年后，我因一个偶然的机会知道京剧与我故乡也有重大关系。徽班进京，领头的就是出生在我家乡的程长庚，说他是"徽班领袖""京剧鼻祖"。如果不是冷落八个样板戏，家乡一夜之间如雨后春笋般冒出许多黄梅戏班，我怕永远只相信家乡仅仅是京剧的故乡。但一时，"树上的鸟儿成双对，绿水青山不改颜""为救李郎离家园，谁料皇榜中状元"……咿咿啊啊的黄梅戏，一下子盖过京腔，猛然就把我的心抓住了。刻骨铭心的乡音，仿佛故乡的一种招魂曲。于是，从那以后，每有黄梅戏班子经过，我都屁颠屁颠地跟在后面。当然，黄梅戏迷住的不止我，还有更多家乡的妇女和老人。家乡有一个笑话，说一个女人背着孩子看戏，把孩子脑袋朝下背倒了。别人提醒她背倒了，她连连回答说，到了就好！到了就好！……还有，我的一位同学高中毕业没事干，组建了一个戏班子，结果没唱几年，他解散了黄梅戏班，等我再见到他时，一位漂亮的花旦已成了他的娇妻……

从此，家乡仿佛到处是黄梅戏。乡亲们清早唱，白天唱，晚上也唱。要是不会唱，就有人疑心你不是黄梅戏的故乡人，说你白白沾了黄梅戏故乡人的名分……那些年，不仅县黄梅戏剧团有戏唱，草台班子也有戏唱。《小辞店》《打猪草》《闹花灯》《天仙配》

《女驸马》《牛郎织女》……大戏七十九,小戏一百一十六,不够就即兴发挥,现编现演,竟有唱不尽的黄梅戏本。与此同时,由严凤英主演的黄梅戏电影风靡一时,无论是简陋的乡村电影院,还是村庄的露天剧场;无论是村口,还是遥遥几十里路的邻村,劳累了一天的乡亲,只要听到锣鼓响,脚板就直痒痒,然后深一脚浅一脚地赶去听。一遍遍地看,一遍遍地唱,唱"天上人间心一条",唱"天上人间不一样",直唱得月亮隐去太阳出,唱得太阳落山月亮来……那时,我们也正值人生的青春期,很快就有人弄不清楚戏里的爱和生活的爱,为爱情轰轰烈烈闹得生离死别的大有人在……

有人说,黄梅戏源于民歌采茶调。也有人说,黄梅戏出自"黄梅时节家家雨"。还有人说,戏曲是农业文明向商业文明过渡的产物。人们说得云里雾里,云遮雾罩……但乡亲们不管这些,谁也不想去细究,他们只知道黄梅戏吃的是百家饭,喝的是百家奶。在这里,戏,是黄梅戏;天,是黄梅天。尽管到处都在唱黄梅戏,但唱得最好的还是严凤英。可以说,黄梅戏直接源于严凤英。严凤英的嗓子清脆甜美,圆润透亮,沁人心田;严凤英的扮相端庄,朴实俊美,是她把黄梅戏曲唱绿了乡野,唱红了山坡……那些年,在黄梅戏的旋律中,我看到的严凤英形象,或是"千诉万诉我诉不清楚"的柳凤英(《小辞店》),或是"郎对花姐对花,一对对到田埂下"里的陶金花(《打猪草》),或是"你耕田来我织布,你挑水来我浇园"里的七仙女(《天仙配》),或是"春风送暖到襄阳,西窗独坐倍凄凉"隐姓埋名的冯素珍(《女驸马》),或是"夜静犹闻人笑语,到底人间欢乐多",那与牛郎鹊桥相会的织女(《牛郎织女》)……一会儿,她是飘摇云间的神仙女;一会儿,又是人间美村姑。一会儿,她是住在深闺里的皇亲国戚;一会儿,又是落魄凡间的女子。那时,我们是多么羡慕牛郎和董永,多么羡慕那名叫李兆廷的穷书生……天上人间,人间天上,听着她的声音,我以为她可以自由地往返于天上人间,就是一位下了凡尘的仙女。

严凤英从此成了黄梅戏的代名词。

有一年,在家乡黄梅戏剧团的门前,人们潮水一样簇拥着一位老人。因为那位老人说,严凤英在这里演过戏,她亲眼看到了严凤英。她说,卸了妆的严凤英长得端庄是端庄,但脸上有些雀斑……怎么会是这样?怎么会这样?我当时心里就暗暗生气。我讨厌那位老人。在我少年时关于严凤英的全部记忆里,严凤英就是一位仙女。仙女怎么会在这里唱戏?仙女的脸上怎么会有雀斑呢?然而事实是,严凤英确实是在这里唱过戏。那是一九六三年,她和王少舫在这里演了一曲《天仙配》。听说那时的潜山县城万人空巷,差点挤塌了戏台,挤破了头……严凤英不仅是黄梅戏艺术大师,更是我们邻县一位地道的姑娘。后来,在当地的县志里,我真的看到了这次演出的盛况。实实在在的记载,是黄梅戏故乡人对黄梅戏艺术大师的一种致敬吧。

下了凡尘的严凤英走下舞台,也走到了我们的面前。这位"玉皇"的小女儿的遭遇,让我们唏嘘不已。这个小名叫"鸿六"的女孩,刚刚懂事就上山打柴、放牛、讨猪菜,下湖撒网、捕鱼,滚在泥巴的田野……菜子湖的水与乡野的风轻轻地拂过她,山歌、采茶调和民间戏曲深深地浸润过她。不知不觉就成就了她一副好嗓子。九岁,她偷唱黄梅戏;十三岁,登上了戏台。尽管历尽坎坷,她水袖翻滚,莲步如花,二十二岁就饮誉戏剧界,让软软一曲黄梅戏从此缤纷摇曳,辉煌无比。然而,就在她事业如日中天的时候,她突然被人说成是"反革命文化黑线宠儿""国民党特务",受到了非人的折磨与迫害。三十八岁时她含冤而逝,一颗美丽的艺术之星从此陨落了。更不可理喻的是,在她死后,有人认为她肚子里藏有发报机,竟然剖开了她的肚子……于人性,这是万劫不复,坠入深渊;于她,却是"花正红时寒风起"。天上人间再也不是心一条,而是"天上人间不一样"。这不一样,却让她灵魂直上九重霄,归于尘土,最后终归于永恒,只剩下一曲曲黄梅戏咿咿啊啊在人间。

在人间,她飘飘荡荡下凡来,轻甩水袖翩若惊鸿。

在严凤英的故居,我差不多用了一个小时,就触摸到了她短暂而又美丽的一生。走出故居的大门,回头一望,天空瓦蓝,白云悠悠,粉墙黑瓦的严凤英故居,三进三出的徽派建筑让人顾盼生辉。门口,有一尊汉白玉的严凤英塑像,那阳光下的严凤英,宛若一朵出水芙蓉……当地人说,严凤英故居是在原来的屋基上建的。时下,故乡安庆在美好乡村建设中修复了很多名人故居。这些名人的故居已成为乡村一颗颗耀眼的明珠。转移视线,我看见严凤英故居屋前屋后的田畈山坡,大片的油菜花和一株株山桃花竞相怒放,我感受到了故土的亲切,心里却也隐隐约约生出一种懊恼:我的老家离严凤英家这么近,近得只有几十里路;却又是那么遥远,走近她,我竟用了半个多的世纪……撩我乡思是黄梅,没想到,离开故乡二十多年,我心里深深隐藏的,竟也有浓得化不开的一腔黄梅。

2019年5月12日晚于北京朝阳区奥运村翠堤春晓

遗失与遇见
——撒哈拉散文集《随遇而安》序

知道她名叫撒哈拉是后来的事。"撒哈拉其实是一个女孩的名字,荒废了所有真实的东西,只为追逐她的自由和不受污染的灵魂。"一个很偶然的机会,我看到了她用"撒哈拉"的笔名写的一篇散文……在知道她叫撒哈拉的同时,我差不多也明白了她取这个名字的原因。

她真名叫侯宪英,一个欲用文字追求自由和灵魂干净的"撒哈拉"。

伴随着"撒哈拉"的名字,她开始了自己心灵的自由书写。她感慨自己,说细算起来,她所经历的三十多年时间里,有着太多的回忆,但有几次能在最美的瞬间抓住最美的风景和自己呢?但她还是不断地抓住了,比如,在母亲的手擀面里,她抓住了因时间流逝而"荒废"了的童年的微妙记忆(《遗失的味道》),还有,她买的拐杖奶奶从来不用,而九十九岁高龄的奶奶仍然"拄着她那根不知从哪里捡来的旧拐杖",后来她知道那拐杖竟是爷爷曾经用过的(《世界的尽头有多远》),她抓住了人间最美最真实的情感,那也是一个清高与善良的灵魂……生活充满了常态,荒废与追逐、遗失与遇见、激动与落寞……并不能全部靠努力争取。在这里,侯宪英(或"撒哈拉")用平实朴素的语言,细腻而缠绵的情感向你娓娓道来,告诉你:做自己是有条件的,不给自己找理由,想念是很美的……

都说散文是真实的艺术,我认为散文最大的真实就是情感真实。散文的情感的确容不得写作者有半点胡编乱造。撒哈拉的个别文字或许有些"小女人"或者"鸡汤",但并不肤浅教条,更不宿命化,而是格外地显得情感充沛和真实。她是矿工的女儿——"老实巴交的父亲干了一辈子矿工,退休的时候他一再叮嘱我:'不要嫁给矿工了,一辈子担惊受怕,太累了。'……但我情窦初开的时候,依然被一位淳朴憨厚的矿工打动,毫不犹豫地嫁给了他当妻子……"在《嫁给矿工》这篇散文里,她真诚地为自己成为一位矿工的媳妇而骄傲和自豪。同时,她也会为丈夫与父亲因为有共同语言,到了一起唠叨不休而冷落她感到嫉妒;也会为丈夫到了下班时间不来电话而焦急;更会因为一个平安的信息,而给丈夫多做几样他喜欢的菜……这是一篇朴实的文字,却让一位深情绵绵的矿工妻子的形象活灵活现,令人心疼。

她的散文《幻想撒哈拉》可以说更是她真实心灵的一次写照。那里不仅有着她对撒哈拉荒芜的想象和流浪的梦幻,还隐藏着她潜意识里摆脱精神枷锁的欲望。她期盼着那种豁达宽厚、历史的沧桑、圣洁的爱情……流露出的都是她真实的心迹。无边的想象终归于"一份淡泊随风沙共舞,但求清白一生",或者更是她赤裸裸的真实。实际上,侯宪英(或"撒哈拉")的敏感多思是与生俱来的,例如,在某个雨夜,她会"遥想那个远古的风雨之夜,西洛的火炬燃烧在利安德尔的眼中,却最终没照亮他回家的路……",她放开视线,直到最后"收住视线才发觉眼里竟不自觉地噙满了泪"(《听雨之夜》)。这样的泪水无疑是一颗敏感多思者心灵的结晶。

读到这样的文字,谁能不怦然心动,感受到她的文字散发出来的魅力呢?

人们现在喜欢说什么"自带光芒"。其实散文的魅力也是自带的,它是散文的结构、语言、思想和内容的浑然天成,其中风骨毕现。撒哈拉把她的这本书取名《随遇而安》,我认为也是她与文字的随遇而安。这种随遇,是她有意无意朝着散文某个方向的"遇见"和"接近"。这当然是一个美好的遇见,这种遇见使她很快享受到了写作的成功和喜悦。

是为序。

2019 年 5 月 12 日于北京朝阳区奥运村翠堤春晓

爱石记

第一次知道石头的神奇是在我大姑家。大姑家在老家一个名叫朱家冲的地方,她家屋后靠了一座浅山,山上有一种石头。石头都不大,白白粉粉的,握在手里温润得很,可以捡着玩。我有好几位表姐,但我不记得是哪一位表姐开始带我捡的石头。那石头在干燥的地上,特别是在水泥地上轻轻地一画,就有一条白痕,就像老师给我们板书用的白粉笔。我从没见过那种石头,一见就有些惊奇,就没来由地喜欢上了。

"美是怪异的。"波德莱尔说。那时我还不知道波德莱尔的美,不知道那由于最初的"怪异"而衍生的美学。我只想捡那石头,拥有那石头。表姐带我捡了好多好多的石头,那些石头把我的口袋撑得棱角分明,就像装了一袋从湖塘里摘下的菱角。在离开大姑家的时光,我就用那石头画"田"字,画"日"字,蹦蹦跳跳地跳房子,偶尔也在合适的地方画几幅童趣横生的画……心里美滋滋的,像变幻着颜色的四季。

家乡北方的灵璧县有一种石头,叫灵璧石。那石头质地坚硬,或黢黑,或褐黄,或麻斑,却又滑如凝脂。灵璧石窦穴玲珑,款曲委婉,用手轻轻一敲就有清脆的声鸣,宛如从钢片琴或三角铁上发出的。石头在歌唱。那时我没有听过那首著名的《木鱼石的传说》,却知道了"精美的石头"能唱歌。它不仅能唱歌,还能画画……多年以后,我才知道这种能画画的石头,叫作滑石,又叫液石、脱石、冷石、番石、共石……是硅酸盐类矿物滑石族滑石的别称。这石头是矿石中最软的石头,还是一味中药,性甘淡。"苍藓千年粉绘传,坚贞一片色犹全。那知忽遇非常用,不把分铢补上天。"唐代诗人兼画家刘商为它写过颂诗。

那时,我学过的神话里刚好就有"女娲补天"的传说。据说远古的时候,天上有一大缺口,那女娲娘娘就用炼制的五彩石补天。小时候不知道女娲娘娘补天的石头里有没有这种画石,现在依然不知道。我能知道的是这画石也很有讲究,有的浑身全白,仿佛一捧白雪;有的麻黑相间,宛如小时候大姑给我吃的麻切糖。它们形状各异,有的方正,有的尖尖,有的粉粉一团。表姐们说,那粉粉的画石叫作"糯米石",糯米石性子软软的,不仅能画,若你有一双灵巧的手,还能雕刻出虫鱼鸟兽和鸡啊兔啊的十二生肖……但我们没有长出一双灵巧的手。

在时光的催促下,我们长大了。长大意味着告别了童年,也告别了一些最原始的东西,比如简单的快乐、清澈的纯真、朦胧的胆怯……告别好像就是一瞬间的事。之后,我就很少到大姑家去了。再去,也只是走亲戚。我们学会了彬彬有礼,再不会跑到大姑家的屋后捡那画石,更不会肆无忌惮地疯玩了。

遗憾的是,虽然我自小玩过石头,也由衷地喜欢过,但突然的告别,使我没有培养出对石头的情趣。后来,我知道了石头是有灵性的,知道石头能通神,知道"石遇有缘人",也知道了"通灵宝玉"的《石头记》,知道了"石痴"米芾拜石的故事,知道了"花如解语应多事,石不能言最可人"……知道了石头的神奇不仅在于像,还在于思想。说石头像人,像兽,像花草虫鱼,像自然界的一切一切,这种像,使人浮想联翩,使人想到人,想到艺术,最后想到生命……它成就了我们的审美,满足了我们的想象。

那一次亲身捡石头的经历虽不惊心动魄,但每每想来,温暖宜人。

那年在长江宜宾的沙滩上,我和友人各自得到了一块石头。我的石头绿茵茵的,就像一块彩色的绘蛋,但那彩蛋上有人,两位古人背靠背席地而坐,像在坐而论道,像在赋诗,像在窃窃私语。朋友捡的一块石头却像一只蚌壳,石头的水石纹理活灵活现,竟宛如毕加索笔下的人物画,尤其是那头发和眼睛,极为传神。朋友欣喜不已。我把我得到的那块石头取名《推背图》,雪藏自珍;朋友说他那块石头依了毕加索的作品,就是《坐着的女人》之一。

细看朋友那块石头的画面,酷似毕加索的画风。那古典式的单纯线条,那匀称和永恒的和谐,那如同雕像的造型,简练却又芜杂,与毕加索的作品如出一辙。尤其是那石头上的人物,也有某种几何形的棱角和简化了的结构,如水泼面,却又保持了水面平衡。如不是亲眼看到这块石头出自长江,我一定疑心这块石头是被遗留在中国长江的毕加索的作品。

毕加索肯定想不到,在遥远的东方长江,在宜宾的沙滩上,遗留有酷似他超现实主义画风的石头——这是大自然的馈赠,也足以说明艺术没有国界，艺术便是永恒。

  那次捡石头于我不仅仅是短暂而奇妙的经历，还给予我一把开启石头秘密的钥匙。从此，我不仅开始了对石头的秘密的探索，也对它起了一种敬畏之心。但奇怪的是，我对石头保有的仍是小时候在大姑家所得到的神奇印象和记忆。想起石头，我就会想起我的大姑，想起我的童年。我觉得，石头是大地的一部分，是大地最为坚硬和柔软的一部分，它支撑着人类的生存和繁衍，也赋予了大自然爱与神性。

2019 年 5 月 14 日下午于北京朝阳区奥运村龙祥嘉园

倾听蒲公英在异乡的歌唱
——读俞胜散文集《蒲公英的种子》

我读俞胜的散文集《蒲公英的种子》,正是蒲公英开花的时节。就在离我家不远的奥林匹克森林公园里,一朵朵蒲公英像是刚被明媚的阳光唤醒,顶着黄色的花,睡眼惺忪却又义无反顾地与春风一起漫天飞舞……此时读俞胜的散文集,我突然觉得不仅是一次诗意的阅读,也是应景的阅读,是在春天里倾听蒲公英在异乡的歌唱。

在俞胜的笔下,"蒲公英的种子"首先就是一颗颗诗意的种子,这样的种子不是随风飘扬,而是深深地扎根在他的故乡,开着艺术的花,长着艺术的叶。他说:"那柳叶岂止是苍翠欲滴的,绿得连柳的上空都弥漫着一层烟似的云……"(《故乡的柳叶》)而茶叶,他就直接说是他故乡的一春柔情了:"小小的叶子绽放在你的水杯里,就有南方的云霞为你蒸蔚而来,就有南方女子的清香为你飘漾而来。"(《一春柔情》)俞胜情满故土,写到故乡的树叶,他的语言总显得异常清新和灵动,语言的叶片仿佛也经历了一次雨水的洗礼,水淋淋的,充满一种浓郁、新鲜的意味。当然,他横生的才华不是用来机械地采撷故乡的叶子,而是在故乡的树叶上,寻找着自己独特的发现和沉思。比如,看到故乡的秋叶,他发现"枝头是叶子的故乡,叶子是故乡的游子",由此认为人们常说的"树高千丈,落叶归根"就不一定准确,甚至不过是人们的一种奢望。寥寥数语,字里行间却流露着他对故乡、对自然的一种挂牵,这种挂牵于他是百折千回的牵肠挂肚。

读俞胜的散文,我还觉得他的心灵非常敏感、冲动而又缜密。灵动的思想似乎经常与他眼前的山水结伴而来,这在他的《寂寞的百望山》一文中可窥见一斑。他在居住地的附近,看到百望山上的积雪,立马上山,通过百望山翠竹上的积雪,他感悟到了山的幽静,进而感悟到一座山"热闹的时候是真的,寂寞的时候也是真的",体会到一座山的多重性格,最后,却又归于王国维先生所说的:"以物观物,故不知何者为我,何者为物……"他的几篇写山水的文章,更处处摇曳着陶渊明的"南山"的影子。他喜欢陶渊明的"结庐在人境,而无车马喧",喜欢陶渊明"采菊东篱下,悠然见南山"的"南山"——"说来也怪,普天下的山,被称为'南山'的有许多座。不管是有名气的还是没名气的,是山色秀美些的,还是山色平常些的,我只要一听是'南山',便觉得这山里流转着一种空灵,飘逸着一种闲适,就想到这山里来走走。"(《杭州南山结缘记》)他不仅真心地在山里走走,令人诧异的是十八岁那年,走进姐姐的柳树林里,他的心里还产生了一种隐士情怀。

然而,生就是一粒蒲公英的种子,他只能早早离开故乡,随风而去——隐士,说到底只是他心灵里一个偶然出现的梦影。很小的时候,俞胜随父亲学习《唐诗三百首》,虽然那平平仄仄的东西让他"变得容易凭花落泪,多情敏感起来",但那对文化诗性的向往与追求深深地刻进了他的骨子里,成就了他对父亲的无尽追念,也影响了他一生的追求。与书同名的《蒲公英的种子》是一篇情真意切的散文,每每读来,总让人泪水潸然……兄弟姐妹,至爱的一家人在那饥饿的岁月里就像是蒲公英一样各奔东西。岁月赋予了他们艰辛,他们回报岁月的却依然是无法割舍的亲情。母亲说:"兄弟姐妹呀,就像蒲公英的种子,小时候大家圆圆满满地聚在一根茎上,大了时,风一吹就飘散到四方了,再想聚在一起可就不容易了。"这不容易,不是简单的物理上的距离,而是人们心灵的距离。是命运,是岁月,是人生至痛的部分。他娓娓道出一家人的聚合分离,文字里有说不尽的惆怅和心酸。如此,俞胜的蒲公英"种子"不但是思想的种子,还是人性的种子,是蒲公英最为深沉的吟哦。

俞胜生在有着"天下文都"之美誉的桐城派故里,也是我地道的安庆老乡。在我的眼里,他纯朴、聪明而又有些腼腆,就像是我们常见的邻家的一位大男孩——做记者、写小说、当编辑……他从故乡一路走来,亦如蒲公英一样背负着命运的"降落伞"随风飘落。但不管在哪里飘荡或在哪里降落,他都在不断地用他深深挚爱着的文字孕育着新的生命和作品。这就不得不让人佩服了。

2019 年 5 月 21 日于北京市朝阳区奥运村翠堤春晓

王晓峰和他的散文集《木里的冬天》

和王晓峰相识十几年了。

十几年前,我在他所在的煤矿举办过一次"中国作家看煤矿暨煤矿作家高级研讨班"活动,邀请国内文学界的名家名编深入矿山,在煤矿体验生活的同时给煤矿作家授课。活动有很多琐事,都是他和他的一帮朋友毫无怨言地忙前跑后——依照我的经验,他如此热心,怕也是喜爱文学创作的。但我没有问他。见到他,他也只是对我亲热地笑笑。短短的几天,他给我留下了很深的印象。

果然,我很快就读到他的一些作品。作品都是写矿区生活的小说,有一组名叫《矿区人物》的短篇系列,写的就是矿工,像是矿山的一组人物传略。在我主持的《阳光》杂志上,陆陆续续地发了好几篇……后来我不再担任《阳光》杂志的主编,但还能经常看到他创作的一些煤矿题材小说,偶尔还看到他作品获奖的消息。看到他对文学的坚持和取得的成绩,我打心眼里为他高兴。他也一直没有忘记我,偶尔也会与我联系。这样,我就知道了他的一些行踪,知道他从中原大地跑到了青藏高原工作,在业余时间不仅创作小说,还写了不少散文。

大概因为我也写散文,他把这些散文整理成集,取名《木里的冬天》,希望我能写上几句话。他的这部散文集分为六辑,曰"高原情思""岁月悠悠""边走边唱""义海故事""梦里书香""走马观史"。每一辑内容虽各有侧重,但展现的是他内心的三重世界:童年和故乡、煤矿和异乡、阅读和历史。在这三重世界里,他的文字相互交错却又浑然一体,呈现出的是他的所作所为和独特的艺术思想。生活在农村,父亲在煤矿工作,他的童年几乎是在父亲和母亲两个语境中度过的,一边感受着乡村的饥饿,一边感受到的是很少见到父亲的苦涩。父亲"偶尔回去一次,也是仅仅停留两三天,就又赶紧返矿,所以我小时候对父亲几乎没有什么印象"(《又到端午忆父亲》),他说。但因为内心对矿工生活的向往,十八岁那年,他还是进了煤矿,有了与父亲一起劳动和生活的经历,也真正体会到了父亲对他的感情。爱上煤矿也融入了煤矿,从此与煤矿密不可分。当家乡的煤矿延伸到青藏高原,他又毅然地离开家乡,投身到那一片陌生的土地。如此,与家乡不一样的地理和风物,使他的创作平添了一种新的情感和题材,他写下了一批非常有分量的散文。他勤奋写作,也勤奋读书。他的阅读除了当代文学,还有历史,他的那一组写齐桓公、吕不韦、刘阿斗及刘宋王朝的历史随笔,估计也是受了当年流行的《明朝那些事儿》等书的影响。但他写得深入浅出,他剖析历史的局限、人的局限和无奈,表明了他对历史写作的个人趣味。

"一声窑哥们,双泪落君前。"这是从煤矿走出去的著名作家陈建功先生说的。煤矿的作家对煤矿、对煤矿工人有着外人所体察不到的感情。在青藏高原,晓峰就经常被他的窑哥们儿那种不畏严寒、艰苦创业的精神所打动,因此他不惜笔墨,动情地记录了他的几位矿工兄弟的故事——他说:"有一种花,看上去弱不禁风,可风越狂,它开得越灿烂,它就是盛产在青藏高原,最普通却生命力最顽强的格桑花……"他把他这些矿工兄弟比作开在青藏高原上的格桑花。他这一组"义海故事"因为描摹得过于真实,我曾与他商量是否考虑不放在这本书里,但他还是坚持放了进去。我理解晓峰这种坚持的意义,这里无疑有着他对矿工深厚的感情。他希望他真实的文字记录不仅能让他的感情有所表达,也能让他的灵魂得以安妥。他的坚持让我心存感动。

  承蒙晓峰不弃,让我为他即将出版的散文集作序。我不揣浅陋地说了以上一些话,当然是真诚地祝贺他这部散文集的出版。

2019 年 5 月 22 日于北京朝阳区

在苏州

苏州的园林风景太多了——虎丘、拙政园、沧浪亭、枫桥,"姑苏城外寒山寺,夜半钟声到客船"……哪一处风景说起来都令人神往。天下起了蒙蒙细雨,细雨里游苏州的园林当然是一件美差。很美的细雨里,我突然想起这座城市有过的蒙藏垦殖学校。想起这个,是因为我的乡贤张恨水先生曾在这里读过书。但想了大半天,我后来去的还是苏州博物馆。

苏州博物馆与一个大建筑家贝聿铭有关。贝聿铭虽生于广州,却是苏州人,苏州的狮子林是他的"家园"。少年时代他少不了在狮子林、西花桥巷一带流连……苏州园林的桥、洞、园林、池塘,怕点点滴滴都已浸沁在他心头。他是不可能对苏州园林之美无动于衷的。绵绵的细雨里,我走进苏州博物馆,就像走进一幅江南的水墨画里,白墙粉壁、紫藤雨斜、脊直檐曲、池水留白、鹅卵石浅、假山影重、小桥流水、八角亭立、竹林摇曳,在绵绵细雨中,博物馆里的一切,或动或静,或立或卧,都让人恍惚,一眼一景,步步惊艳。那一幅幅水墨画宛若刚从江南水乡里打捞出来,还湿淋淋的。或干脆就是一头湿发的江南女子，低首回眸，顾盼生辉，妩媚而娇艳。难怪贝聿铭先生称博物馆是他"最心爱的小女儿"了！罗浮宫金字塔、美秀美术馆、肯尼迪图书馆……贝聿铭设计过不少大气磅礴、名闻天下的建筑，说苏州博物馆是他心爱的小女儿，当然可以说苏州园林藏着他心里最美的故事，是他的少年和他少年时的苏州，是他梦里的伊甸园。

张恨水读书的地方靠近留园。那学校名叫苏州蒙藏垦殖学校，设在当年苏州阊门外盛宣怀的家祠。一墙之隔就是留园，离寒山寺和虎丘也很近。张恨水在他的《写作生涯回忆》一书里说，学校的"房子又大又好，我宿舍窗外，就是花木扶疏的花园。隔壁留园的竹林，在游廊的白粉墙上，伸出绿影子来看人"。也许是这看人的"绿影子"，让张恨水从此张开他想象的翅膀。那时，他开始躲在学校里写小说。他说，"窗外竹木依依，远远送来一阵花香"，他越写越兴奋，一下子就写出了两个短篇小说。一篇是文言文的《旧新娘》，一篇是白话文的《桃花劫》。小说写好后，他投给上海商务印书馆的《小说月报》编辑部。当时的编辑恽铁樵还给他回信，说是稿子很好，意思也不错，容缓选载。可是后来却是杳无音信。小说虽然没有被发表，却埋下了他"吃小说饭"的一颗种子。

在苏州上学时，张恨水才十八岁，他在这里只待了一年多时间。但那正是他四海漂泊，青春苦闷的时候。他后来回忆说，"予住校时，即卜居于此，花晨月夕，小立闲吟，俱感清趣。湖海十年，豪气全消，而一念及此，犹然神往"，有"东坡老遇春梦婆"之叹。正是看花流泪、看水添愁的年纪，他和同学们在学校一起吟诗作赋,唱和打诨,还给自己取了个"愁花恨水生"的笔名——张恨水笔名的由来有很多传说,但对"恨水"两字,他其实早早就青睐过的。次年在湖北汉口,他向一家小报投稿,笔名用的就是这两个字:恨水。

我心里想去看乡贤张恨水的读书处,去的却是苏州博物馆,不知道这是什么心理在作祟。但说起来,我们对一个地方的向往与流连,还是与人有关。不知别人到了苏州作何想,我到了苏州便是想到这两个人:一是我的乡亲张恨水,二是苏州人的乡亲贝聿铭。

2019 年 5 月 24 日于北京朝阳区奥运村

纸上的祖先

一

小叔现在热衷于一种寻找。捧着纸张发黄的家谱按图索骥，寻找远迁的族亲、久远的祖坟……小叔年轻时跟他的父亲，也就是我的三爹爹（北方称爷爷）学铁匠，后来又鼓捣电焊、土法炼油……他对一些事物的发明充满了兴趣。如水重力发电机、双向运动磨刀机……还让我帮他整理资料，申请国家专利，也真的获得了两项。他找自己的孩子要钱或者借钱搞发明。有一阵子，他制作水重力发电机到了痴迷的程度，但终因家人反对，他没有完成。他所能完成的就是寻找。两次寻找，他都获得了成功。

这使他很有一种成就感。

寻找是困难的。我感觉小叔的两次寻找都充满了诱惑，也充满了种种惊喜。对于家族来说，寻找就是寻根。这里面既有庞大的家族叙事，也有琐碎的家族故事。但小叔沉迷其中，乐此不疲。

随着他的一些寻找,奇怪的是,祖先们也开始在我脑海里鲜活起来。在夜深人静的时候,我甚至能感觉到祖先们从发黄的线装族谱里走出,清晰得熠熠生辉。我仿佛听见一种熟悉而深沉的呼吸声。

我说的是徐姓——按现在官方姓氏统计数字,徐姓排名第十一位,大陆人口两千多万。徐氏来源或有几说,其中不乏融入少数民族的,但基本纯正。《通志·氏族略二》载:"徐姓,子爵,嬴姓,皋陶之后也。皋陶生伯益……"清道光年间的《徐氏族谱》说:"第一代伯益,商音东海郡,赐姓嬴,佐尧,封左定侯,复相舜,掌火,又封国侯。夫人姚氏,生二子:长曰天英,封于陆;次子若木,封于徐,吾徐受姓之始祖也。"大体意思是说,皋陶之子伯益是掌管火种的官,他辅助禹治水立有大功,赐姓嬴。夏王封伯益之子若木于徐,故地在安徽泗水北。徐氏自夏朝封国开始,距今已有四千多年的历史了。

许多家族都有自己的神话和传奇,徐姓也不例外。

传说,远祖若木传至三十四代(一说三十一代)孙徐缓,西周昭王拜他列国侯,但他坚辞不受,隐居泗州平源县山中。夫人姜氏有孕,生时"白雀衔书,祥云盖顶,紫气临身",可生下的却是个肉球。家里以为不祥,弃之于野。当晚,有犬衔回床下,姜氏见到,让人又把它送到水边,家犬再次衔回。突然有人听见肉球内的啼哭声,徐缓慌忙叫人剖开,却见是一个容貌俊秀、声气和平的婴儿,只是右手(一说左手)握拳不开。徐缓夫妇既惊奇又心疼。待婴儿七岁,右手展开,掌内竟有"偃王"二字,于是就叫他"偃王"。偃王十七岁时,边境有乱,周穆王派兵讨伐,见他文武兼备,才艺过人,邀他从军。他果然不负众望,很快平息了战乱,周穆王一高兴,便与他分国均守。偃王领旨,以仁义治国,不到几年就使治下国强民富,在四方诸侯中赢得了百姓的赞美,惹得当时三十几国的诸侯都来朝拜,请教治国良策。

但好景不长,周穆王听信谗言,怀疑偃王要谋反,于是联楚伐徐。偃王听到消息,叹道:"君子不处危地,贤者不顾荣辱。"为了不让百姓受战乱之苦,他决定弃国而走,避居山中,拥护他的百姓也数以万计地随他进山。这山后来叫徐山(即现在的江苏徐州)。偃王虽然逃身弃国,但当地老百姓对他的拥护与爱戴竟初心未改。他死后,人民纷纷立庙纪念。谱牒记载,江苏一带的偃王庙就有十几座。

这些故事,韩愈在他的《偃王家祠序》和《衢州徐偃王庙碑》中说得很清楚:

(周穆王)与楚连谋伐徐。徐不忍斗其民,北走彭城武原山下,百姓随而从之,万有余家。偃王死,民号其山为徐山,凿石为室,以祠偃王。偃王虽走死失国,民戴其嗣,为君如初。……或曰:偃王之逃战,不之彭城,之越城之隅;弃玉几研于会稽之水。(《衢州徐偃王庙碑》)

作为唐宋八大家之首的韩愈,不仅有文学才华,他的文字也是可信的。不管怎么说,徐偃王在中国历史上也算是一位爱民如子、治国有方、政迹卓著的诸侯。

除此外,还有一个"二公子事件"也与徐姓有关。吴王阖闾

（公子光）刺杀吴王僚夺取王位后，于公元前512年夏天，派使臣责令徐国和钟吾国交出领兵在外的公子掩余和烛庸（吴王僚的两个弟弟）。但二国依仗楚国为靠山，拒不执行，并私自放走了二位公子。楚国昭王还派人隆重迎接二位公子，让他们在"养地"（今河南沈丘县）暂住。接着又让莠尹然、左司马沈尹戍重修养地，把养地东北边的城父、东南边的胡田两地故意封给了二位公子，企图利用他们要挟吴国。可没想到，这却给徐国带来了灭顶之灾。

就在这年冬天，吴王派孙武、伍子胥两位讨伐徐国和钟吾国，很快，历时一千六百多年的徐国就这样被消灭了。章禹断发弃国奔走。为了生存，徐国人不得不下南上北，各奔东西。这个事件，曾被徐氏家族称为"章禹失国"。

按族谱，这位章禹公就是我的四十五代远祖。只是对于这位远祖"失国"之事，我们的家谱语焉不详、含混不清，甚至一笔潦草地带过。这是徐国历史上的一个巨大隐痛，也是徐氏家族的忌讳。其实，每个家族都有自己独特的密码和血脉文化，有自己家族的喜怒哀乐、爱恨情仇，并由此塑造和形成自己的家族性格。

二

我手头有一本民国年间编修的线装《徐氏族谱》，我一直珍藏着，还从南方带到了北方。但有一天，小叔突然对我说："有一个'谱头'，你拿去了。"说得我大吃一惊。实际上我已很久没有翻过家谱，也差不多忘记了这本家谱的来历了，但我的小叔记得一清二楚。我像做了小偷一样，不由得一阵脸红。

在二十几岁时,我应该是研究过家谱的。如今翻开这本家谱,发现上面还有我用红铅笔画过的线条。这是一本家谱的卷首,但那时在家谱的序言与凡例里,我还是隐隐约约看出了"忠孝"二字。一个族谱就是一个家族的忠孝史,那是祖先们生存的时代和社会的环境的结果。一个家族从小的教育就是这样异常顽固而有用。

"在夏不王,在周不霸,由来义守纯臣,竹帛永垂青白史;见石而回,见埂而却,只为家传孝子,牡丹怕放紫红花。"我在徐氏祠堂读到了这副楹联。这副楹联既有国家叙事,也有家族叙事。"不王不霸"说的就是远祖若木夏时受封于徐,建立徐国,势力雄厚,却不称王,以及徐偃王弃国出走的事。说徐国历经夏、商、周三个朝代,都不称霸。而下联却隐藏了徐氏家族三个"节孝"故事——史载徐氏子孙:徐积,宋代山阳人,元祐初,任楚州教谕,三岁父殁,因父名有"石",便终身不用石器,遇石即避;徐孝肃,隋时汲郡人,早孤不识父,事母至孝,庐墓四十年,见埂而回,足不出户;徐定,宋代丰城人,父殁亲丧,庐墓三年,孝感花神,家里的红、紫牡丹都变成了白牡丹。

这确实是一副绝佳的楹联。楹联的作者是民国时期家族的一位鸿儒。他名叫徐用冈,自号了石山人。自幼饱读"四书五经",曾在家乡开设过经馆。尤擅写对联,更喜作长联。他的对联格律讲究,立意新颖。他的儿子徐茂如毕业于南京中央政治大学,被当地人列为"四大才子"之一。徐茂如后来先后在家乡的几所中小学里执教,不幸于20世纪60年代罹难,成了特定时代的一个家族悲剧。

当然,家族的故事远不止这些。更有很多类似于忠孝仁义、贤淑德硕的记述。当地县志记载我们家族一位贤惠的婆婆恪尽儿媳之职,里里外外一把手,还能天天陪丈夫读书至天明,培养三个儿子都成了博学之士。这样的事例家谱里比比皆是。旧时县志有忠节、孝友、烈女等专辑,密密麻麻地写的也是这些,它们与各自的家谱互为印证,成为一种社会风尚。

邻县的《望江县志》有一则我仲源公"孝感天下"的逸闻:徐仲源,宋高宗时绍兴乙丑刘章榜进士。他母亲病重,服用许多药物无效,听说只有割股熬汤食用才能痊愈。徐仲源依法炮制。当时县令麴信陵闻讯,还将此事奏报朝廷。皇帝赐徐仲源所居之里叫"昭贤",所居之乡叫"孝感"。后来仲源公考中了进士,担任合肥县令。上任不久,母亲去世,葬在他住宅的东南山岗。因母亲平时怕打雷,每遇打雷,都是他亲自为她掩耳。母亲死后,每逢响雷,他便跑到母亲墓旁,不停地说:"仲源在此,仲源在此!"仲源公死后,葬在母亲墓旁。后人将葬他母亲的山叫孝感山,山前岭叫孝感岭,衍生了一个"闻雷泣墓"的典故。

在民国九年的《潜山县志》上,我看到这样的字样:

> 徐尧寀,字瞻屺。崇祯初,邑患蝗,寀出仓谷以救。后,寇入,大肆焚掠。寀父棺被焚。寀闻,奔哭于道,遇贼,执以归。贼掠金帛出,焚其庐。寀以母柩在堂,赴烈焰死。贼首义之,杀其举火者,致祭而还。

这是我家一百一十四代世祖尧寀公在明朝崇祯初年的事。

方苞《左忠毅公逸事》中就有"崇祯末,流贼张献忠出没蕲、黄、潜、桐间"的记载。没想到崇祯年间,我家乡竟然也发生这样惨烈的事。像是抄一份作业,祖先们一代接着一代,总是抄录着"忠孝节义"四个大字。难怪尧寀公给他的五个儿子起名"仁义礼智信"。有一段时间,我不停地翻看县志,检点家谱,这种记载让我疑惑不已,又泪流满面。

一代又一代先祖远逝而去,所有的故事最终都掩埋在历史的烟云里。但每一个家族都有自己的生存密码和人生机巧,都有自己永恒的精神和一个姓氏的精神图腾。这是一个家族绵延不止、生生不息的生命徽记。记得有一天,我看见"徐"字被绘画成一个凤鸟的形状。族人告诉我,那左边是一只"太阳鸟",寓意玄鸟向日,暗含徐氏始祖由鸟所生的传说,其中就有家族对鸟的集体崇拜。

这是一个神奇的隐喻,见到这个家族图腾,我心里有一种莫名的亲切,血脉偾张,浑身激动,脑海里立即想起那两个著名的哲学命题:我们从哪里来?我是谁?

三

与天下闻名的桐城派大祖戴名世、方苞并称"清初三才子"的,著名的皖江文化首倡者朱书(1654—1707年)在他的著作《杜溪文集》里说:"吾安庆,古皖国也。灵秀所钟,扶舆郁积,神明之奥区,人物之渊薮也。然元以后至今,皖人非古皖人也,强半徙自江西,土著才十一二耳。"他以为,以元末明初朱洪武的移民为界,皖地应该有一个"皖人"和"古皖人"的文化概念。

从家族的迁徙史上,我知道了我脚下赖以生存的土地,有一大段岁月其实与我的祖先们毫无关系。这里上古时即有与黄帝齐名的赫胥氏陵。春秋时封为皖国。山曰"皖山",水曰"皖水",城曰"皖城",有一位与我远祖徐偃王一样以德治国的"皖伯大夫"。这里,汉代建安年间就诞生了爱情长诗《孔雀东南飞》。这里不仅是三国时期的古战场,还见证了大乔与孙策、小乔与周瑜的浪漫爱情,领略过梁朝宝志和尚与白鹤道人的佛道斗法……盛唐的风云、大宋的烟雨,都使这块土地有着辉煌的过往。人聚人散,烟雨年年,繁华与荒凉、荒凉与繁华总在这块土地上叠印、演绎……

相比于人类,只有土地才是真正的永恒。

中华民族的历史其实是一部源远流长的迁徙史,所谓"江西填湖广""湖广填四川"等等。历史上宋末元初、元末明初,特别是明朝统治者组织的移民大潮,就留下了诸如山西洪洞大槐树、江西鄱阳瓦屑坝、南昌筷子巷、湖北麻城孝感、山东兖州枣林庄等移民地。

先祖原世代居住在鄱阳湖的凰岗镇。族谱载,我的九十七代先祖密公(字布卿)于唐庄宗同光二年(924年)由授郎官解组南还,路过饶州,乐见凰岗之胜,于是举家迁居于此。如果不是明朝洪武大移民,他们也许世世代代还会居住在这里。然而,他们不得不背井离乡了。我的近祖文牖、梅牖、竹牖、云牖、德一、万三公等先人们,大概在洪武元年(1368年)就这样离开了他们的热土。

鄱阳湖东岸的鄱阳莲湖乡,绵延二十里,遍地瓦砾,紧靠湖岸有一个古码头,这就是著名的瓦屑坝。有史可查的是,我的祖先和皖地许多家族都是从这里走出去的。家乡人说朱元璋和陈友谅在鄱阳湖"水战十八年,旱战十八年",虽然夸张,但他们自元至正十一年(1351年)打到至正二十四年(1364年)却是确凿无疑。由于连年的战争,皖西南田园荒芜,遍地哀鸿,千里无人烟。朱元璋大明王朝刚刚奠基,为了恢复经济、发展生产,同时也为了"驻屯",防止外族人南下,他不得不采取一系列的移民填充政策,历史上称之为"洪武赶散"(有的称遣散或迁散)。强制移民的结果,还产生了一些新词语,如"背手""解手""厝柩"等等。

一个词语就有一把辛酸之泪。

先祖们被反捆双手,一条条绳索串着他们从瓦屑坝出发,一步一回头,走向遥远的不可知的未来。很多人因此养成了"背手"(即双手靠屁股后)的习惯。路上,实在内急了,他们呼喊押送人员:"解手!"于是,一次次"解手"又成了他们世代如厕的代名词。故土难舍,定居之后他们还希望有朝一日再回故乡,就是死了也不愿下葬,用棺材装好、用稻草包裹停放在地上,谓之"厝柩",以示对故园的回望。一年、两年……直等得地老天荒,实在回不了故乡才入土为安。这个习俗一直延续至今……

关于祖先们的迁徙,我的叔祖徐堃公在家谱上也有分析:

当元之季也,陈友谅踞南昌芜城镇,建望湖亭以观外患,恃大湖之险,上截黔、滇、蜀、粤、湖、广、闽、豫八九省要衢,下浙东、江南而窥伺。明太祖率帅剿之,水陆两军盘战于鄱阳湖面,十有八载。环湖皆山也。星列战垒,军兵往来,昼夜不间,民间村落不遑安,居滨湖,家靡不逃避。是故,携男挈女,东奔西驰。始则避难于远方,继则版筑以为屋,此之迫于无可如何者!人各有心,谁愿抛故井,离本宗,而适异乡乎!后裔有知,不伤始祖流离,为之痛哭而流涕乎!远迁之初,攀附故乡亲眷,同卜一方,守望相助,其殷勤眷恋,不知如何绸缪……迫(明)太祖剪除友谅,天下平靖……于慕兹亲,眷念故土,或一年数顾凰岗……公各父携子,子复携其子,子携孙,孙复携其孙。在明二百七十年间,往来无虚岁。祖山有清明之标记,家庙有冬至之馨香,是以家谱一举不忍舍凰岗而分纂于皖怀也。

这也是我看到的最有信服力的一篇迁徙简史。

不仅如此,到了迁徙地,祖先们也留下了许许多多关于择地而居的传闻。族谱记载,我近祖的几位弟兄迁徙到皖西南,每人择一地而居住,从此休养生息,开枝散叶。据说有个叫棋盘黄鹤塘的地方,有一天两位地师路过,突遭倾盆大雨,只好在家族的一位长者家里歇息。天一放晴,两位地师离开时,在附近看了看风水,连声说:"好!好!左边有房,右边有一座小山,形似一头黄牛。前有小河,隔水就是龟山。河水经年不绝,青山逶迤如龙,是一块风水宝地。"一位地师随口吟诵道:

  我从江南到潜山,来到平坦歇一肩。一河两岸转一圈,牛身上走,马背上看,中间有条小河滩,四方宝地生得全,天生一块大棋盘,若能葬得此块地,子子孙孙中状元……

祖先们就像一颗颗种子撒在了皖西南大地,在新的土壤开始繁衍生长了。但对我的家族,我也有不少疑惑的地方。比如,我在前面说的仲源公在同属于皖地的望江县当过县令,后来又当过合肥县令,按理说他对这里的风物人情熟悉,对大皖之地并不陌生,为什么没让他的后代早早在此定居呢?——只是,他没有想到,后来他的子孙们竟然还是步他的后尘,迁徙到了他曾经工作和生活,直至终老之地。这是怎样的一种因缘际会?怕也是无数迁徙史上的一个谜了。

至今,六百多年倏然而过,寻根一度成了家族的热门话题。有一年,家族的几位长者真的找到了鄱阳湖,找到了瓦屑坝,找到了家祖们的归宿地。他们说,就在他们准备祭祀时,突然有两只蝴蝶绕墓三匝,在他们面前翩翩起舞,等祭祀完毕,才渐渐消失在旁边的树林。"心有灵犀!"他们认为这是祖宗"显灵"。他们兴高采烈、奔走相告。

四

追寻着祖先的历史,我越发觉得一个姓氏的历史,就是一个家族的辉煌与苦难、鲜血与泪水交织在一起的生存史——报载,2007年1月6日,在江西靖安县水口乡李洲坳发现一个东周的古墓,考古学家由此对墓葬分析研究,认为该古墓是春秋时期徐国最后一位君主,也就是徐氏远祖章禹的妃嫔陪葬墓。据说,当年徐国亡国后,徐姓子孙有一部就退守到了这里,这里是徐国最后的据点,也是徐国物质与精神最后的双重的家园。

这算是家族的一大轰动性新闻。它使人想到,家族的历史从来就是国家历史的一部分。不管人们介不介意,深藏在家族内部的历史总会驱散种种迷雾,从而在纸上突然重现,成为国家人文历史中紧紧相扣的一环;也在某一时刻再次挑动家族的神经,让你重新审视自己:我到底从哪里来?我要到哪里去?

迁到皖西南的徐氏是出过一些人物的。我青年时参与编修的《潜山县志》上就记载了几位。如:

徐桂(1519—1566年),字子芳,号秋亭。明嘉靖十四年(1535年)进士。初任东昌府(今山东聊城)司理,擢升刑部主事,后历官员外郎。他处理案件总以事实为准绳,每遇疑案必追查根由,使不少冤案平反。因其政绩显著,再升郧阳(今湖北十堰)知府。郧阳有僧心术不正,于庙堂暗设机关,残害良家妇女,导致很多家庭家破人亡。但因该僧与当地官府素有勾连,几十年告而不罚。徐桂公得知后,亲缚该僧勘问,查明真相,从此根除隐患。后徐桂遭谗言罢官,归隐家乡白云崖筑室著书。著有《丹台集》二十卷、《郧台志略》九卷传世,书目载于《明文》《钦定文献通考》及《四库全书总目》等。一则《火烧红莲寺》的传说,他就是主人公。

徐尧莘(1545—1620年),字汝聘,号宾岳,明万历十四年(1586年)二甲二十七名进士。初授户部主事,主榷寻阳(今湖北武穴东南龙坪镇)。壬辰(1592年)升湖广永州知府,任中"鞭扑不施,郡民大化"。父死服孝后,补衡州知府,转调荆州。史载,有中官陈奉开矿沙市,以圣旨在手,"掘冢㡣室,道路以目"。徐尧莘婉转周旋,约束陈奉随从,不使肆意扰民。有大帅綖调数省兵马出战,兵过荆州,民多远避,差拨无人,徐尧莘亲领僚属奔走操劳,使州内免受践踏。神宗嘉其劳苦,赐予银卮。

辛丑年(1601年),徐尧莘升辽阳兵备副使。因他深得民意,上台题任上江防道。癸卯年(1603年),又升广东岭南道。丁未(1607年),补山东粮储参政,"厘弊苏民,远近戴之"。旋升广东按察使、广西布政使,后因与上司不协,辞官归里。在服母孝期间,乙卯年(1615年)捐资修复西门塔。丁巳年(1617年)起复时,为乡邑上《蝗灾疏》。七十六岁殁后祀乡贤祠,乡民尊称"大方伯"。他的坟墓也成了当地的文物保护单位。

这都是家族中一些有头有脸、出类拔萃的人物,这样的人物是家族永远学习的榜样,但也很容易成为家乡人编造神话和传奇的对象。

故乡有一个类似聊斋的"书生遇狐仙"的传说。大意是说一位书生在某寺庙读书,有一天黄昏,随口吟了两句诗:"细雨洒芭蕉,孤灯独寂寥。"忽然,窗外就有一道娇滴滴的声音接了过去:"不嫌奴貌丑,陪你度今宵。"书生抬头一看,面前竟站了一位身着黄袍的女子。那女子道个万福,便笑道:"相公,妾身为你伴读来了。"书生一脸通红,自觉心旌摇荡,飘飘欲仙……此后,女子便与书生缠绵不休,每晚过来口送一珠,叫书生含于口中,天亮则索回而去。后来寺里有位老和尚发现其中蹊跷,要书生讲明原委,让书生假装不小心吞下那颗珠子。那天,书生依此照办,女子惊恐万状,立即明白怎么回事了,梨花带雨地说:"罢了,罢了,相公,你我一段孽缘已了。我用千年道行助你,你求得功名后,一定要来看我。"说完,凄然一笑不见了。

书生自从吞下珠子,心明眼亮,从此才思敏捷,在那年的科举考试中果然金榜题名。

在那个"万般皆下品,唯有读书高""学而优则仕"的封建时代,人们对读书人总是要高看一眼。又因当时的交通、信息闭塞,时间与空间都异常局促,所以人们对读书人总要编造许许多多狐仙美女相助的故事。仿佛没有这些,他们的心里就很过意不去。

在很小的时候,我就听到了这个传说。人们把这故事的男主角一下子说成是徐桂公,一下子又说是尧莘公。同样也是为了避尊者讳,家族对此也是讳莫如深。记得一次我问父亲这事儿,父亲就大声斥责我:"莫乱说!"

这位尧莘公与我的尧寀公是堂兄弟,他写的《蝗虫疏》曾使当地百姓减免了当年的漕赋,在当时成了美谈,也使他在县志上有了浓墨重彩的一笔。

五.

小叔在我们家族很有影响,家族有什么事,都喜欢找他,无论办得成还是办不成。我父辈的弟兄多,叔爷妯娌们到了八十岁大寿时,他一定帮助着张罗,让我们给长辈过一个家族生日——晚辈们每人拿出二百块钱。我们都照他的意思办了。轮到我母亲过生日时,我突然明白了小叔的用意,他用这种方式不仅让晚辈对上辈有了一种仪式感的尊重,也实打实地让长辈手里有些零用钱。我们这辈人丁兴旺,一次能给老人攒上几千块的。

小叔停下自己的发明,还是继续进行他的寻找。有一次,我看到有人在网络上兜售类似于他发明的那种磨刀器。我告诉了他,他便因为自己的半途而废而懊恼。还有一次,他和另一位叔叔到江南寻到了一门族亲,但那位族亲却不认祖归宗,这更让他长久地不能释怀。他连连跺脚,数说他们的"不孝"。后来他千方百计寻找到了家族几位近祖的坟茔,为此兴奋不已,要我们感谢人家,然后把没花完的钱一一退还我们。

他说这就是诚信。他还列举了一个与我们家族有关的诚信的例子——《吴君挂剑》:

延陵季子将西聘晋,带宝剑以过徐君。徐君观剑不言,而心欲之。季子为有上国之使,未献也,然其心许之矣。反,则徐君死,于是脱剑致之嗣君,不受。季子以剑带徐君墓树而去。

这故事发生在公元前544年的春天,语出《史记·吴太伯世家》:吴王寿梦之子,封于延陵,称延陵季子的季札,奉命出使鲁国,绕经睢地(当时睢宁地属徐国)。季札一看徐君仁义,治下社会安定,人民幸福,不由得心生倾慕之情。

见到季札,徐君在被季札仪表感动的同时,对他腰间的佩剑也产生了兴趣——那时候,佩剑不仅是一种装饰,更代表一种礼仪。他有心索取,却又羞于启齿。季札一看,明白了他的心思,决定回程时把剑赠给他。不料回程时,徐君却病逝了。为了兑现自己内心的承诺,季札便将宝剑挂在徐君墓前的一株树上走了。后人为了纪念此事,在季札挂剑处(距江苏睢宁西北五十里的故黄河岸上)还修建了"季子挂剑台"。

小叔经常哼起《徐人歌》:"延陵季子兮不忘故,脱千金之剑兮带丘墓。"他嘶哑着嗓子哼,哼得一点也不好听……但他说,"季札挂剑"就不是一个简单的家族故事,而是一个国家一诺千金的诚信文化,是传统文化。

说到传统文化,小叔似乎还有着鲁迅笔下"九斤老太"一代不如一代的感慨。他说:"还是古人讲究,古人有文化。你看我们几位老祖的名讳,都是'贤良方正恭俭让'或'仁义礼智信',提倡的是'百善孝为先'的传统美德……你看,现在人起的是什么名字?有什么文化?"他教导我们说:"你们别小看这些,传统文化有一种润物无声的力量,一个民族生生不息、繁衍连绵,靠的就是这样一股力量。"他说得很虔诚、很认真,常常逗得我们发笑。

祖坟坐落在一座湖山的周围。清明时节,小叔带领我们上坟祭祀。他先是喊出帮他找到了祖坟的本家,要我们喊他叔叔,向他道谢,然后又领着我们向祖坟敬香、烧纸、磕头……四月清明的天空,旷古而高远,那位本家叔叔在湖畔搭建的几间竹篱茅舍,掩映在一片绿色的竹林里。本家叔叔也很高兴,兴奋地告诉我,湖的前身是1958年修建的长冲水库——现在叫湖,每晚他就枕着一湖春水而眠。

竹山可望 | 099

后来，我读到了清代诗人马德洋写的《长冲山庄》诗："地僻人踪少，柴门尽日开。两山当户立，一涧过村来。翠阴烟笼竹，香清两熟梅。幽情何自遣？田舍酒多杯。"发觉写的竟然就是此地。我这才知道这里古时有一个山庄，是一处幽美而恬静的世外桃源……想当年，这里两岸青山逶迤，有涧流潺潺，有炊烟袅袅，有鸟儿啾鸣……竹林雾岚生，一地日影绿。到梅子熟时，雨中又散发一股梅子香……祖先们把酒话桑麻，是何等惬意！

山庄了无痕，漫有一湖碧波。青山数点，竹林婆娑，与蓝天白云共同倒映在湖水里，山光水色，浑然一体，让人自觉心旷神怡。此时，我感觉我的祖先不仅仅复活在纸上，也在我的心里复活了。

祖先劳作过的山水，有大美而不言。

2020 年 3 月 27 日于北京寓所

成善一和他的煤矿文学评论
——读《黑色沃土,金色的花》

《黑色沃土,金色的花》这本书里的评论文字,以前我零星读过,做杂志主编时也编发过几篇,但如此集中研读还是第一次。这本书收录了成善一煤矿文学评论文章四十二篇,里面既有他对中国煤矿文学全景式的评述,也有他对煤矿作家与作品个体微观上的研究。对于一位九十五岁高龄仍然关注煤矿文学的老作家来说,这本评论集可以说是他毕生煤矿文学研究的结晶,是他的一本呕心沥血之作。

煤矿是能源基地,也是文学创作的源泉。煤矿独特的生活与自然环境,成就了一批优秀的作品和煤矿作家,萧军、康濯、苗培时、陈建功、刘庆邦、谭谈、孙少山、周梅森、蒋法武、荆永鸣等等,这些作家和他们的作品在社会上都有着广泛的影响,有的可能还会进入中国当代文学史。无疑,这为煤矿文学提供了极其丰富而宝贵的评论资源。成善一的煤矿文学评论始于1989年的煤矿题材长篇小说的一次评奖活动。当时活动的组织者请他当"主评人",推之不却,他只好花了半年时间系统地读了新中国成立后出版的十六部煤矿题材长篇小说,凡四百万字,然后写出评论《黑色沃土,金色的花》发表在《人民日报》上,从此与煤矿文学评论结下不解之缘。

所谓煤矿文学,是指取材于煤矿,以煤矿职工及其亲属为描绘对象的文学作品。煤矿职工长年工作或说战斗在地层的深处,煤矿究竟有没有值得作家们去表现的东西?回答当然是肯定的。但一段时间以来,"仍然有人认为煤矿'黑咕隆咚',生活单调、枯燥、呆板,没有晴空朝阳,没有鸟语花香,没有动人的旋律和美的音符——要写,也只能写它的'黑、累、脏、险'。显然,这些同志只看到煤矿的表面,而没有抓住煤矿的特点和实质,没有发现广大煤矿工人的美"。对此他忧心忡忡,说:"煤就是一块黑色的石头,它的美,在于燃烧自己,照亮世界。"他认为煤矿是黑色的,色彩单调,但煤矿作家应该用多情的笔,把矿工的生活描写得色彩纷呈。他希望煤矿文学创作不要局限于描摹生产过程,而要写矿工,写人性,以"发现美"作为作品底色。

有了这种"发现美"的理论支撑,他在左拉的《萌芽》中看出了自然主义与浪漫主义相结合之美,在康濯的《我的两家房东》中看出了军民"鱼水情深"之美,看孙少山的《八百米深处》,不仅写出了在煤矿这个特定环境下生活、战斗的人,写了人的性格,而且歌颂了他们的革命英雄主义精神。他同意人们说的刘庆邦小说中的"中国美",在他眼里,刘庆邦的煤矿题材小说表现的就是颂美,斥恶,呼唤人性的升华……他甚至把"周梅森的'长'与刘庆邦的'短'"作比较,寻找他俩创作艺术的"异曲同工"之美。他认为煤矿文学必须围绕"美"去描写人物、事物、景物,去揭示生活的矛盾冲突,去衡量人们心灵的美和丑。他还干脆用"要让'美'占领煤矿文学阵地""美的召唤"做评论文章的题目。

因主持和参与过煤矿文学组织工作,他对煤矿的文学创作现状非常熟悉,与许多作家都建立了友谊,有的还成了无话不说的朋友。他不仅对优秀的煤矿作家进行个别研究,还对煤矿文学的历史与发展作了一番总结与梳理。他的《浅谈中国煤矿文学发展史》一文,以大量的煤矿文学史料和见解,对八十年中国煤矿文学进行了一次总结,同时也提出了他自己的思考。虽然因为他痴迷于关心煤矿题材的小说创作,对煤矿文学报刊、煤矿作家的散文与诗歌创作缺乏研究,而在"史稿"中有所错漏,让他感到遗憾,但他对煤矿文学几个时期的钩沉与划分,至今仍然对煤矿文学研究有着重要的史料价值。

成善一说他重拾文学之梦时,曾认真读了大量煤矿题材的长中短篇小说和报告文学,如萧军的《八月的乡村》和《四条腿的人》,苗培时的《矿工起义》和《深仇记》,还有康濯的《黑石坡煤窑演义》和《井陉矿工》,并幸运地与他们相识相交,拜他们为师。因煤矿作家协会的工作,他还接触了一些社会作家。这本书里有两篇怀人的文字,读来就令人动容。比如,他写唐达成的诚恳、谦逊、虚心的人格力量,写萧军对煤矿文学的独到见解和对矿工的爱……写得活灵活现,情真意切,表达了他对关心、支持煤矿文学发展的老作家们的尊重。唐达成说的"煤矿文学创作研究,尤其要研究美学。煤矿给人的印象是黑乎乎的,我们的作者硬是要从这黑色中去发掘那些先进的、光明的东西",几乎影响了他从事煤矿文学研究的方向。

"我为文学耗尽心血,文学为我延续了生命。"(代序《追梦》)成善一曾这样说自己。其实,他少年时代是做过文学梦的。他十岁开始读书,一年级时便被老师"吃偏饭"而熟读了三年级的语文,十三岁时因邻居二奶奶家有藏书,他读到了《三国演义》。尽管他把"貂蝉"读成了"猫弹",而得到了一个"猫弹先生"的称号,但他因此粗读了四大文学名著——如果不是"九一八"事变,他参加"少年抗日先锋队"而被日本鬼子抓到北票煤矿做劳工,从此走上革命道路,也许他会选择文学创作道路的。他说,参加工作时,他干的是政工工作,但"文学是人学。我搞政工,做的也是人的工作,如此倒很是一致"。对此他毫不后悔——也是,写小说、写散文,他六十岁离休而重拾文学之梦,一做煤矿文学评论就是三十几年,至今仍然耳聪目明,头脑清晰,真的可以说是文学延续了他的生命。

2020 年 4 月 5 日于北京寓所

春与花

我住在五楼。因疫情的关系,这段时间与许多人一样,我很少下楼,但窗子是会经常开的。推开窗子朝下望,开始是枯枝铁干、草树干涩。从冬望到春,我终于望到大地泛青,枯木回春。绿芽先是一粒粒挤在树枝上,而后一簇簇绽开,再过几天就绿叶繁茂了。星星点点的红花散在绿叶里,一大片,仿佛是谁散落的一堆火星。

这几株树是西府海棠。疫情里,她在春风的吹拂下依旧鲜花怒放,喧闹得很。那一片片肥硕、丰满的花朵与绿叶挤挨在一起,就像铺天盖地下的花雨和翻滚的花浪……有了这种诱惑,黄昏时我总会戴着口罩,下楼在小区院子里转上几圈。这时,我才发现所居住小区的院子里竟然种植了许多花木:榆叶梅、紫叶李、丁香花、碧桃、桃花、紫荆花……紫叶李和丁香花都有一股浓香,紫叶李离我稍远,我又戴着口罩,所以没闻到花香。但扯下口罩,一阵香气便扑鼻而来,丁香的香气我是戴着口罩都能闻到的。

春花秋月何时了?站在花木丛里,无端地想起这句词,我心里一颤:这是对疫情什么时候结束的诘问吗？不知不觉中,我竟将对时光流逝的惋惜,变成了对世事的忧伤。我先是奇怪自己,居住在这里快二十年,竟然对家门口的花朵熟视无睹。后来又想,古人把春花秋月连在一起真是有意思。春花明艳,秋月伤怀,但都是一些美好的事物。

春花不单是春天的花朵,也是季节送给人间的两个美丽的字:春与花。说到春,立刻让人感受到了鲜花荡漾；而说到花,便有了一下子被揽进春天怀抱的温馨。一年四季都有花朵盛开,但夏与花,秋与花,冬与花,都远没有春与花这两个字靠在一起,让人感觉这么和美。春易逝,花易谢。春去春又来,花谢花又开。春与花仿佛孪生的姐妹,脸上都露了笑靥。成双成对,蝴蝶双飞,春与花叠加着,就有了生命的亮度。扑面的春气和花气,是多么柔美、迷人。

沉吟着,突然惦记起某一天我下楼时,看到的另一栋楼边的几株白玉兰了。那时,白玉兰花正在盛开,有人还用手机不停地拍照。我也拍了几张。现在我绕过去一看,却大吃一惊,那两株白玉兰花不知什么时候凋谢了,只剩下一树的绿叶。那绿叶经过似锦繁华,却并未随花老去,反而露出一脸的清新和娇嫩。那几天白玉兰花大瓣大瓣地开着,是何等华丽啊,就像是悬挂在春天的白色灯盏,照亮了整个春天,明亮了我的眼睛,也让我想起那些在疫区为拯救生命而不停忙碌的白衣天使。

那些天,我眼前晃动的可都是一群穿着白大褂的影子啊！

2020 年 4 月 6 日于北京寓所

唐宋朝的马

很羡慕唐宋朝的诗人,总觉得他们一生都是骑在马上的,特别是唐代:诗人得意时,"春风得意马蹄疾,一日看尽长安花"(孟郊《登科后》);惆怅时,"山回路转不见君,雪上空留马行处"(岑参《白雪歌送武判官归京》);闲散时,"乱花渐欲迷人眼,浅草才能没马蹄"(白居易《钱塘湖春行》);失落时,"云横秦岭家何在?雪拥蓝关马不前"(韩愈《左迁至蓝关示侄孙湘》);狂放时,"莫言马上得天下,自古英雄尽解诗"(林宽《歌风台》)……这样不过瘾,唐朝著名边塞诗人岑参在《送李副使赴碛西官军》一诗中还直嚷嚷:"功名只向马上取,真是英雄一丈夫。"——他从此设立起了一个很高的英雄的"标准",即功名不是科举考场上的金榜题名,而应该是"只向马上取"。

白马、黑马、棕马、胡马、边马、瘦马、骏马、汗马、宝马、铁马、战马、驿马……千百年来,马被人类赋予了很多的寓意。但无论以地域、形象,还是以身份,甚至功能划分,马都是具象的,也是意象的。马,不论是快乐、闲适、恣意的,还是悲伤、失意的,抑或干脆威风凛凛驰骋在疆场上,其奔跑中都弥漫了一种雄性,透着一股血性、刚劲,有一股逼人的英雄气。这种英雄气不仅是把功名与马连在一起的岑参的首创,而是与生俱来、与时俱进的,差不多也是所有边塞诗人的共感。"但使龙城飞将在,不教胡马度阴山"(《出塞二首》),另一位著名的边塞诗人王昌龄对此也深有感触。而被称为"诗圣"的杜甫更写出了"射人先射马,擒贼先擒王"(《前出塞九首·其六》),尽管手无缚鸡之力,但豪气干云。他的这两句诗于英雄气里还折射出了一个战争哲理。

盛世大唐于马上有了骄傲,也有了一些缠绵。马,在杜甫的笔下就有了"五陵衣马自轻肥"(《秋兴八首》)的意味。即便是边关的马,也有刘禹锡说的"马思边草拳毛动,雕眄青云睡眼开"(《始闻秋风》)的姿态。但那只是一种警醒,却再也不用扬鞭自奋蹄了——大唐盛世,从马背上下来的英雄,一个个都何等了得,自然都是诗人。马是一首诗,一首英雄自喻的唐诗。这就不像宋朝的马——"夜阑卧听风吹雨,铁马冰河入梦来"(陆游《十一月四日风雨大作·其二》),准确地说是南宋的马,似乎就没有一刻让其主人们悠然闲适,更遑论那种嬉戏自得的惬意了。其中原委,叶梦得的一曲《水调歌头》似乎说得明明白白:"却恨悲风时起,冉冉云间新雁,边马怨胡笳。"说到底,还是一曲自东汉而来的"胡笳动兮边马鸣,孤雁归兮声嘤嘤"(蔡琰《悲愤诗》)的胡笳之声。这胡笳之声让岳飞听了,怒发冲冠,恨不得就有"何日请缨提锐旅,一鞭直渡清河洛"(《满江红·登黄鹤楼有感》)的冲动。如此,南宋的马就如满弓的箭,时时都在弦上。

这样就难怪南宋的诗人为什么总称马为"铁马"了。诗人陆游除了前面吟哦的"铁马冰河",还有著名的诗句:"楼船夜雪瓜洲渡,铁马秋风大散关。"(《书愤五首·其一》)如此执着于铁马,在他,当然不是一时诗意的兴起,而是真正貂裘戎装生活的写实。身怀神州陆沉之恨,他深以故国偏安一隅,却屡屡屈膝求和为耻,念念不忘的是收复中原。他身体力行,在三十九岁和四十八岁时都曾亲临抗金杀敌的前线。有一次夜里骑马过渭水,他感慨万千,写下了"念昔少年时,从戎何壮哉! 独骑洮河马,涉渭夜衔枚"(《岁暮风雨》)的诗句。后来回忆当年的场景,他说:"我昔从戎清渭侧,散关嵯峨下临贼,铁衣上马蹴坚冰,有时三日不火食。"(《江北庄取米到作饭香甚有感》)——大散关前线的战争于他,是一种荣耀,也是他无法忘记的痛。

关于"铁马",与他同朝代的诗人辛弃疾也有惊人之句——"金戈铁马,气吞万里如虎"。这是辛弃疾在离自己的生命消逝还有不到两年时,在京口北固亭的慨叹。曾几何时,他和陆游一样也以中原恢复为念,有着披金甲,骑战马,挥舞刀枪,气冲霄汉的戎马生涯——自少年即有抗金之举,但又每念成灰。这首词有他对前朝英雄的惺惺相惜,也有他对往事不可追的怅惘……史书记载,他和陆游是见过面的,现在,我们当然无法想象两人当时见面是一个什么样的情景,但两位诗人,两位大英雄的相见,如果一定要有戏剧性,我想应该就有类似于杨子荣在威虎山的那一段贯口——而最好是陆游先说"切勿轻书生,上马能击贼"(《太息·其一》),辛弃疾接下"马作的卢飞快,弓如霹雳弦惊"(《破阵子·为陈同甫赋壮词以寄之》)。对答如流,声震长空,那是何等的豪迈与悲壮啊!

在冷兵器时代,马是战争的产物。谁拥有了马,谁就有了制胜的利器。《后汉书·马援传》说:"男儿要当死于边野,以马革裹尸还葬耳。"马,更多地象征着英勇、无畏,代表着忠诚。它不仅是战车,还是壮士,是英雄,是有温度的人。不然,英雄暮年的曹操就不会自况"老骥伏枥,志在千里"——唐宋的马,那猎猎的长鬃如火焰般在面前掠过,上溯既有三国时的"白马饰金羁,连翩西北驰"(曹植《白马篇》),也有晋朝时"乘我大宛马……驰骋大漠中"(张华《壮士篇》)的豪迈,跨越千年,往下更有近代诗人陈去病"唯有胥涛若银练,素车白马战秋风"(《中元节自黄浦出吴淞泛海》)的慨叹,有秋瑾"铜驼已陷悲回首,汗马终惭未有功"(《日人石井君索和即用原韵》)的遗憾……马,活在诗词中,活在线装书里,也在人们的心里昂首嘶鸣,所向披靡,奔跳到一种巨大的精神高度……只是夜晚,偶然读到元代诗人张可久的"西风驿马,落月书灯"(《普天乐·秋怀》),我心里才大大一惊:那一匹匹哒哒的中国马,跑过了唐,跑过了宋,还跑出了一个马背上的民族,怎会有过如此的冷清?

2020 年 4 月 8 日于北京寓所

村庄的路灯

与弟弟用手机视频时,我看到老家的村庄修了一条水泥路。水泥路边还装上了漂亮的路灯。在高高的路灯电杆上,太阳能的电池板宛若一只只展翅欲飞的白鸽,环绕在村庄的上空。远远望去,那一排路灯又像一串串梦的浮标,明亮地延伸在旷野、田畈与村庄之间。

黄昏时分,路灯就迫不及待地亮了。明晃晃的路灯下,乡亲们乐不可支,早就聚在一起东家长西家短,唠起了家常。通过手机视频,我看见在他们的身后,一层层收割过的稻田绵延而去,而在他们的身边,荷塘里大片大片的荷叶绿得发嗲。几株红莲醒目地摇曳在晚风里,似乎在与他们一起欢乐舞蹈,一起分享着乡村的光辉。

多少年来,村庄一到夜晚都是黑漆漆的。晚上,一代又一代的乡亲大多闭门不出。偶尔夜行的人,多半也是为了自己的生计去驮上一棵树,或扛上一捆柴。乡村静悄悄的,在夜晚劳动的乡亲,仿佛也是踮着脚尖探路。有几年,乡村时兴养狗,若有小偷

"光临",村庄一下子便犬声齐吠,鸡飞狗跳的。黑,挡住了乡亲们通向外面世界的路……火把,马灯,电筒,尽管那时的照明工具在随时代的变化而变化,但乡亲们说拎在手里的"光",在照亮自己的同时,也使身后的路显得更黑。他们说得很有哲理。再说,当时乡村的条件有限,平常人家煤油灯都点不上,像手电筒这样的照明工具就更显得奢侈。比如我,到二十多岁时家里才有了手电筒。后来电池用完了,电筒便成了聋子的耳朵——摆设。

我的老家坐落在江淮之间的一个丘陵地带。那里起伏绵延、高高低低的是十八里长岗。一条国道从中直直地穿过,从北往南就有育儿墩、乱石堆、撵曹沟、落马桥……别看这些地名土得掉渣,却都是与三国时的曹操有关的。这里是三国时期的古战场。其时这一条国道虽然通了车,但当时跑的都是装货的大卡车。大卡车一溜烟地呼啸而来,又疾驰而去,尘土飞扬。即便是这样一条国道,也没有路灯。沿着这条国道走上三四里有我外婆的家。母亲说,外婆过世的那天晚上,电闪雷鸣,大雨滂沱。天黑得伸手不见五指,走在这条国道上,三四里地她足足走了几小时,当她深一脚浅一脚地赶到外婆家时,外婆已经咽了气。

"要像现在这样路上有灯,我走得快一点,说不定能见你外婆最后一面呢!"时隔多年,母亲对外婆去世的那个夜晚依然刻骨铭心。

20世纪70年代初,父亲与小叔从村庄原先的老屋里率先搬了出来,在另一处小山嘴另建了新屋。他们兄弟俩一起盖的是"十三秒水,黑十间"。据说新屋落成时,很多乡亲都跑到山嘴观看,惹得当时的县领导还参观了一番。但在此居住几十年,后来虽然也有了五六户人家,交通状况却一直没有得到多大改善。晴天还凑合,雨天一路的烂泥巴,人走在上面,深一脚浅一脚的,常常是一裤脚的泥巴。村里开始修路时,我们这里住户少,所以无法修到我们家。因此村庄有了路灯的地方亮堂堂的,这里却孤零零、黑黝黝的,像是村庄里的一座孤岛。

"不晓得我们这里什么时候也修水泥路、装路灯呢?"有一阵子,我跟弟弟视频聊天,就听到母亲这样念叨。

每一次听到母亲的嘀咕,我心里就莫名地一阵犯酸。但修路毕竟不是一件小事,我实在不好应承什么,愣了愣,只是大声地宽慰着母亲:"路会修通的,路灯也会亮的!"然后就笑着岔开了话题——随后不久,弟弟和几位邻居响应村里开展的"村村通"工程,有力出力,有钱出钱,开始自己筹资修路,我也高兴地拿出了一点钱。这样,过了一段时间,在乡村振兴、建设美好乡村的政策支持下,一条有了路灯的水泥路真的修到了家门口。如此,母亲美丽的憧憬算是实现了。

"君自故乡来,应知故乡事。"——现在时代飞速发展,不用"君"自故乡来,我就知故乡的事。在与弟弟用手机视频时,我知道了这条路修建的始末,也目睹了家乡发生的种种变化,看到了那一条有着明亮路灯的路。在小路修成的那天晚上,我和母亲说起村庄的路灯。母亲说:"以前只晓得城里的街道有路灯,我们祖祖辈辈做梦,怕是也没想到如今自家门口也这样光亮通透了。"说着就不再吱声。我听了,心里一愣一喜,感觉母亲一定又想起外婆病逝的那个漆黑的夜晚了……但在与母亲快乐的交流中,很快,我又在她的脸上读到了笑意——只是,我也不晓得在母亲那慈祥的笑容里,有了路灯的村庄,从此托起的会是怎样一个朴素而美好的梦呢?

2020年4月9日于北京寓所

家山茶香

故乡盛产茶叶。乡村人家,屋前屋后的就有几株茶树,当然也有成片的茶山。一到春天,那茶山上绿叶葱葱的……惊蛰、春分、清明、谷雨,春风里,乡亲们的心随着春天的节气律动,心里一阵紧似一阵。到了日子,女人们就背着竹篓、竹篮上山摘茶了。她们脚步轻盈,双手在茶树上一旋一提,动作如花……早上,茶叶上还沾有露珠,有股清新气。天空堆着浓厚的白云,起伏的茶树如层层绿浪簇拥着青色群山。空中有断续而悠远的鸟鸣。

父亲在世时,我家屋后也栽了几株茶树。到了采茶季节,父亲得空就把茶叶摘回家,又将铁锅洗得干干净净的,然后把茶叶放在里面焙炒。茶叶很少,也没有做形,父亲说是粗茶。粗茶淡饭,只是留着自家用。好茶,自古就是用来招待客人的,由此我知道故乡茶古时就很有名。我说的古时,其实是唐宋时代。唐宋两朝,故乡名为舒州,因为有天柱山,茶叶就叫"舒州天柱茶"。唐陆羽在《茶经》里说:"淮南,以光州上,义阳郡、舒州次,寿州下,蕲州、黄州又下。"宋人也将我故乡茶与阳羡、顾渚、蒙顶茶并列,直接称为天柱茶。那时说天柱茶,人们用的是"虽不峻拔遒劲,亦甚甘香芳美"的句式。说茶峻拔遒劲,不嗜茶的人,怕是一时弄不明白。

爱茶、嗜茶,当然也会种茶、采茶、制茶、喝茶……说制茶吧,制茶在故乡是很讲究的。先是杀青。杀青也叫炒青,就是把从山上摘回来的茶叶在铁锅里"杀劲"。现在故乡是机械化做茶,但制茶的古法依然在。除了杀青,还有揉捻、烘干、摊凉、理条、提毫、做形、焙干等等。工艺一道接着一道,说来容易,但做起来还是有差别的。比如,现在用电炒茶与以前用栗炭火烘干就不一样。故乡的茶叶,现在我所知道的就有天柱剑毫、天柱弦月、天柱云雾、天柱香尖,但每一种茶叶制作起来,工艺都不尽相同。我不做茶,又懒得了解很多。看他们做茶时,翻、摊、揉、捻、搓……眼疾手快的,动作如舞蹈,看得人眼花缭乱。

山上有茶,山下有塘。晴好天气,乡亲们就摘茶的摘茶,钓鱼的钓鱼,喝茶的喝茶。捏一撮新茶入杯,用沸水冲下,茶叶在杯中翻动,一芽一叶,亭亭玉立。轻盈灵动,如雀舌叽喳;舒腰展翅,如龙腾虎跃。端起茶杯,阳光下茶绿水暖,杯盏生烟……喝到嘴里,一缕清香流转于唇齿间,舌头仿佛都被融化了。其实,我故乡的茶就有这功效。《玉泉子》里说唐武宗时宰相李德裕的一个朋友到舒州任职,他嘱咐朋友留心天柱茶,那人送他十几斤,他退了回去。朋友调离舒州时,却精心地搜求了一点天柱茶。李德裕让人煮了一碗,然后倒在肉食里,用银盒子紧紧捂住。待第二天一早,打开一看,肉食已化成了水。李宰相说"此茶可消酒食毒"。大家都佩服他见多识广。知茶论人,知人论世。还有人把茶定为君、为相、为将,称我故乡的茶为"将军茶",这大概是指天柱茶有"荡涤"之功吧?将军横槊,以茶赋诗,打败了世间多少的霸主与英雄?

茶是大地的叶片,是春天雨露的精灵。地上从来就没有相同的两片树叶,也没有分级别的精灵。但好茶须好水,也要好茶具。茶是讲究"门当户对"的。不然,就不会有"扬子江中水,蒙顶山上茶"的说法。由此延伸开来,故乡也有"扬子江中水,天柱山上茶"之说。唐时讲茶道,故乡舒州的"茶鼎"很是有名,这种用石、陶和金属制作的茶器,是那个时代故乡人煎茶、烹茶、煮茶的最爱。平常人家也受影响。记得有一年的冬天,父亲心血来潮,用瓦罐装了一罐雪煮茶,让我心里奇怪了好几天。其实,父亲喝茶远没有吸烟讲究,那时他抽黄烟,除了旱烟筒,还有一把锃亮的黄铜色的水烟筒。吸烟时,水烟筒里咕噜噜的。而喝茶,家里除了大碗,一件像样的茶器也没有,父亲喝茶也只是咕噜噜作牛饮。他是一位铁匠,喝茶只是为了解渴。

"有一杯好茶,我便能万物静观皆自得……温柔、洁雅,轻轻的刺激,淡淡的相依。茶是女性的。我不知道戒了茶还能怎样活着,和干吗活着?"这是老舍先生说的。老舍先生说茶是女性的,也有人说茶叶形美,色嫩,味香,是世间的"水中美人"。但茶叶在我眼里更像乡野的村姑——我家住长江边,你喊一喊我故乡那一带茶叶的名字:毛毛月、岳西翠兰、太湖天华、桐城小花、舒城小兰花、宿松黄芽……哪一个不像乡村姑娘的乳名?听着这些名字,我在心里都当她们是故乡的小妹妹,那喝着长江水,哼着黄梅调,走路袅袅婷婷,说话宛如鸟语的小妹妹,朴素得就如春天一株株带露的叶芽……说茶是女性的,是说茶叶要经得住品吧?

吸天地清气,又得春露的滋养,故乡的茶叶自然是生意十足,香气满溢。茶有香气,有真香、兰香、清香、纯香……有人认真研究茶的香气,摇头晃脑,引经据典,说"雨前神具曰真香,火候均停曰兰香,不生不熟曰清香,表里如一曰纯香"。这算是把茶香说得层次分明了。因此故乡也有茶农以为茶香是可以"养"的。比如,父亲以前种茶,就喜欢在茶叶树边栽上几株兰草、金银花、栀子花什么的,让茶叶从生到成芽都沁浸着浓浓的花香——其实这是多余,故乡的茶是自带香气的。

月是故乡明,茶是故乡香。

2020 年 4 月 15 日于北京

谭随是谁

谭随是谁？有时突然想起搁置在书房的一沓《谭随诗稿》，我脑海里就会浮现出故乡山峦连绵的山道上，一位名叫谭随的诗人孤独行走的身影，浮现出父子岭凉亭石柱上一副他写的对联："无壁无门，常会风云万里；不关不锁，居然天地一家"——我青春年少时，曾有一段时间就逗留在他活动过的大山里。如果记忆不发生差错的话，我想，我也曾坐过父子岭凉亭的石凳，听山风阵阵，看云卷雨舒，数青山逶迤，心里充满着一种别样的慨叹。只是当时浑然不觉，多年以后我会与他这样的一位晚清诗人不期而遇。

《谭随诗稿》是我的同学陈文渊送给我的，那时他已是故乡一名很有成就的律师了。但不知为什么，他突然放下自己心爱的职业，迷上了搜寻谭随及其命运的道路。他把《谭随诗稿》手抄本复印一份郑重地送给我，希望我也能够像他一样，揭示出谭随这位传奇诗人的神秘命运。但很快，我的寻找由于一本民国年间的《潜山县志》戛然而止。因为就在这部书上，我看到了这样的记载："前清光绪时，有丐者携一瓢一囊，昼乞村落，夜宿古庙。至槎水,里人肖璞完异之,询之其能诗,乃薰沐而馆中塾中,为之延誉……客潜二三年,逐处留题。时来时去,后遂不知所之……"当时的县志就已把他当成一则"逸事"记叙。也就是说,有关诗人谭随的线索早就消失在故乡的绵绵山脉里了。

然而,他的行踪在故乡总时隐时现。有关他与槎水人肖璞完的见面,人们依据一副对联把他演绎成了一个机敏过人、才华横溢的诗人,像许多戏文与名人传记里出现的"神童""才子"一样,他在故乡不断地被"神化"——说是私塾先生肖璞完,一天从自己塾馆出门,见门口大树下躺着一位衣衫褴褛、头发蓬乱的乞丐,旁边不少孩子和他逗闹取乐,把他带在身上的《诗经》之类的线装书弄得散乱一地。肖璞完缓缓上前捡起那些书,拍打着灰尘。乞丐立即眯眼问他:"那些是你的学生吗?"肖璞完心里好奇,知道乞丐话中有话,所以故意考他,慢条斯理地说:"《诗》《书》《礼》《易》《春秋》,读这多经文,何必还问'老子'?"岂知,那乞丐不慌不忙,竟是对答如流:"稻粱菽麦黍稷,看这班杂种,不知谁是'先生'?"肖璞完一愣,知道眼前这位乞丐非等闲之辈,立即恭请他到家中,给他沐浴更衣,奉若上客……现在看来,这故事放在乞丐谭随身上,倒是符合了人们对一位乞丐诗人的浪漫想象,但我宁愿相信这是他俩认识之后的一次戏谑之作。

谭随与肖璞完认识后,很快就融入了当地人民的生活,也都是与当地有头有脸的人物交游。如马祖庵的和尚脱凡大师、普铜禅师,如以"皖山"自号的储光黔,还有江涟漪、肖万山、范玉轩、仰克庵、储噩轩、储元青、葛觉生、朱芦溪等一班文士。那时,他们之间唱和之作非常之多,都是兴之所起,信手拈来。朋友储素轩的孩子结婚大喜,他和朋友一同前去贺喜,一口气就写了四首。"烛花两朵艳新房,同唱关雎乐几章。"诗写得斯文,也很得体。即便喝了喜酒,他也只是说"百壶曾酌江南酒,只有今宵味最浓"……在当地如此生活了两三年之久,按理说,他的朋友们早该清楚了他的身份——实际上朋友们也当面问过,但"然与之久处者,叩其家世,辄弗应。其殆有托而逃",他就是不说。这有诗为证。有一回,朋友追问,"或拟为逃学之顽童,或拟为过阙之暴客……又拟为纨绔之子弟,又拟为漏网之巨鲸",他的反应好像十分激烈,最后竟然吟诗一首予以反击:"列国周游受苦酸,皖公山下把身安。此生自信非阳虎,寄语匡人仔细看。"此诗用的是春秋时的一个典故。故事说鲁国的阳虎曾经暴虐于匡地,而孔子长相类似于阳虎,匡人因此把他就当成阳虎。谭随用这样的自比是很严重的事情。大概正是因为这诗,朋友们从此再不敢相问,而他也铁心要保守一个巨大的谜底生活在朋友中间。

在他的这班朋友里,最早收留他的肖璞完是当地一位响当当的传奇人物。肖璞完外号"肖大锣",性格率真,喜欢打抱不平,为四里八乡的乡亲们打官司,又分文不收,在家乡享有很高的声誉。而著述颇丰的储光黔,与当时的县令和知府都有来往,是当地文坛的领袖。史料记载,储光黔(1838—1888年)号皖山居士,邑庠生。其父亲在贵州任职期满,他随父亲返乡,因战争耽搁,滞留在湘西,因而结识湘军名将李续宾、李续宜兄弟,得以受器重,以功授翰林院待诏,加典籍衔。同治初年,父亲去世,他悲痛异常,在父亲坟墓旁建了一间简易草房,晚上睡在那里,"夜有虎来,黔不为意,虎帖然去",被当地人引为孝顺故事而津津乐道。父亲死后,为了照顾年老体弱的母亲,他辞别安徽巡抚李续宜,在老家一边讲学,一边侍奉老母。闲暇时,他还登过家乡天柱山,写了篇传诵很久的《皖山游记》,深得当时安庆知府叶兆兰的称赞,说其"有古大家风骨"。有人说,谭随也被安庆知府委任司功之职——不知道此话从何而来,我只知道谭随与储光黔交往,并且储光黔十分敬重他是真的。他们之间的应酬诗作就有十八首之多。但即便有如此深厚的友情,肖璞完和储光黔也完全不知他的身世,只能说是那个时代的君子之风了。

谭随是谁?依此看,在当时就是谭随与朋友们谁都不愿去触碰的一个默契话题。一个半多世纪过去,我们现在也还是私下妄测"则其所称姓名,恐亦不足据也"。剩下的只有他的自述。他"自述为粤西人,姓谭名随,字方亭,别号迟闻寺逃禅"。在夜深人静的时候,翻开这样一沓有些发黄的《谭随诗稿》,我除了感叹抄录者那清丽娟秀的字体外,读他的诗,依然无法捕捉到他真实的身份,唯有感受到他的善良,他内心深藏的一股悲凉。比如,看到水灾后大量的流民,他写有《水灾流民乞米》,云:"流离褴褛远携将,万户何辜被此殃。我是孤征无长物,相看倒觉也凄凉。""我亦曾行万里途,饥寒历尽此微躯。太仓莫厌陈陈粟,一粒分明一颗珠"。流寓异乡,他丝毫没有掩饰作为一个天涯游子的乡愁。如"感触凄凄含细雨,泪流游子已多痕"(《芳草》),"天涯客子谁相识,只有蟾光照泪痕"(《玩月,怀故乡诸知己》),"四壁无声灯一盏,西窗夜雨客醒时"(《登大吴寺》)。这些诗让人读来,总会泪水潸然。至于他写与我故乡山水人情的依傍,那更是情真意切,一片冰心。如"云开雨散数山青,流水茫茫寄远心"(《饯行》),

"料得皖峰游兴好,烟云都向笔端生"(《奉和皖山原韵》),"此后音书休说远,梦魂夜夜皖山前"(《再别》),字里行间显现的是一个孤独灵魂的人世真情。

在一首题为《回忆四首》的诗里,我终于了解到他家庭的一些状况。比如,"苦忆高堂拜别离,慈亲握手语多时",知道他有母亲;"书卷成堆灯一点,夜来谁与阿兄谈",知道他有兄弟;"阿爷此日天涯客,定有新诗赋几行",知道他还有儿孙,且有他萦绕于心的天伦之乐:"阿来戏手扑茶烟,阿冠探囊索酒钱。"(《归梦》)"遥忆诸孙围膝下,白头应道旅人孤。"(《旅舍端午思亲》)甚至,他还直接吟了一首《夜坐有感,怀凤楼尧瑞二子》,曰:"形影三人不暂离,如胶投漆藕连丝。我今万里逢知己,回首怜他哪得知。"曾有的家庭生活情趣盎然,诸孙绕膝,儿女情长,很难说他有过家道中落的变故……云过日明,雨过花明,山空鸟乐,水空鱼乐。这是他不经意时流露的禅意,不知这种禅境,他历经了怎样的人生才淡然获得。但一切日常而脱俗,随意而超凡。说到底,他让自己的身世在我故乡重重复重重的大山里作一抹烟霞痕,一曲流云散,他应该是心有所寄的——前人最后说到他,用的是他的诗"一死无元朝,孤坟自千古。明月与清风,夜夜吊江浒"(《过皖吊余忠宣公墓》)做结尾,这也大有深意,似乎是在暗示后人——人生的通达莫过如此吧。

2020 年 4 月 21 日于北京寓所

诗心写草木
——序王张应散文集《草木诗心》

依傍着《诗经》，书写一株株草木的呼吸与芬芳，感受一株株草木的历史与诗意。从遥远的先秦到现在，这些草木似乎始终在《诗经》的河流与高冈上生长着，郁郁葱葱，仿佛一生都在等待着人们的采摘："采薇采薇""于以采蘩""采苓采苓""薄采其茆""采葑采菲""言采其蕨"……"采"，在《诗经》里是一个多么美好的动作，手的舞之蹈之，伴随着劳动的节奏和植物的鲜活，摇曳出一种巨大的草木光辉。

王张应行走在这种光辉里，追撵着《诗经》里的草木，始终在用心采摘。在他的笔下，这些草木便被赋予了某种生命。千年不变的味蕾、随时代而变的审美、草木神形凝聚的永恒魅力……有时，他不是寻找草木诗心，而是在寻找自己的内心，寻找自己对自然无比热爱和亲近的秘密。在溪边，他突然发觉《诗经》里的"蘋"就是"四叶草"，他竟为四叶草被人称为"幸运草"，孩子气地高兴了一整天。"蓺之荏菽，荏菽旆旆。"（《诗经·大雅·生民》）在山区小镇，他因看到用大豆来制作豆腐和千张的人家贴有"某某门第,某某人家"的对联,心里叨念起"豆腐门第,千张人家"的句子,为山里人家豆腐千张的生活而"憋着笑"。读《诗经·豳风·七月》里的"八月剥枣,十月获稻",他不但记住了家乡枣树下的嬉闹,更记住了种稻、收割和由此演化而来的农业生产的艰辛。他深深地知道"十月获稻",稻谷变成米时的"险象"环生,从而对稻米敬若神明……在他的心里,草木何止有着诗心,更有着滋养人类灵魂和生命的天地仁心。

从熟悉草木开始,当然也就会因草木而言他。"陟彼南山,言采其蕨。未见君子,忧心惙惙。"(《诗经·召南·草虫》)他看到先秦的女子一步一步登上南山之巅,说是采蕨,其实是在等待心上的人,左等右等不见,女子心里就有了一丝忧戚苦涩。然而,我们曾经何止是苦涩,因为"惊天动地的大饥荒",那"蕨"早就被人挖完了,只剩下啃树皮、嚼草根、吃观音土的份。一个疯狂的年代,草木的生存困境正是人类的生存困境。在《匏有苦叶》这篇文章里,他更是借助由"匏"变成的"葫芦瓢"这种容器,揭露了当年语言与现实的种种浮夸之风。而《山有扶苏》,由枝繁叶茂的扶苏树,他联想到秦始皇的"公子扶苏",轻轻叩问了一段王朝的历史,再次印证着唐人杜牧《阿房宫赋》说的"灭六国者,六国也,非秦也。族秦者,秦也,非天下也"的著名论断。由草木及人,他让人在草木的世界——找到了现实生命的对应,进而发出"人生一世,草木一秋"的感慨。

牛舌草、卷耳、茵陈蒿、艾草、花椒树、枣树、橡栗树……林林总总,这些草木我们有的熟悉,有的还很陌生。但几千年过来,这些从《诗经》里生长而出的草木,在他的笔下依然弥漫着一种新鲜的诗意之美。摇曳多姿的神采，斑斓丰富的颜色，后来也许镌刻在了青花瓷、蓝边花碗上，或者装饰过女子的裙裾。但看到这样的草木线条，我们依然会感觉它们都是刚刚从《诗经》的河流里打捞上来的，水灵灵的，轻盈盈的。那悠扬的声音里，有水声，有风声，有金属之声，宛如从远古传来的旋律。"山有苞栎，隰有六驳。未见君子，忧心靡乐。如何如何，忘我实多！"（《诗经·秦风·晨风》）读这样的诗句，我感觉不是在读诗，而是手握一株草木，读天籁之声。王张应漫不经心地考证这种植物，说："皮光而有斑纹的树干，弯曲遒劲的树枝……肥厚多汁的叶子，泄露了城市豪门前一棵树的乡野身份。"（《隰有六驳》）这不就是一种诗意的泄露？

把老了的芥菜蔸子叫"菜婆子"，把做种子的红芋称为"红芋娘子"……因为同样的方言，我读到他对故乡植物的这种称呼，总是能够会心地一笑。草木自有春秋，如果说《诗经》时代是植物生长的时代，那么我们现在正处于钢筋混凝土堆积的时代。在如此时代，他以诗心写草木，就给了我们一种退回与穿越的感觉，仿佛把大地还原为大地，把河流还原为河流，把草木还原为草木。当然，一切也就有了风华之美。"有女同行，颜如舜英"（《诗经·郑风·有女同车》），那开着紫色或粉红色的喇叭花星星朵朵的，一串串缠绕在篱笆墙上。在有着露珠的清晨，人和植物都很妩媚。

是为序。

2020年5月4日青年节于北京寓所

善良、温暖与爱
——《陌上花开蝴蝶飞》序

南国草木深。葵花、金丝菊、格桑花……云贵高原的红土地上生长着许多繁茂、肥美、诱人的花朵。正是这深深草木与花朵的日浸月润,杨华的散文集《陌上花开蝴蝶飞》便有了一股浓浓的草木花朵清香。拨开扑面而来的清香气,我在花草的根部仿佛看见了"善良、温暖与爱"这三个美丽的大词。

先说善良。"人之初,性本善。"善良是人类的天性,是人类得以繁衍和延续的最根本原因之一。杨华的散文《鸟窝》就是这样一篇描写人类情感的"善良之作"。一个鸟窝掉在了地上,她捡起来将鸟窝放到树上,原以为鸟儿会回到窝里,但是没有。于是她天天为鸟儿能否找到鸟窝而担心、牵挂。看到她的担心,一位生物老师又以许多鸟儿不回鸟窝过夜安慰她。善善相护,这篇散文叙述的是"爱心善意"的精神传递的故事,展示的是人世间最为美好的情感。善良是什么?杨华在《来自故乡墓地的安全感》这篇散文里,借用她父亲的话说,是"心里的善良,就是你脸上的微笑和面对生死的坦然……是一种独特的照亮人间的光焰"。有其父必有其女,杨华算是有着善良的"家学"渊源。

其次,说说温暖。杨华的散文有很多"温暖"的描写,她甚至直接说了她对温暖的理解:"温暖是坚不可摧的精神力量,是裂缝真正的内在之美。"(《生命的裂缝》)因此,在她的笔下,温暖始终充满了一种内在之美。这种美,历久弥香。开始,这种温暖是乡土给予她的。如:"土墙外的小路上,外公背着满满一竹箩胡萝卜回来。他的身上有泥土和萝卜的气息,还有淡淡的烟草味。"(《阳光的味道》)再如:"……左手轻盈地捋过大襟,越过胸前来到右侧,从脖颈的立领向腋下至腰间,右手帮衬着扣上精心缝制的一排小布扣。那流泻指尖的不仅是一种温婉的柔情,也是生活的从容和淡定……"她体会"阳光的味道",看乡村穿大襟衣的女人,写乡村岁月里的缓慢生活,都散发着一种朴实的温暖气息。接着,这种温暖又来源于煤矿。独特的矿山生活,让她懂得了煤,懂得了另一种温暖。她"坚信煤炭是有生命的,有尊严的,煤的灵魂就在于它本身具有阳光般的温暖……"(《陌上花开蝴蝶飞》)。如此,她的情感抒发和对生活的描摹就多了一种温暖的照耀,多了一套手法。例如《火把果红了》,她是这样描写火把果红的:"挖炭人才从地心捧出来火焰,而那火焰上空似乎飞舞着一只通体透红的火鸟。"如果没有煤矿生活,我想她就不会有这样的想象。

最后,说说爱。母子情、夫妻恋、父母爱……亲情是人类永恒的主题。杨华说她至今还与儿子保持着亲笔书写这个古老的通信方式。她很爱她的儿子。她写儿子的散文《恰葵花少年》如行云流水,从头到尾都荡漾着一种浓酽酽的母爱。当然,她写得最多的还是父母:母亲因病生活不能自理,父亲总把脸盆端到床边,一边和母亲开玩笑,一边为母亲洗漱……在《相濡以沫》这篇散文里,她描绘了父亲给母亲剪指甲的一个场景:"母亲端坐在沙发上,父亲坐在紧靠母亲身旁的一个小木椅上……我看到两个佝偻着重叠在一起的背影,银白、略显凌乱的发丝在透过玻璃窗的暖阳下白得耀眼。"这是多么温馨的生活画面啊!在散文《带着微笑上路》里,她用大量生活细节铺垫,写抱病在床的父母双亲:身患癌症而住在省城医院的父亲得知母亲在家生病,坚持回家与母亲厮守在一起;而卧病在床的母亲随口说了一句父亲以前擀的鸡蛋面好吃,细心的父亲就立即擀起面来……杨华日夜服侍因病躺在床上的父母,父母心疼她,梦里几乎都异口同声地叫她"睡觉"……如此相濡以沫、不离不弃、儿女情长、家长里短,她娓娓道来,写得令人动容,也让人感觉到人世间最温暖的亲情与最美好的爱情莫过于此。

杨华曾参加过我们与鲁迅文学院共同举办的煤矿作家班。只是我仅在开班与结业时去过,驹光易逝,缘悭一面。读到她的这部散文集,我才知道她是云南曲靖中村煤矿的一名护士,一位美丽的白衣天使。偶尔,她也会穿针引线,刺绣几朵娇艳的牡丹,但她最喜欢的还是静静地看书或写几段如"格桑花"一样在静寂中开放的文字。我理解,这种文字就是善良、温暖与美的书写吧——善良、温暖与美,归根到底都是源于爱。

冰心老人说:"有了爱就有了一切。"

信然。

2020年5月5日于北京朝阳区和平里西街

故乡有此好湖山
——序《触摸天柱山》

读苏东坡先生游西湖写的诗"我本无家更安往,故乡无此好湖山",我突然有点儿不明白了——眉是山峰聚,州是水中地,苏东坡先生的故乡四川眉州,有山有水的,他怎么就说"故乡无此好湖山"了?我没去过眉州,但我的故乡就有好山好水,我倒是愿意借用苏东坡先生的诗句,很自豪地说上一句:"故乡有此好湖山。"

这山是天柱山。说起一座山,维系它的一定有物质与精神两个高度。物质的天柱山,无非是天柱山的自然地理、地质构造、雪霁雾凇、云海佛光和天柱山上的苍松怪石、瀑布鸣泉、楼台亭阁、飞禽走兽、花卉瓜果,抑或天柱山上生长的茶叶、生姜、橘子、柿子、油茶等等。又因这一切都标上了"天柱山"的字样,便显得风味各异,神韵独特。对于精神的天柱山,我们可以从汉武封岳、隋帝废岳、唐皇梦岳,数说到天柱山各个时期衍生的历史和文化,如天柱山的儒释道、戏曲文化、名胜古迹、民间传说……可谓包罗万象,蔚为大观。天柱山的精神高度,我想,大概就是天柱山自然、历史和文化在一定程度上的凝聚与升华吧。储北平的《触摸天柱山》写到天柱山戏曲时,说:"若说潜山戏曲是一把精美的折扇,那么一面是弹腔,一面就是黄梅。那高亢的家国情怀与柔媚的人间烟火,则让这面折扇左右生风,摇曳生情……"这里不仅有思考,还有充沛的诗意。

故乡的湖,其实也很有历史。这湖曾出现在汉代王充的书里。在《验符篇》里,王充说了一个故事:公元68年(东汉永平十一年),庐江郡皖侯国边境的大湖,有两位十岁以上的男孩陈爵和陈挺,在钓鱼时发现黄金。这被认为是一种符瑞,惊动了皇上。王充因此就有"金玉神宝,故出诡异",朝廷会有贤臣现身的结论。不知那汉代的湖现在何方,但故乡县城之南的南湖,在北宋时便是当地的文化中心。"揽辔湖边集,谈经席上倾。逸交希李白,奇策拟陈平。"在宋代诗人孔平仲的诗里,我至今还能想象当年一班文人墨客在南湖推杯换盏、把酒临风的场面。直到清朝,那里还有地方志馆。乾隆时期,县人刘斯极常泛舟南湖,吟出了"鸭头羞水绿,人面映花红"的佳句。南湖——现在叫"雪湖"了,雪湖贡藕"九孔十三丝"也大有出处。有人借此演绎了很多故事。比如说朱元璋访刘伯温未遇,见泥淖中有一人正挖莲藕,便口出上联:"藕入污淖,素管通地理。"谁知那人连看都没看,张口对出:"荷出清水,雅笔书天文。"这人便是刘伯温——这种传说固然美好,却不能当真。文化的植入或因人对故乡爱得深沉,但毕竟有自身的规律——听说,故乡人现在正在修复城南的南湖、学湖和雪湖,要建造一个"雪湖公园",这是一件令人开心的事。

有山,有湖,当然也就有人。故乡如此湖山,既有像李白、白居易、王安石、黄庭坚、杨万里那样路过或一次次短暂逗留过的先贤墨客留下的丰富宝贵的文化遗产,也有像王蕃、曹松、王珪、程长庚、张恨水、余英时、夏菊花、韩再芬这样生于斯长于斯的一粒粒人文的种子,他们从故乡破土而出,长成了文化中国中的参天大树或是枝叶。但无论是生活在这块湖山还是早早离开这里,致仕经商,或从戎为文,这块湖山都始终是他们的家山,是他们梦里的家园、生命的深痕,甚至是他们生命的全部。我们记录与这一块湖山有关系的人,会极力渲染他们的乡愁,歌颂他们的贡献和爱——"欲把西湖比西子,淡妆浓抹总相宜。"说来,苏东坡写西湖还另有一首让人耳熟能详的诗,这诗里就有苏东坡对湖山之好的评判标准。这可以当作我们欣赏湖山的会心之处吧。我觉得,如果我们都能从触摸天柱山开始,淡妆浓抹,相适相宜,肯定会将故乡美丽的湖光山色尽收心底。

是为序。

2020 年 5 月 10 日于北京寓所

一花一木耐温存

我见到那一株高高壮壮的白玉兰树时,花期已过,偌大的玉兰树绿叶婆娑,漫进眼帘的是一大团浓浓的绿云。但就像许多花草树木一样,此时它显得十分安静、谦逊,对曾经汹涌繁茂的花事闭口不提。能开口说话的还是当年的主人,她说:"墙边那株高大的玉兰花开了满树,下雨天谢得快,我得赶紧爬上去采,采了满篮子送给左右邻居。玉兰树叶上的水珠都是香的,洒了我满头满身……"

在玉兰树下,我默默地读着琦君散文里这湿淋淋的句子,心头就流淌着怀旧和忧伤的时光之水。如同瞿溪旁的那一条溪流,水清澈透亮,有一丝丝滑涩和漫漶的感觉——那些年,琦君就是这株玉兰树的小主人吧?她父亲用四年的时间建造这幢砖木结构的二层小楼,把它取名为"养心寄庐"。竣工时,她父亲不知怎么就栽植了这样一株玉兰树。那时琦君才七岁。等到她能够爬上这株玉兰树上摘花,怎么也是几年之后的事了,但那段时间确实是她最为快乐的日子。

提着满篮的玉兰花送给左邻右舍时,她的母亲健在,父亲也还在——她嘴里喊的父母其实是养身父母,亲生父母早在她一岁和四岁时就相继离世了。但养身父母把她捧在手心,视为己出。母亲叶梦兰出身于当地的名门望族,是一位大家闺秀,宽厚仁慈,朴素俭约,一生为她遮风挡雨,让她受到很好的家庭教育,尽了一个母亲力所能及的一切。而父亲潘国纲,又名鉴宗,曾是一位军人,北洋军阀时期当过浙江陆军第一师师长。后来因为反对军阀混战,或者也厌恶官场,便谢客退隐。父亲自小也是父母早逝,由祖父母一手养大。也许正是这种出身,让他从琦君身上看到了自己的影子,因而他对琦君格外怜爱。

十二三岁,正是人生的豆蔻年华。父母给予琦君的是完整的父爱和母爱,甚至有过之而无不及。在《喜宴》里,她炫耀了一回作为"潘家大小姐"在人家婚礼上享受到的殊荣:"……我踏着绽红亮片的高跟鞋,以最雍容大方的步子走上大堂,接受了新人的三鞠躬,也回了三鞠躬礼。礼堂上雪亮如白昼的煤气灯光,照耀着我白缎绣紫红梅花长及足背的旗袍,自觉摇曳生姿。"作为一位旧时代官宦人家的大小姐,她曾有过的童年生活极尽荣华——那时,她的名字不叫琦君,她叫潘希真。

院落里除了墙角那株高大的玉兰树,还有其他的花卉草木,如蜡梅、素心兰、垂杨、紫薇、牡丹、枇杷、凌霄、金桂……琦君父母成心要把"养心寄庐"打造得像一座花园。一株长得高高大大的枇杷树,后来不知什么原因只生叶子,既不开花,也不结果。家里的花匠要砍了它,母亲出面阻止了他,母亲说枇杷的叶子浓浓密密,一片片像缎子似的,黄叶子掉落,绿叶子生长,她看着舒坦。

而院落里的两株金桂,到了中秋,桂花开放,她让人把篾簟铺在地上,动员全家聚在一起摇桂花。把摇落的细米似的桂花收拢,晒上几天太阳,然后放在一个铁罐里,留着做桂花卤、泡茶或过年时做糕饼……玉兰花除了送一些给左邻右舍外,她还留一些。母亲兰心蕙质,心灵手巧,轻轻洗净玉兰的花瓣,用手掰碎,和着面粉、鸡蛋,加点白糖,就制成了"玉兰酥"。

然而,这种好日子没过几年,父亲不幸离世,四年后慈母也撒手人寰了。至此,庇护她的两棵大树轰然倒下,她又成了无所依靠的小苗。

"留与他年说梦痕,一花一木耐温存。"早年琦君在杭州读大学时,曾用花草树叶的标本制作了一个手册。她的老师夏承焘看到,顺手在她的手册扉页上题了这样一句诗,不想竟一语成谶。她之后的生活总与梦痕,与草木叠加在一起。后来她到了台湾,"……此心如无根的浮萍,没有了着落,对家乡的苦念,也与日俱增了"(《乡思》)。其实,她从小就很敏感,对草木"无根"的命运有着常人体察不到的体会。那些年,她随父母搬迁到杭州,徘徊在西子湖畔,她在梅花树下驻足凝视,就有了"一生知己是梅花"的感叹——如果说她的亲生双亲离世时,她尚不谙世事,那么她养身父母的突然离世,让她又一次重重领教了"无根"的滋味。在台湾,她后来种植了一株九重葛,但看到那株九重葛与她童年时见到的枇杷一样,只有绿叶,不见花开,她立即想起了母亲,想起母亲的菩提树,想到故乡的草木。

她对草木春秋有着比别人更深的体会。

在《写作回顾》一文中,她说:"……我也懂得如何以温存的心,体会生活中的一花一木所予我的一悲一喜。"又说:"我们从大陆移植来此……生活尽管早已适应,而心情上又何曾忘怀于故乡的一事一物。"(《家乡味》)自 1935 年在《浙江青年》上,她的《我的一个好朋友——小黄狗》被变成铅字之后,她相继创作了《梅花的踪迹》《荼蘼花》《杨梅》《桂花雨》《橘子红了》等小说和散文。写童年、写故乡、写亲人,她的很多作品都有故乡泥土的记忆,文字也充满花草树木之气。她的写作发轫于大陆,但她第一本散文小说合集《琴心》在台湾出版后,却是一发而不可收,后来陆续出版了散文、小说、儿童文学几十种,以至在台湾有了"台湾冰心"和"文坛祖母"之说。

"橘子红了,桂花开了,玉兰香了,您回来了。"一生漂泊,当八十四岁的她重回故乡,站在玉兰树下,轻轻地抚摸这一株高大健硕的玉兰树时,她感受到了乡亲们对她深深的情意。她脆脆地回应道:"橘子确红,桂花香了,但我却老了。"有意无意,她还是把自己的文学人生与草木相依,仿佛草木芬芳。只是,她的父母双亲永远没有想到,他们的女儿竟成了中国文坛的一棵参天大树,且满树繁花。

有树就有根。草木华年,琦君当然有记忆,也很清醒。在故乡,她情深意浓地对她的乡亲们说:"像树木花草似的,谁能没有一个根呢?我常常想,我若能忘掉亲人师友,忘掉童年,忘掉故乡,我若能不再哭,不再笑,我宁愿搁下笔,此生永不再写……"

缘此,谁说草木无情呢?

2020 年 5 月 14 日于北京寓所

行走与仰望

——姚中华散文集《在尘世间仰望》序

读姚中华的散文集《在尘世间仰望》,我发现他笔下的"双抢"和我家乡的有着惊人的相似。他说"'双抢'是庄稼人自导自演的一台农忙大戏",由此叙述"抢割""抢插"的"双抢"生活,让我感同身受。读完他的文集我才知道,他并不是土生土长的淮北人,而是家住长江边——他的老家芜湖以产水稻为主,历史上还是一座"米市"。我们共同铭心刻骨的"双抢"农事,是盛产麦子的广大北方地区人民无法体会的。

在南方的村庄出生和长大,草木村庄依然是他最原始的记忆。他的笔尖触及南方的泥土和草木,立即鲜活起来,语言也充满一种特别的诗意和灵性。比如,他说:"村庄是大地结出的一枚饱满的果实,草木便是包裹着果实不容褪去的壳。"(《草木村庄》)"水草的气节,颇似山中的隐士。"(《水草》)"出水的芡实虽然如同战场上败下阵的斗士,但此时依然张牙舞爪,不可触碰。"(《有一种美食叫芡实》)……他熟悉村庄的花草树木,所以他知道村庄所有草木的秉性,分得清它们的颜色,体会得出它们在春夏秋冬四季里的变化。尽管他笔下的这些草木让人闻到一股南方的气息，同时也"早已漫过了我的头顶，我无法看到它们的源头"，但与草木为伍，或被草木淹没，或谛听草木有声，他寻求的是草木给予他人生的启示与意义。

收入文集里的《时光指纹》是一组亲情散文。亲情是他生命深处一条隐秘的河流，那里有温馨，有沉痛，甚至有悲凉……比如，他年少时做错了事，想向母亲认错，"却看见母亲独自一人在厨房里悄悄地抹泪"（《骂声里的爱》）。母亲逝世后，父亲只愿意一个人住在一个小屋里。过年回家，父亲总是会端出一盆热了又热的五香茶蛋，让他们品尝，让孩子们有"在父母身边才能体会到的家的味道"（《父亲的小屋》）。而在《给父母"搬家"》那篇散文里，他写兄妹几个想给母亲刻一个石碑，却不知道母亲的生辰！情的浓淡深浅，爱的轻重缓急，他一律真诚地表达着……还因为贫穷，聪明能干的大哥的婚事一再受阻，有了大嫂后，叔叔们偷偷为他们办了一场先斩后奏的"婚礼"（《与兄书》）。而他的弟弟、弟媳一次不经意的争吵，最终酿成了一场生命的悲剧（《幽暗之花》）……这些极端的亲情故事，读来让人唏嘘不已，也很难相信他那儒雅的心灵里竟有这样的情感折磨，生之艰难与死之悲凉，流泻在他笔下的是泪与笑、血与火的生存悲歌。

记得去年在淮北，他执意要带我参观由于采煤塌陷而形成的南湖。终因时间关系，没能如愿。但在《一座湖的光阴》里，我还是读到了这个南湖的前世今生。他说："一抹晚霞落入湖中，将碧绿的湖水染成橘黄色……"这正是我那天透过车窗看到的景色。

那样的大湖如果没人说是煤矿塌陷区,我想谁也不会想到是人工湖。这样的湖,总让人为大自然强大的自身修复功能感动。无论大地承受了多大的牺牲和损害,有过什么样的伤痕,只要人类有了善心,大地都会修复和呈现出另一种自然之美……这些年,他还游历了天下一些名山大川。无论是在西藏体验"高反",还是夜宿香山,抑或干脆就在"最后的柏庄"寻找生命的荒芜,他对山水的沉吟与思考,都深深倾注着他钟情山水、热爱自然的人文情怀。

与草木对话,与亲人、山水对话,当然也会与先贤们对话。这经常对话的结果,就是姚中华完成了一部名为《桓谭传》的文学传记。桓谭是两汉时期诞生在淮北大地的一代名儒,也是他从小就崇拜的历史人物。来到淮北,他觉得对淮北人引以为豪的先贤不能无动于衷,于是翻阅《史记》《汉书》《后汉书》《两汉书》及相关人物传记。在大量搜集资料的基础上,他努力捕捉那个时代的生活气息,还原那个时代的历史风貌,利用半年时间,完成了他心中一代圣贤的形象塑造。或许正是受此写作成功的鼓舞,有一段时间,他开始了大量的这种历史文化散文的创作,踏着先哲们的足迹,倾听着先哲们的謦音,他走进广袤的淮北大地,或沉湎于古濉书院,或徘徊于垓下,或伫立在台儿庄的"哭墙"前,虔诚地探寻着一些历史人物的命运……他的这些文字写得汪洋恣肆、才情满怀,让我们在随着他行走、仰望历史文化星空的同时,也感受到他散文的丰富性与历史厚度。

姚中华的第一部散文集名为《凝望与行走》,从"凝望"到"仰望",这次他让我们触摸的是他生命的另一段心路历程——行走,是他的宿命。

是为序。

2020年5月26日下午于北京寓所

飞翔与匍匐

——沈俊峰散文集《在城里放羊》读后

俊峰的这本散文集《在城里放羊》在出版之前我就读过。因为策划"徽风京韵"散文系列的关系,那时我们经常聚集在一起,他和洪鸿还把编好了的作品交给我编辑。只是后来因为各种情况,我没能像他们这样的"呼风唤雨",最后只有羡慕的份儿。但他的这本散文集我倒是先睹为快了。

诚如他在代序《上辈子,我一定是只大雁》里所写的,他确实是一只大雁,一只幸福的大雁。他的这篇情感饱满、语言优美的散文,写尽南北方的春夏秋冬,渲染了南来北往的一只大雁的幸福生活——飞翔的动物总是敏感而多思的。对飞翔命运的关注,也就有意无意地流露于他的笔端。与此相呼应的还有散文《青春鸟受伤》,这篇散文让我更能读到他对"飞翔"的渴望。他本是一只高傲的"鸟",他曾以优异的成绩考上中专,但万万没有想到,他这只高傲而自由的"鸟"却被束缚在大别山里,变成了一只"笼中鸟",一只心灵受到伤害的"鸟"。

俊峰的敏感和对文字的细腻仿佛天生。尤其是看他写"绝望"之感,写得入木三分。于己,他少时曾跟着大人走,由于道路泥泞,大人走远了。"我朝着那些背影高声呼喊,可是声音一出口,就被风撕扯得颤颤巍巍,柳絮一般飞得无影无踪。我又急又怕,差点儿哭出声来。那个时候,我已经知道了'绝望'。"(《少居颍州》)于别人,是他的三老爷。他的三老爷听信谣言,更有自己的贪心作祟,将自己种的西瓜注入糖精,结果弄得收成近无,凄惨地在田野上发出一阵绝望的哀鸣……"几十年过去了,那声音还一直深深嵌埋在我的记忆里,时不时会浮现出来。那是我对生活艰辛、对人生绝望的最初的感受。"(《西瓜》)这样的文字,我以为是他能准确把握人生"绝望"感的最好佐证。

也许正是这种对命运"绝望"感的理解,加上他当了七八年女性报刊记者的经历,他对人物命运关注的文字就占了文集很大的一部分。他的散文很少有大段酣畅淋漓的抒情,更多的是对痛苦、悲凉命运的低吟浅唱。他写《离土的蒲公英》,写表弟,其实就是写农民进城后的生存困境,"离土的蒲公英"的隐喻直截了当。蒲公英的洁白、浪漫和飘逸里,是生活的艰难和看不见的痛苦。他写《夏花》,写一对普通青年男女成为夫妻后的命运突变,在为小人物那被损害与被侮辱的灵魂唏嘘的同时,更有他作为一个记者、一个作家伸张正义的拳拳之心。他写《仰望一棵草》,记录国家在人才青黄不接时"掐嫩芽",一代"嫩芽"知识分子的命运,透露的是"一个命运姿势的改变,飞翔或匍匐,就此有了决定"的人生偶然和"云烟无边,遮蔽了时间的深邃和悠长"的人间沧桑,这里面有他自己的影子,更有他对人生的思考。

当然,除了关注普通人物的命运,他也关注那些普通却不平凡的人物。在这部散文集里,他写了好几对夫妻,比如:写邓稼先与许鹿希的伉俪情深,却抵不过他们对祖国那深沉、博大的爱(《假如可以再生,我仍选择中国》);写陶行知与吴树琴夫妻患难与共,他们八年夫妻,便是一世情缘(《你和我永别了》);写刘知侠与刘真骅夫妇的"蘸得黄河写情深"……他还写了冯骥才、张锲、雷抒雁、欧阳中石等一大批作家和诗人,他十分注重生活的细节,靠着情感的记忆和艺术的推进,将一代文化名人的精神操守与为人风范表现得淋漓尽致。特别是他的散文《大树连枝》,向我们深情地讲述了"皖南事变"时,新四军在皖南山区留下一个孩子,为救这个孩子,"养父母用全家十二条命,保住她一条命"的革命故事。这篇真实朴素的文字,让我读来总是忍不住眼睛一湿。

俊峰把他的这部散文集命名为《在城里放羊》,其中还写了我故乡的天柱山和《孔雀东南飞》,这让我感到特别亲切。尤其是读他写登上天柱山顶峰"感觉整个人似乎欲飘飞升华起来"时,我为他心里深藏的"飞翔"的欲望感到吃惊。俊峰说:"他想让他的文字真正像刚从地里薅出来的青菜,沾着泥土,水淋淋的新鲜,看了养眼,吃了养生。"(《位置》)看来,他对自己的文字一直是很讲究的。他的这种"飞翔"和"水淋淋的新鲜"的文字,其实就是他在散文写作中保持或者追求的一种姿态。他这种飘逸和洒脱的姿态,居然让我暂时忘记了他在城里放的"羊",却记住了他那一只大雁的"飞翔与匍匐",这也是很有趣的。

2020 年 6 月 8 日于北京寓所

听　笋

也不是突然闯入这片竹林的。昨晚抵达这里,我们本就打算游览这座山的竹海。等吃过了早饭,我们就会出发。只是早晨醒得早,我起床推开窗子,发现昨晚下榻的宾馆就在竹林里。于是我出了宾馆,信步就走进了这一大片竹林——这时,我才恍然大悟,原来我半夜里听到的雨淋声,竟然不是下雨,而是风吹竹林,竹叶发出的簌簌声。

风停了,竹林无边地安静下来,竹林梢上有鸟的叫声。眼前竹子秀颀的枝干湿淋淋的,竹叶上蓄含着的露珠,不时地往下滴答。静静地走在竹林里,空气异常地清新。我贪婪地张开嘴巴,就有一滴露珠在额头上沁凉一下,然后滚进了嘴里,嘴里有一丝甜甜的味道。越往竹林的深处走,竹林里鸟声就越远,代替它的是一种噗噗的声音。声音沉闷且有节奏。伴随这种声音的,还有一种突然的炸裂声。那声音啪地一下,仿佛过年时一个淘气的孩子,放了一个炮仗就突然转身跑了。

定了定神,我四下里张望,这下就看见遮天蔽日的竹林里生长的那一大片的竹笋了。不是雨后,春笋也咕嘟嘟冒着。这里一棵,那里一棵,遍地都是。胖乎乎、圆滚滚的竹笋,头顶着金黄色的竹箨,身子被厚厚的笋衣紧紧包裹。在高高的翠竹下,在浅浅的草丛或一块不规则的石头缝里,都能看见它们的身子。它们不探头探脑,毛茸茸的笋尖上调皮地泛着几颗晶莹的露珠,有的仿佛还有些羞涩,躲在一些灌木的绿叶里,但那笋尖上的露珠依然亮晶晶的,像是它们躲不开的笑脸。

仔细听,原来这声音全是它们发出来的。竹笋们的喧闹,有点像婴儿在母亲肚子里的拳打脚踢。那噗噗之声先从竹箨里出来,待终于撑破竹箨,它们就发出啪啪的剥离和拔节声。声音落处,若认真地看,还可以看到竹箨自然张开的样子,有些兴奋,也有些无可奈何。那啪的一声,仿佛就宣告了一个新生命的诞生……我站在竹林里听,这里一下,那里一下,此起彼伏,全是噗噗啪啪的声音,使人感觉整个竹林都响动了起来。新鲜、活泼和持久,且萌动着一股蓬勃的生命力,使人感觉来到了一家医院的婴孩房。

太阳出来了。阳光被细密茂盛的竹叶遮挡着,偶尔从竹叶缝隙里射进来的阳光,只要照射到竹笋的身上,那竹笋立即纤毫毕现,有的还伸出一两片细嫩的绿叶,像是竹林做的一个梦。放眼望去,金褐色的笋衣拥抱着笋尖,散发出一种奇怪的金属光泽。而在它们的头顶,那些高大的竹子,浓密的枝叶径自摇曳,竹子亭亭玉立的,宛若一个个身披绿纱的妙龄女子轻挪着脚步,恬静而优雅。

很快,就有人喊我回去吃早饭了。那一天我们也如约游览了天柱山的竹海。无涯的竹林确实像是一片大海——竹子的大海。竹海里波浪起伏,有时汹涌地荡起层层碧波;有时平静,像是晾晒一匹长长的绿绸。头顶上,竹子的枝叶小鸟依人,仿佛嘴巴里永远含着一支青青竹笛。满目青翠、幽深和清凉——后来,我还看到了竹林里的瀑布、溪流,吃到了用春笋制作的各式各样的佳肴。但因为记得早晨听到春笋的拔节声,面对鲜嫩的竹笋,我却不敢动一下筷子了。

2020年6月9日于北京寓所

一城花繁半在梅

在 21 世纪初,我曾陪家乡一位长者找到中国工程院院士、北京林业大学教授陈俊愉。看他写下"梅城梅花"四个大字后,我的心突然安静下来,感觉家乡那个叫梅城的县城一下子就有了精气神。而在此之前,我在梅城工作和生活十几年直至离开,我都觉得这古有梅花的小城好像缺了一点什么,似乎有些地方不太对劲。

梅城在唐宋时一直是郡、州、府的所在地,后来是县城。我家离梅城十几里路,但我最早听说梅城是因为外公。小时候我住在外公家,我的外公是位复员军人,那时他在大队工作,家里经常接待从梅城下放来的工作队。这些队员有的洗脸和刷牙后,就把一种香喷喷的东西涂抹到脸上,顺便也搽搽我的脸。工作队走后,据说在某一个明亮的早晨,我突然哇的一声大哭起来——后来外婆笑话我,说我那天哭得那个伤心啊,她和外公好久才让我止住哭!而让我止哭的良方就是哄我去梅城,找那些给我洗脸搽香的人。

我初进梅城是为看电影《卖花姑娘》和《三打陶三春》的戏。电影,是和生产队一班人步行着去看的,来回几十里地,走得脚板疼痛了几天。但我听到了"只要心诚,石头也会开出花来"的经典台词和那"卖花来哟,卖花来哟,朵朵红花多鲜艳。花儿多香,花儿多鲜,美丽的花儿红艳艳……"的卖花歌。梅城让我懂得了与露天影院不一样的看电影方式。看戏,是随母亲一起的,其时我二叔在县棉织厂工作,我们寄住在二叔家。看完戏回来,棉织厂里灯火通明,我看纺织女工们貌若天仙,一个个头顶白帽,戴口罩,她们双手与织布的梭子一起飞舞。二叔蒸好馒头,让我吃了一回夜宵……卖花姑娘、纺织女工、棉织厂机器的轰鸣声和白馒头组成的混合气息由此在我的胸腔弥漫多年。

但真正到梅城工作了,我却没有去找那给我"洗脸搽香"的人。单位坐落在城南。城南有雪湖与南湖、学湖,三湖连成一片。宋朝在此为官的王安石曾于湖边读书,舒王台遗址尚存。三个湖都不算大。一到夏天,每个湖都长满了绿荷。当时电扇是紧俏物资,我又刚参加工作不久,手头连买一台电扇的钱也没有。天一入伏,房间燠热难耐,另外也是闲得无聊,一个人有事没事,我总是到雪湖边散步。后来在湖边,由我们单位主导修建了一条人行路,我有幸参与测量,每天忙得太阳下山时才收工。夕阳西下,凝望那一湖荷花或星星白白,如玉盘银盏;或点点胭红,似花锤朱笔,都在风中旋转摇曳。晚风中飘有淡淡的荷香。秋天到了,采藕人到了湖里,就不由分说脱了衣服下湖采藕,一弯腰,他们立马举起一节白白嫩嫩的雪湖藕——别的地方的藕都是七孔,而雪湖藕却是"九孔十三丝"。掐断那藕,丝丝相连,洁白无瑕,吃到嘴里清脆甘甜。很快,新鲜白嫩的雪湖藕就摆到了梅城的大街小巷。现在正是湖藕上市的季节,梅城街上应该又有雪湖藕的叫卖声吧?

有好几年,我居住在县政府大院一幢古拙而简朴的木楼上。尽管只有一间房,但我的窗外有一棵桂花树。桂花树渐渐长成硕大的一蓬,四季浓绿,春天里叶子更是绿得发亮。接着,树叶的枝头就吐出碎米般的花粒。每年到了八月桂花开时,梅城的街上就弥漫着桂花的香气,沁人肺腑。终日浸润在桂花的香里,我的心情便十分惬意。但这棵桂花树也惹事,一些小姑娘、小嫂子就常常驻足窗下,心急得伸手便折桂花。当时我一个人住,待在房里有时听到窗前笑语喧哗,桂花枝折叶散的,就心疼得忍不住大骂起来:"花也是有灵性的,你们干吗要摘断它?"兴之所至,如此胡乱地大吼,那些摘花的人鼻子便嗅着桂花,悻悻地走了。但下班回来,见那桂花树还是日渐腰细身瘦,我也只有怜香之叹了。

一城繁花。梅城有花,也有水。梅城河汊交错,环绕它的有潜水、西河、梅河……当年,我在梅城的西河沙场还当过几个月场长。那时天天有人开车来买西河的河沙,我就管理沙的买卖。西河两岸竹林、灌木疯长,杂草丛生,荆棘遍地。如今这里已被修葺一新,置有路灯、休憩椅、凉亭……俨然成了一条美丽的景观大堤。回乡时,朋友带我沿西河的河岸走,就走进一处偌大的梅园。梅园里,梅树铁枝疏影,一株株或直或虬,或伸或曲,朵朵梅花灿然开放。晴天丽日,就有三五只蝴蝶翩翩,蜜蜂嗡嗡,让梅园充满一园的艳丽与祥和。

在梅园里盘桓良久,我们沿着河岸又往回走,我发现当年建造的几间厂房荡然无存,心里顿时生出一丝伤感。但那一园梅树影影绰绰地叠在脑海里,挥之不去。朋友说,就在我离开梅城不久,梅城有十八位离退休的老同志倡议栽种梅花,恢复梅城原有的样貌——他们让我请有"梅花院士"之誉的陈俊愉教授题写"梅城梅花",正当其时。我点了点头,说,没想到,梅城现在家家养花,户户植梅,真是一城花繁半在梅了。

2020年7月3日于北京寓所

说　　茶

有人读到了我写茶的文字,以为我很懂茶。其实不是,但我喜欢喝茶是不假。

我喜欢喝的还都是家乡的茶:剑毫、弦月、云雾、毛峰……我家乡的茶都长在家乡的天柱山上,因而茶的前面都缀了"天柱"的字样,叫起来便是:天柱剑毫、天柱弦月、天柱云雾、天柱毛峰……

听到这样的名字,我眼前就会浮现天柱山,浮现天柱山上那一座座茶园。春气朦胧,一团团绿云绕山间。

茶,是茶乡的小儿女。

茶乡小儿女都有自己的名字,都是一些好听的女孩子的名字。比如毛毛月、舒城小兰花、桐城小花、岳西翠兰、宿松黄芽……若有人站在茶山上大声一喊,这些茶乡的女孩子都会答应你,声音脆脆的、软软的、甜甜的。

但她们不会自吹自擂,尤其不会自己叫自己的名字。

她们不像某某人,不会像甲乙那样,总说甲乙如何如何;也不会像丙丁那样,总说丙丁如何如何……有人如此仿效,写文章也总要说自己的名字:×××认为,×××如何……谦逊的,略现君子之风;狂妄的,却显了肤浅之相……或自信,或自负,或自卑,或自怜,或自叹……

人有名不副实者,茶也有。

我以为安吉白茶是安吉生产的白茶,其实不是,是地道的绿茶;我以为盐茶会有盐味,其实没有,盐茶是乌龙岩茶;我以为黑茶本身就是黑颜色的茶,也不是,黑只是茶叶发酵后的颜色……

很多时候,人名和名人都不能当真,茶的名字当然也不能当真。

我喜欢喝家乡的绿茶,却不排斥喝异乡的绿茶,偶尔也喝一点名茶。例如,西湖龙井、碧螺春、云南普洱、福建大红袍、铁观音、竹叶青……当然,这些茶有的能喝半月,有的只能品尝几天,有的只能浅浅抿上几口。

因此我认识了一些茶,也知道了一些茶的色、形、味。

喝一口西湖龙井,舌尖清香无比,虽然有栗炭的火气,但入口仿佛就打开了我的腔腹。经泡,耐喝。

打开六安瓜片,看那绿色的瓜粒,我满心欢喜。我觉得那饱满的种粒泡在水里就像茶叶的陈年旧事。

泡上太平猴魁,茶叶在透明的玻璃盏里像一片茶的森林。注入开水,我似乎看见一捆柴火般的叶片松绑了……

我喜欢喝新上市的绿茶。新、浓、苦、涩,有香气。

谷雨一过,绿茶显枯,显涩。袅袅香气,杳杳无踪。

家乡什么样的绿茶我都喝过。我不仅能喝,还会喝。

我喝茶不算很挑剔,但接受不了北方的花茶。从南方到北方,原本没有多少南北方的异乡感,一杯花茶入口,却让我顿时生出一缕缕乡愁。那花茶喝在我嘴里怪怪的,感情上也怪怪的。觉得那不是茶,是花,是枯了的茉莉,是萎了的菊花。在北京生活了二十多年,我这个习惯竟然没有改变。

我喜欢茉莉花,喜欢听那"好一朵茉莉花",不喜欢喝茉莉花茶。

我喜欢菊花,喜欢金丝皇菊如佛头、皇冠,不喜欢喝菊花茶。

我参观过很多酒厂、烟厂……有人在酒厂喝得面红耳赤、晕头转向;有人在烟厂吸得烟雾缭绕、头昏脑涨……偶尔也参观过一些茶山、茶园、茶厂。晨气清稀,露香犹发,只有到了茶厂,我才神清气爽。端一杯绿茶,我就看茶的叶片在透明玻璃杯里缓缓舒展、散开。茶舒坦,人也舒坦。

小时候,我看父亲做茶——父亲在世时种过茶,摘过茶,也做过茶。父亲摘了一竹篮的茶叶背回家,茶叶鲜滴滴的,锅烧得热乎乎的。锅起一溜烟,父亲把茶叶摊在锅里炒青,最后炒成了茶,但就只那么一小撮,很少的一点,论斤称两,也就一两、二两,顶多半斤吧。

玉盘珍馐值万钱,茶也值万钱。

珍贵的还有友情,如果这友情够得上朋友送茶的话。

有朋友送的茶叫"雪芽",说是家乡的茶。朋友也是我的乡友,朋友神通广大,我是孤陋寡闻。我是第一次听到"雪芽"的名字,第一次知道家乡生产这茶,当然也是第一次喝家乡这茶。

朋友送我二两雪芽,不仅送我雪芽,还送我一篇文章。

文章写的正是"雪芽":

竹山可望 | 153

翠绿的雪芽,芽尖小如雀舌,散发着淡淡新香。俯身泡茶,水入杯中,芽叶轻轻翻滚,一股清新纯净的茶香气息直入鼻中,令人顿觉清爽,仿佛在久闷的屋中忽然闻到了云雾茶山的清香气息……

泡开的雪芽越发地鲜绿,很是新美。一颗颗小小嫩绿的芽叶,不一会儿就陆陆续续地缓缓地舒展开来,漂浮在水面,轻轻地簇拥着。须臾间,有一些芽叶缓缓地沉了下来,自然而然地竖立在杯底。包裹得尖尖的芽叶张开了一两片或三四片的小叶瓣,如一朵朵小小的绿莲花……鲜绿得晶莹剔透。

朋友写得真美。

2020 年 7 月 16 日于北京寓所

听取新翻杨柳枝

——读吴晓煜《煤炭文学作品札记》

吴晓煜的《煤炭文学作品札记》是迄今为止我读到的一部内容丰富、资料翔实、文情并茂的研究煤矿文学的扛鼎之作。除了他,我还没看到有谁能像他这样把中国煤矿文学,特别是中国古现代煤矿作家和作品描述得这么清楚和准确的。尽管他的这部书以"札记"示人,但在我的眼里,这部书有着煤矿文学史的意义,它的出版或许填补了我国煤矿文学研究的空白。

我认识吴晓煜的时候,只知道他是煤矿文史大家。文史不分家,他因此也写过不少随笔札记和散文小品。他很早就对煤矿文学的作品和作家感兴趣。记得他知道我在张恨水研究会待过,就向我询问张恨水与煤矿的关系。我把张恨水写的一篇煤矿散文给了他,他立即写出《(煤矿)工人好——读张恨水西北行》的文章并发表。后来他还出版了《夜耕村杂记》《学林漫笔》《欧非见闻录》等几部散文随笔集。没想到,很快他又捧出了一部厚厚的《煤炭文学作品札记》。

这部札记以 20 世纪 60 年代末为界。时间久远,煤矿文学作品及资料被淹没在时间的尘埃里,他说搜集起来颇为"劳神费心"。逢人便问,到处寻访,掏钱网购。面对搜寻到的煤矿文学作品与资料,他又不泥旧说,爬梳剔抉,按小说、散文、诗歌、剧本等分门别类,径自进行一些版本考证和研究,因此厘定出中国第一首煤炭诗,第一篇煤矿小说,明朝煤矿散文和最早的煤矿报告文学、话剧与戏剧,给我们呈现了一条清晰的煤矿文学发展脉络。在这条脉络里,我们可以看到煤矿文学的起源与发展,知道徐陵、岑参、苏轼、于谦、纪晓岚、鲁迅、郭沫若、巴金、曹禺、朱自清、路遥等名家与煤矿文学的关系。还有诸如"凿开混沌得乌金,藏蓄阳和意最深"(于谦)、"但愿苍生俱饱暖,不辞辛苦出山林"(于谦)、"我年青的女郎"(郭沫若)、"请给我以火"(艾青)、"黑花便在梦里开满"(臧克家)这样的诗歌名句竟都出自煤矿。可见煤矿早就是中国文学一块丰富而灿烂的宝藏。

煤炭有许多诗意的名字,如"香煤饼""阴阳炭""炉中兽""炭兽""劫灰""黑墼""岚炭""乌金"等等。煤炭首先就具有诗性及文学性。煤矿文学作为以题材为标准划分的一种类型文学,由于资料的缺乏,以前鲜有系统的煤矿文学史的研究,吴晓煜的"札记"可谓首开先河。从"札记"中我们知道南朝诗人徐陵的《春情》即煤矿诗歌或说是煤矿文学的滥觞。从《春情》的诗句"奇香分细雾,石炭捣轻纨"中,我们不仅感受到煤炭那浓浓的诗意,还得知早在一千四五百年之前,中国就能把煤制成发香的煤饼。从那时开始,煤矿的诗歌创作代有传承,经久不衰。直至新中国成立,在社会主义建设时期还一度出现了火热的诗歌创作场面。郭小川、唐祈、冯至、张志民、臧克家、雁翼这样的诗人都曾参与其中,写下大量煤矿诗歌。有关方面也组织编辑过《矿工诗歌选》《中国当代煤炭诗选》等诗集。

相对于煤矿的诗歌创作,煤矿的散文创作变化不大。除明代张仙《开煤洞记》、清代孙廷铨《石炭》、胡恩燮《煤说》之外,到20世纪二三十年代才有冰心、沈从文、梁实秋、郑振铎、黄秋耘这样一些作家写煤矿题材的散文。但这些散文也多是观感一类,没有形成煤矿散文的创作体系。只是到了当代,煤矿散文创作才稍有起色。而煤矿的小说创作却保持了与煤矿诗歌一样的创作劲头,在《札记》里,吴晓煜考证的第一篇煤矿题材的小说是清朝蒲松龄《聊斋志异》里的《龙飞相公》,到乾隆年间又有短篇小说《解己囊周惠全邑,受人托信著四方》问世。到了20世纪20年代之后,更有《矿山祭》(龚冰庐)、《五个军官与一个煤矿工人》(沈从文)、《掘金记》(毕奂午)、《卸煤台下》(路翎)、《煤》(李纳)、《黑石坡煤窑演义》(康濯)、《五月的矿山》(萧军)这样一批煤矿题材的小说出现……比照当下的煤矿文学,我觉得煤矿小说有着一个从蒲松龄开始的短篇小说创作传统。

煤矿的文学史,同时也是煤炭开采和矿工命运史。从煤矿文学的作品里,可以看出煤矿文学首先关注的就是矿工的命运。古典诗歌对煤炭开采、生产到运输等各环节,几乎都有表现,对采煤工人的悲惨遭遇的描摹更为明显和直接。如"尽爱炉中兽,谁怜窑下人"(刘克庄《记杂画·卖炭图》)、"千村土锉炊烟出,中有民命如丝悬"(钮琇《采煤曲》)、"京师待炊百万户,谁人知道采煤苦"(祝维诰《煤黑子叹》)、"忽闻炭价今朝减,不觉内心怀烦忧"(徐继畬《驮炭道》)、"生理独何辜,一崩百夫阏"(姚椿《哀山中采煤者》)等。也只有到了新中国,关于煤矿的诗歌创作才一改过去"哀鸣""吟叹"之风,诞生出大量歌颂劳动、讴歌时代的作品,让人精神振奋。当代著名诗人公刘看到普通煤矿劳动者写诗,曾说:"煤矿诗歌的势力是茁壮的,方兴未艾。它本身,正是一座取之不尽的富矿,令人欣慰。"而煤矿小说的创作,如果说早期尚停留在行善好义、因果报应的题旨上,那么到了现代便变得恢宏浩繁、意义纷呈,既有像巴金《雪》那样对一边是"猜拳赌酒的声音和笑闹声响成一片",另一边是窑工们"活埋在里面(矿井),嗅煤气,挖煤块"的两个不同世界的煤矿生活的揭露,也有如李纳《煤》那样,有着"格调清新,洋溢着新社会温暖气息的作品"(刘梦溪语)。

"古歌旧曲君休听,听取新翻杨柳枝。"唐代诗人白居易曾写过这样一首《杂曲歌辞·杨柳枝》。白居易是一位对民生疾苦有着深刻悲悯的诗人,他写的《卖炭翁》尽管不是煤炭诗,但他那"歌诗合为事而作"的诗歌主张并不过时——对于煤矿文学的创作与研究,我觉得还是应该多听听一些"古歌旧曲",然后新翻杨柳枝——何况这一根"杨柳枝",吴晓煜已经妥妥地伸到我们的面前。

2020 年 7 月 18 日于北京寓所

自我完善
——序曹凯散文集《糊涂是福》

曹凯把他的散文集起名为《糊涂是福》，即便不做解释，人们也都知道这"糊涂"二字即源于郑板桥那句著名的"难得糊涂"。其实，郑板桥还说过一段关于作序（叙）的话："板桥诗文，最不喜求人作叙。求之王公大人，既以借光为可耻；求之湖海名流，必至含讥带讪，遭其荼毒而无可如何，总不如不叙为得也。"

因为这，近年每当朋友让我为他们的文集作序，我总是推却再三，如履薄冰。对曹凯也是。可他一蛮三分理，不以我曾给他出版过的散文集写了几句话为念，反而一定要我再说上几句。究其原因，我想，一是他肯定知道我并非"王公大人"，没有"光"可供他借；二是我也不是什么"湖海名流"，断不敢对他"含讥带讪"，就算是有几句逆耳之言，想必他也是了然于胸。人存仁厚之心，便会有金刚不坏之身吧。

还想说说郑板桥。郑板桥的"难得糊涂"当然是他经历千山万水后的一种人生认识。那里有岁月的沧桑、世事的无奈、人情的练达、精神的调节和生命的自我完善，是杰出的个体生命在某种环境中发出的独特光芒。曹凯在散文《又待桂花香》里,把一株百年桂花树称作"百岁老人"。说他在县文化部门工作时,县博物馆建设面临资金困难,某老板看中馆内一株"百年老桂",愿意花十万元钱买走,但他们最后还是拒绝了——"吕端大事不糊涂",是人们对"难得糊涂"最好的一种精神阐释。小小"糊涂"使桂花树躲过一劫,从而香飘久远,不是一件颇为雅致的事情吗?

我看文章,不喜欢"端着"或者有一副"文章架子"的文字,更讨厌作者自以为是的逻辑。看这样的文章,心里总是一边为作者可惜,一边为作者脸红。读曹凯的散文,我还没有这种感觉。他写山水,观与不观,游或不游,总是山水秀丽,人心明净;写人物,思与不思,想或不想,都取快意人生,发自肺腑……写人状物,由人推己,他有什么写什么,想什么说什么,从不躲躲闪闪,更不故弄虚假,作忸怩之语。文章里有对山水的亲近,有对亲情的拥抱,有对友情的关爱……都有一种"秀丽和明快"。郑板桥先生在《仪真县江村茶社寄舍弟》一文中谈文风,曾说:"吾弟为文,须想春江之妙境……"他希望文章有"一种新鲜秀活之气"。郑板桥生活在"八股文"盛行的时代,他讲究文字的鲜活,对文字"春江妙境"的向往,对我们当下的写作还是有所启迪的。

烟雨经年。曹凯从散文集《明白真好》到现在的《糊涂是福》,应该就是他不断自我修炼、自我完善的过程。一晃,十五年过去了。这次他把我从他文集的后面拖到"前台",让我聚焦于明亮的灯光下,我突然就有种诚惶诚恐的感觉。幸好,板桥先生还说过,文字"有些好处,大家看看;如无好处,糊窗糊壁,覆瓿覆盎而已"。曹凯兄不要当真就是。

是为序。

2020 年 7 月 26 日于北京寓所

云端上的乡音

一

1988年1月8日,我在皖西南一座普通平静的村庄找到《程氏族谱》。当我沉迷在程氏家族神秘的传说里,打开有关程长庚的资料时,我万万没有想到,我打开的是"徽班进京"这个中国戏曲史上一支著名班社的辉煌谱系——"戏子不上家谱",程氏家族让程长庚在家谱上有了记载,显然是号称"程朱理学名家"的程氏家族的一种莫大"恩惠"。尽管家谱没有"徽班领袖""京剧鼻祖""伶圣""剧神"等称呼,吝啬得只有人的名号和生卒年月,但有这些就足够了。

随着程长庚籍贯纷争的尘埃落定,仿佛一场大戏的舞台帷幕缓缓拉开,程长庚和以他为角儿的一段尘封已久的"四大徽班"进京的历史,就像一池荷花全部浮出了水面。清水芙蓉,摇曳生香。这时,我突然发觉响彻云霄的京腔里竟有我的一缕浓浓的乡音。

按照现在的戏曲史定论，徽班进京是乾隆五十五年（1790年）。那年是乾隆皇帝的八十寿辰，徽班就是专门为他进京贺寿的。清代杨懋建《梦华琐簿》对此的记载是说："乾隆五十五年庚戌，高宗八旬万寿，人都祝厘（祝福），时称'三庆徽'，是为徽班鼻祖，今乃省'徽'字样，称'三庆班'。"

实际的情形是，"三庆班"是浙江盐务奉闽浙总督伍拉纳之命，将徽商推荐的安庆徽班带入京城的。开始，他们只是在浙江盐务承包的地段内的"天街"临时戏台，参加"祝厘"演出。但在完成了祝寿演出后，三庆班在京城已小有影响，于是他们试着进行了一些商业性表演。当时带领徽班进京的是一位名叫高朗亭的艺术家。

高朗亭（1774—1827年），又名高月，安庆人，原籍江苏宝应。入京时三十岁，以唱二黄腔著称于伶界。《日下看花》说他："体干丰厚，颜色老苍，一上氍毹，宛然巾帼，无分毫矫强，不必征歌，一颦一笑，一起一坐，描摹雌软神情，几乎化境。"就是年纪稍长，也别有丰姿。众香主人在《众香园》里形容他："然偶尔登场，其丰颐皤腹，语言体态，酷肖半老家婆，真觉耳目一新，心脾顿豁。"戏曲界后来都以"徽班老宿，脍炙梨园"评介。

清王朝经历了很长时间的休养生息，到了乾隆时期已是社会稳定，经济繁足。这为戏曲提供了丰厚肥沃的生存土壤。此时，京都的戏曲舞台琴笛悠扬，诸腔杂陈，百花争艳，所谓鱼龙混杂，泥沙俱下。当时在北京流行的剧种，规模较大的除占主流的昆曲之外，还有京腔、秦腔、徽调、汉调等等。但开始时戏剧受制于朝廷。清代统治者把当时的戏曲分为两大类：一种叫"雅部"，一种叫"花部"。李斗的《扬州画舫录》记载:"两淮盐务,例蓄'花''雅'两部,以备大戏。'雅部'即'昆山腔';'花部'为'京腔''秦腔''弋阳腔''梆子腔''罗罗腔''二黄调',统谓之'乱弹'。"戏曲舞台的色彩缤纷,也成就了"花""雅"两部纷争。清廷垄断了他们喜爱听的"昆曲"后,便认为"花部"粗俗下流,难登大雅之堂,对"花部"进行了一次次政治性的打压。

第一次打压是乾隆刚上位不久时。弋阳子弟携腔入京,开始了弋阳腔演变而成的京腔与昆曲之间的争斗,出现了"六大名班,九门轮转,称极盛焉"(杨静亭《都门纪略》),京腔压倒昆曲,很快占了上风。但宫廷内舞台对"昆弋大戏"一视同仁,京腔进入皇室戏台,却与昆曲一样成了御用声腔——仿佛一朵花靠近另一朵花,这次打压落得了一个"南昆北弋",花开并蒂莲,皆大欢喜。

秦腔进京就没有他们这样幸运了。秦腔名伶魏长生(1744—1802年)生于四川,艺成于陕西。携秦腔进京,一台《滚楼》"大开蜀伶之风,歌楼一盛"(《花间笑语》),不仅使昆曲顿失颜色,也使京腔与之难以匹敌,以致京都出现"六大名班无人过问"(吴长元《燕兰小谱》)的局面。于是,"六大班伶人失业,争附入秦班觅食,以免冻饿而已"(戴璐《藤阴杂记》),结果惹怒清廷,说秦腔是"亵词秽语""无非科诨诲淫之状"。乾隆四十四年(1779年),他们遭受了"花雅之争"后的第二次无情打压。

乾隆五十年(1785年),朝廷正式颁布了禁止秦腔演出的谕令:

乾隆五十年议准,嗣后城外戏班,除昆、弋两腔仍听其演唱外,其秦腔戏班,交步军统领五城出示禁止。现在本班戏子,概令改归昆、弋两腔,如不愿者,听其另谋生理。倘于怙恶不遵者,交该衙门查拿惩治,递解回籍。(《钦定大清会典事例》)

圣旨一下,魏长生只得于乾隆五十四年(1789年)离开京城,仓皇南下。

然而,就在"花部"遭到第二次打压的四年后,因为给乾隆皇帝祝寿,徽腔又登上了京城的戏曲舞台。这次登上京城的戏曲舞台不要紧,要紧的是紧接着四庆徽班、五庆徽班都到了京城,京城的舞台一下子就出现了三庆、四庆、五庆争雄的场景。接着,就迎来了以三庆班为首,春台班、四喜班与和春班并奏的"四大徽班"声名鹊起的戏曲大时代。

被迫离京的魏长生在嘉庆六年(1801年)回到了京城。次年夏天,他表演秦腔《表大嫂背娃》一戏,终因劳累不堪,一下舞台便长眠不醒,年仅五十八岁。他死后,秦腔这一艺术曾以"南梆子"名目出现在京剧舞台——对一生挚爱戏曲的魏长生来说,这算是对他最大的慰藉了。

二

关于"徽班"两字,在明代万历四十五年(1617年)方应祥《青来阁集》一书里就有出现:"优人演《古城》,异其色之鲜,问之徽班也。"不过,那时安徽还没有建省,所以专家们大多认为那时的

"徽班"不过是由在杭州、扬州、苏州等经商的徽商家养的戏班。戏班的演员都是安庆石牌一带的艺人——真正的徽班就是在安庆石牌形成的戏班。

清康熙时,安徽已经建省,徽班的指向就更为明确。清代最早说到"徽班"的是一位名叫汪必昌的清廷老太医,他愤怒地写道:

> 乾隆廿六七年,安庆班之入徽也……予在内廷官值,窃窥南府、景山两处,教习高、昆二腔,讲曲文,究音调,辨字眼,言关目,忠孝节义之剧,尽善尽美,未闻乱谈。谁识徽处山僻,放浪形骸,竟容乱谈以伤风化!尤可恶者,昔年逐出徽境之班,到处不称安庆、石牌,而曰"徽班"。

汪必昌深居内廷,又是地道的徽州人,他对徽班的诟诽,既为"徽班"的起源提供了有力证据,又为清廷对"花部"的打压做了最好的证明。"安庆色艺最优""梨园佳弟子,无石不成班"……与汪必昌同代的包世臣在他的《都剧赋》里却是大加褒扬,说:"徽班昳丽,始自石牌。"

但徽班进京从来就不是一路凯歌。在完成祝寿之后的第八年,即嘉庆三年(1798年),"花部"又遭到了来自清廷的第三次打压。1796年年初乾隆禅位给嘉庆(嘉庆元年),嘉庆四年(1799年)去世,只做了两年太上皇。这次打压虽然有些虎头蛇尾,但一道谕旨却实实在在地刻在苏州城老郎庙庙碑上。

圣旨如下:

元明以来,流传剧本皆系昆弋两腔,已非古乐正音,但其节奏腔调,犹有五音遗意。即扮演故事,亦有谈忠说孝,尚足以观感劝惩。乃近日倡有乱弹、梆子、弦索、秦腔等戏,声音既属淫靡,其所扮演者,非狭邪媟亵,即怪诞悖乱之事,于风俗人心殊有关系。此等腔调虽起自秦、皖,而各处辗转流传,竞相仿效。即苏州、扬州向习昆腔,近有厌旧喜新,皆以乱弹等腔为新奇可喜,转将素习昆腔抛弃。流风日下,不可不严行禁止。嗣后,除昆、弋两腔仍照旧准其演唱,其外乱弹、梆子、弦索、秦腔等戏,概不准再行唱演。所有京城地方,着交和珅严查饬禁,并着传谕江苏安徽巡抚、苏州织造、两淮盐政,一体严行查禁。如再有仍前唱演者,惟该巡抚、盐政、织造是问。钦此。

此一时,彼一时也。圣旨虽措辞仍然严厉,却没有人很好地执行。随着乾隆皇帝驾崩、和珅被嘉庆皇帝抄家查办,清廷似乎把这事丢到了一边。离离原上草,一岁一枯荣。经过几番风吹雨打,进京的徽班在时代的缝隙里悄悄完成了自己的华丽转变,就像一株牡丹绽放出更为艳丽的花朵——当时北京"戏庄演出必徽班。戏园之大者,如广德楼、广和楼、三庆园、庆乐园,亦必以徽班为主"(杨懋建《梦华琐簿》)。"三庆的轴子,四喜的曲子,和春的把子,春台的孩子"已成为北京剧坛上的美谈。

回溯"四大徽班"进京的历史,还要说到一个人——盐商江春。因为他创办了春台班,三庆班入京也得到过他的资助。

江春(1720—1789年),字颖长,安徽歙县人。据说他出生时有白鹤翱翔于庭,故号鹤亭。他是两淮盐商的总领,有钱有势,精明能干,深得乾隆皇帝赏识。乾隆六下江南落脚扬州,每次都是他为乾隆"扫除宿戒,懋著劳绩"。为了迎驾,他费尽心思,自己出资创办雅部德音和花部春台两个戏班。春台班就是他选拔扬州当地和苏州、安庆等唱二黄调等乱弹腔的演员组成的流动徽班。前面说的秦腔花旦名角魏长生南下扬州,也曾投身春台班,使春台班有了京、秦"二腔合流"之说。春台班进京时间大约在嘉庆元年(1796年),班社以少年演员为主,所以人称"春台的孩子"。

三庆班于乾隆中期在安庆组成,当是正宗的徽班。当时,在安庆流行的徽戏声腔有枞阳腔(石牌腔)、吹腔、梆子腔、高拨子和二黄调。三庆班以安庆二黄词融合京腔、秦腔同台演出,故名"三庆班"。三庆班的"轴子",是指三庆班不断编排新戏,而且是新编连排的整本大戏。三庆班的几任班主都任过北京戏曲行会组织"精忠庙"会首,进京又早,因此三庆班便有"京都第一"之誉。

"公会筵开白昼间,嗷嘈丝管动欢颜。新排一曲《桃花扇》,到处哄传四喜班。"这首传诵一时的《都门竹枝词》,写的是四喜班演《桃花扇》轰动京城的情景。四喜班在安徽组建后,曾流动到苏州、扬州演出,吸收了一批善唱昆曲的苏、扬名伶,徽调、昆曲兼唱。到北京后又以擅长昆曲的演唱闻名,后来由于二黄调、秦腔等乱弹盛行,四喜班的名角们尽管坚守昆曲声腔不习乱弹,但终因大势所趋,最后在道光年间也"尽变昆曲",改唱了西皮、二黄调。

关于和春班的成班,《中国京剧史》中有这样的记载:"是嘉庆八年(1803年),由庄亲王出资,邀请安徽艺人组成的。时称'王府大班'。"但《鞠部拾遗》却记载它是在扬州组建而成的。和春台班进京演出的年代大约在嘉庆八年的春节。它以乱弹戏《收妲姬》而一"收"走红。和春班以武戏见长,徽昆、徽秦兼演,在"花部"与"雅部"之争中也向皮黄合奏靠拢了。

四大徽班都在北京前门大栅栏一带胡同里居住,但他们都以各自塑造的艺术形象活跃于清中叶京城的戏剧舞台。到了道光二十五年(1845年)竟形成了"以老生号令天下"的格局。

就是那一年,三庆班出现了首席老生程长庚;春台班出现了老生名角余三胜;四喜班产生了老生张二奎;和春班出现了老生王洪贵……

乾隆后期以唱二黄腔为主的"四大徽班",至此不仅在京城各自站稳了脚跟,还取昆腔、京腔和秦腔而代之,博采众长,各演尔能,在历经了徽、昆、京、秦、楚、汉、皮、黄兼演的阶段后,有意无意间,完成了中国京剧形成的一次美丽的艺术蜕变。

所以说,徽班进京直接奠定了京剧艺术大厦的基石。没有徽班进京,就没有国粹京剧。斯言不虚。

三

1790年徽班进京,实际上离程长庚降临人世还有不短不长的二十一年时间。对于一个时代来说,这是无数生命漫长而有意味的生长年轮。但对于中国戏曲来说,却是京剧这一株艺术奇葩的孕育与等待、开花与结果,水到渠成的过程。

摆在我面前的两套家谱,一套是1833年修的《程氏族谱》,一套是1941年编的《(井股)程氏支谱》。打开族谱,我看见《程氏族谱》的序言就是程长庚儿子(兼祧子)章瑚所写,他说,族谱"开刷之日,问序于余,予愧不能执笔……"。他显得十分谦逊。

族谱载程长庚:"祥湉子文檄,字长庚,嘉庆十六年(1811年)辛未十月初七日午时生。""卒于光绪五年(1879年)己卯十二月十三日亥时,妻庄氏合葬于京都彰仪门外石道旁路北,父祥湉墓前另冢。""嗣子二人,长子章圃……工老生,后改文场。"从子"章瑚,为长庚兼祧子"……有关程长庚的线索在家谱里时隐时现。步入仕途的章瑚以及清末民初做过多国外交官的十几位后代,族谱记录得详尽备至。对于长子章圃,即后来"三庆班"的司鼓及他的孙子——著名京剧小生程继仙,也有完整的身世与生平。

称"井股"的程家井,毗邻村庄环绕的有三口清水塘,四周是程氏家族祖祖辈辈休养生息、耕作不止的田园。族谱序言记载,程氏先祖"……元时游寓安庆,乐皖山皖水清涟秀丽,兼多醇厚之风,于是作室于潜之古城山下及毛家坡,耕田食、凿井饮,而程家井之名起矣"。现在古井依然。程家井却已繁衍成二百多人口,四十多户人家。除一户姓吴外,其余全部姓程。这一群老实巴交的农民紧紧牢记祖训,除了田间垄上,他们几乎没有一个人走出比县城更远的地方。

在程家井,我听到了一个关于"夜朝官"的传说:古时程家井东厢富裕,西厢贫困。西厢人认为是坟山不好,于是,趁年夜用石磙抵住了东厢人家大门,在风水先生所勘定的鸭形宝地偷葬了一棺坟。第二天,风水先生大惊失色,说:"你们应该白天葬啊!夜里葬,只能出夜朝官(即舞台上的官)哩!"——"怕就是出了程长庚这个武旦生吧?"他们说完这个逸闻,顿了顿,突然冲我一笑。我没有回答。我想,这是无数名人身上容易附会的一个荒诞故事,但程长庚确实做了一辈子舞台上的官——后来,"清文宗赏其能歌,给五品顶戴"。这也算为风水先生的预言提供了一个"佐料"。

他们喊北京叫"京里",知道祖上有位"唱戏不打脸(化装)"的人,但面对我这个不速之客,他们却显得茫然不知所措。

成名后的程长庚曾说:"余家世本清白,以贫故,执此贱业。近幸略有积蓄,子孙有啖饭处,不可不还吾本来面目,以继书香也。"(徐珂《清稗类钞·优伶类》)他这样说,也这样做了。他后来把家产分成了两份:一份给从子章瑚,让他出了北京城,耕读于河北的正定府;一份给另一子,让其居京,仍习业梨园。这与家谱记载他后代"一官一戏"的情况一致。

在那个社会的风俗里,艺人一度被认为有伤风化,有辱先人,有的还被逐出祖宗的祠堂。就是清朝当时的法律也规定,唱戏人的子弟,三辈不得参加科举考试(《齐如山回忆录》)。程长庚有如是举动,只不过表明他思想的矛盾与内心曾有过的煎熬。

由于缺少准确的资料,程长庚从小与戏曲的关系一直众说纷纭。刘豁公在《戏剧大观·俳优别传》里说,程长庚父亲本就是一位名角,但过世得很早。程长庚没跟父亲学到什么,却得到了父亲一位入室弟子的传艺。那弟子见程长庚为人忠厚,悉心相教,程长庚"性聪质敏,声术遂以大进,箕裘克绍,赖有薪传……",说得绘声绘色。而徐慕云在《梨园影事》中说程长庚"幼随父北走燕蓟,坐科于保定某班"。《道咸以来梨园系年小录》注载得更煞有其事,说他在北京著名的昆曲科班"和盛成"学戏,与名丑杨明玉及潘阿巧、嵇永林还是师兄弟。还有说他是卖笋卖到北京的。如:"嘉、道间,长庚舆笋估都下,其舅氏为伶,心好之,登台演出……"(徐珂《清稗类钞·优伶类》)日本人波多野乾一的《京剧二百年之历史》里记载,程长庚幼年经常出入京城,"嘉庆道光间,彼为卖乐器之小行商,其舅氏业剧,知程之善歌,一日劝其演戏,彼欣然允诺,粉墨登场,不意博得观众倒彩,失败而归。彼大挫之余,三年之间,不出户庭,日夜研究",说他是卖乐器的小商贩。

以上种种,似乎证明程长庚从小也有着一座"戏曲世家"的艺术楼台——这与他说的"书香门第"或有不同。尽管他的老家"民每轻去其乡,佣贩自给"(《潜山义园记》),但称为"戏曲之乡"是名副其实的。那里地处吴楚,"皖水上游,山川蕴蓄雄浑,民多俊秀,音中宫声,即农人亦多能高歌者,故有清一代产名伶最伙"(程演生《皖优谱》)。"风俗清美,天性忠义。"春秋皖国大型歌舞《夏籥》即编演于此。"金陵歌舞甲天下,怀宁歌者为之冠。"明朝著名戏曲人物阮大铖在天启、崇祯年间"名满江南"的"皖上阮氏之家伎"也是昆弋腔的留存。有一种叫作"老徽调"——潜山弹腔在程长庚的家乡,至今遗响未绝,余脉绵绵。

史料载,程长庚家乡在清代中叶就有弹腔班组存在。如官庄的牛兰湾余家,在乾隆元年(1736年)组建了弹腔班,道光十年(1830年)由余万全领班,忽而南京,忽而重庆,并到北京演出过,最盛时,演员有八十多人,光绪五年(1879年)才停班。除此还有同乐堂、积善堂等弹腔班社。如今潜山许家畈的弹腔班,几乎是当地现存的弹腔样板。这个班最早受教于与程长庚同时代的汪焰奇门下,至今还保留着《二进宫》《郭子仪上寿》《徐庶荐诸葛》《渭水河》《杨四郎回朝》《程咬金上寿》《三奏三》《沙陀国》《辕门斩子》《王春娥教子》《祭塔》等剧目,有心人把当地弹腔与春台班乾隆三十九年(1774年)的戏目对照,就有《文王访贤》《湘江会》等五十余种剧目相同。延绵二百多年的潜山弹腔,无疑就是京剧的母体艺术。

因《程氏族谱》有"老林坦戏台基"的记述,人们以此推测程长庚的父亲程祥浒曾师承父业,在家乡组建过一个弹腔班,名字就叫"四箴堂"。程祥浒于道光三年(1823年)携程长庚及族中叔伯兄弟一行北上入京。这个推测不知是否正确,后来程长庚以"四箴堂"为堂号却是不假。如戏曲行家们所说,程长庚唱徽调,余三胜唱汉调,张二奎唱京腔,这在他们各自的故乡都能找到令人满意的答案。

这是一块被戏曲深深浸润的大皖之地。这块土地在二百多年前成就了京剧艺术,后来又贡献了另一颗戏曲的璀璨明珠——黄梅戏。

四

"时尚黄腔喊似雷,当年昆弋话无媒。而今特重余三胜,年少争传张二奎。"这是道光二十五年(1845年)《都门杂咏》里的竹枝词。历史走到同治三年(1864年),《都门纪略》却变成了另外的一首:"二奎今日已沦亡,三胜由来没准常。若向词场推巨擘,个中还让四箴堂。"两首竹枝词的变唱,说明程长庚在京城开始以首席老生主演皮黄戏时,还没有余三胜、张二奎出名,但时隔十九年后,事情显然发生了天翻地覆的变化。

关于京剧,一般认为是以史称"老生三鼎甲",即程长庚、余三胜和张二奎三位艺术家的出现为其形成标志。他们三人是京剧艺术成长期的三根"台柱子"。

在"老生三鼎甲"中,余三胜年纪最大,成名也最早。

余三胜(1802—1866年),名开龙,字启云,湖北罗田人。有人据京城《潜山义园记》的碑刻,说他是安徽潜山人。少年时,他在安庆学戏,后入湖北汉戏班,是一位有名的汉调演员;进京后又入徽班,为春台班当家生角。余三胜擅唱"花腔",曾以"时曲巨擘"之称名重京师。他舞台经验丰富,演戏讲究表情动作,能即兴发挥。有一次与程长庚、张二奎合演《战成都》,张二奎饰刘备,余三胜演马超,马超本没有多少戏份,同行担心他演不好,但演到剧中的刘璋问他为什么投降刘备时,他却口若悬河,一连吐出十几句念白,直斥刘璋的昏聩,诉说刘备的仁义。念白抑扬顿挫,浑然无错,让人连连叫好。还有一次,他演《四郎探母》里的杨延辉,因演铁镜公主的搭档没来,他硬把一个四句唱词唱成七十四句,直到那位搭档来了才停口,赢得满堂的喝彩声。

也因为余三胜喜欢临时发挥加词,有些演员不习惯他。有一次唱堂会,俞毛包演的大轴戏是《金钱豹》,余三胜唱《珠帘寨》。俞毛包知道他有这么一出,叮嘱他"到台上省点力气,早唱完早回家睡觉"。余三胜非但不听,反而唱得更起劲,气得俞毛包在后台骂街,他在前台撒欢,直唱到东方露白。

而张二奎(1814—1864年)却是以票友的身份成为一代名角的。

张二奎原名张士元,原籍河北衡水。幼年随父辈经商到京,因喜好戏曲,二十几岁任职清廷,后下海唱戏,经常就以票友身份被约请在徽班——和春班演唱,取艺名张二奎。但当时清廷规定,凡在朝任职者不得唱戏,因触犯了清规,他被革去功名。无奈之下,索性搭上和春班演戏。初演即成名,自立"双奎班",后入四喜班,成为四喜班的头牌老生与一代班头。

张二奎身材魁梧,面相雍容,气度不凡,一登场便有帝王之风。行家说他"嗓音洪亮,行腔不喜曲折,而字字坚实,颠扑不破",被称为"干腔"。因生长在北京,人们就称他的声腔为京腔。他有不俗的武功身段、雍容端庄的扮相,一时名盖京华。有人曾编打油诗戏谑道:"四喜来个张二奎,三庆长庚皱皱眉。和春段二不上座,急得三胜唱两回。"

但因张二奎辞了清廷官职,他的母亲想不开,郁郁寡欢,含恨而逝。张二奎负疚不已,拿出积蓄为母亲办了一个很排场的葬礼,却又因此被告发"以优伶潜用官宦排场举动",被判发配,愤然死于北京通州,一代戏曲状元像一颗流星归于杳渺,令人扼腕。

余三胜、张二奎相继谢世,"老生三鼎甲"只剩程长庚一人。如前所述,程长庚在北京出道,曾奇怪地"失踪"过三年——说他首演《文昭关》唱砸了后,一连三年,发愤研习音律。终于在某一富贵人家的堂会上演《文昭关》里的伍子胥,以慷慨激昂的唱腔,声震屋宇,于悲壮中透出一股奇侠之气,"冠剑雄豪",以"叫天"名轰动全座。从此,他独步梨园,以"皮黄"熔徽调、昆腔于一炉,推动徽戏向京剧的嬗变。王梦生在《梨园佳话》中说:"在京师戏界,言长庚,犹如文家有韩(愈)欧(阳修),诗家有李(白)杜(甫),人人视为标准……"对于以书香门第自居的程长庚来说,这个信息极其丰富的文化符号,包含着人们对他艺术成就的心服口服。

程长庚会唱的戏很多。据说,他能表演的剧目有三百多种。如《文昭关》《群英会》《战樊城》《鱼藏剑》《举鼎观画》《战成都》《镇潭州》《捉放曹》《击鼓骂曹》,他能反串花脸,还为何桂山表演的《白良关》配演过"小黑"尉迟宝林(尉迟恭)等。在道光末年经咸丰至同治年间,他在戏曲舞台上耀眼夺目,被推崇为艺术圭臬。咸丰文宗皇帝奕詝,慈安、慈禧太后都很喜爱皮黄,也很喜欢他。慈禧说:"优伶名角,要推长庚。"后来他以三庆班班主身份兼管四喜、春台两个戏班,荣任精忠庙庙首,执伶界之牛耳,被称"程大老板"……

再后来,《中国近世戏曲史》干脆就发出一阵惊呼:徽班"忽出一伟大艺人,即安徽人程长庚是也"。

五

清代有一幅十分经典的戏曲演员写生肖像画——《同光十三绝》。

画像依次排开,有在《群英会》里饰演鲁肃的程长庚、《战北原》里饰演诸葛亮的卢胜奎、《四郎探母》里饰演杨延辉的杨月楼、《恶虎村》里饰演黄天霸的谭鑫培、《一捧雪》里饰演莫妈的张胜奎、《群英会》里饰演周瑜的徐小香、《雁门关》里饰演萧太后的梅巧玲、《琴挑》里饰演陈妙常的朱莲芬、《桑园会》里饰演罗敷的时小福、《彩楼配》里饰演王宝钏的余紫云、《行路训子》里饰演康氏的郝兰田、《思志诚》里饰演闵天亮的杨鸣玉、《探亲家》里饰演乡下妈妈的刘赶三。

众星捧月，余音绕梁。这也是中国戏曲史上一次豪华的"群英会"吧？

"一轮明月照窗前"是程长庚在《文昭关》里的唱词。在徽班进京、群星闪烁的戏曲年代，程长庚这位皮黄巨擘就如天上的那轮皎皎明月，不仅照在窗前，更照亮了19世纪的中国戏曲舞台，照亮了京城无数的不眠之夜。

但程长庚从不以剧坛大佬自居，作为三庆班班主，钦封的"五品顶戴"，他仍然节衣缩食，视同行如兄如弟，演员家庭有困难，他慷慨解囊，毫不犹豫。拿现在的话就是"德艺双馨"了。遇"遏密八音"的国丧，停止一切娱乐活动，演员生活无着，他总会倾其所有。例如，同治甲戌年（1874年）冬，清同治穆宗皇帝载淳病死，北京各个戏园停演了两年零三个月。程长庚仗义疏财，施粥赈饥，接济同侪。后来演员们为了感谢他的救命之恩，为他立了一个"长生禄位牌"，上书"优人大成至圣先师"，视他如"孔圣"。

有一年冬天，雪拥京城，广和楼剧场只有一位观众。手下主张回戏，程长庚却特意绕到台前与那位观众寒暄道："今日如此风寒雪冷，他人均足不出户，你却独来，可见是个知音。"他要求戏班照常演出，并自演《文昭关》。次日，京都一片哗然，"程老板"为一人演唱拿手好戏成了梨园佳话。后广和楼每有演出，座无虚席。

程长庚执老生首席，但为声望不高的演员配戏，从不推却。有人怕影响他的盛名，加以劝阻。他说："众人为我，我又怎能不把众人视为手足同胞呢？"而对在演戏前，旦角演员站在台上供人观赏，或陪官僚富豪们玩乐的陋习，他却坚决反对。演出时，面对观众的狂叫喝彩声，他说："吾曲豪，无待喝彩，狂叫奚为？声繁，则音节无能入；四座寂，吾乃独叫天耳。"甚至对当朝的皇帝，他也一视同仁，说："上呼则奴止，勿罪也。"弄得皇帝也只好大笑许之。

国难当头，都察院要他演堂会，强行绑了他，他不唱。当知道他们点的戏是《击鼓骂曹》时，他便破例应允，饰演祢衡。他祖身击鼓，气概激昂，指着堂下就一通怒骂：

> 方今外患未平，内忧隐伏，你们一班奸党，尚在此饮酒作乐，好不愧也！有忠良，你们不能保护；有汉奸，你们不能弹劾。你们一班奸党，尚在此饮酒作乐，好不愧也！

坐在台下的官僚显贵们如坐针毡，悔恨交加。

吴焘在《梨园旧话》里以唐代诗人作比评点"老生三鼎甲"，说余三胜就像韦应物、孟浩然，声如闲云野鹤，"空山鼓瑟，沉思独往"；张二奎如沈佺期、宋之问，声能"应制各体，堂皇冠冕，风度端凝……一洗筝琶凡响矣"；而程长庚嗓音高亢激昂，具有沉雄之致，让人有"天风海涛，金钟大镛"之感。程长庚的发音是脑后音，行家说他造鼻音法（鼻腔共鸣），是由丹田而出来的真声，又叫"膛音"。《异伶传》说他"语至尾声，虽平调必千回百折，愈吐愈高，响彻云霄而后已"，"声调绝高……登台一奏，响彻云霄"，"如长江大河,可以一泻千里,一啸能振屋瓦,一咽能感毛发",声音有着极强的穿透力,开口便能气冲霄汉。

他扮演的关羽戏,当朝一位名叫周祖培的尚书竟听得"肃然起立",莫名万状。

还有一个有名的故事也发生在堂会上。礼邸堂会邀程长庚演《水淹七军》,正当满堂宾客觥筹交错之际,他扮演关羽上场,只见他"剔起卧蚕眉,神威赫赫",忽而在台上一抖青龙刀,本就生有异志的礼邸吓得寒热大作,生了一场暴病。"自此以后,终身不敢看关公戏。"据看过程长庚戏的人回忆,他不仅演《水淹七军》里的关公,还演《战长沙》《华容道》里的关公,也是"状貌极其威武,而又双目炯炯,尤令人不可逼视"。"升帐之际,双眉一竖,长髯微扬,圣武威状逼视红氍毹之上。"

这些都不是传说——只可惜那时没有录音和录像,遂使广陵散绝。

对声音天生异常敏感的程长庚,因为声音,还影响了他对三庆班班主的选拔。后来,谭鑫培(1847—1917年)、孙菊仙(1841—1931年)和汪桂芬(1860—1906年)三人被称为"后三鼎甲",名噪京华。其中谭鑫培是他最看重的,但他担忧谭鑫培的"云遮月"之音,说谭鑫培"惟子声太甘,近于柔靡"。对此,他充满着无可奈何,以致缠绵病榻,还对谭鑫培语重心长地说:"我死后,你必独步,然吾中国从此无雄风也!奈何奈何!"最终把三庆班班主的位子交给了杨月楼。而他所说谭鑫培的"亡国之音。三十年后,吾言验矣",随着清王朝的覆灭得到了印证。

生命最后的几年,程长庚坚持登台表演。有人不以为然,劝慰他:"君衣食丰足,何尚乐此不疲?"他叹道:"……某一日辍演,全班必散,殊却可惜……三庆一散,此辈谋食艰难,某之未能决然舍去者,职此故耳。"他义无反顾——直至生命永远定格在红氍毹上。

一百多年后,这位戏曲伟人的塑像回到了故乡。

故乡隆重地接待了他。伴随着熟悉的紧锣密鼓、急管繁弦……再次走进程家井,我发现我竟也用了三十二年的光阴。其时,新建的程长庚纪念馆前,一抹晚霞正在西边静静地燃烧,霞光映照着程长庚轻舒折扇的铮铮铜像。我感到一种无边的安静。

突然,一声京调响遏行云,穿云裂石般破空而来。我觉得有一缕乡音滑落在暮色四合的大地之上,上升、上升……

在云端。

2020 年 7 月 31 日于北京寓所

临潭的眼

到了临潭,总觉得有一双眼睛在注视着我们。晴天里还好理解,蓝天白云,太阳远远地照耀着,那圆圆的太阳不就像是一只巨大的天眼?强烈的、火辣辣的阳光照得人睁不开眼睛。但高原的天气宛若孩子的脸,说变就变,一阵风儿刮过,古城就淅淅沥沥下起了雨,美仁草原就飘起了雪花。我奇怪的是,无论走到哪里,那双眼睛或热情似火,或温柔如水,总让我的心情随之起伏,激动或者沉思……临潭的眼,真的是无处不在。

我不知道这种感觉从何而来。

及至到了冶力关,见到那叫"冶海天池"的高峡平湖,我便以为找到了临潭的眼。湖面不大,约六平方公里,藏语唤作"阿玛周措",意为母亲湖。相传明朝开国将军常遇春的军马在这里饮过水,湖又名为"常爷池"。湖边还有一座肃穆的"常爷庙"。青山藏玉,微风含波。当地人说湖水冬天结冰时,湖面就浮现出"冶海冰图",那千奇百怪的图案斑斓而瑰丽。有那么片刻,我就沉浸在冶海天池的遐想里,觉得它是高原母亲的一滴老泪。青藏高原与黄土高原雄风猎猎,粗犷的牧业与平静的农业骤然分野……这样的冶海,不就是一只泾渭分明而又历经沧海桑田的自然之眼?

站在一处山坡上,我们观赏临潭新城镇——坐北朝南的明代新城"洮州卫城"。城墙沿着山冈蜿蜒蛇行,依山画了一个圆。史料记载,卫城建于明朝洪武十二年(1379年),城墙总长五千余米,总面积三平方千米,城墙有马面十六个、角墩九个,东、西、北门建有瓮城、烽火台,还有城隍庙。自明代起,这里就是古洮州政治、经济、文化、军事中心……我远远地看城,城也远远地看我。不知什么时候天下起了小雨,在雨帘里的古城,我发现有一双双眼睛在历史的深处若隐若现,有些湿润,也有些苍凉……如此,明朝开国元勋和他们的家眷,即被称作"十八龙神"的徐达、常遇春、李文忠、马秀英、胡大海、刘贵……以及沐英将军和那些来自南京应天府朱丝巷的移民……走马灯般地纷至沓来。他们从江南走到西北,有的成"神",被供奉在神庙,更多的则长成饱含乡愁的格桑花与马莲花,一束束摇曳在临潭的土地上。恍惚间,我看见一种犀利、尖锐与坚定的目光从高原疾风骤雨般掠过,那也是临潭的一只眼吧?曾经的明王朝赐给临潭的一只历史之眼。

流顺镇,应该是明朝"十八龙神"遗存在临潭的一个历史绝版。接近流顺镇的红堡子,我感觉接近的是一块奇怪而又含混的明代文化化石。这座城堡是明洪武十三年(1380年)由昭信校尉世袭管军百户刘顺和他的父亲——"十八龙神"之一的刘贵督建的,是一座典型的具有军事防御性质的古堡。登上古堡,沿杂草丛生的墙头,我们小心翼翼地走,好像谁稍不注意,就会掉进一个偌大而荒凉的历史陷阱里。史料记载,当年刘顺就在这里招军屯军,征收粮草,处理军务。后来人们为纪念他,用他的姓名做了地名。只是时光跌跌撞撞、趔趔趄趄的,不知怎么又将它异化成了"流顺"。古堡墙壁尽管是用泥土建造的,但因是夯筑的,颇为坚实。墙头上还有木栅栏女墙。从墙头下来,折进古城洞里,我觉得一群人如同从历史的高处,又折回到历史的深处——领略着历史的雄浑,又在洞明历史的幽微。刘氏后人又一次捧出他们世代珍藏的三道明朝皇帝的圣旨。凑近那圣旨,我们没有明朝臣民的虔诚,看到的只是无限的沧桑、颓败与苍茫……抑或,还有对守边将士一种久违的崇敬?

古墙堡也是临潭的一只眼,一只混浊而又有尊严的岁月之眼。

"大漠风尘日色昏,红旗半卷出辕门。前军夜战洮河北,已报生擒吐谷浑。"这是唐代边塞诗人王昌龄写的关于另一场更为久远的战争的诗。在临潭中共中央西北局洮州会议的纪念馆里,美丽的女讲解员动情地解说着:"古洮州自古以来便是兵家必争之地。就在刘顺他们屯边古洮州差不多五百六十年之后,临潭的土地上燃起了一股改变临潭命运的烽火硝烟——临潭人民迎来了中国工农红军。史载,1936年6月,中共中央率红二、红四方面军主力长征进入甘南,8月,红四方面军进驻临潭,召开了著名的西北局洮州会议,建立了红色政权——苏维埃政府。短短的时间里,红军就在这块奇异的土地上播下了革命火种——当地后来收留了大量流散的红军。比如,十二岁参加红军,爬过雪山,走过草地的四川巴中人宋成贵,因所在连队全部阵亡,只剩他一人,他只好隐瞒真实身份,流落到此,成了人家的养子;还比如,红四方面

竹山可望 | 183

军童子团的徐美才,红军长征 1935 年到达岷县理川(现宕昌县)时,因患肠胃病被安排在当地休养,不幸被坏人告发,为寻找队伍,他流落至此,改名为'敏成俊',历尽了磨难……幸运的是,他最后还领到了'西北军老战士证',而更多的流落红军却默默无闻或不知所终。"

听着女讲解员的讲解,我满腹惆怅。我的目光越过墙上张贴的那一幅幅珍贵的红军的元帅、将军和先烈的照片,最后久久停留在流散的红军饱经沧桑的脸上,与他们默默地对视着,我突然心里一酸……瞬间,我似乎明白了临潭的天空为什么总有注视的眼睛。

辽阔的草原、古城和关隘……一块生长着格桑花的土地,更是一块被烈士的鲜血浸透了的土地。在"花儿"缠绵、高亢,在苍鹰翱翔的天空当然会有一双眼,不,会有无数只眼在深情地凝望——如果说冶海天池是高原的自然之眼,古洮州城是历史之眼,有着"江淮遗风"的徽派建筑是乡愁临潭的岁月之眼……那么,在临潭最为深沉和明亮的就是一双双将军的眼、战士的眼——那些英雄之眼了。

2020 年 9 月 14 日于北京寓所

在冶力关看到了柳树

在临潭的冶力关,我每天早晨起床就想看睡佛,看到最多的却是柳树。那些柳树就生长在宾馆的湖边,而我又喜欢沿宾馆的湖边走,这样,时不时地就碰到一棵棵柳树。树是杨柳。杨柳依依,我有时得低头走过去——睡佛倒映在湖水里,杨柳也倒映在湖水里。看到湖里的睡佛,我知道这是甘南的冶力关;看到湖里的柳树,我就想起了故乡的柳树。

故乡的柳树生长在老屋的池塘边,也像这湖边的杨柳,这里一棵,那里一棵。柳树交柯错叶,有时编出一道绿帘子,让人有春风拂面的感觉;有时柳条丝丝垂在水面,就像是缝补大地的一根根绿针……记得小时候,柳树叶茂盛时,我们就背着大人偷偷折下柳条,编制成一顶柳叶帽戴在头上,又去向木匠大爹要来一把木制的手枪,在塘边追逐、嬉闹——这种装束都是从刚看的电影里学来的。那时候电影里的八路军、解放军、志愿军们都喜欢戴柳叶帽。不记得那些柳树叶落,也不记得柳树枝枯,更忘记那一顶顶柳条帽最后扔在了哪里……只记得塘边有一棵大大的柳树。

大柳树的根裸露,全泡在水里,粗壮的躯干由于不堪柳树条的重负,很早就身子伛偻。柳叶蓬头盖脸的,更显一副老态龙钟相。那长长的柳树条伸进水里,细长的叶片就像柳树喝水的嘴巴。而离水一两寸的柳叶更像一位心急的小伙子,气喘吁吁的,嘴巴一张一合,看着都让人着急。

在乡亲们的眼里,偌大的杨柳树就是棵"柳树王"了。大柳树下有几块条状的石头,村庄里的姑娘嫂子洗衣什么的,就常常蹲在一块洗衣石上,棒槌捶得啪啪地响,水花四溅。那些够不着水的柳叶沾一点水,心花怒放。而一些调皮的孩子,就站在洗衣的母亲身边,用手向柳树叶子泼着水,这样柳树叶就能把水喝个饱了。杨柳树下,村庄里一位老婆婆常年就坐在那里,不是绣花就是织带,或者做一双老虎头鞋满屋里送人。要是谁家的孩子不听话,爬树攀折那柳树条条,她就大声地呵斥,像是"柳树王"的一个守护神。

冶力关宾馆的小湖边,柳树似乎都长一个模样。以前到甘肃,我听说清代左宗棠任陕甘总督时,率军西征沿途种的就是柳树。左宗棠肯定没有到过冶力关,但说西北的柳树为"左公柳"大抵是不会错的。吾乡前辈作家张恨水先生当年到西北,看到柳树还写了首《竹枝词》:"大旱要谢左宗棠,种下垂柳绿两行。剥下树皮和草煮,又充饭菜又充汤。"现在,没有了他写的那种惨象,但"种下垂柳绿两行"的风景仍令人心旷神怡。

早上露水星洒,眼前的柳树便湿漉漉、披头散发的,就像一位刚沐浴后恬静而又娇羞的女子,静静地站在湖边。春风偶尔一展,柳树的枝条款款,像是在对谁颔首微笑。有时柳树低头不语,缕缕垂丝勤拭着湖水,宛若守护倒映在湖里的睡佛。睡佛依西面东,头顶高冠佛帽,神态安详;双目似闭未闭,欲睁不睁,恍惚沉耽于一个禅境里不能自拔。看是睡佛,却像一位戴着头盔的将军,或者干脆就是刚刚洗去征战尘土的老将军,放下"战"刀,"卧"地成佛……微风吹过,湖水里的睡佛随之也一番动作,如同要苏醒过来。这时候柳树的枝条细叶争先恐后,小心地拍打着他的衣衫,然后低眉落眼,又像是谁家的小媳妇。

  在我的记忆里,故乡池塘边的那一棵柳树在老婆婆仙逝后,也跟着根枯叶萎,不久死去了。如今离开故乡多年,尽管也常常回去,但我只知道那口池塘还在,却没有注意塘边当年的那些柳树是否仍然存在……"柳树总是低头长。"在冶力关冷不丁看到这一棵棵柳树,想起老婆婆生前说过的那句话,我心里莫名地一惊,或许正是柳树总是低头生长,这种天生的低调、谦卑,让我将故乡青枝绿叶的柳树忘得一干二净。

2020 年 9 月 16 日于北京寓所

天柱山瀑布

　　山是绿的,树是绿的,竹子是绿的,水是绿的……浓绿、深绿、浅绿、葱绿,满眼都是稠密的绿。绿是安静的,又是汪汪的。汪汪的绿里有一线白,或一大片的白。那白躁动着、热烈着,甚至疯狂着,就从绿的怀抱里一跃而起,像是一只白色的巨兽,在绿色的悬崖与峡谷里肆无忌惮地奔腾、跳跃、跌撞着,同时又撕咬、嗷叫、轰鸣着。无数次粉身碎骨,又无数次地复活。

　　这样的"白兽"奔突着,人们给它起了个好听的名字叫瀑布。

　　我是第二次来天柱山大峡谷。第一次来当然是为看瀑布,但这次是为了看桃花。这里的桃花是很有名的,县志记载:"茶庄西侧仙桃崖下有洞,洞旁遍生野桃,花开五色。"我想既然是五色桃花,开花应该是不会讲时节的。但我还是没看到桃花,看到的只有瀑布。大峡谷里有树,有竹,还有烂漫的山花,适合看的却是瀑布。峡谷的主人贺燕昌先生告诉我,人们到这里看不到五色桃花,就不再看树,也不看竹,剩下的就只有看瀑布。

　　我到大峡谷看瀑布,是雨水充沛的季节,充沛得叫人迈不开步子。滞留在贺先生的"桃源人家",我们只好喝天柱山茶,吃天柱山野菜,说天柱山方言……他说,这大峡谷有一块风水宝地,是他祖上向皇帝讨来的。见皇帝赏了他们家这块地,一家异姓人眼馋了,于是异姓人就在宝地上偷偷葬了一棺坟。谁知惹得老天发怒,以霹雳手段炸了这一棺坟……雨依然下得很大,大峡谷的瀑布轰轰烈烈,呻吟着、咆哮着,它做河东狮吼、山呼海啸状,惹得一条峡谷仿佛都沸腾着,让人觉得老天还在发怒。

雨终于小了下来,我们开始沿天柱山大峡谷走。四周的绿,在雨里显得更加浓酽酽、鲜嫩嫩的。瀑布就像绿地浮起的一匹白绸布,亮晶晶、光闪闪的。巨大的轰鸣声,如谁撕裂了那匹白绸布。刚开始是平缓处的瀑布,渐渐地,那瀑布就变成了谁手中的一支如椽大笔,在那岩石上横一下、折一下,就写出一个大大的"之"字。那"之"字力透"纸"背,如刀劈斧削般地刻在岩石上,风吹不灭,水冲不掉,仿佛千年万年地要留下来。伫立在瀑布下面远远地望,我想看那"之"字变成"文"字,变成"立"字,但是没有,唯有一阵山风吹来,仿佛一位仙人哈了一口仙气,要把那"之"字抛到天空,抛到天柱山的峰顶。

转到悬崖处,我们继续往下走,身边的瀑布声就渐渐小了下去。我刚准备清清嗓子,想对瀑布大吼一声,但转身一望,面前却是壁立千仞,一条白练从天而降……正惊叹着,贺先生就告诉我,这是通天瀑。通天瀑果然名不虚传。虽然它没有黄果树瀑布的宽度,也没有太行山大峡谷瀑布的绵长,但是白发三千丈,像是一位白眉道人,又像是当年左慈在这儿炼丹的丹灶升起的一股青烟。仔细看,它一会儿像一根擎天的巨柱,一会儿又像一群人竖起的登天的巨梯……风来了,雨来了,梯子总是靠不上去。我们仰望着,望着瀑布在天上,水天一色,滔滔不绝,就像是通天河决了河堤,有泄不完的水,又像是传说中妖洞里的小兽鱼贯而出,群蹄击水,狂蹈春潮。

很快,随风而起的便是飞银溅玉、散云流霞了。这些从瀑布里飞出来的水丝如沙、如雾、如烟,很快让大峡谷一片烟雨蒙蒙……让人领略到天柱山瀑布的缠绵了。仿佛也是应着这种缠绵,那些跌落成群的戏水的猿人、饮水的群兽忽然就不见了,连那一个个叫作龙涎、虎掌、蟹钳的深水潭也纷纷被抛到了身后……大峡谷里的瀑布立即就有了一些温情的名字,比如,鸳鸯潭、葫芦潭、裙衣潭……甚至还有叫佛珠潭、听涛谭的。瀑布是属于自然的,是大自然的鬼斧神工,也是大自然自己。虽然人们可以随物赋形,随物予名,但那名字是人起的。看人起的那些名字,就没有瀑布本身那么本真、自然、神性。人在自然的杰作面前,还是想象力贫乏。

一路走,一路急吼吼的都是瀑布的声音。瀑布声山呼海啸,铺天盖地的,仿佛铁定要与天柱山大峡谷缠缠绕绕,不依不饶。私下里,我便感觉天柱山的瀑布全都集中到了这里,甚至天柱山的水也全都集中到了这里。它像是跑起了瀑布的接力赛,一处瀑布落处,便有一处瀑布起来,纵深一跃,就画了一个大大的"人"字,做足了人间惊天动地、惊心动魄之态,然后又是一路义无反顾地奔突。这样的瀑布,人是不能靠近的。终于,走到一个平缓的水流处。这里有树,有石头,有水……千回百折、波涌湍急的水,到这里仿佛变成了一只只嬉戏的小白猫。这就很像一处水的庭院了。我站在那里久久地看着、想着,遗憾自己不是一位画家,不能很快地把它画成一幅幅油画。但我还是用手机拍了一张照片,把它取名《水的庭院》。我想,如果说瀑布是大峡谷光怪陆离的高楼大厦,那么一个水潭连一个水潭的平缓处,就是大峡谷的庭院和后花园了。看瀑布的人若是走累了,就可以坐在这里的石头上歇歇。

我就坐在石头上歇息了。歇息时,贺先生兴奋地告诉我,很多人到天柱山大峡谷都奔着瀑布来的。说是有一年枯水季节,当地某人要看天柱山的瀑布,峡谷负责人就只好打电话通知峡谷上游的水库放水。那些年没有手机,还得手摇电话。电话一摇,瀑布就出现了。但那个人不知道,那个人只是看了瀑布高兴。大峡谷的瀑布就这样一直让人高兴——天柱山大峡谷不仅有水的瀑布,还有树、竹子、石头的瀑布。瀑布,是天柱山的一首又冷又白的叙事长诗。

2020 年 10 月 12 日于江西九江火车站

邂逅"桐柏英雄"

南阳是为数不多的我从小就知道的地方之一。知道南阳是因为那时有一本连环画《桐柏英雄》。连环画讲的是解放战争时期,解放军挺进大别山,一个纵队进驻桐柏山的战争故事。我的家乡也属于大别山区。那会儿我一面因为地理的亲近,感受到莫名的亲切,一面又为家乡没有出现这样的英雄而懊恼。后来小说被改编成了电影《小花》,我喜欢上电影画报上陈冲饰演的那个小花,也喜欢上电影歌曲《妹妹找哥泪花流》。那时满世界都在唱这首歌。

那是一个有浓厚英雄情结的时代。

时光流逝,原以为自己早没有了这种情结,但没有想到,当我双脚踏上南阳这片土地时,《妹妹找哥泪花流》这首歌就在我的心头悠然响起。在南阳的大地上行走,我行色匆匆,却左顾右盼,似乎在寻找什么。寻找满脸泪花的小花姑娘,还是少年心目中的桐柏英雄?……我说不清楚。但我知道南阳这块古称"宛"的土地,不仅诞生了张衡、张仲景、范蠡、诸葛亮、姜子牙、百里奚等历史人物,在战争年代更是涌现出无数的革命英雄——说来凑巧,就在心里为见不到"桐柏英雄"而惆怅时,我却邂逅了一位来自桐柏县的"独臂书记"——南阳市桐柏县埠江镇付楼村党支部书记李健。

李健的独臂并不是因为战争——在2012年元月前,他只是桐柏县埠江镇偏僻的付楼村的一个普通电工。但就在阳历新年的那一天,他的人生轨迹不幸发生了重大变化。在自家村口检修变压器时,他不小心碰到高压电线,眼前一黑,晕了过去。等他醒来时,他发现自己虽然捡了一条命,但右臂永远地没有了。那因电击而被烧烂皮肉的左腿,也露出了骨头……他有父母,有两个孩子,尽管弟弟从小患病,二级智力残疾,但以前家里无病无灾,日子过得倒也其乐融融。然而,这一切到此竟就戛然而止了。不幸的是,祸不单行,就在随后的两年时间里,李健的八十多岁的父亲因意外大腿骨折,又像他一样卧倒在床上。母亲受了李健致残的打击,或者因为劳累,不久突发心梗去世了。接着,他的妻子由于疲劳过度,又突发脑出血,落下了严重的偏瘫后遗症。至此,一家六口人,只有两个孩子健全。一个乡村里朴实敦厚的家庭,转而就被灾难洗劫一空。他成了村里一个特困户……

那时他才四十多岁,正处在年富力强干事业的黄金时期。

都说屋漏偏逢连阴雨,只是这"连阴雨"也太猛烈、太残酷无情了。伴随着连阴雨的,是他妻子整天以泪洗面,两个孩子自然无心上学。好端端的一个家,眼看就成了一条在汪洋中打转的破船,顷刻间就要倾覆……在病床上躺了四十九天,前后做了十一次手术后,李健总算能在地上站起来。后来,也可以扔掉拐杖走路了。但一家人的生活来源呢?——幸运的是,这时他遇上了党的精准扶贫好政策。2014年，他家被当地政府定为深度贫困户，让他享受到了贫困户政策。所属镇的党委书记亲自与他"结对子"，一对一地帮扶他。他身体行动自如后，经过多方咨询，向亲戚朋友筹了三十余万元款，流转一百五十多亩土地开始种植大葱。那年种的大葱虽然获得了丰收，却因遇上滞销，结果一下子就赔了二十五万元。

失去右臂的他又背上了一笔庞大的债务。

"老天呀，你咋这样对我呢！"他几乎绝望了。原来他以为虽然自己的胳膊没有了，但他的脑子不笨，他可以通过自己的智慧与顽强拼搏，让一个家重新振兴起来，但这下他彻彻底底地傻眼了。之后一连几天，他经常一个人在黑夜里泪流满面，想死的心都有。

在李健最困难、最无助的时候，县领导、镇党委书记、包村干部、帮扶责任人等走近了他，向他伸出了一双双温暖的手。他们一次次地帮他协调贷款，让他学习食用菌和蔬菜的种植技术，让他对生活重新燃起了希望。"爸，没事儿，你从前受那么重的伤，人都快死了，你都能重新站起来，这次你也一定可以！"常说穷人的孩子早当家，经过这一场家庭的变故，他的儿子仿佛也在一夜之间长大了。儿子的一席话，让他的泪水夺眶而出，更增添了永不放弃的勇气。就这样，在县、镇、村三级"志""智"双扶的措施下，他重新出发。他将承租的一百多亩土地种植大葱、花生、玉米、枇杷树、水稻，加上贫困户入股分红、种粮补贴等收入，那年他竟然还清了欠下的所有外债，还净赚了十三万余元，一举甩掉了贫困的帽子，脱了贫。

"一花独放不是春,万紫千红春满园。"不知道这句戏词李健会不会唱,但我知道,灾难带给他突然的人生变故,也带给了他坚强的意志与毅力,更让他有了一颗感恩之心。他分明比谁都懂得一个道理,那就是农村真要想脱贫摘帽,就离不开党的好政策,离不开党员干部的帮扶,更离不开党组织的关怀……于是在重生后,他的第一个重大决定就是入党。也差不多在他摆脱贫困,加入党组织后,他把目光迅速投向了哺养他成人的村庄。他承包了几百亩地种植大葱、木耳、香菇等,吸纳村里的贫困户去务工;免费为村民传授技术,帮村民引苗育种并介绍客户。有村民想外出打工,他便利用自己跑市场时积攒的人脉,为他们介绍工作。当村里大葱出现滞销时,他积极地帮葱农们寻找销售渠道,并冒着风险全部收购,帮助葱农处理大葱三十多吨,避免了葱农的损失。

从生命的低谷走出,并且能帮助别人,他尝到人生的一丝甜蜜。他说,帮助村民赚钱的那种快乐,和他自己赚钱还真的不一样,快乐里有一种特别的骄傲和自豪!

他所在的付楼村在桐柏县西北四十五公里处,是河南省的一个省级贫困村。全村土地面积近四平方公里,辖八个村民小组,共五百五十六户,近两千人,其中贫困户有三百三十户八百四十一人,党员三十九人,村干部六人。然而因村级领导班子长期不团结,村民信访不断,一个村几乎陷入软弱涣散的状态。2018年初,付楼村党支部进行换届选举,有人劝他参选。有好几天,他都陷入纠结中。他觉得自己独臂残疾,一天到晚晃荡着一只空袖子,能把家里的事处理好就不错了,村里鸡毛蒜皮的事管它干什么?何必找一只虱子头上咬?但为了改变付楼村的面貌,为了乡亲们的利益,最后,他还是义无反顾地参加了村党支部书记的竞选,并以高票当选了。

从此,他的肩上就扛起了一副沉甸甸的担子。但开弓没有回头箭,他只好厘清头绪,带领村"两委"从解决村民意见最大的问题着手,树立起班子团结一致的形象。同时,他在全县率先运用全域党建的新模式,成立乡村振兴联合党委,设立基础设施、特色产业、集体经济、村容村貌这四个联合党支部,不断提升脱贫质量,形成乡村振兴的合力。他这一斧头砍下去,短短的时间里就让村组干部、党员和村民代表心往一处想,力朝一块使,使全村上下拧成了一股绳。

也许因为经历了人生特殊的磨难,他比别人更能深刻地认识到"穷根"是什么。在他看来,在付楼村只有"智""志"双扶,才能根除贫困——为解决村里部分村民"等、靠、要"的懒惰思想和脱贫致富动力不足等问题,他首先现身说法,带头讲好"脱(扶)贫故事会",开导和感化自己身边的村民,让他们建立脱贫和靠勤劳致富的信心。其次是敞开心扉,组织开好"村民评价会"。最后是内联外请,组织搞好各种形式的帮扶活动。对参与的村民,他实行积分管理,切实调动村民参与扶贫工作的积极性和主动性,以"扶智"与"扶志"相结合的原则,激发村民脱贫致富的心智与内在的动力。

按照村里有产业、集体有收入、村民有岗位的思路,他带领村委一班人突出发展了"菌""果""林"三大优势产业。像打仗一样,他一仗一仗地往下打,一块骨头一块骨头地啃。由此让全村发展香菇生产四十余万袋,引进香菇实体企业一家,香菇基地投产见效。在此基础上,他又叫响黄金梨有机品牌,种植黄金梨、石榴等五百余亩,花卉苗木一千一百余亩,催生农民专业合作社四家、家庭农场两家;发展红薯种植三百亩,建成育苗棚两万平方米;持续壮大村集体实力,建成生物炭工厂和村集体扶贫就业车间。这样,村里全年集体收入突破二十万元,全村百分之九十以上贫困户在家门口实现了就业,户均就有两个以上稳定增收渠道,贫困人口骤然减少至八户十四人。有了一定资金后,他带领村干部改善基建民生,美化村容村貌。新建了村级文化广场,建成了村集体的卫生所、公厕等,硬化了村组道路,建成一座小游园,并在全村安装路灯、栽植绿化树木……如此,在两年不到的时间里,他就把过去"脏乱差"的付楼村变成了一个环境美、田园美、村庄美、庭院美的"四美"乡村,让付楼村成了桐柏县美丽乡村示范点、南阳市文明村,成为乡亲们嘴里一个津津乐道的"富"楼村。

从一个残疾人、特困户到脱掉贫困帽,从一个脱贫户到成为中国共产党党员,更从一位普通的党员成为村党支部书记,一路走来,他一步一个脚印……他的"身残志坚,自己脱贫致富,带领全村村民逐渐走上了小康路"的事迹,很快引起了各级党组织和社会的广泛关注:2018年10月16日,作为全国三名基层残疾人脱贫代表之一,他应邀参加了国务院新闻办举办的中外媒体记者见面访谈会;2019年5月16日,他被授予"全国自强模范",在人民大会堂受到了习近平总书记等党和国家领导人的接见……2019年,他相继获得了"南阳市劳动模范""南阳市岗位学雷锋标兵""感动南阳二〇一八年度人物""桐柏县最美家庭"等荣誉称号……

对此,李健满怀感激。他动情地说,党给了他第二次生命,他要把忠诚、吃苦、无私奉献的精神投入党的脱贫攻坚的工作中去,带领乡亲们昂首阔步,奔向小康。

"妹妹找哥泪花流/不见哥哥心忧愁……万语千言挂心头/妹愿随哥脚印走/脚印走/赢得天下春常在/迎来家乡山河秀……"在与李健对话的时候,我的心里总不由自主地响起《妹妹找哥泪花流》的旋律,一遍遍地……我发现,那几天行走在南阳大地上,我喜欢这样沉湎于少年《桐柏英雄》赋予的记忆——妹妹找哥实质上就是寻找英雄。和平年代当然也有英雄,我得重新寻找英雄的含义。

我也接触过一些脱贫攻坚带头人,但邂逅李健,我发觉从没有把自己当成英雄的李健和"李健"们就是新时代的桐柏英雄。在我眼里,李健甚至就是一位带领乡亲们脱贫攻坚的"独臂英雄"。

不是吗?

2020 年 10 月 25 日于北京寓所

在来安看树

在来安遇见苏北兄,突然想起他"找字"的事。说某年某月某日去某地采风,他在房里写几个字便出去了。朋友问他干吗去了,他说找字去了。这回,我看见苏北背着一个挂包,挂包里揣一本杂志,杂志里卷着一支毛笔,觉得他像是真的找字来了。我也来了来安,但我到来安不是找字,而是看树。一要看那一片池杉林,二要看那一株"皖东银杏王"。

见过杉树。杉树生长在山上,绿绿的。绿色的叶如剔了肉的鱼刺。杉树长得笔直,显然是人工栽植的。杉树树冠呈尖塔状,一片片杉树林,就一片片的阴森森。乡下人喜欢用杉木做房子的桁条,或是打家具。从小有了这印象,我便以为天下的杉树都长在山上。这样,听说来安有一片池杉林,我便只当池杉是杉树的另一个名字。就像水杉,又叫杉树;像苏北,又叫陈立新……这样比拟显然不对。池杉生在水里,一株株在水里,一片片地长在水里,俨然一座水上森林。在冬天,一株株池杉不绿,却红。但不是大红,不是桃红,不是橙红,而是橘红。不,就像在街上看到调皮的男孩或女孩,把头发染成那种土红的颜色,让人看了就想到火鸡,想到火鸟,想到美国弗吉尼亚州。池杉就是由美国弗吉尼亚州来的。乘船行走在池杉湖里,我看见一株池杉树,看见一片池杉林,看到的是两个世界:一个世界的池杉向上长着,那便有燃烧的样子,便有飞翔的姿态;一个世界的池杉向下长着,就有宁静的样子,有着一种沉湎的姿态。水滋润着树,托着树,倒映着树,顺便也倒映蓝天白云,倒映着从水里飞起的鸬鹚、白鹭、天鹅……各色水鸟,水天一色,一色都是水的颜色,都是池杉林的一抹土红。正是冬天,我见冬天的池杉林像是一幅幅油画,我们就在画中游走。船上,有人问起这片池杉林的历史,船老大说怕有四十多年了,是美国里根总统或者克林顿总统送的树苗。又说是忘记了,但他知道现在池杉林的所在,是安徽省来安县和江苏省六合县的交界处,半在安徽,半在江苏,有湿地六千多亩,池杉五万余株,是一个著名的风景区。池杉湖里,水鸟们无忧无虑,快乐得像住在天堂,吱的一声就钻进江苏的水里,呼的一声又飞到安徽的天上。导游们白天在安徽上班,晚上在江苏睡觉,或白天在江苏,晚上回到安徽休息,年复一年、日复一日地领着人们游览池杉湖,最后竟弄不清自己到底是哪里人,是在画里还是在梦里了。

　　池杉林是舶来品,银杏树却是自家的树。我看池杉林是下午,看"皖东银杏王"却是傍晚时分了。我们显得好像很有礼貌,好像"皖东银杏王"也早就知道了自己的沧桑,知道自己是一位老祖宗,需要在暮色苍茫中挺立。这样,就看不见它的老态龙钟,也看不到它的凝重,彼此对话就轻松、简单多了。迎着银杏树,沿着台阶,我一步一步走,我果然没有吃惊。我看见银杏王黑黝黝的,硕大的一蓬，还看见它身上逸出八棵小银杏树，它们像是绕膝的子孙。上海、山东、贵州、河南……神州大地上称"银杏王"的不少，但细数起来也就那么几棵。说是"银杏王"，当然都是千年以上的历史，都有种种的称呼和传说。我面前的银杏王，据说宋朝开国皇帝赵匡胤就曾在上面拴过马，《杨家将》里的穆桂英还曾在树下练过兵……它有一千七百五十年的历史，现在挂果就一千七百多斤。沧桑巨变，朝代更迭，"银杏王"系挂的仿佛还是宋朝的烟云。人有人的命运，树有树的命运。来安人似乎很懂得这个道理，他们用无数条红绸系树，无数条红绸飘飘，表达着他们对"银杏王"的尊重，表达了对千年银杏树的敬畏。我肃然起敬，我也在心里默默祈祷，向千年银杏树表达敬意。

看了池杉林，再看看"银杏王"，天便一点点地黑下去了。我这才发觉竟有一天不见苏北兄了，慌忙着大声一问，就有人说他早上就走了——这里离他的故乡很近很近，这里是他的第二故乡，他在这里曾把初恋弄丢了。这回他来这里不是找字，而是找他弄丢的初恋去了。

2020 年 12 月 2 日于北京

邯郸的美

冬日的邯郸暖暖的,橘黄色的阳光斑驳迷离。迷离的阳光就让人想起"冬日之日",想起"夏日之日"——也只有邯郸人敢把人的好,比作冬日与夏日吧?说冬日有温暖可爱之美,夏日有热情奔放之丽。春秋时期晋国的赵衰与赵盾,这对父子算是享尽了邯郸人对他们的赞美。

在邯郸,最绕不过去的当然是"黄粱美梦"的故事。自叹穷困的卢生在邯郸的旅店遇上一位道士,道士在他困倦时塞给他一个枕头。就在旅店主人做一锅黄粱米饭时,他美美地睡了一觉,进入梦乡,享尽了人间的荣华富贵,一觉醒来,饭还没有煮熟……一枕黄粱,美梦成空,自有贬义,但卢生对美好生活的追求是无可厚非的。

说邯郸是一座成语之城,这里诞生了成千上万条成语,让人感觉耸立千年的丛台那每一块砖都充满了智慧,都是一条成语。那些成语道尽了人世的悲欢离合,说尽了天下的兴衰盛败,也透露了邯郸人对美的追求和自己的理解。《荀子·致士》里说"美意延年",说明邯郸人很早就知道保持美好心境对人身体的好处。于是一代又一代人谨记着"延年"的美意,心里存着各种各样的善良与美好。

赵国的先君赵武建起一座富丽堂皇的院落,就有人大声惊呼"美哉,轮焉,美哉,奂焉"(《礼记·檀弓下》)。他这一惊叹不要紧,"美轮美奂"这个成语从此就成了邯郸人评价美的一个标准,被人们千年万年地引用与传诵。还有一块著名的"和氏璧",那美玉竟让王者爱不释手,让王者感到价值连城。但王者偏偏又容易失信于美,最后他只能让蔺相如在美玉里找出"瑕疵",生出一个巧妙的"完璧归赵"的故事。"完璧归赵"——归赵的"完璧"其实就是诚信的象征,是美与诚信的回归。

有美轮美奂的院落,有价值连城的美玉,还有绝色美人,还有伟大而美丽的母亲。

"行者见罗敷,下担捋髭须。少年见罗敷,脱帽著帩头。耕者忘其犁,锄者忘其锄。来归相怨怒,但坐观罗敷……"(《乐府诗集·陌上桑》)这是诗人对美女罗敷美貌的描写。美得让人惊艳的罗敷,被赵王看上了。赵王苦苦相逼,她誓死不从,最后纵身一跃跳进了深潭,让邯郸至今留下了一个叫"罗敷潭"的遗迹。其实,"罗敷之死"就是一个典型的美丽死亡……美到极致便是死亡,这也是邯郸人很早就知道的道理吧。

说起历史上著名的母亲,人们会想起孟母三迁,想起岳母刺字,谁还记得"纸上谈兵"的赵括的那位美丽而善良的母亲呢?儿子能够接替廉颇成为一代将军,统率几十万人,该是一件多么荣耀的事啊,但最早看出赵括只是"纸上谈兵",阻止赵王重用他的

竹山可望 | 203

偏偏就是他的母亲。他的母亲诚恳地对赵孝成王说：

> 始妾事其父,父时为将,身所奉饭饮而进食者以十数,所友者以百数。大王及宗室所赐币者,尽以予军吏士大夫。受命之日,不问家事。今括一旦为将,东向而朝军吏,吏无敢仰视之者。王所赐金帛,归尽藏之。乃日视便利田宅可买者买之。父子异志,愿王勿遣……

知子莫如父,知子也莫如母。母亲看出身边两个男人的差异,对赵王指出儿子不堪重任。读了这段文字,谁不会为这位母亲美好而博大的心灵折服？

有了美梦,有了美人,当然也就有美事。邯郸还真的有直接关于美女的故事。

《史记·平原君虞卿列传》记载:"平原君家楼临民家。民家有躄者,盘散行汲。平原君美人居楼上,临见,大笑之。"这就是成语"盘散行汲"的故事——这故事后来的发展是:美女临窗闲望,见那瘸腿人步履蹒跚地去井台担水,经常大笑。笑声传到瘸腿的担水人耳里,他觉得自己受到了侮辱,便找到平原君说:"我不幸有了瘸腿的毛病,走路的样子很不好看,因此惹得您楼上的美女讥笑。但我知道您喜欢招纳天下的贤士,如果您重士而轻色,就应该把讥笑我的美女杀掉……"那平原君假装答应,心里却是舍不得……但半年不到,他发觉他招纳的贤士一个个走了。平原君恍然大悟,到了年底果然把那美人杀了,并亲自到瘸腿人家中谢罪,不辞而别的门客才相继回来……

这是一个悲剧故事,结局有些残忍,有些血腥,但反映了那时邯郸人对美与众不同的决绝的态度。

在古代邯郸,民风清明的美叫"路不拾遗",恩泽万物的美叫"邯郸斑鸠",知错就改的美叫"负荆请罪"……那时的邯郸,好像到处充满着这样美好的事物,这种美好的人和事当然惹得天下人羡慕嫉妒恨了。《庄子·秋水》里说:"子独不闻夫寿陵余子之学行于邯郸欤,未得国能,又失其故行矣,直匍匐而归耳。"这就是邯郸人引以为豪的成语"邯郸学步"的来历。那意思大家都知道:邯郸人走路的姿势特别优美,燕国寿陵的一个少年听说后,不顾路途遥远来学习。只可惜其结果是,他不仅没有学成,反而还把自己原来走路的姿势忘记了,最后落得个爬着回去……

看看,邯郸的古人是多么自负啊!他们美得不说自己美,只说人家是"邯郸学步"。

仿佛,邯郸人的美就是这样天生丽质、独一无二,别人硬学,还真的是学不来,即便是学了,恐怕也只能闹出笑话。

2020 年 12 月 9 日于北京寓所

他们能听到地心的蛙鸣

——读三位当代煤矿工人的煤炭诗

在这寒冷的冬天,突然想起煤炭,我就想起三位在井下工作的煤炭诗人。他们是安徽的老井(张克良)、山西的迟顿(李瑞林)和榆木(徐亮亮)。他们都有自己的笔名。无一例外,他们都把煤炭诗从井下写到了井上,但他们仍然生活、工作在矿井深处。"煤层中像是发出了几声蛙鸣,放下镐,仔细听,却没有什么动静。"(老井《地心的蛙鸣》)这没有什么动静的好处,就是他们至今仍能倾听到地心的蛙鸣。"……几小时后,我手中的硬镐,变成了柔软的柳条。"诗人一次童话般的心灵逆旅,竟成就了一首不错的煤炭诗。

三位诗人中,我只和诗人老井见过几次面,读过他的两部诗集《地心的蛙鸣》和《坐井观天》。若按煤炭诗曾有的代际和年龄划分,他应该算是煤炭诗第三代诗人中重要的一员。他的这两部诗集意象纷呈,展示了他丰富而美丽的想象力。比如,"落日沿着哪个井筒凋零至地心,月亮又是扒着哪座井架爬上来"(《坐井观天》),这样描写工业广场上的矿工们:"太阳倾倒了几百桶新鲜奶油,恣意地冲洗着几十匹摇头摆尾的黑骏马。"那矿灯如"一根闪亮的长竹竿,在地心深处黑暗的国度里,捅出光明的县市,这是救命的矿灯",或者"微弱的光柱挂着澄明的拐杖"(《老工作面》)。甚至"太阳,这陈旧的矿灯继续擦亮宇宙的,脊梁"(《重见天日》),"在煤体内探险的钻杆,像一个温度表"(《猝然相遇》),"人是其中最柔软的工业配件"(《地心的轰鸣》)……与当代很多煤炭诗人一样,煤炭以及煤炭工业种种物件都能引发他奇特而瑰丽的想象,让他在传统的诗言志中开掘出与诗等同的美学价值。

当代中国的煤炭诗从孙友田的《我是煤,我要燃烧》开始,到周志友的《我是矿工,我歌唱阳光》、秦岭的《沉重的阳光》以及叶臻的《铁血煤炭》……煤炭诗的创作一直未有间歇。在煤炭诗的创作中,煤炭、矿工以及煤矿的一切永远都是煤炭诗人抒情与描摹的对象。比如"矿灯",在老井这里,不仅有着"长竹竿""拐杖"的比喻,还有着"关上矿灯以后我的灵魂会走得更远"的沉重思考。而在更年轻的诗人,如迟顿的眼里,矿灯"这萤火般的光芒显得弥足珍贵",因为那矿井是"被数百米的深井私自收留的"(《矿井》)一小片的黑夜。到了榆木的笔下则是"放下矿灯的同时,也就放下了对一块炭内心火焰的探索"(《在坪上》)。因为"有时候,我们拥挤在一起就像一堆煤","我们都是背光而行的人"(《下井》)。他们对矿井、矿灯等煤矿一切物件的认识,一开始就从一般的比拟走向了更为形而上的理性与明快。煤、煤矿与矿工的生存与生命本质,在他们自身生命、精神和灵魂的观照下,已然上升到"物我两忘,物我一体"的生命、精神与灵魂相谐的状态,物美与诗美达到了高度统一。

在煤矿,在负八百米深处,矿工们聚在一起谈论,谈论得最多的当然是女人。这在老井的诗《化蝶》中就有表现:"告诉你们,哥哥我现在只想,和本矿电视台的柳淮丽,同时变成两只彩蝶,相互追逐着跃入乌黑的煤壁。"他们也会谈论自己的平常生活:"我们聊到工资,聊到女人,聊到未来,当我们聊到矿难时,我们彼此都沉默着,仿佛我们,从来没有活过。"(榆木《井下》)……这些来自地心深处的话题,总是日常而特别,简单而丰富,轻松而沉重,然而却找不到一个出井的"出口"。在这三位诗人中,我发觉对"地心"这个词极为敏感和使用频率最高的就是老井,除了《地心的蛙鸣》,他还有《地心小憩》《地心的月光》《地心的梦》《地心的上升》《地心的黑暗》《地心的浪漫》《地心的迷惘》《地心的花香》《地心的戍卒》《地心的轰鸣》《地心的工业区》,他惯用的话语是"负八百米深处"。单从这些诗名来看,负八百米的深处的"地心"总是他心有牵挂、产生诗意的地方。这地心当然不仅是物理意义的地心,还是他诗歌建构的精神地心,或者说是他的诗歌创作的精神"元核"。

在一段时间里,煤矿事故,即"矿难",也是煤炭诗人们回避不了的一个诗题。如老井当年的诗作:"煤层哭了,巷道哭了,化了一半的钢梁哭了,熊熊燃烧的火团也哭了,大地的体内哭声澎湃……报纸没哭,电视没哭。"(《矿难发生以后》)矿难一直是煤炭诗人声嘶力竭呼喊和谴责的事件,但在年轻诗人迟顿的笔下,开始变得冷静而又理智。"很快,他就一言不发……刚刚获批的假条,死神篡改了他回家的路径。"(《倒叙》)矿难让诗人充满无奈:"但我无论如何也不能,让那些为此付出宝贵生命的挖煤人,一张纸上,死而复生"。(《一首不能完成的诗》)榆木在一首名叫《矿难》的诗中写道:"总有一些人忘记来时的路,所以他们,永远地留在黑暗里。可是,也有一些人明明记得回家的路,还是留在黑暗里。"这里,既没有驳杂的意象和语调,也没有任何的煽情,情感深藏在语言内部,因此带有直射的冷峻的光芒。著名诗人叶延滨在给榆木的诗集《余生清白》写的序言里说:"用平实的语言呈现,惊心动魄,入骨三分",但"榆木们"已"不是血淋淋的就深刻,也不是展示丑陋就先锋"。年轻矿工的诗歌更多的是矿工生命的真正写照,是个体命运的呼喊,是生命发自灵魂深处的回响。这一切源于大地或地心赐予的力量。

我这里想要说的是,煤炭仍然是我们国家的重要能源。在如此情形下,煤炭诗人的诗歌创作仍然有上升的空间。像老井、迟顿和榆木这样已有成就的煤炭诗人,生产与生活在井下,他们确实需要全社会的关注。有评论家说,"老井们"的写作有着启蒙和自我启蒙的意义,他们有着"为底层立言的意义与历史证词的价值"(秦晓宇《以诗为证》)。这当然是一种理解,但仿佛也是一种暗示。这种暗示就需要"老井们"不断地从为底层立言中走出来,着眼当代煤炭工业现实,而不是故意走远与偏差,从而倾听着地心的蛙鸣——不懈地揭示和还原煤炭工业与煤矿生活的真相。

2021 年 1 月 1 日于北京寓所

走近程长庚
——《京剧创始人——程长庚传》序

读罢徐霁旻这部《京剧创始人——程长庚传》,我突然有种如释重负的感觉。我不知道这"重负"从何而来,但从青年时邂逅程长庚这位著名的戏剧表演艺术家、京剧创始人开始,莫名其妙地,他就成了我心里的一种牵挂。我曾参加过关于他的首次学术研讨会,为他写过文章,甚至还把有关他的一些史料提供给一位朋友,希望朋友能为他写一部传记。

现在,这个愿望终于让徐霁旻完成了。他的这部《程长庚传》,在充分掌握传主有限的史料的情况下,对程长庚波澜壮阔而又跌宕起伏的戏剧人生,进行了忠实而艺术的描摹与刻画。当然,他撷取的只是这位戏剧艺术大师生命的几朵浪花,但就这朵朵生命的浪花,足以贯穿起程长庚整个的艺术人生。从传记中,我们了解到京剧艺术的萌芽与起源、发展与繁盛,看到余三胜、张二奎、徐小香、汪桂芬、孙菊仙、谭鑫培、杨小楼等灿若星辰的戏曲人物,看到他们如何地众星捧月,看到程长庚的生命定格在红氍毹上,进而走近程长庚,从他的生命故事里感受他非凡的艺术情怀,体味一个平凡而伟大、卑微而崇高、寂寞而辉煌的艺术灵魂。人生是短暂的,在短暂的人生中,程长庚在京城的舞台上,熔徽调、昆曲、汉腔于一炉,创造出伟大的京剧皮黄艺术,让人惊呼徽班"忽出一伟大艺人",而被称为"徽班领袖""京剧鼻祖",成为一代戏曲艺术的巨擘,这当然是伟大的。这伟大首先归功于他的天赋,归功于他几十年如一日的勤奋。他是家乡这片皇天后土对戏曲艺术的莫大馈赠。

家乡这片厚土在诞生程长庚这位杰出的戏曲艺术大师之后,还贡献了张恨水这样一位文学大家。尽管由于某种历史原因,我二十多岁时才知道他们,但我与他们都结下了不解之缘。我曾在张恨水研究会工作多年,而在此之前,还因参与《潜山县志》的编辑"邂逅"了程长庚。徐霁旻在《后记》中说:"县志办的同志在王河镇程家井村发现了道光十二年(1832年)《程氏家谱》与民国三十年(1941年)《井股程氏支谱》。"那"县志办的同志"其实就是我。家谱是一种存在,谁都有发现的可能,但因此而结缘程长庚,是我心里常常引以为豪的事。关于程长庚,张恨水先生也曾写过文章,大意是说家乡有三十六黄龙伞,但黄龙伞流于假,故只出舞台上的皇帝。梨园界把程长庚称为"程大老板",张恨水就以自己是"程大老板同乡"为荣。而我,也是以他们是我的乡亲为傲的。相信两位文学艺术大家的清辉四射,不断照亮家乡一代代青年才俊的心灵,给有志于文学艺术的家乡后学以力量。

我与徐霁旻同出潜山的徐氏一脉,若论起来他是我的长辈。我与他的交往少说也有二十年了。我知道他从小就有一个作家梦,后来凭借自己的文学才华,他幸运地在家乡文化艺术的一些部门工作——研究戏曲,研究文物,写戏,写散文,涉足传记文学创作,他一直孜孜追求,做着他喜欢做的事情。这两年我就读到了他的长篇传记《皖江才女——葛冰如传》《乌以风传》《刘王立明传》等等,他深深根植在家乡丰厚的传统与地域文化土壤里,寻找乡贤们的足迹,在他们或平凡或传奇的人生中,凭借一种巨大的人文情怀的烛照,融史料与文学于一体,用艺术的丝线穿起散落在皖西南大地上的一颗颗历史的珍珠,形成了自己独有的传记文学创作风格。这是值得我敬重和不断学习的。

承蒙霁旻宗亲不弃,嘱为作序,在此不揣浅陋,聊举所感以报命。

2021 年 1 月 2 日于北京朝阳区奥运村翠堤春晓

打铁的父亲

"张打铁,李打铁,打把剪刀送姐姐,姐姐留我歇,我不歇,我要回家打毛铁",在父亲去世后的日子里,这首儿歌经常地在我耳畔响起。我仿佛看见在一棵桃花怒放的桃树下,一男一女两个孩子一边相互拍着巴掌,一边大声念着儿歌。父亲静静地站在他们的身后,脸上露出了一丝难得的笑容。我奇怪的是在父亲生前,我却很少有这种感觉。那时尽管不是天天见到父亲,但我知道父亲穿村钻巷,天天都在打铁。他忙得没有一点时间与家人们说话——实际上,父亲生前就没有与我有过一次真正意义上的对话。

父亲去世已经整整二十年了。

二十年里,我家里的变化说大也大,说不大也不大。我这样说,是想说在父亲辞世以后,我并没有完成父亲的遗愿,把家操持得比他生前操持得更好。父亲去世时,我们住的是他盖的一幢土砖瓦房,后来尽管我在城里买了楼房,但那时候家境不是很好,弟弟没有娶亲,小妹妹也没有出嫁……等到弟弟妹妹的婚事落实,弟弟却又离了婚,还出了一次灾难性的车祸。虽然保住了性命,他也住上了新建的楼房,但他的生活并未得到真正的改善,他唯一的脑瘫的孩子还缚住了母亲的手脚。对于这一连串的家庭的不幸变故,我心力交瘁,深感有愧于父亲。"你梦见过父亲吗?"有一天,妻子突然这样问我,我愣了愣,仔细地想想在这二十年里尽管想到过父亲,在每年腊月和清明时节还会到他的长眠之地祭拜,但我似乎没有梦见过他。也许梦到过,但显然我将那梦忘得一干二净了。

二十年过去了,虽然我已不再吸烟,但我还保留着父亲吃烟用过的水烟筒。那是用黄铜打造的一个水烟筒,那中间用竹子镶嵌的黄铜的烟筒至今完好无损。在我的脑海里甚至会浮现出他端坐在堂屋或门口的阳光下,咕噜咕噜吸着黄烟的样子。那黄金丝般的黄烟是他的钟爱。他去世后,这黄烟筒因为没人用它,上面就有了一些斑斑点点的铜绿。我很想把它擦拭得锃光瓦亮,但是我没有,我想保留父亲留在上面的并不很老的面容和手温遗泽。

我还保留了父亲的一件遗物,就是他生前从不离手的一把小铁锤。

在我的印象里,这把小铁锤就是父亲为全家讨生活的全部。都说铁匠是"火里求财",打铁工具总是笨重而繁杂的:除了风箱、火炉、铁砧三大件,还有铁锤、火钳、钢铲、扁锉、铁錾等等。铁锤又有大锤、小锤、扁锤之分;火钳也有大口钳、小口钳、鲇鱼钳、平钳之别。铁匠行里有句话叫"小锤带路,大锤定性",父亲一生就是挥舞小铁锤的。在打铁时,父亲总是系着一身火眼的围裙,左手握火钳,右手握小铁锤,那些铁块在他手中不停地翻转……那时候情形往往是这样:小铁锤在父亲手中起起落落,他指向哪里,抡着大锤的徒弟就打到哪里。他象征性地轻敲一下,徒弟也会轻敲一下;他在铁砧上当的一声空敲,徒弟立即心领神会,抡圆大锤就重重地砸下来。若遇上锻造一块很大的铁,除了那徒弟,父亲还得带一人上阵,那人双手抡着大锤,叫作"甩大锤"的。那大锤看似腾空,实则又稳,狠狠地砸在铁块上。一时间,沧桑而暗沉的铁匠铺里火星四溅,恍若电闪雷鸣。叮叮当当的锤声,时而密集如暴风骤雨,让人如处在惊涛骇浪中;时而舒缓如流泉叮当,让人觉得轻歌曼舞。铁器与铁器相撞的声音抑扬顿挫,摄魂夺魄,让人听得悦耳。师徒三人浑然一体的动作又像是一个舞蹈,一张一弛,一松一紧,大开大合,也让人看得眼花缭乱。这样的情景若出现在暖阳当空的午后,对有幸看到的人来说简直就是一种美的享受。

父亲开始用木炭打铁,后来改用煤炭。家乡地处江淮之间,用得最多的是淮煤。但淮煤也有南煤与北煤之分。在炉火边时间待长了,父亲就能分清南煤与北煤的质地,用煤也极有讲究。那质量好的煤炭在炉灶里,风箱一拉,燃烧的熊熊烈火立马将温度升高,风箱一停,温度又能急速地降下来。这时候,掌握火候主要靠人与风箱。父亲希望我跟他学打铁的时候,我就在他的铁匠铺里拉过风箱。那风箱扑哧扑哧,风呼呼地吹进火炉,炉灶里火苗一张一闪。那些煤就由黑变成殷殷的一种红,铁块煨在煤里,颜色和煤似乎融为一体,殷红着透亮。在我的记忆里,父亲是很少亲自去拉风箱的。但我跟他后面的几天,他仿佛怕我累着,或者是给我做示范,他就经常放下小锤,去拉几下风箱。我看他抓着风箱的把手,双脚微微走动,左腿后退一步,当把风箱把手拉到尽头时,他会慢慢推动风箱把手,右腿又随着风箱的节奏自然前倾。在风箱的拉推之间,他的身子若俯若仰,若来若往,进退自如。炉里火焰也随之呼呼地回应着。火焰明暗之间,炉灶里的铁块被烧得通红透彻,父亲脸上一片慈祥。

"百匠铁为先。"匠人们聚到一起也会相互打趣,说石匠的錾子、木匠的斧子、瓦匠的砖刀、篾匠的篾刀……匠人用的几乎所有铁器都出自铁匠,没有了铁匠,也就没有其他的工匠。但实际上,铁匠用的风箱、锤柄就是木匠打的。手艺人互相依傍,又各自发挥着技艺,各有所短,又各怀绝技。父亲铁匠的技艺是十分精湛的。比如,锻打带刃的铁器需要"搭钢"(又叫"夹钢"),即用铁錾在铁坯上錾开一条缝,硬生生地把一块钢镶嵌进去,并把它们与铁块融为一体。这就不仅要掌握好火候,且要徒弟们默契的配合。只有当钢和铁都达到一定的熔化状态,迅速锻打它们才能完成。火候不对,即温度若过高,钢和铁都化掉了,铁器就只能报废;温度若是过低,钢和铁就成了两张皮,怎么也融合不到一起。父亲对此十分在意,若有一回搭钢失败,他就像做了错事,会闷闷不乐好几天。因此在锻造搭钢的铁器时,他的注意力特别集中,眼睛一动不动地盯着炉灶。等火候一到,他左手迅速夹出铁块,右手就手起锤落。徒弟也快速地丢下风箱,双手握住大锤,躬着身子,一下接一下地快节奏地锤打着铁器。如此一阵带有仪式感的忙碌后,父亲这才抹抹额头上的汗珠,胸有成竹地将那完成的铁器放入水里,完成铁器锻造的最后一道工艺——淬火。

关于"淬火",我以前曾写过一篇文章,认为一件铁器成功与否关键在于淬火。打好的铁器锻烧得通红,夹出来,迅速投入水桶里,刺啦一声,一股白烟腾起,水桶里的水瞬间沸腾,就作一阵咕噜噜地响。但淬火像搭钢一样,也需要有技术。过了,就会耗损锋刃;欠了火候,则锋刃钝挫。而淬火适度的铁器不仅锋利,而且耐磨经用;淬火差的铁器使用起来不仅迟钝,还经不起磨砺,甚至用不了几天就会卷刃崩口。在外人的眼里,父亲作为一位优良的手艺人,能在铁砧上把生铁切割揉捏,随意变形成型,手上有着无数的机关和秘密,铁锤起落之间,一件铁器就完成了。其实,锻打铁器的每道工艺都很复杂,不仅有着手艺人的力道,还有着手艺人的智慧。比如打一把镰刀,也需要经过选料、生火、烧锻、定型、搭钢、淬火、回火、磨铲、抛光、锉齿等环节,炉火的燃烧,大小铁锤的反复锻打,一块铁料才宛如凤凰涅槃,脱胎换骨,变成一把锋利无比的镰刀。在父亲的铁匠生涯里,他的炉火纯青的"搭钢"和"淬火"技术在家乡一直享有盛誉……不久前,妻子告诉我,父亲给我们留下的一把菜刀,我家至今还在用。有一回她拿到菜市场找磨刀师傅磨刀,那师傅立马双眼放光,说要拿他的刀换过去。妻子说:"你给我千金,我也不换。"想起来,父亲留给他儿媳妇的,一件金银也没有,这把菜刀却让她从家乡带到县城,又从县城带到北京,成了父亲留给我们的最大的念想。

我不知道人究竟有没有灵魂存在,但我的灵魂里分明住着父亲。时间愈久,父亲在我的心里就愈是一个巨大的存在。我从小目睹过他打铁的姿态,他艰辛的劳动,他开怀的笑,他人生的不顺,他对儿女们的担忧……尤其是我跟他学打铁,尽管没有学成,但我近距离地看到过他打铁时的姿态。我曾不止一次地发现,每当一个铁块在火中烧得红通通时,他的眼睛就会突然射出一道亮光,那亮光锋利如刀,明亮如火,仿佛能射进铁块里,看清铁与火的内部变化。父亲是有能在最适当的时机把铁块夹到铁砧上,经过一番锻打,从而成就一件精美铁器的本领。多年后我更加清醒地明白,那些生寒的铁,一旦有了人气,就有了人的体温,有了人的血性和血脉。淬火后的铁已不再是物质的铁,而是一件有着生命的铁器。父亲锻造的铁器是别人日常生活的一部分,却是他生命的全部。那些在家乡至今流传的铁器甚至就有他的灵魂,有了一定的神性。

父亲是带着他一生的手艺与他的神性走的。

除了我有心收藏的一把小铁锤,父亲去世后,他留下的那些打铁的工具因为没有人使用,都堆放在屋角或是挂在墙壁上,但奇怪的是很快都生了锈。那锈屑一层层地剥落,就如银屑病一样纷纷脱落,连最沉重的铁砧也成了一块废铁、死铁……在父亲过世若干年后,我们兄弟处理了那些废铁。同时征求母亲的同意,我还处理了父亲生前没有处理,或者说他没做成的一件事,那就是我托人找到了父亲的前妻,也就是我的前娘家。

"前娘系后子"——成年之后,我才知道家乡这句俗语的意义,同时也知道了父亲在我母亲之前曾有过一次婚姻。但我那位前娘生孩子时不幸血崩离世。知晓了这一切,我便央人找到了前娘的娘家。承继的母舅告诉我,我那前娘的父亲因不务正业,不求正果,后来稀里糊涂地死于缧绁之中。我的前娘死后,我那外婆和她的一个哑巴儿子相依为命。外婆不求施舍,也不乞怜他人,而是节衣缩食,终将哑巴舅舅送老归山,自己也以八十高龄辞世。她的事迹写入了他们的家谱。但对于这样一个不幸家庭的存在,父亲在世时却守口如瓶,只是逢年过节,在让我在前娘的坟前烧纸时,我才看到他脸上露出的一丝沉重与悲怆。我现在已经无法知晓父亲生前是否有寻找前娘家的愿望,抑或他有自己的难言之隐。但这根本就是他心里的疼,是他留给我的一个永远的谜。

人生总是有一些谜团的。现在,作为铁匠的儿子,我不止一次地被人提起。有些人还不无好心地告诉我,铁匠的祖师爷太上老君是春秋时的老子,打铁的还有晋朝"竹林七贤"之一的嵇康,有唐朝唐太宗手下的尉迟敬德。那都是一些很体面的大人物。我的父亲也曾读过几天私塾,我不知道他知道不知道老子、嵇康和尉迟敬德,但他显然不是因为这个而学打铁的。他只是一个以打铁为生、靠手艺挣钱糊口的人。在我成长的岁月里,我也并不因为自己是铁匠的儿子而感到低人一等。相反,我一直以有这样的父亲而自豪。

> 所有我知道的是一道通往黑暗之门。
>
> 外面,旧车轴和铁箍已经生锈;
>
> 里面,大锤在铁砧上急促抡打。
>
> 那不可预料的扇形火花,
>
> 或一个新马蹄铁在水中变硬时的咝咝声。
>
> 铁砧一定在屋子中央的某处,
>
> 挺立如独角兽,下端则方方正正,

不可移动地坐落在那里：一个祭坛，
在那里他为形状和音乐耗尽自己。
有时，围着皮围裙，鼻孔长满毛，
他探出身来靠在门框上，回忆着马蹄的
奔腾声，在那闪耀的队列里；
然后咕哝着进去，以重锤和轻锻，
他要打出真铁，让风箱发出吼声。

——谢默斯·希尼《铁匠铺》

及至后来读到谢默斯·希尼的这首诗，我更感觉到我的浅薄和无知。家乡有句谚语叫"铁匠没样，边打边像"，是说铁匠有着非常高超的想象力，无论是方圆，还是长扁尖的形状，铁匠总能将铁块打成人们需要的形状。但作为铁匠的儿子，我却没有做成一件像样的事，甚至连一首像样的诗也写不出来。我自愧没有父亲那样的想象力。这样延伸开来，我感觉我其实也没有理解父亲，甚至没有走进父亲沧桑的心灵世界——让风箱发出吼声！

"张打铁，李打铁，打把剪刀送姐姐，姐姐留我歇，我不歇，我要回家打毛铁。"这里，我还想回到开头我引用的那首儿歌上来。我想，父亲要是现在还活着，也才八十多岁。但他的肉身消失了，永远也不会回家打铁了。这首儿歌对我来说终归于虚空，但我确实喜欢这首儿歌，喜欢它那有些浪漫的东西，让我把桃花、铁砧和打铁的人莫名其妙地联系到一起。只是到了某一天，一位朋友郑重其事地告诉我，这首儿歌名叫《打铁歌》，其中另有玄机。他说："这儿歌里的张，是指明朝的张献忠；李，是指李自成。民间流行的一种说法就是张献忠幼年因为学过打铁,他要高举造反大旗时,他姐姐劝他说:'你造起反来我们还能活吗?'张献忠说:'姐姐不用着急,唱这首《张打铁》歌可免难。'于是这首歌便传散开来。"我听了,竟一下子就蒙住了。我对父亲的理解,竟然像我对这首儿歌的了解一样,总有意想不到的地方。

"这铁匠正是姓徐。我不应该将他们的族姓留下来吗,对于这样高尚的可敬的人?"再后来,我读到著名作家师陀写的《铁匠》一文里这样一句话,心里倏然一惊,觉得他这话简直就是为我父亲写的。

愿我的父亲在九泉之下安息。

2020年12月12日写于1207次列车上,2021年1月7日定稿

文心诗情报乡邦

——关于韩结根先生和他的两部著作

我是先读韩结根先生的两部大著《舒州天柱山诗词辑校注解》(上、下)和《潜山文献集成》才认识韩先生的。其实也不算认识,只是加了微信,我们成了微信好友。但因此也知道了韩先生与我同是属兔,他比我大一轮。他是复旦大学教授,曾先后在复旦大学古籍研究所和复旦出版社工作,著有《明代徽州文学研究》《李白诗歌选注导读》《杜甫诗歌选注导读》《苏东坡诗词赏析》等多部著作。他的著作《钓鱼岛历史真相》甫一问世,就被译成七国文字在世界广泛传播。《舒州天柱山诗词辑校注解》和《潜山文献集成》两部皇皇巨著似乎是他专门为故乡编注的,是他回报故乡潜山的一份厚礼。

在这两部书的前言里,韩先生交代了他编注这两部书的初衷。他说虽然人在上海,但"乡情旅思,萦回胸际",他对天柱山情有独钟,对潜山的文献资料也心有所系。后来他在潜山县志办的支持下,借助复旦大学的学术平台,以"中国基本古籍库"为基础,系统梳理了一万种左右的古籍文献,辑得有关故乡潜山的文字一百八十余万,其中诗词约一千二百余首。他将诗词做了注解,完成《舒州天柱山诗词辑校注解》后,又将剩下的文字编著成《潜山文献集成》。《潜山文献集成》分为"史地纪胜""鸿文胜览""碑刻著录""目录萃编""遗闻逸事和文学佳话""佛道二教"六大部分,所辑内容皆出自正史的《本纪》《列传》《地理志》以及地方志书,几乎囊括了潜山有史以来本地域历史与文化的所有文字,全方位地呈现出潜山历史渊源与历史文化的传承,许多文化史料还是首次披露。

《舒州天柱山诗词辑校注解》分为辑、校、注释、解题四个部分。从浩繁的文史典籍中辑得一千二百余首诗,他首先做的就是爬梳剔抉的工作。天下名山叫天柱山、天柱峰的很多,写天柱山、天柱峰的诗词也多。但那时因为没有网络,信息闭塞,而又因是名人之作,各地或因施粉贴金的需要,一律照单全收。这些诗作在地方文献中因此往往张冠李戴,以讹传讹,甚至几百年上千年无人察晓。如写天柱山的著名诗句"天柱一峰擎日月,洞门千仞锁云雷",现在都说是白居易写的,实际上这是南唐李明所写。朱熹的"屹然天一柱,雄镇翰维东。只说乾坤大,谁知立极功",写的也不是潜山天柱山,而是福建武夷山的天柱峰。还有那首《题潜山》,因诗序中有句"余家潜山,是为名山之福地"之誉,一直被人当作是黄庭坚热爱潜山的证言,其实若仔细读《舆地纪胜》的安庆府诗摘句"人家橘柚间,钟梵云烟侧"时,就会看到旁边标有"张微诗"(实为张澂)字样,只是后人编纂志书时一时疏忽,才酿成大错。如此种种谬传下来,有的改正却让人难得开心。记得潜山学者徐平生前说他当年曾写文纠正,立即就有朋友劝他,他只能报以无奈的一笑。

但韩先生对此错讹还是进行了系统而有说服力的考证与纠偏。对一千二百余首诗词进行认真辑、校之后，他一一做了注释与解题，对诗词中出现的人名、地名、历史事件、文物制度、神话故事、典故传说等，都做了全面准确的介绍与注释。古诗人写诗喜欢用典，且用典生僻，语意晦涩，一用起来就掉书袋，这就需要他博览群书，花费更多的时间，不仅要旁征博引，还要融会贯通。韩先生说有一首诗他的注释就有五十多条。而一千二百余首诗词，每首他都要通读几遍，反复揣摩，甚至烂熟于心，这样才能更好地理解诗意，从而准确地推荐给读者。正因为如此，他对这些诗词在充分理解诗词原意的基础上进行的描述，充满诗情画意，无不显示着他深厚的文字功底。如，"楚水清风生，扬舲泛月行。荻洲寒露彩，雷岸曙潮声"（释皎然《五言·送潘秀才之舒州》）这首诗，他写道："楚地江面上清风吹拂……乘船在月光下扬帆航行。夜里长满芦苇的小洲上寒冷的露水闪耀着光彩，天亮时大雷岸潮声澎湃，悠悠的清风，淡淡的月光，闪闪的寒露，澎湃的潮声……"这注解让人读来，感觉简直就是在读一篇优美的散文。这种文字在他的书里是信手拈来，比比皆是。

这两部书的出版，对潜山地域文化研究自然不啻是一个福音。通过这两部书，我们不仅可以认识到我们身处何地，了解潜山璀璨的历史文化，还能够充分吸收到丰富而深厚的古典与地域文化营养。潜山本土学者近年倡导研究"古皖文化"和关注唐宋"舒州文化"现象，这当然是一件极有意义的事。就我的阅读来说，我觉得这两部书无疑是雪中送炭和锦上添花。韩先生说："能使一片自然的土地,成为一个有特殊意义的地方,不仅是由于其风景优美,更多的则是因为在它上面积淀下来的许许多多历史人文的记忆。"斯言不虚。这里不说耳熟能详的大诗人李白、王安石、苏东坡、黄庭坚等人笔下的潜山,单就收录在书里其他诗人的诗句,也让人心生欢喜。如"明日西南望,潜山尚可亲"(戴叔伦《潜山》残句),"潜岳积苍翠,皖溪生素波"(马戴《过潜岳》),"门无车马地无尘,只有青山是四邻"(李师中《题山谷寺》残句),"莫嫌客舍一杯酒,试论潜山三祖禅"(苏辙《次韵吕君见赠》),"青笠红衫风雪里,一林枫柏马萧萧"(王士禛《自沙河至唐婆岭即事》)……这些有关潜山山水美丽的文化记忆,怎能不让我们对故乡山水肃然起敬?

这两部文集与诗集的编注,可以说是韩先生对故乡山水的一次诗意的穿越与漫步,他用时光之机对湮没在历史长河中有关潜山的诗意文心,重新进行了一次美妙的打捞。韩先生动情地说,就是搜辑、注释和解读这些诗词,他断断续续用了十余年时间。但"我在接触某些景观名称的瞬间,记忆的闸门突然被打开了。儿时的嬉游,亲人们的身影,故乡的陈年往事,像电影一般不停地在眼前闪现,温情与伤感纷至沓来。我常常沉浸在儿时美好的时光的回忆中"。其实,他如此不断沉浸的不仅仅是儿时的时光,更是他对潜山古老土地远古时光的一种追寻与缅怀。那里有人类起源生存的胚胎,有三国时代战争的烽火,有唐宋山水的绮丽,更有元明清缭绕的云烟,有一位学者心中常存的那份"思接千载,神游八荒"的文化精神。

现在,我能经常用微信和韩先生交谈了——这在过去是不可想象的事。在一次微信聊天中,我得知韩先生当年为这两部著作的编辑注解,每天很早起床,为此付出了繁复而艰辛的劳动,但他总算是圆满地完成了这一浩大的文化工程。我想,如此支撑他的一定有他那一颗深藏于胸的乡梓之心,有他对家乡地域文化那份深深的理解和热爱之情。

2021年1月8日于北京寓所

天柱山冰瀑

我上天柱山时,山上还有积雪。那些雪散落在天柱山上,稀稀疏疏的,像是谁写就了一山的天书。仔细地辨认,依稀还能看到一些图案,看到"个""之""人"之类的字。尤为逼真的是一块巨石上有一个"福"字。那字很大,每一笔画都齐全。同去的小说家说那"福"字的"示"字旁,像个低眉的女子。他这一说,我看果然像,就像古画中的一位仕女。没有风,天很蓝,阳光浅浅的。这样的天气登山,真的胜似闲庭信步。路旁,稍厚一些的积雪里,似乎有一串串脚印,但那显然不是人的,似乎是一头小兽的。是一头什么兽呢?我们几个人站在那里,猜了半天也没猜出来。

雪还没有融化,有关寒潮的消息传来后,寒潮果然就来了。天柱山气温骤降,阴风怒号,一山的萧萧瑟瑟。偌大的山峦瞬间就变成一个白色的世界。只不过这白不是白雪,而是冰。这时,天柱山上所有的水似乎也都沉寂了,沟沟壑壑的一片冷清。那白色的冰被风吹拂着,纹丝不动,让阳光照着却泛出刺眼的白。满山的冰白与满山的雾凇,光秃秃的石头交织在一起,就让天柱山显出一片的白色茫茫。只是山的阳面,结在石头上的冰衣,其中有一股水在里面汩汩流动着。那流动的水有头,有脚,有尾巴,就像一只只小蝌蚪,活蹦乱跳的,转眼就不见了。而危崖耸立的石头,一串串冰溜子临空而下,密密麻麻,如刀似剑,又像有人垒起一排石柱要支撑这石头。我敲了一块冰溜子放在嘴里尝了尝,冰凉冰凉的。

猛然就看见那一条大冰瀑了。天柱山上大大小小的瀑布,一年到头都是飞流直下,耳边响起的也都是瀑布声。但这回阒寂无声,瀑布声全部消逝了。那排山倒海过的瀑布突然凝固,似有一大堆的白从天而降,像是谁赶来了一山的绵羊,又没绵羊的咩叫声;像是谁倒下了一山的棉花,却又没有棉花的柔软与温暖。它坚硬、冰凉,一动不动的。有的像是系在青山上的一条银色项链,有的像是一位老人的白胡须被什么粘住了。那一条巨大的瀑布,更像一条身披铠甲的小白龙,蜷曲的身子好像变成了一根白色的大理石柱,上面似是龙鳞,又似是雕刻着花朵。花朵如白菊,似白莲。白菊吐芳,吐出无数的丝条;白莲含蕊,绽放偌大的花瓣。那些花一簇簇、一团团的,仿佛是从天上飘下,又仿佛向上涌动。没有鸟声,没有花香,也没有翩翩的蝴蝶和嗡嗡的蜜蜂,让人感觉冰瀑从悬崖一路跌下,就堆出了一条冰花的峡谷。这时,整个峡谷就像办着汉白玉的玉雕、芜湖铁画的展览了。很多人不能爬山,就在这里照相留念。红男绿女争先恐后的,冰瀑下面就挤满了人。有了人,这条峡谷就有了一些人气,就变成了仙境。可见,仙境也是要人气的。

站在冰瀑下,我觉得身心也被一片白映照得晶莹洁白的,面前一片澄澈。抬头看天,天不知什么时候由刚才的浅蓝阴沉了下来。路边褪尽了叶子的树,笔直地耸立着,冷风吹来,树木一阵哆哆嗦嗦。天寒地冻,天柱山远处的山峰、石头与树木,在雪白里露出一星点斑痕,一层雾气在上面浮动着,顷刻也渐渐散如一抹烟霞。这时候看天柱山,疏落有致得就像是谁勾勒的一幅宋代山水画了。而我身边,这一条硕大的冰瀑静静的,欲飞不能,宛如一条停滞的时间之河,在积蓄着一股什么力量——鼓了鼓劲,我就离开冰瀑,大声歌唱着下山了。

2021 年 1 月 10 日于北京寓所

雾

在乡下常见到的是雾。雾浓浓浅浅的,也不一定是雾,有时候就是大地蒸腾出的地气。那地气从丘陵、田野、河流,从泥土里袅袅而出,薄若蝉翼,或如牵出的一缕轻纱,颜色呈现白或乳白,让人看见真的恍若雾。雾也有这颜色,但雾浓厚如棉絮,更多的是暗、黑。都没有气味,没有声音。要有气味也是泥土的气味,有声音也是河水的流声。泥土的气息与水的流淌声充盈着人的耳鼻。眼前到处混混沌沌、朦朦胧胧的。雾和地气总会纠缠在一起。

我的祖母就走在这种雾里。她拄了根拐杖,踮着三寸金莲,缓缓地蠕动在田埂上。她每月只在二叔家生活十天,剩下的二十天,她就要在我家和小叔家度过。二婶说她:"早上起了雾,你就不能在我家多过一天?"但祖母不,祖母坚持一家就住十天。她走在这种雾里,村庄里没人会看见她,只有当她瘦小的身影出现在我家门口时,我才知道祖母回来了,撒着脚丫欢快地迎上去。

父亲后来也走在这种雾里。吭哧吭哧,他要在雾里赶往他搭在街上的铁匠铺。那是我们一家全部生计的所在。为了生计,他总是起很早就走在这种雾里。从前,他要赶往一个叫小河口的地方打铁,后来他赶往公社的一个综合场"上班",再后来,他就是赶往小镇属于自己的一个铁匠铺里。他一生都在打铁。实际上无论晴天、雨天、太阳、冰雾……都不能阻挡他为生计奔波。雾里的行走是他的宿命。

两位亲人最终都在大雾弥漫的早晨归于泥土,安静的泥土覆盖了他们。

乡村三月青黄不接的时候,田埂上的草木、田里遗弃的稻草被燃烧起来。田埂上的草烧起来就像一条长长的火龙。稻草烧起来却显得略为复杂一些。乡亲们先把稻草卷成一个个团球,再把泥土打成一个圆堆,然后用火把点燃稻草球,很快放进圆堆的空心里,又迅速地用土把它层层覆盖起来。农人把这叫作"抄包"。我干过抄包这个农活,很费力,很累。那"抄"起来的土包如一座座散落在田里的暗堡,其中青烟袅袅升腾在田野上,像是古人屯兵扎起的一个个帷帐。一块田连一块田,一个土堆连一个土堆,那些烟雾瞬间笼罩在田野、村庄、河流的上空,连成一股浓浓的雾。稻草燃烧的焦味有些呛人,但乡亲们闻惯了这种味道,他们认为被燃烧过的土地,会变得十分肥沃,有利于他们播下的种子生长。

这被乡亲们制造出来的雾,年复一年。

因这雾在每年正月初一早晨会准时出现,那些鞭炮烟花炮制出的浓雾,更有一股浓浓的硫黄味,也十分呛人。但乡亲们乐此不疲,他们从老祖宗那里继承下来,到了每年正月初一就要放鞭放炮,驱散晦气,造点喜庆。在乡村的早晨,这雾如果没有风,乡亲们多半是看不到天上的太阳。雾会久久地滞留在乡村的天空,要一整天的时间才能散尽。然后是元宵,正月里乡亲们放鞭炮烟花,总有一种锲而不舍的精神。在这种雾里,鞭炮声往往显得有些沉闷,但后来有一种花炮尖叫着冲破浓雾,呼啸着飞向天空,像一只只快乐的叫天子。

晴空万里的日子暖洋洋的,乡村的黄昏却一定会雾霭四合。那时,乡村的鸡鸭牛归圈,乡亲们从田间地头忙乎了一天回到家,扑沓扑沓一阵忙乱,最后脚步声就渐渐地弱了下去。当然,也不是每天的黄昏都雾霭四合,还有风,有雨,有雪。雨天也会有雾,雨雾与雨落的声音一起倾覆在大地之上;而雪花飘飘洒洒,它织起来的白雾漫天轻扬,就像天地间突然扯起一块白色的帘幕,让人心里一下子明亮了许多。雨雾与雪雾有那么几天,总虚虚实实地缠绕在一起,雨是实的,雪是实的;雨雾是虚的,雪雾也是虚的。乡村便变得像雾一样让人摸不着头脑,当然也变得无限的丰富和浪漫。

一座山倘若有了烟雾的缭绕,我发觉就有了一股仙气……我大部分看山赶上的是大雾弥漫,却有一回逢上阳光明媚的天气。那样,山峦在我的面前一览无余,山峰峻迈,怪石嶙峋,树木森森,远方的河流飘如缎带……但我还是很怀念有雾的天气。那雾不知从哪里钻出来,或者就是从谷底一阵阵滚涌而上的。没有风,浓雾把山峦包裹得结结实实,看不见的山峰、湖泊、树木都变成一片烟涛云海,当一些想看风景的人心情有些懊恼时,突然,又像谁在变戏法似的,就有一阵风吹来。霎时,雾就被撕扯出了一个大大的口子,山峦在雾里偶露峥嵘,甚至显出琼台楼阁、海市蜃楼的模样。一个叫"雾失楼台"的词隐隐约约就在我的心里泛起,让我飘飘欲仙。"西山有时渺然隔云汉外,有时苍然堕几席前,不关风雨晴晦也。"龚自珍说的西山,里面分明也有雾。

由于一场雨,树木始终保持了一种沐浴的姿态。但周遭雾蒙蒙一片,让人还是分不清哪里是雾,哪里是地气,人真的感觉就如一团雾水。我也走在雾里。穿过雾,我走到有树木的丘陵和河边,看到那树的叶子挂着晶莹的雨珠,十分清新。仔细看,我发觉这雾与地气其实区别是很大的,那雾呆呆地凝滞一团,而地气却弥漫、蒸腾,它缓缓地向上,离开土地,离开树木,离开河流……很快就和白云一同缭绕在了天上。要是雨水一停,刺眼的太阳从云的缝隙里直射而来,那地气和云朵立即都变成了白色——天静地静着,就有一种神秘的安详之感。

这湿润着的泥土,乡亲们便说是"墒"情最好的大地。

2021 年 1 月 30 日于北京寓所

陪母亲

二妈说:"你要有时间多回来陪陪你母亲!"几次回去见到我二妈,二妈总这样嘱咐我。"你母亲可怜!"二妈说。

二妈其实也就是我的二婶。我家是人口众多的一个大家庭,一个和睦的大家族。父亲姊妹五人,两个弟弟,还有我大姑、小姑。父亲是老大。从小我就喊他的两个弟弟叫二伯、小伯。有了婶娘,也就二妈、小妈地喊。这样喊着喊着,就喊出了习惯。

二妈生有三儿一女。她也有两个儿子在外地工作,她这样说我,其实就是她有自己内心的想法,或者说是感同身受吧。儿女每天晃在自己跟前,不当一回事。而在外地工作的儿子回来,又成天在外应酬,忙着和同学、战友、兄弟、朋友们在一起,前呼后拥的,忙得脚板不沾灰。说是回家,却常常在外喝得醉醺醺的,仅仅晚上回家睡个觉,甚至通宵不回来,把家当成了宾馆。

二妈对我就这样抱怨过。

我也在外地工作,回家与兄弟们也如出一辙。但不知道是听了二妈的话,还是自己年纪慢慢大了的缘故,我后来回去,那"野"

的心就渐渐收敛了些。有意无意地,留着陪母亲的时间就多了。

说来,母亲是怪可怜的。

母亲嫁给父亲时,父亲曾有过一次婚姻。母亲是独生女,在旁人眼里,母亲或许有些委屈。嫁给父亲后,母亲立即成了这个大家庭的长嫂。一家上有老、下有小的,她都得管。然后自己又生儿育女,生育我们姊妹五六个。大集体生产时,父亲在外做铁匠,她在家做工。大炼钢铁、修水库、修河道,她什么都干过。责任田到户,育种、拔秧、插田、割稻,件件农活,更是离不开她。

等到把儿女们拉扯大,一个个像鸟一样飞出鸟巢,她也老了。

记得那年弟弟结婚,母亲像是完成了一件大事,算是轻松了一下。也就是那年,我把她接到北京过了一个新年。在北京,她惦记着弟弟一家,生活也不是很习惯,但在我们身边,她不知不觉还是长胖了,也清朗了些。然而,回家后没过几年,弟弟的命运突然发生了不幸变故。

弟弟先是离了婚,后来又出了一次很严重的车祸,骨盆粉碎性骨折,肠道、尿道断裂。我拼死拼活地在老家的医院里守了弟弟几个月,母亲担惊受怕,以泪洗面了几个月,总算救回了弟弟一条命。可母亲却因弟弟的离婚需照料他的一个智障孩子,她哪里都去不了。尿一把屎一把的,孩子吃喝拉撒睡的事都靠母亲。

母亲被弟弟的孩子拴住手脚,我一时也无能为力。一家人陷入了一种无奈的境地——偏偏祸不单行,次年,我生了一场大病,在北京的一家医院住了一个多月。

两个儿子相继出事,母亲心里该是怎样的难过?为了不让母亲担心,我和妻子都瞒着她。但等我出院,一个外甥与我通电话

竹山可望

时说漏了嘴,我才知道母亲走在自家门口竟然重重地摔了一跤,摔伤了胯骨。她却嘱咐兄弟瞒着我,把她送进医院做了手术。听到这事,我放心不下,拖着未痊愈的身子就赶回了家,跑到医院里看她。

我说:"妈,您怎么就不小心呢?"——大病初愈,我身子还很消瘦,不敢坐在她的身边,我就故意地坐在离她远一点的床上。但她还是发现我瘦了,说:"啊!你怎么瘦成了这样?!"然后又说,"我不晓得我是怎么了,那些天,我总是糊里糊涂的,走着走着,就摔倒了……害得让你花钱,又拖累了你!"

我心里咯噔了下,心里盘算母亲摔伤的时间,正是我在医院煎熬度日的时候。难道真的是母子连心,有心灵感应?我一时语塞,说自己患了一次重感冒,工作又忙,所以就瘦了,想嘻嘻哈哈搪塞过去。

……

陪母亲的时候,当然也会聊天。我母亲的外婆家在一座大山里。有一回,我听说母亲小时候去她外婆家上门,她的外公外婆、舅舅们隆重地送了一头大黄牛,算是给她的上门礼。对于庄稼人来说,牛可是命根子,可见她外公外婆是怎样的喜欢她。我问她有没有这回事。她说是有,但就这一句,便没有了下文。

母亲的嘴风很紧。

但我和母亲一起聊天聊得开心时,还是能从她嘴里知道一些事,有时还能解开藏在心里的一些谜。比如我的外公,我一直听家乡的人说,外公与他的母亲喜欢打麻将、推牌九……喜欢赌博,赌着赌着把家给败掉了,于是卖了国民党的壮丁,当了兵。母亲听到这事,一时急了,说:"哪是这回事啊!是你大外公当年在外面悄悄参加新四军,不知怎么被政府闻到了风声,国民党就非要抓你外公壮丁不可,你外公就这样被抓去了……"

然后,就又没有了下文。

母亲八十岁了,身体一天比一天显老。两只眼睛患了白内障,严重的一只以前做了手术,还有一只也有些蒙眬。我想让她再做一次手术,她开始不答应,说:"我这么大年纪,还做什么。"但那次我回老家找了医生,要她做。她最后还是同意了。

趁在县城医院做手术的时候,我陪她在县城逛了一回。

与她走在县城里的街道上,走着走着,她的话就明显地多了起来。她说她1957年到过县城,还进了城里一座教堂。是什么教堂,我一直没有弄清楚。但现在离我县城的所居不远,有一个"二乔公园",三国时期著名的美女大乔、小乔流落在此,还留下了一个"胭脂井"的传说。家乡人后来据此建了一个公园,把三国时孙策纳大乔、周瑜纳小乔的故事重新演绎了一遍。我只是听说,也没有去细看。于是一时兴起,我领着她去二乔公园。

在公园里,一个展厅接一个展厅地转,我顺便把三国"二乔"的故事讲述给她听。母亲看得很认真,也听得很仔细。她说:"这事我在戏里听说过,没想到,戏文里的事就出在家门口啊,你不带我看,我哪里晓得!"

母亲那回做白内障手术,在医院里,我有意多陪了她两天,想和她聊聊家里的事,但她还是什么也不多说。只说给她做手术的医生,在她之前做了一个,她算是第二台手术。医生手术时,拿钳子、缝针,窸窸窣窣的。她说,她听得清清楚楚。

转眼,到了那年的年关。

"有钱没钱,回家过年。"陪父母过年是家乡的习俗。父亲不在了,除了那年接母亲到北京过了个新年,其余每年我都是回老家陪她过年的。但那年我陪她吃过年饭,因为闹疫情,我们被阻隔在家乡县城和乡村老家两地,近在咫尺,却见不了面。后又因为单位工作,我匆匆回了北京的家。

一年又一年。

又是一年到来,原以为我能回老家好好陪母亲过年,但病毒星星点点的,在冬天里不知怎么又冒了出来。尽管政府控制得很好,但为了疫情防控的考虑,政府还是鼓励我们就地过年。我也不好回去。

好在可以与弟弟用手机视频通话。在用手机视频通话时,有天晚上,我把这意思说与母亲听。我发现母亲一愣,竟一时显得失落落的。但转而,她又告诉我:"我晓得哦!你们不能回来就不回来呗!"……

"我晓得哦!"母亲说。

说得我心里酸酸的,涩涩的。

2021 年 2 月 1 日于北京寓所

潜山茶二题

紫笋茶

在湖州,朋友送了一罐紫笋茶。喝着喝着,我忽然想起流传在家乡的《紫笋茶歌》:"天柱香芽露香发,烂研瑟瑟穿荻篾。太守怜才寄野人,山童碾破团团月。倚云便酌泉声煮,兽炭潜然虬珠吐。看着晴天早日明,鼎中飒飒筛风雨。老翠看尘下才熟,搅时绕箸天云绿。耽书病酒两多情,坐对闽瓯睡先足。洗我胸中幽思清,鬼神应愁歌欲成。"

这首《紫笋茶歌》又名《采茶歌》,收录在《全唐诗》里。作者在诗里写了他获某太守赠送天柱山紫笋茶,由此生发出了天柱茶研制、烹煮、品饮的全部过程与感受。作者秦韬玉,字中明,唐时代京兆(今陕西西安)人,史书上称他"少有辞藻,工歌吟"。明代辑有《秦韬玉诗集》(以前各本《潜山县志》误他为明人或因如此)。现在手捧一杯茶,读这首诗,我知道我现在喝的茶已与他喝的不同,喝法也大不一样了。

关于紫笋茶,一说是茶树刚吐芽时,那芽梢微微带紫,芽叶仿佛笋壳相抱,故名。在家乡的茶园我见过芽梢带紫,心里同意这种说法。但茶圣陆羽的《茶经·一茶之源》记载:"阳崖阴林,紫者上,绿者次。笋者上,牙者次。叶卷上,叶舒次。"后人于是认为紫笋茶因此得名。据说陆羽在湖州品尝这茶"芳香甘洌,冠于他境,可荐于上",于是就向朝廷推荐此茶,皇帝也将此列为贡品。关于这种茶的采摘,陆羽也自有一套说法:"茶之笋者,生烂石沃土,攻四五寸,若薇蕨始抽,凌露采焉。茶之牙者,发于藂薄之上。有三枝、四枝、五枝者,选其中枝颖拔者采焉。"而且他相信这种茶雨天不能采,晴天有云也不能采,只有在真正的晴天才能采摘。

紫笋茶在唐代一直是茶中上品,有着八百多年当贡品的历史。唐诗人张文规诗云:"牡丹花笑金钿动,传奏吴兴紫笋来。"白居易也有诗:"青娥递舞应争妙,紫笋齐尝各斗新。"那时,湖州(古称吴兴)顾渚紫笋茶名气很大。除了湖州的紫笋茶,四川蒙山应该也有紫笋茶,不然,宋代诗人陆游就不会写下"饭囊酒瓮纷纷是,谁赏蒙山紫笋香"的诗句。但从秦韬玉的这首茶诗看,紫笋茶在我家乡潜山(古称舒州)也有——有人说"浙江又东与兰溪合,湖(西陵湖)南有天柱山,湖口有亭,号曰兰亭",认为秦韬玉所咏的紫笋茶不在潜山,而是浙江的天柱山,但那只能存疑,因为在唐朝以后,宋代的周孚在潜山写有一首七言律诗《寄赵从之》,里面就有"紫笋旧芽应好在,午窗春鼾正如雷"的句子。这或可说明宋代潜山是有紫笋茶的。另外,从紫笋茶的制作和饮用也可以得到证明。

茶叶在唐宋时代并非散装,而是压成一种团饼。饮茶也不像现在的冲泡,而是烹制。这与陆羽在《茶经·三茶之造》里写的"晴,采之、蒸之、捣之、拍之、焙之、穿之、封之,茶之干矣"的记载是一致的。湖州的朋友告诉我,唐时湖州的紫笋茶,也是团茶和茶饼。喝茶时须得用锤子将茶饼敲碎,放进茶碾里碾成茶粉,然后用筛子(他们叫茶罗子)筛下茶粉,再将茶鼎(他们叫茶釜)里的水煮沸,等水开如"鱼目"时,将细茶粉倒入鼎(釜)中,并不停地搅动,使之出现一种叫"汤花"的泡沫。人们喝的就是这茶。

这种用石、陶或金属制作的茶器——茶鼎,在我家乡潜山,唐代就有。茶书上还说舒州、龙州所产的茶鼎最为著名。唐诗人皮日休写有《茶鼎》一诗,写得更是明白无误:"龙舒有良匠,铸此佳样成。立作菌蠢势,煎为潺湲声。草堂暮云阴,松窗残雪明。此时勺复茗,野语知逾清。"在这首诗里,皮日休不仅赞美舒州铸造茶鼎技艺的高超,而且还介绍了舒州茶鼎的形成和功用,并借此表达了他散淡于茶的心性。及至宋代,茶鼎还是诗人吟诵的对象。如北宋诗人魏野所写的《谢长安孙舍人寄惠蜀笺并茶二首·其一》云:"谁将新茗寄柴扉,京兆孙家小紫微。鼎是舒州烹始称,瓯除越国贮皆非。卢仝诗里功堪比,陆羽经中法可依。不敢频尝无别意,却嫌睡少梦君稀。"也说茶鼎要用舒州产的,茶碗要用越州生产的。可见舒州茶鼎在唐宋茶文化史上的地位。

团茶与饼茶的消逝是在明王朝的初年。明朝朱元璋十七子朱权作的《茶谱》里还有喝饼茶的记载:"……瓢汲清泉炊之,然后碾茶磨末,量客分。水一将如蟹眼,投茶末于巨瓯……乃成云头走雨脚,分于茶杯啜之。"到了《檐曝杂记》却记载,明皇帝朱元璋

竹山可望 | 241

某夜读罢经书,微服来到国子监,不知不觉走进御厨茶房。当班厨师泡了一杯茶,朱元璋见茶青翠澄碧,喝了一口沁人心脾,便说:"此茶比龙团好!"所以绿茶便抛弃了"龙团凤饼,杂以名香"的制作工艺,走向了"旋摘旋焙,撒叶冲泡"的现代茶艺。朱皇帝算是进行了一次茶叶革命。

像许多绿茶一样,紫笋茶现在的制作工艺大概也没有逃离"摊青、杀青、做形、干燥"这个基本套路。那些条索笔直的紫笋茶,绿翠白毫,泡在水里,茶汤嫩绿清爽,兰香馥郁,滋味鲜醇回甘。叶嫩若灵芽,让人看起来就赏心悦目。

天柱茶

说起故乡的天柱茶,我觉得最为形象的评价是在《安徽通志稿》里的《物产考》中:"茶以皖山(天柱山)茶为佳产,皖峰高矗云表,晓雾布漫,淑气钟之,故其气味不待熏焙,自然馥馨,而悬崖绝壁间,有不种自生者,尤为难得,谷雨采贮,不减龙团雀舌也。"抓一撮天柱茶放入玻璃的杯盏,用水冲泡,茶叶在杯盏里活泼泼的,确有雀舌聒噪与龙游之状。

潜山(古称舒州)天柱茶的记载盛于唐朝。陆羽在《茶经》里说,茶以"淮南,以光州上,又阳郡,舒州次,寿州下,蕲州,黄州又下"。唐代杨晔撰《膳夫经手录》又说:"舒州天柱茶,虽不峻逸,亦甚甘香芳美,良重也。"不仅如此,舒州茶还有幸出使西域,这在《唐国史补》中的《虏帐中烹茶》就有记载:"常鲁公使西蕃,烹茶帐中,赞普问曰:'此为何物?'鲁公曰:'涤烦疗渴,所谓茶也。'赞普曰:'我此亦有。'遂命出之,以指曰:'此寿州者,此舒州者,此顾渚者,此蕲门者,此昌明者,此湨湖者。'"

五代尉迟偓的《中朝故事》记载了天柱茶的另一个故事:宰相李德裕有亲知授舒州牧,李谓之曰:"到彼郡日,天柱峰茶可惠三数角。"其人献之数十斤,德裕不受。明年罢郡,用意求精,获数角投之,德裕曰:"此茶可以消酒食毒。"乃命烹一瓯,沃于肉食而闭之,诘旦开视,其肉已化为水。李德裕算是唐代的一位名臣,他的这个故事很有传奇色彩,也是我家乡的茶客们现在津津乐道的。

与此同时,唐诗出现了很多吟颂天柱茶的诗。后来收录在《潜山县志》里的,除了前面秦韬玉的那首《采茶歌》,还有唐时曾任工部尚书的薛能的诗。他的诗名直接叫《谢刘相寄天柱茶》,诗曰:"两串春团敌夜光,名题天柱印维扬。偷嫌曼倩桃无味,搗觉嫦娥药不香。惜恐被分缘利市,尽应难觅为供堂。粗官寄与真抛却,赖有诗情合得尝。"他将天柱山团茶喻为"春团",把茶比作夜明珠一样明亮,且香气四溢。

宋朝写天柱茶的诗词也不少。著名的如"羹鼎荐溪鱼,茶瓯酌水溜"(李师中《游潜山》),"春风不办舒州构,习惯淮乡木杵茶"(虞俦《舒州清明二首》),"茶香从汝供,诗味遣谁陪"(赵蕃《游太平寺》)。在这些诗里,茶鼎煮茶的情趣,以及当时在舒州为官的王安石和几番游览舒州的黄庭坚饮茶的情景在诗里隐隐浮现,而且舒州乡下还有用木杵舂捣而成的茶末。这深刻地表明,茶在宋朝已进入了舒州人民的日常生活。

"云根拔笋,涧底寻茶。"这是元代僧人释明本在《和皖山隐者》诗里说的,皖山隐者朴素而简单的生活活灵活现。唐宋以后,天柱茶不仅成为舒州地区一种稳定的饮品,而且还是舒山人的一种生活方式。明诗人邓经在皖山草堂,既看见碧绿的天柱山茶园"畦暖绿繁天柱茗,堑香红绽石塘椒"(《皖山草堂为卢士恒题》),又能在山谷流泉享受"午饭斋厨分竹笕,春茶小鼎汲铜瓶"(《山谷流泉》)的生活情趣。翠微迢递,石鼎煮茶。明朝诗人梁煜的《游龙舒观》更有写茶名句:"翠微迢递到仙家,石鼎松阴旋煮茶。"

从唐宋元明四个朝代的诗文里,我发现潜山茶或称舒州茶、天柱茶,并没有一个固定的茶名。但与湖州生产的茶一样,也一直名列前茅。到了清代,刘源长的《茶史》卷一里有"潜山茶为将"之说,他说:"近以芥山茶为君,虎丘茶为相,六安、潜山茶为将者,言其有荡涤之功也。"这芥山即在湖州境内,芥山茶是湖州紫笋茶兴盛而衰后的一个新贵。

有清一代,以"天柱茶"入诗的茶诗,在潜山当地的文献里比比皆是,且写得非常之好。如直接或间接将茶与天柱山连在一起,称为"天柱茶"的:"天柱茶香小角开,摩围泉好一瓶来。"(查嗣瑮《潜山》)"数角有茶天柱近,松风蟹眼乐何如。"(蒋明良《双蝀泉》)茶在清代诗人们的眼里,几乎成了一种招友待客之物,并不乏禅意。他们说"茅斋虽小谈经足,茶缶无多饷客难"(方文《赠潘含仲广文》)、"洞门不闭禅关静,分得高僧茗最宜"(熊新阳《游山谷寺》)等。

制茶、煎茶、煮茶、饮茶……茶叶已然成为清代诗人们享受生活,特别是享受田园生活的写照。诗人潘江自桐城至黄州的道中,看到"茶亭明驿路,烟树隐烽台";何曷陪同友人游临览山谷寺,却是"披襟深坐竹间楼,午榻茶烟事事幽"。鲁之裕夜宿天柱山的狮子岩,见面前茶树如生在白云里,煮茶的山泉清澈无比,人在红树间穿过,树叶簌簌声响,然后又寂静无声,于是便有"茶煮白云泉液旨,人穿红树叶声干"的慨叹。诗人蒋雍植站在四望山上,看两旁长满高大杉树的小径,天上的白云凝滞不动,身上虽有一丝寒意,但烘烤新茶的竹笼温火不仅有暖意,还散发出一阵茶叶的清香,便有"杉径停云侵袂冷,竹笼温火焙茶香"的诗意萌动。至于"崖有丹砂可驻颜,药炉茶具且消闲"(琨玉《丹灶苍烟》)、"望去旧惊云影泛,汲来新试雪花煎"(丁承培《山谷流泉》)、"年来行脚惯,尝遍赵州茶"(徐兴《唐婆岭》)、"鸟语危檐小苑晴,茶烟一榻自煎烹"(徐蕃《环松书屋题壁》)等,可见清代的诗人们煎茶、烹茶或饮茶,诗里洋溢着的都是茶叶的清香与嫩翠。

  最有意思的是李驎的《九日卓鹿墟饷潜山茶,因忆舅氏徐三山甫明府》一诗。在这首诗里,这位在清朝与八大山人、石涛有着交往的诗人,一边诉说自己囊中羞涩,不能饮用天柱山茶,自有"空囊苦羞涩,茗碗久生尘"的惆怅,一边又回忆"新茶频寄姊,余沥定沾甥"的幸福时光——早年,他的舅舅在潜山任职,母亲每年都能收到舅舅寄来的新茶,他也能跟着"沾光"喝上天柱山新茶。只是舅舅已故,睹茶思人,他就只有"伤心成往事,回忆泪盈盈"了。这里,天柱茶就成了他的一种追思之物,让他禁不住托物寄怀了。

2021年2月16日于北京寓所

在长兴喝茶想起的……

在长兴顾渚大唐贡茶院,我们三五成群地围在一起,边喝茶,边欣赏主人为我们精心安排的茶艺表演。满屋里人头攒动,空气里响动着咕噜噜的水声,飘荡着的是新鲜的茶香。甜美、柔情的轻音乐声里,小姐们娴熟而精彩地表演着。我们静静地观看,浅浅地品茶,有些享受,有些穿越……比如我,好像一下子就穿越到了大唐的顾渚山。我想,这样的情景只会在大唐的贡茶院里才有吧?那可是一个茶叶的时代啊!

陆羽、皎然、张志和、白居易、皮日休、陆龟蒙、卢仝、杜牧……唐朝著名的茶客们,走马灯似的来到这里。他们在这里喝茶,不断地为茶命名,惹得大唐皇帝也喜欢上这里的茶叶。"……传奏吴兴紫笋来。"喝着喝着,一位叫张文规的诗人竟激动得大声吟诵起来。天下名茶都成贡,贡茶或许也就是那时才出现的。大唐的烟云催生了很多茶客,没有他们,我甚至觉得顾渚山的茶叶就是另外一番景象。

就在我如此遐想时,唐德宗时一位名叫袁高的湖州刺史,突然从我脑海里跳了出来——史载,袁高在他离任湖州刺史那年写了一首五言长律《茶山诗》,他在把三千六百斤顾渚山贡茶送入长安的同时,把那首诗也送给了德宗皇帝。

……我来顾渚源,得与茶事亲。氓辍耕农耒,采采实苦辛。一夫旦当役,尽室皆同臻。扪葛上欹壁,蓬头入荒榛。终朝不盈掬,手足皆鳞皴。悲嗟遍空山,草木为不春。阴岭芽未吐,使者牒已频。心争造化功,走挺麋鹿均。选纳无昼夜,捣声昏继晨。众工何枯栌,俯视弥伤神。皇帝尚巡狩,东郊路多堙。周回绕天涯,所献愈艰勤。况减兵革困,重兹固疲民。未知供御馀,谁合分此珍。顾省忝邦守,又惭复因循。茫茫沧海间,丹愤何由申!

虽然袁高的名字没有陆羽响亮,对茶的研究也不会比"陆羽们"更多,但他的这首诗是他们没有写过的。他说:"我来顾渚山,看到农民停下农桑,上山采茶,但他们一家人采了一天,却没有采到一捧茶。手脚皮肤皲裂起皱,茶山的草木黯然失色。茶的芽叶还没有长出来,催着采茶的文书却频频而至,茶农们只好违背自然规律,没日没夜地像麋鹿一样在山上采茶,与大自然争功。这样的采茶、制茶,让茶农们身心疲惫不堪。满山都是茶农的悲叹之声啊!而皇帝您到处巡视,道路堵塞,况且又有战事,老百姓的负担真的很重。另外剩下的贡品又不知谁分享去了。我年年主持茶叶进贡,茫茫沧海间,我心中的愤懑到哪里去诉说呢!"

现在,我已然知道他写这首诗并不是心血来潮。因为在这之前,即公元772年,被人称为大书法家的颜真卿在任湖州刺史时,他就在浙西任观察判官。有一年,他来湖州遇上一位名叫郎景的茶农。郎景说贡茶像大山一样压得他们喘不过气来,于是他们聚众造了反。尽管这场造反最后被平定了,但袁高的内心却受到极大的震动。贡茶成了他心里的一个隐疼。十年之后,他来到湖州任刺史奉旨修贡,他知道这里每年还要花千金,生产万斤的贡茶,目睹茶农们的艰辛与痛苦,他酣畅淋漓,几乎一气呵成,写下了这首诗。诗尖锐、率直,不但直接地揭露了贡茶扰民的现实,更是对采茶违背季节、违背自然规律的现象进行了无情的批判和鞭挞,可以说,这诗是他向德宗皇帝的一次大胆的诗谏。

幸好,德宗皇帝收到这诗并没有责怪他,反而听信他的话,重用了他。到宪宗时,他还做了礼部尚书,在唐代历史上留下了"自袁高以诗进谏,遂为贡茶省轻之始"的佳话。他的诗在顾渚山的石壁上也留下了一方石刻:"大唐州刺史袁高奉诏修茶贡讫至山最高堂赋茶山诗。"后来,做了宰相的李吉甫为此专门写了篇《袁高茶山诗碑阴记》。此诗因此成了袁高唯一一首被收入《全唐诗》里的诗,是茶史上唯一的一首"唱反调"的自然生态之诗。

由他,我又想起另一个人——清代官员**魏象枢**。

魏象枢(1617—1687年),字环极(一作环溪),号庸斋,又号寒松,蔚州(今河北省蔚县)人。进士出身,官至左都御史、刑部尚书。史书记载他做言官,能讲真话;做能臣,为平定三藩之乱立下大功;做廉吏,能"誓绝一钱",甘愿清贫;做学者,注重真才实学……总之,对他的评价颇高。

他的家乡至今流传着他与蔚州煤的传说。

说是康熙十九年(1680年)冬天,京城奇冷无比,皇宫里的人冻得瑟瑟发抖。这时一位大臣给康熙皇帝奏本,说蔚州的煤蓄火好,希望皇上颁旨进贡,以解皇宫的燃"煤"之急。康熙知道魏象枢是蔚州人,便把这事交给魏象枢去办。魏象枢接过此事,心想,蔚州煤一旦成了贡品,就要大量开采,久而久之,蔚州煤就要被挖空;而蔚州人一旦成了采煤人,便要受劳役之苦。于是心生一计,一面应承,一面让人连夜骑快马将一封书信交给蔚州知州,说是近日如果朝廷有人征收煤炭,让他们送上几车臭炭。

几天后,蔚州煤(臭炭)被送到皇宫分用,第二天不等上朝,康熙皇帝就怒气冲冲地找上了魏象枢,责备他说:"你这弄的是什么煤?差点没把朕给呛死。"大臣们也纷纷责怪他,说他怕皇上下旨开采蔚州煤,故意使手段,犯有欺君之罪。魏象枢一听,大喊冤枉,说:"蔚州冬天烧的就是这种煤。这煤只有蔚州人用,因为蔚州人不怕呛。"康熙皇帝听了,一时不明就里,对魏象枢说:"既然你说蔚州人不怕呛,今晚你就用这煤取暖,如果你能受得了,皇宫今后不用你蔚州煤,否则就按欺君之罪论处。"魏象枢一听,心里一愣,但一想,要是不去,蔚州的煤就保不住了,而这一去还不被臭炭呛死?但此时也不容他多想,他只能按皇帝的意思办了。

如此,他被关进一间燃烧臭炭的屋里,虽然准备了一块蘸水的棉布捂住了嘴,但时间一长,臭炭味刺激得他满眼流泪,喉头发紧,脑袋发昏,几乎喘不上气来。可他害怕露馅,既不敢大声叫苦,又不敢大声咳嗽——也许真是天无绝人之路,当他被熏得就要昏过去的时候,他突然发现墙角有一个老鼠洞,于是他趴在地上,将嘴对着老鼠洞过了一夜,总算躲过了一劫。第二天一大早,康熙皇帝和大臣们来看他,以为他会被熏死,可打开门一看,他不但没被熏死,而且还精神抖擞。康熙皇帝一看,说:"看来魏爱卿说的是实话,好,从今以后皇宫就不征用蔚州煤了。"

魏象枢连忙磕头谢主隆恩,蔚州煤就这样给保下来了。

这个在蔚州流传甚久的故事不知是真是假,但自清朝以来,蔚县的煤一直没有被开采是事实。据说,当时人们都称魏象枢是"好人、清官、学者"。他对百姓具有同情心,事事以百姓为念,老百姓也非常喜欢他,深深地爱戴他。如果说他与蔚州煤的故事多少还有一些"护犊子"之嫌,那么,在他的《剥榆歌》一诗中却可以看出他的平民思想。这首诗几乎能与白居易的《卖炭翁》相提并论:

黄沙日暮榆关路,烟火尽绝泥寒户。路旁老翁携稚儿,手持短铁剥榆树。我问剥榆何所为,老翁倚马哽咽悲。去岁死蝗前死寇,数十村落无孑遗。苍苍不恤侬衰老,独留余生伴荒草。三日两日乏再馔,不剥榆皮那能饱。榆皮疗我饥,那惜榆无衣。我腹纵不果,宁教我儿肥。嗟呼此榆赡我父若子,日食其皮皮有几。今朝有榆且剥榆,榆尽同来树下死……

回过头来,还是说说茶叶和煤炭吧。

唐时的茶叶清时的煤。这茶叶与煤炭,一个长在大地之上,一个生在大地之下,但都源于大自然。从物质的属性上看,煤炭与茶叶都是大宗货,都是人民生活不可或缺的。说起来,茶叶还得用煤炭烹或煮——茶叶与煤有时总这样连在一起，所谓"一壶春茶对红炉"。

一壶春茶对红炉——这里有故事，有诗意，更有人类对自然的深深理解和巨大的敬畏之心！

    2021 年 3 月 30 日于北京寓所

老友记

有一位朋友让我写一篇《老友记》，要求叙事，记述有故事、有情趣的老友。我理解朋友的意思，他是要我写写有故事且有趣的朋友。收到他的微信，我认真想了想，觉得我朋友中这样的"老友"虽然不少，但都没有第一次接触"老友"这个词时，留存在我心里的那份感动和温暖。那里有我至今无法忘怀的记忆。

那时候，我还没在北京生活，却有几次拜访张恨水同事、朋友和他一些后辈的机会。那年北京冬天十分寒冷，穿行在北京的胡同和大街小巷里，我见到了他的几位生前老友，如张友渔、吴祖光、万枚子、张西洛等。其时，他已离世三十多年，他的硕果仅存的几位老友也都老态龙钟，步履蹒跚，进入人生暮年。走进他们温暖的家，坐在他们面前，我感受到一种爱和真诚，心里常为张恨水感到骄傲和自豪。

"阳光使屋子突然明亮起来，让人感觉时光虽然泯灭许多美好记忆，但一股清纯的友谊之水，仍然像阳光一样在他心里流淌。身着老式棉袄、戴着老式眼镜的万枚子先生，蹚在这条水里，犹如山野里一朵朴素的秋菊……"访问张恨水老友万枚子先生时,我写了这样一段动情的话。之所以动情,我想,是因为我确实被万枚子先生感动了。

我见万枚子先生时,他的嗓子有些嘶哑。他轻声细语,说二十岁时他就考到《世界日报》当编辑,当年张恨水就坐在他身边,他编辑的要闻稿都要交张恨水核发。张恨水那时三十多岁,正在报纸上连载长篇小说《金粉世家》。这惹得他文思泉涌,便偷偷地模仿张恨水小说标题,写起长篇小说《半新儿女家》。比如,张恨水的《金粉世家》第十三回回目"约指勾金名山结誓后,撩人杯酒小宴定情时",万枚子写的第一回回目便是"一吻多金曲终人散后,百年永诀烟罄瘾来时"。如此不下十几回,标题工稳而典雅。这不仅给当时的文坛留下一段佳话,他因此还成了张恨水先生一生的好友。

他说,不仅他自己,还有吴范寰、季遒时、张友鸾、左笑鸿、张友鹤几位,后来都和张恨水先生成了终身挚友,号称"七老"。1962年春节,他们"七老"相聚在北京西四"同和居"。笑谈间,左笑鸿即席填写了一阕《临江仙》,万枚子奉和了一阕:"大地春回机运好,天空曼舞银蛇,锦团玉簇敬轻纱,十三惊美曼,举世望新华。回首燕山有几老,尚能一醉红霞,卓然挺立耐冬花,门庭雏凤巢,克己正传家。"余兴未了,到了张恨水七十寿辰时,他又集恨水先生小说名作题赠张恨水:"揭春明外史,嘲金粉世家,刻画因缘堪啼笑;喜新燕归来,望满江红透,唤醒迷梦向八一。"

我拜望万枚子先生是1993年。当时他已是八十有八的米寿老人了。历尽人生磨难,儿女成行,他却把一个叫万勇的聋哑儿子带在一起生活。而当年的"七老"也只剩下他一人。得知我来自张恨水先生的家乡,他便将他写的《张恨水著作扬弃了鸳鸯蝴蝶派》的论文交给我。在论文中,他用李煜的《相见欢》填了一词:"问谁依翠偎红?过匆匆,一阵鸳鸯蝴蝶闹春风。潜山泪,群情醉,影重重,应中人生长恨水长东。"把稿子交给我后,仿佛意犹未尽,他又为《张恨水研究会刊》题词:"钟天柱之灵气,底说部于大成。"写完,他还不无惆怅地推了推他鼻梁上的老式眼镜,缓缓地站起来,吟道:"通俗文学小说先,心远扶摇皖山颠。一笔几挥千百篇,百年纪辰万代传。"

那时我不习惯过进门脱衣,出门穿棉袄的北方冬天生活。身上忽冷忽暖,心里也忽凉忽热。近视眼镜便在这冷热的起伏里,雾气蒙蒙的。但"老友"这两字成天萦绕在脑海里,我一次又一次地触摸着,就弄得自己泪眼蒙眬了。但没有想到的是,事情过去了多少年,现在一说起"老友",我想到的就是张恨水,想到的是那如万枚子的这样一群"老友"。我发觉,我接触了张恨水的这些老友后,也影响了我对"老友"这个词的理解。再后来,我发现我在北京工作单位的所在,竟就在万枚子居住的和平里街道。近在咫尺,但他家的门,我再也没有进过,有时散步到了他的楼前,我也只是在心里默默地送上祝福。

2005年5月18日,万枚子先生以一百零一岁高龄谢世。5月18日,正是张恨水先生的生辰日。

2021年10月25日于北京寓所

道是故乡即家乡

我现在愈加把握不住"家乡"和"故乡"这两个词了。在《现代汉语词典》里,这两个词都是指人居住的地方。一是说自己家庭世代居住地,二是说自己出生或长期居住地。在某种程度上,我觉得故乡这个词就宽泛得多。对于一个远离家乡的游子,如果说家乡是嵌入记忆深处的老屋,是童年以及老屋周围的一切,是实体,是具象的,那么故乡这个词便稍显虚饰,里面就有一种情怀,就有生命情感的外泄。

我十分怀疑现在离乡的人是否有浓郁的故乡感。而我,曾经是有过的。那时,我的故乡感是父母的担心与叮咛,是贴了八分钱邮票的一封封平信,是手摇的电话,是哐当哐当的绿皮火车,是不经意慢下来的时光赋予的。我离开家乡是20世纪90年代,尽管其时社会正在发生天翻地覆的变化,但远离家乡,陌生的环境、异乡的生活还是让我对老家顿生一种故乡感。也就在那时,我几乎深切地知道"故乡感"既有时间的距离,又有空间的距离。时间与空间的距离足使"家乡"这两个亲切的字,一下子变得遥远与陌生,同时演绎出一种情结,生出别样的乡愁。

那真是一种刻骨铭心的愁啊!如果那"愁"有着音乐的浸润与打着底色,真的就让离乡的游子愁绪万千,愁肠百结。我永远忘不了那样的愁绪。那时我刚到异地生活,每到黄昏,我所在的有着上千人的办公大楼人走楼空,空荡而落寞,而对面街道一家小饭馆里却适时地响起萨克斯名曲。萨克斯本就是一种极其孤独且哀伤的乐器,偏偏那时,他们每天傍晚重复播放的就是萨克斯名曲《回家》。回家,回家——《回家》这首乐曲自始至终浸透了无与伦比的经典的孤独和哀伤,如水一般覆盖了我整个的身心,让我一听就有种"游人一听头堪白"的凄凉。记得在那段时间里,每天听着这支乐曲,我就仿佛走向虚脱,走向了不可预知的人生。特别是当一阵声嘶力竭之后,一段低哀的抽泣,思念故乡的情绪立即灌入胸间,让我产生无可名状的自怜,有一种"吹向别离攀折处,当应合有断肠人"的味道,满腹惆怅,却无法排解……

当年拼命地离开家乡,原也是为了回故乡。也许在别人看来,这种体验虽然奇妙而真实,却有一种矫情。但我还是固执地认为,这是一种情结。生活在这种有故乡情结的时代是幸福的。这幸福便是我们矫情得有故乡可想,有故乡发生的一切不可知的东西可念。现在在读鲁迅的小说《故乡》,我依然能感觉他笔下的故乡感的强大和深沉。"冒着严寒,回到相隔二千余里,别了二十余年的故乡。"他说"故乡好多了",但说起故乡的美丽,说出故乡的佳处,却又没有影像,没有了言辞。"故乡本也如此。"他在故乡一边说,一边面对自己的母亲、八岁的侄子宏儿,还有那一个个走马灯似的晃在眼前的"豆腐西施"、闰土、水生,他的心情竟是那么沧桑、隔膜,苍黄的天空和苍黄的故乡几乎调成了同一个色彩与格调……时间与空间的遥远,赋予天地苍黄和人性的沧桑、隔膜,世态炎凉也赋予他一种巨大的"故乡感"。尽管鲁迅与闰土的"隔膜"并不仅仅是时间与空间带来的。

我说现在离开家乡的人很少能生出一种故乡感,是说现代的人将一切生活变得便捷和容易得多了。我们与故乡也许还是相隔二千余里,别了二十余年,但网络空前的繁荣、信息空前的畅通,使时间与空间的距离感消失殆尽。我们说距离产生美,也产生故乡感。"君自故乡来,应知故乡事。来日绮窗前,寒梅著花未?"但现在若问蜡梅开没开,仅仅靠在手机上用一个指头点一下就解决了。时代的飞速发展,让我们早已不再用写信、捎信的方式问"君";交通方式的日新月异,也将家乡与异乡的路连接得紧紧的,朝发夕至,甚至几个小时就能回到自己出生和成长的地方——道是故乡即家乡。如我,北京到我的家乡现在就开通了几条高铁,我一次次坐着高铁回到家乡,我只能说,我的"故乡"感消融得无影无踪了。

2021年11月30日于北京明天第一城

青　　绿

水仙花有些蔫巴了。还是裸露的白的根茎,绿色的身子,但那白色花瓣里绽放的黄黄的花蕊耷拉着,蔫不唧儿的。她曾经是多么鲜亮。鲜亮的时候,水仙花就像青绿中挤出来的一张张笑脸,一张张女孩的笑脸。笑声里有一阵暗香浮动,香气盈鼻。

春节时莳养水仙花,我不记得是始于何时。说起来这是一种经验或是一种记忆使然。记得到北京工作的头几年,有一年春节,单位领导不知为什么,突然把水仙花当作福利发给我们。拿着这几颗球状的"洋蒜瓣",我回到南方的老家,真的买了一个水仙盆养了起来。水仙花浅浅地开,惹得春节期间上门的客人也浅浅地笑,似乎在欣赏一个刚到大城市工作的人的异样。我心里喜不自胜。

还有一年春节,福建漳州的一位作家给我寄来水仙花。那时我并不知道漳州的水仙花最好,且水仙花就是漳州市的市花。我只当成一种友谊,一种温馨。有了上一次供养水仙花的经历,恰好养水仙花的盆子还在,我照例将水仙花带到南方的家中,让妻子小心地供养起来,水仙花也照例在春节开放,就像一位来自南国的佳丽。只是那时回老家过年时很匆忙,我没时间与水仙花尽情寒暄。而水仙花开放十几天左右也就香消魂散,不知所终,只剩下那一个青绿的花盆搁在家里,空寂寂的。但春节养水仙花却成了一个情结。

说起来,我并不是一个喜欢莳花弄草,并保有闲情逸致的人。印象深刻的是在家乡县城工作时,我们在办公室曾养过一盆文竹——那文竹扇面似的叶枝蓬松着,枝柯交错,纤细纤细的,让人十分怜爱,感觉让谁碰一下,它就断了、脆了,一副典型的文弱书生的样子。办公室里有三个人,三个人都小心呵护着文竹,我所能做的也只是偶尔给它浇浇水。那文竹的生命力极强,后来我离开那办公室偶尔回去看看,那文竹还在。坐在它的身边,尽管物是人非,但心中还是很亲切。再就是养过一些绿萝、富贵竹什么的。妻子如今在家里也养了诸如虎皮兰、芦荟等一些绿色的植物,由于她精心地莳弄,花草很鲜艳,也很养眼。

就是与水仙花的这一点瓜葛,今年的春节,我竟然想起了供养水仙花。临近春节,我央求妻子去买水仙花。妻子答应了,一下子就买了三盆。一盆送到儿子家,两盆留在自己的家中。家里两盆水仙花放在电视机下的台柜上。青葱葱的水仙花,绿的是它婀娜的身子,青的是那欲开未开的花蕾。两盆花一盆茂密,身材修长,一盆显短,摆在一起就有些逶迤、袅娜的意思。看那青绿绿的样子,我在心里盘算着花期。一直盘算到了除夕,它果然如期如愿开放了。有趣的是,就在春节的晚会上,看到一个舞蹈诗剧就叫《只此青绿》,心里想,这真是应景了。屏幕里的一丛青绿、与

竹山可望 | 259

屏幕下的一盆青绿相互辉映,那画面哪里像北宋王希孟的《千里江山图》,分明就是一个个身披青绿、衣袂飘飘的凌波仙子,临水而居,踏水而歌呢。抬眼再端详面前的两盆水仙花,鲜花怒放,或白或黄的花开放在一蓬青绿之上,冲冠还一笑。

2022 年 2 月 3 日于北京寓所

"也卜居"记

钱钟书在《谈艺录·小引》中说:"昔人论文说诗之作,多冠以斋室之美名,以志撰述之得地,赏奇乐志,而美能并。"斋室冠以美名,美不美的我不知道,但附庸风雅,我分明很早就染上了这一习性。这证据就是我年轻时曾把所居取名"容膝斋"。那时候,我只有一间十几平米的屋子,三口人,吃饭、睡觉、招待客人都在那里。还有一柜子书。房间仅可"容膝",连伸脚也显得局促。但"容膝斋"我也只在心里叫着,除在文章里煞有介事地说过一回,我并没有大声说出来。

书房或大或小,或以堂、阁、楼命名,以斋、室、庐、居、轩为号。托物寄怀或自嘲打趣、自抒胸臆,书房名都各得其妙,各有故事,有的还很是深奥。我知道的就有明代归有光和清代张岱因仰慕东晋陶渊明,都取了"陶庵"名;而唐伯虎青年时因梦见九鲤仙女赠送他万锭宝墨,从此才思敏捷,落笔有神,故名"梦墨堂"。最神奇的当是清代学者陆陇其的"三鱼堂"。他的曾祖父陆溥督运钱粮,夜里乘船过大江,不料木船出现裂缝,眼看就要船覆人亡时,陆溥双膝跪下,祷告苍天,说:"如这一船钱粮取之非法,吾自愿葬身鱼腹。"话音落处,木船就立即不漏水。他起身一看,竟是三条鱼堵住了裂缝。陆陇其中年有成,便将自己的府第命名为"三鱼堂",以不忘"三鱼"的救命之恩……这故事传奇色彩很浓,令人浮想联翩,但可见书房取名都有典故和说法。说到我的"容膝斋",也是因为我的房子南面有窗,应了陶渊明《归去来兮辞》的诗句"倚南窗以寄傲,审容膝之易安"而得名。为此,我连带还喜欢元末隐士倪瓒画的那幅"容膝斋"图。

在老家,我后来有了一幢连体的两层小楼,楼上专门辟一个半间做了书房。房子虽不奢华,但应该也算是安居乐业。这样觉得再将书房命名"容膝斋"就显得有些矫情,叫"易安楼"倒是合了情境。但终于也没有叫出来。其一是因为此时身在北京多年,我尽管把老家多年堆积在地的书一一请上了书架,但书房空在那里,我没有给它取斋名的心思。其二是因为我知道有的文人书房虽有斋名,却并没有斋室。如王力的"龙虫并雕斋",只是他写《龙虫并雕斋琐语》一时兴起而取的纸上斋名,纯属子虚乌有。这情形犹如晚明文人刘士龙写的《乌有园记》。我家乡桐城人戴名世所著《南山集》里也有一篇《意园记》,说:"意园者,无是园也,意之如是云尔。"这意思与"乌有"差不多,也是说他文中所记并不是什么真实的园子,而是精神上的海市蜃楼。老家的书房虽然没有斋名,但我回老家时还真愿意徘徊在那里,在书架前流连不已。架上的书我随便抽出一本就能说出它的故事,让我感觉到格外亲切——后来除了四大文学名著《水浒传》《红楼梦》《西游记》《三国演义》和一套《莎士比亚全集》被我带回北京,那里仍陈列了我最初因喜欢而省吃俭用购买的书。看到那些带有我青春气息的书,书香与陈年往事纠缠在一起,我心中自有无限感慨。

在北京漂泊的头几年,自己并没有安顿的意思。漂泊不定,书也随我漂泊不定。每年回老家过年时我都带回一箱子书。那几年一到春节,别人拖着大大小小的装年货的箱子,我却拖着沉重的书,甚至还连累我在北京打工的兄妹们给我带书,让他们也吃尽了旅途之苦。所以老家的书,有一部分是我从北京运回去的。后来我在单位有了一间房,亦如我最初所住的"容膝斋"。房子很小,只能摆放一个书柜。再后来,在北京我有了自己的房子,也有了定居的打算,且装修时在房里郑重地做了一排书架,这样,我就不再把书运回老家。但很快,那书架就被填满了,再有书就无法上架,堆积得房里到处都是。即使上了架的书后来也只能双双排列,甚至层层叠叠的,找起来十分困难。而新书每天都在增加,这样就弄得书房不是书房,卧室不是卧室,客厅不是客厅。尽管妻子和孩子没说什么,但我看了却不好意思,自己的灵魂仿佛也不安生。特别是来了客人,我真的是一脸惭愧。

罗曼·罗兰说:"任何作家都需要为自己筑造一个心灵的单间。"这单间应该指装书的单间以安妥灵魂。看来中外读书人在这上面的想法是一致的。如此,听说我现在所居楼下有地下室在网上司法拍卖,我的心蠢蠢欲动,就有心拍买一间——这司法拍卖,说起来惊心动魄的,这里暂且按下不表——我只知道把地下室作为书房的,前辈能说得上来的有舒芜,同辈的有伍立杨君。舒芜先生也曾以半地下室为书房,地下室还没有窗户,所以他的孩子们称之为"小黑屋"。舒芜先生自己给它取名"天问楼"。聂绀弩先生在舒芜六十生辰时写有贺诗,云:"天问楼头天莫问,天心人意恐无差。"而伍立杨君的地下室书房生涯,好像也并没有让他领略卡夫卡所说"地洞的最大优点是阴凉宁静"的意味。

拍下半地下室后,我很快装修做了书房——准确地说是一个仓库,书的仓库。但这书库足以将我这几年在北京积攒的大部分书放进去了。利用几天时间,我动员全家人将书都搬到那里一一上了书架。搬完书,看着几大架子的书,我想到自己人生已过大半,却只能以半地下室为书房,便有一些惆怅,也有一些兴奋。于是第一时间就给乡友,名作家、名书家和出版家汪惠仁先生发微信,请他给我的书房取名并赐一幅墨宝。他很快回信,取"地下"有半,曰"也卜居"。疫情期间,快递不便,他却克服困难邮来他为我题写的墨宝。

"嗜酒爱风竹,卜居必林泉。"我的"也卜居"虽没有唐代大诗人杜甫卜居的意境,但我知道"卜居"这两个字也很有来历,它最早应该是出现在屈原的《楚辞》里,有占卜处世,自己选择居住之意……"地下取半,卜居有典。"我想惠仁君也真是有识有心——鲁迅先生取"租界"二字各一半叫"且介亭",而惠仁君给我取"地下"二字各一半为"也卜居",也算是我向先生致敬,不枉与先生同名一场了。

2022 年 2 月 15 日(元宵节)于北京

优雅之书

——读赵焰先生的《宣纸之美》

这是一部书写纸的大书。当我们沉浸在纸上一次次地书写时,我们的目光从纸上轻轻地滑过,我们从不会想到,写写眼前这个书写的载体。在这时,纸就是纸,书写就是书写。纸只是给我们提供了书写的便利。赵焰先生说,宣纸是一片云,但这片云是"腾空而为"的,是高蹈、缥缈的。缥缈的云就让人无法抓住。它的洁白,它的美丽,它的前世今生,都让人无法抓住。但同时,纸又是优雅的,赵焰先生的书写自然也是优雅的。

赵焰先生显然是优雅地抓住了。他抓住了这朵"美丽的云",并抓住了由这片云彩而呈现出的文化气象、人文精神。他一头钻进江南的山川河流大地,他摘取江南的日月星辰,他凝聚和写尽江南的地域之美,他用文字使人不得不相信江南之美是需要笔墨纸砚的:"山川之美,需要笔墨纸砚来摹写,世道人心需要笔墨纸砚来摹写,锦绣文章同样需要笔墨纸砚来摹写。"宣纸诞生的历史或许要有一部考证巨著才能完成,但作为作家的赵焰显然有自己的路径。他从中国造纸术、书法史、绘画史、书写史入手,上下几千年,纵横几万里,把由此衍生出来的一切优雅奇妙地融汇在一起,焕发出一种巨大而瑰丽的文化光晕。在他的笔下,一切起源于纸:"纸,是布满日月星辰的天空,是和煦温润的春风,更是孕育生机的大地。纸像源源不断的河流,奔腾而下,孕育和催生无限生机。"而书法之途:"篆书、隶书、楷书、行书和草书,就这样以自由和玄妙之气韵,一路走来……所到之处,落英缤纷,迷离飘扬。每一个留在纸帖上的字,都带有独特的芬芳,可视为曾经在纸上游走的灵魂……"浸透岁月的笔墨,纸,最后还是还原于纸:"纸,一直不急不躁,安静纤弱,蹲守于笔墨边上,像初冬的山川等一场雪的降临……当绘画进入纸张时,石破天惊,宛如阳光射入黑夜,也如镜子反射风景。"基于纸与墨、纸与笔的书写,他看似漫不经心,又用情用力。他款款道来,直指我们中国传统文化的精髓所在。

也许是生长在宣纸故乡的缘故,赵焰先生对宣纸之爱深入骨髓,倾洒的便是万丈柔情。他甚至认为:"一切书画都是宣纸孕育的生命,是宣纸上长出的树,是宣纸上开出的花,是宣纸上流动的水,也是宣纸上燃烧的火……"他还有一段阐释宣纸前世今生的话,也极有哲理和包容性。他说,皖南曾经所有的纸,都可以视为宣纸的前世,宣纸又可以视为皖南所有古纸的今生——这是一种通透,一种文化精神的通透。透过赵焰先生对宣纸文化的理解,我们可以看到美丽的宣纸与历朝历代文化兴衰的关系。比如从一朵墨在宣纸上的洇染延伸,他尽可能地观照到唐、宋、元、明、清,一直到民国的中国书法史、绘画史以及像日月星辰一样散落在山川河流大地上的书画艺术家、文人等创造者的背影,并从中寻找到他们独特的精神趣味和艺术成就。他相信李白的《独坐敬亭山》是写在宣纸上的,而唐朝另一位著名诗人杜牧的《张好好诗》,撰写的材料也是古宣纸……赵焰用诗一般的语言把他的考证与想象交融在一起,碰撞、转换,使之互证与相互取暖,达到"天人合一"的书写境界,从容地表达出他对宣纸,对宣纸书写,和对中国传统文化的极端喜爱与理解。

如果单纯而直接地书写宣纸之美,我想我们读一读画家吴冠中先生那几句抒情的话就足够了:"宣纸诞生了,这滋润、宽敞的处女地真诱人,诱惑画家和书法家们将大量乌黑的浓墨泼上去,挥毫、奔驰,出神入化于浓淡沉浮的宇宙中……"喜欢在宣纸上书写的画家,当然有自己的肺腑之言,但赵焰先生显然不想停留在对宣纸之美的赞赏上。既然纸的出现是天地精神的一种授予,那么古人利用纸"欲与天地精神相往来"的事实与情感,就应该是人类必须追寻的目标。赵焰先生行走在宣纸的故乡,发现"皖南山川清穆,有大美暗藏,有大德深埋。宣纸的诞生在冥冥之中有其使命,有其道现,所以宣纸是有灵性和生命的"。如此,宣纸如云如风,浩荡缥缈;宣纸也如君子,如玉般"温润而泽"。宣纸不仅美丽如云如风,还亦儒亦佛亦道,如哲学一般存而彰显,显而弥漫。

郭沫若说,中国书法和绘画,离开宣纸便无从表达艺术的妙味。如此在赵焰先生的笔下,宣纸之美当然就不是孤立的"器物"之美,而有其天生的趣味之美、艺术之美、哲学乃至精神之美。简单地硬写一件器物是令人感到多么粗鄙的事,一切器物都有自己的生长方式。宣纸的生长,我们可以看成是风的生长、云的生长、水的生长以及玉的生长。赵焰在"宣纸"里认真地阐释这些生长方式和打捞起这些宛如彩虹般的"器物"之美时,我们看到宣纸之美真的就不是一种简单的文化着附和绮丽,而是浑然一体的美美生成、美美与共、美美其美。换一句话说,赵焰关于宣纸之美的书写,本身就如一大朵墨在宣纸上美丽而优雅地洇染着,其中有一种坦荡的自然之美。

2022 年 3 月 1 日于安徽潜山

作家与故乡

我们讨论张恨水文学小镇,其实就是讨论张恨水——一位作家与故乡的关系。这里是张恨水先生的祖籍地。在这里,他度过了童年与少年,有过青春的苦闷和第一次婚姻。作家与故乡的关系确立了,确立这种关系的是血脉,是根。张恨水的根在这里。他曾以家乡的天柱山、天明寨为背景写过小说,他散文写到的车水人、耙草者,都有着故乡的生活。他还有诗《潜山春节》,他写的潜山春节习俗至今还在延续。他一生在芜湖、上海、北京等大都市生活过很久,待在故乡的时间并不长,但他为什么最为思念的是故乡?这就说明作家与故乡的关系,奇妙而复杂。

我觉得余井这块土地,文化积淀要比我们知道的深厚得多。唐代皖阳县城说是就建在皖水之滨。这里地处十八里长岗,也是十八里长岗的终点。记得那些年时兴出墙报,领导对我很放心,让我自写自编自贴出墙报。我基本上就承包了乡里的墙报。有次我写了篇关于十八里长岗的文章,贴在食品站的左侧墙上——那是出墙报的地方。可惜这文章现在找不到了。十八里长岗上有条沟,我总以为叫"链子沟"。后来才明白,它叫"撵曹沟",是三国时期吴军追撵曹操的地方。这里还有落马桥、天明寨、乌石堰、马道古战场……如果把这里与棋盘岭、太子墩、育儿村等那些与曹操有关的传说连在一起,你就会发现,三国时这里是兵家必争之地。你看三国时留下的这些名字,就说明先贤们要比我们智慧、幽默,也文化得多。我是越来越喜欢脚下的这片土地了。

余井镇是我的家乡,是我生命之根的所在,我的胎盘现在还埋在这里。我与家乡有着千丝万缕的联系,可谓血脉相连。但同时我又觉得,我与故乡的关系是纠结的、矛盾的。我曾写过一篇文章,题目叫《道是故乡即家乡》。在外漂泊了二十多年,我觉得故乡是信息闭塞时代的产物,是一种有"距离"感的存在。而在信息高速发达的时代,我们称它故乡就显得有些矫情,而称"家乡"更为准确。我还发现,当年我们拼命地离开家乡,原就是为了回到故乡。所以在这个意义上说,我们创建张恨水文学小镇,就是探寻一位作家的精神原乡。对于一位作家来说,故乡是他永远的精神家园。创建张恨水文学小镇,就是为了守护张恨水先生的文学家园,守护我们的初心。

既然叫张恨水文学小镇,我们当然还是要依托张恨水先生。张恨水一生创作了约三千万言,他仍然是近当代作家中创作作品数量最多的作家。故乡是作家的精神家园,那么,创建张恨水文学小镇,就要提炼出张恨水的人生精神。他的"精进不已""成于渐""徽骆驼""流自己的汗,吃自己的饭""卖文卖得头将白,未用人间造孽钱"等等,都是他用生命实践的精神。从他身上真的能学到很多东西。上次参观我的母校余井中学时,我有些吃惊,他们已建了张恨水陈列馆,建了"恨水楼""心远楼""虎贲楼""弯弓楼"等,让学生充当讲解员,且到处都有张恨水及其作品的影子。特别是看到"自珍、持正、担当、精进"这几个字,我突然想起来,潜山本土文化学者徐英权先生曾发微信给我,让我也参与了这几句话的确定工作。相对于我们,余井的学生们是很幸福的。我说幸福,不是说他们早早地知道了张恨水,而是说他们很早就接受到了一种人生理念的教育,很早就知道要让张恨水的人生经验与生命精神传承下去。建设张恨水文学小镇,当然要利于世道人心的培养。

流经余井镇的这一条河叫皖水,也叫"皖河",它是条流进长江的河。我曾写过一组散文《皖河散记》。其实,我心里的皖河并不仅仅指一条具体的河流,而是广泛的皖河流域,甚至是我精神上的皖河,一条中国人心目中都有的乡土之河。在那个长篇散文里,我写到了流传在余井的一个故事:

> 余家井镇的兴衰就与发大水有关。传说某朝某代某一天有位姓余的乡绅做寿,发觉家里的水缸边长了一棵竹笋。余老爷觉得碍眼,恼羞成怒,就拿起菜刀将竹笋砍断了。他家的一个丫鬟随后进了厨房,无意间见那竹笋流血,赶紧就用手帕包扎住了。就在这时,屋后突然传来一阵毛狗撵鸡的声音。原来,余老爷的一只鸡被毛狗叼去了。吝啬的余老爷立即呵斥着丫鬟去撵鸡,可等丫鬟一转背,余老爷家那座屋旋即被洪水冲去,丫鬟幸免于难——传说那竹笋是龙王爷的一只龙角。皖河边总有这些神秘色彩浓郁的传说在梅雨季

竹山可望 | 271

节流传,但到了发水的日子,人们又给忘了。

　　这只是我最早听到的关于"余井"来历的传说,它表明我一直就没有离开家乡这座小镇。现在看来,当年,无论我写皖河生长的水稻、麦子、油菜花、棉花,还是写皖河父老乡亲以及兄弟姐妹的亲情,我都是在以笔招魂。这是我对故乡的一次深情的反刍,是我对皖河村庄所有植物、景象以及民俗风情的一种心灵观照,是我献给皖河的一道虔诚而朴素的精神菜肴。那里自然有我的疼痛、隐忍和希冀。但作为一位作家,这还远远不够。我觉得我还要深刻了解这块土地上的人和事,了解这里人的亲情、友情与爱情,充分反映皖河一带的人情世故、乡风民俗……笔触乡亲们的喜怒哀乐以及他们与命运相抗争的精神品质,写出更多更真实的皖河记忆,用优秀的作品回报哺育我的皖河。

2022 年 3 月 6 日于安徽潜山皖河畔

竹山可望

一

春山可望。可望的不仅是春山,还是竹子的山——天柱山传说中的竹山。说得再仔细一点,就是天柱山脚下的万亩竹山。竹,千棵万棵地紧紧依偎在一起,青绿的竿与青嫩的叶,挺直碧绿,拥青泻翠,或峭拔伟岸,齐刷刷指向蓝天;或偃伏一侧,做掩鬓托腮之状。风平浪静时,翠竹呢喃燕语,如水般轻漾;有风过耳,竹叶立即哗哗响成一片,满山修篁攒动,犹如惊涛裂岸一般。

这次走进竹山是在春天。春天茂盛的竹林里,柔嫩的春笋破土而出,新老之竹交接,青黄交错之间,新竹直蹿云天。溪涧里,一条春水潺潺湲湲流淌。溪流之上,时而有一阵婉转清脆的竹林鸟鸣叫。踩着竹叶铺就的厚且绵软的小道,我们轻轻地走着,脚底发出吱吱声,稍不留意就会被什么磕绊一下。不用看,便知道那是春笋了。俯身扒开蓬松的竹叶,果然就见地上一丛嫩绿,春笋正从竹山的地下冒尖……转而,此起彼伏,竹林里噼噼啪啪,都是笋壳的剥落声与新竹的拔节声,仿佛竹山正在举办一场春天的音乐会。竹根盘根错节,鞭芽生长繁衍,就有一鞭如链,将竹山紧紧地捆绑在一起了。

说话间,眼前几株黄褐色茸毛的笋尖上,大颗大颗晶莹的水珠晃动着。不知那是露水,还是刚刚落下的雨水。

很快,我就知道这是春天的雨水了。因为伴随我们进山的就有一阵急促而酣畅的春雨。春雨使劲地拍打在竹叶上,大珠小珠落玉盘,犹如雨打芭蕉,或像竹林里有人炒着一锅蚕豆。只是竹山的雨像孩子的哭,来得快,去得也快。一俟雨过天晴,我们就见那竹叶愈加浓绿明亮、可爱逼人了。这时,有趣的是竹林里显出的一两株星星点点吐着猩红花蕾的映山红,远远望去,像是竹林里聚集了一群狐的红唇,如梦如幻。

春笋脱掉笋衣,便快速地长成了一棵棵新竹。对于在一夜间长得老高的新竹,老竹知趣地为它们让开了道,阳光雨露不失时机地照射进去——好竹连山觉笋香。也就在这时,三三两两的,很多人闻着笋香就进山采春笋了。在去竹山的路上,我就看见公路上许许多多的货车正在装着春笋。毛茸茸的春笋被他们一捆捆搬上车,又被网兜一网一网地兜着,仿佛竹山一群活蹦乱跳的精灵,又宛若春天一支支箭镞,整装待发,不知要射向哪里。

二

竹山深处有人家。

掩映在竹山深处的人家姓氏繁杂。姓方的,姓陈的,姓刘的,姓张的……人丁最多的便是姓杨的了。他们的祖上说是从江西的鄱阳湖迁徙而来的。宋绍定元年(1228年),杨氏迁移至这里,先是居住在天柱山的东麓。后来听风水先生说此地形若凤凰,有百鸟来朝之势,便凿井筑室,建起了两间小屋。后来子孙繁衍延绵,终成规模。到了清代,这里就有了杨家老屋、杨花屋、杨家大屋等等。比如杨家老屋,大大小小几百间房屋,却共用一个门厅、一座中堂与一座后堂。所谓三进院落,四水归堂。从老屋大堂门楣上所挂的"荆萼常荣""翰苑储材""劲节凌霜"等匾额中,也能领略到杨氏家族"太尉遗风"以及当年曾有过的繁盛。

　　杨家老屋、杨花屋、杨家大屋……杨家人一多,自然就会建一座祠堂。杨家的祠堂坐南朝北,屋后青山迤逦绵延,屋前溪流潺潺。祠堂与杨家老屋一样,也是由青砖小瓦建成的皖派建筑,灰瓦翘檐,马头墙高,也是三进院落。只是与老屋不一样的是,祠堂的前厅为戏楼,中厅为"四知堂",后厅为寝堂。

　　进门就是皖西南那座著名的古戏楼。戏楼亦飞檐翘角,雕梁画栋,花鸟禽兽的形象栩栩如生。据说,当地衍生的一些高腔、弹腔、黄梅戏等的戏曲演员,都在古戏台上登台亮相过。只是曲终人散,竹林里,再也听不见嘹亮的丝竹锣钹、咿咿呀呀吊嗓之声了。杨家祠堂名曰"四知堂",仿佛杨氏一族在经常提醒我们,他们是东汉太尉杨震的后裔,也是名门望族。祠堂里,杨氏先祖的牌位与戏台上那"杨家将"的传说,真实而虚幻地融为一体,互为印证,似乎也在向我们诉说杨震"四知"存大义,修竹性直有高节,都是德君子……这一方竹山深处的家族,曾是怎样推崇天人合

竹山可望 | 275

一,相互砥砺,守着生命的节操。

然而,让我们心生惆怅的是,万亩竹山掩映的世外桃源,如今燕去楼空,空空荡荡,门庭冷落。我们心里只有一片苍凉,还情不自禁地生出荒芜之感。

走出杨家祠堂,我看见门前溪涧里有一块巨石突兀着,如卧如立。当地人把这块巨石称为"猫头石"。细细看那巨石,浑圆无凿,果然不俗。其一缝如眯,似睁若闭,仿佛心如明镜,仿佛心有丘壑,活脱脱就是一副"天知地知,你知我知"的样子。望了望四周的竹林,我心想,这哪里是猫头石,分明就是竹山的一种神示,遂为其重新命名,曰"四知石"。

三

我说的是传说中的天柱山竹山,因为以前天柱山交通不便,人们攀登天柱山,登的都是天柱山前山。著名作家余秋雨游天柱山,写《寂寞天柱山》,他不知道真正寂寞的还有天柱山的万亩竹山。天南海北,一批又一批游人尽情游览天柱山,他们哪里晓得天柱山这一片美丽而神秘的竹山呢?

远在汉武帝时,天柱山就被封为"南岳"。"奇峰出奇云,秀木含秀气。"唐诗人李白对天柱山也曾饱蘸诗情。这里层峦叠嶂,群山起伏,烟云起处,有悬泉飞瀑、幽洞翠谷、奇松怪石……雄奇灵秀的山水,曾让李白和北宋王安石、苏轼、黄庭坚都产生了卜居安家的梦。但显然,他们也没有走进这片竹山。他们留恋的都是天柱山前山。天柱山人说,前山是天柱山的前厅,是豪华的宫殿。

这后山便是天柱山的民间庭院,是天柱山的后花园。靠山吃山,靠水吃水,后山自有后山的好处。好处之一就是竹山有他们取之不尽、用之不竭的资源。他们守护竹山,就有用不完的竹器,享受不尽的美食。

竹山除了毛竹,还有水竹、元竹、苦竹、淡竹、斑竹、华箬竹……毛竹又称"茆竹"。毛竹枝繁叶茂,躯干粗壮,枝叶细密,粗粗细细都有用处。他们用毛竹搭竹楼,做竹床、箩筐、晒具……编制各式各样的竹器,用箬竹的叶包粽子或蒸米粑。剖竹取丝,他们还用水竹编制竹席,甚至替代毛竹,用作打造竹器的钉铆绳索。各种竹子都派上了用场。日久天长,这用场就生出一种叫"篾匠"的手艺。望着如笋样的天柱峰,篾匠把手艺一代代相传。他们说,这是老天赏赐给他们的饭碗。

捧着老天赏赐的饭碗,他们自然是幸福的。

这幸福还因为竹山不仅赋予他们实用,还馈赠了他们美味。竹山里的春笋、竹荪等,就是他们桌上资源独特的佳肴。用竹笋或竹荪炒肉丝,煲汤煨鸡,煎炸炒煮焖蒸……一样的食材,也能做出百般美味。而剥落的竹箨,差不多也成了女人手上的宝物,她们用此给男人和孩子们做鞋样,打鞋底……在他们的心目中,竹子浑身都是宝。是宝,就要格外珍惜。他们因此特别害怕竹子开花,认为竹子开花就要败家。倘若哪一年竹子开花,他们的心里就如下了一层厚霜,冰凉冰凉的,一年到头浑身都难受。

夏天,竹山还是避暑的一方胜地。竹子从春绿到夏,在夏天就绿到了极致。炎炎夏日里,只在竹林的缝隙才会看到阳光。因为有了这种浓绿,竹山深处总有一种带了绿色的阴凉。叶绿枝肥

竹山可望 | 277

的夏天,小南风从竹林轻轻刮过,让人感觉头顶上千军万马在动,但竹枝随风摇曳,这时候划在人的脸上、身上,却是异常凉爽、惬意。或者,猛然一阵狂风大作,雨像急迫的赶路人一样赶来,那也很有意思。雨打竹叶错落有致,或噼啪,或噗噗,或叮当……就像一位竹林的隐士弹奏着乐曲。若说春天的竹山主要看春笋,那么夏天的竹山,就是听这雨声了。

他们说,他们一年四季都有竹林的庇护。这样的美景,竹山以外的人看不到;这种幸福,竹山以外的人也无法享受。他们世世代代生活在这里,他们是竹山的隐士。

四

春雨蒙蒙,春气氤氲。我看到的天柱山春天的竹山,印象深的还有雾。天柱山竹山的雾,空灵而幽远。雾缭绕在竹林间,就像一个顽皮的小男孩,让人捉摸不定。它不知什么时候跑了过来,也不知什么时候跑走了。往往,还没有等你回过神来,它一下子就包裹了你。仔细分辨,竹山的雾也是变化多端的。它时而弥漫,时而缥缈,甚至顷刻间就让整个竹山莽莽苍苍、雾气腾腾的,让人感觉竹山神秘莫测。

朋友说,竹山一年到头挥之不去的就是这雾。天柱山竹山远不止传说中的万亩,而是三万多亩,它被称作中国的第三大竹海。

朋友名叫张方。他是我的老朋友,是天柱山风景区管委会的副主任。知道我上竹山,他特地赶过来。他说他赶来不是为了看我,是他正在这里开发竹山,他天天都来这里上班。他形象地把这竹山叫"竹海"。他说,他们将要在这里建起两条道:一条隧道,一条索道。隧道与前山相接,让天柱山前山与后山连在一起。那一条索道直通天柱山美丽、险峻的大东关。两道建成后,这绿水青山真正就是玲珑剔透的金山银山了。

他告诉我,竹山一年四季,春夏秋是绿海,冬日北风凛冽,卷起千堆雪,这里又是一片银白,如偌大的雪海——竹海真是绿葱葱又白茫茫。

他边说边用手指指点点,让我一下子就明白了什么叫胸有成竹——站在竹山的高处,顺着他的手势,我依稀看见三万多亩竹山里,隧道里已然车流如织,索道上上下下,一片繁忙。

也就在说话的时候,我们周围突然生出一阵清凉。春雨又喧嚣起来了。随春雨而来的还有风,还有雷电。风一阵紧似一阵,竹林里一波未平,一波又起,万竿竹梢攒动,真的如一片竹海,万顷碧波忽然惊涛狂啸。这时候,看远处的竹林就如无数条青龙在雨中游伏,而近处的翠竹也仿佛一条条青蛇狂舞,它们与天幕中的一道道白色闪电交相辉映,仿若上演着竹简时代的一场世纪大战。

一会儿,狂风暴雨骤然停住。竹林里的风立刻小了下去。雾渐渐地退去,竹山上,竹林一片片、一簇簇,仍然一眼望不到边。眼前的竹山,先是微微漾起一道皱褶,接着那皱褶就在竹梢上大幅度地荡漾开去,仿佛大海里掀起的一圈巨大的涟漪。波浪里,那一条条青色龙、蛇也四散而去——从高处下来,我们重新走进竹林里,感觉竹林里的风明显减弱,只剩下无数的竹梢轻轻地摇晃。竹叶婆娑,无休无止的只是一片沙沙声,像是有谁轻轻摇晃着摇篮。

"竹子爹,竹子娘,你长高来我长长……"

竹林深处,一阵甜甜的歌声隐隐约约传来。听着那歌声,我恍然大悟,这是竹林里的一群孩子在摇着竹子喃喃祷告,祈求着生命美丽地成长。

2022年3月21日于安徽潜山,时大雨

极端环境下的童心与人性
——读长篇儿童小说《大水之夏》

家住长江边,在夏天遇上一场洪水并不是件意外的事。意外的是这个夏天,因为一场洪水,孙家湾村野生扬子鳄保护站的孙大水和号称"河龙"的扬子鳄孙大圣,竟然遇上了"大雨"夏雨彤、"大皖"郑皖生和抗洪英雄老雷爷爷。作者不仅给我们摹绘出了一幅"一碗雨水"行动小组在老雷爷爷带领下的"战洪图",还童心绵绵地虚构了极端环境下,"河龙"孙大圣这样一个清新、自然、美好的动物形象。

少年孙大水在大水破圩之时,历经艰难与险阻,漂到被大水淹没的古镇,与离家出走的女孩夏雨彤不期而遇,并一起被困在教堂的尖顶。他们后来得到来自抗洪一线的军校生郑皖生的救援,从而见到抗洪英雄老雷爷爷,加入了防洪巡堤小组。一天,在大坝管涌突发的千钧一发之际,抗洪英雄老雷爷爷舍身排险,壮烈牺牲……就这样一个抗洪救灾故事而言,调皮的"话痨"孙大水、女扮男装的夏雨彤以及来自抗洪一线的军校生郑皖生,在这个夏天,无疑心灵都受到极大的震撼,精神都接受了一次深刻的洗礼,并由此走向成熟。如此,这也是一个完整的成长故事。特别是"一个是男伢,却留了女伢的头发"的孙大水和"一个是女伢,却留了男伢的头发"的夏雨彤这两位具有叛逆性格的少年,形象极为鲜明与饱满。他们在这场洪水中受到的影响显然是巨大的。

然而,"人类没有理由不相信一个有着如此纯净的眼神的动物"。在这部小说里,作者从孙大水爷爷"喊龙"开始,将"河龙"孙大圣的形象浓墨重彩地推出来,不仅写出了"河龙"与人的自然和谐相处,还写出了"河龙"孙大圣与孙大水、夏雨彤、郑皖生"雨水一碗"行动小组一起抗洪的故事。作者以活泼清新的语言,一边漫不经心地为我们普及扬子鳄的知识,比如:"河龙的眼睛像红宝石""鳄鱼吃东西时会流泪""开挖掘机技术哪里强,我家河龙是大王"。还因为"河龙终生会打洞",乡亲们并不喜欢它,还经常捕杀它。一边却写出面对困难时,人与动物的豪迈:"如果没有救星来,我就是救星。"作品还用许多细节表现了"河龙"孙大圣的机智勇敢:"大水也急了,他解下腰间的牛皮裤带,一头缠在自己的手臂上,一头下来,大圣立即一口咬住了皮带。"大圣历尽艰辛,坚韧不拔地找到"大皖"郑皖生——河龙的形象在这里栩栩如生,令人喜爱。在孙大水看来,河龙是他的大救星。在我们读者看来,"河龙"孙大圣的出现,自然有力地为这部小说注入了美好的寓言和童话元素,从而使这部儿童小说具备了神奇性、艺术性、趣味性,在严峻复杂的抗洪救灾形势下,让"大水之夏"更增添了一种让人感动的温暖与浪漫。它甚至让人相信,面对洪水或人类的大灾大难,自然界的动物与人类一样,都拥有一颗向善向美的心。

小说的作者余同友是一位很有成就的小说家。说起创作这部儿童文学的初衷,他说,在智能手机与电子屏幕普及的年代,我们再不能躺在老祖母的怀里,听老祖母讲那"口口相传"的童话,他希望自己做一回"老祖母",讲一个与众不同的让人惊喜与怀念的儿童故事。因此,在这个故事里,他极其用心地将孩子与孩子,孩子与大人,孩子与动物以及人与动物相互理解的可能与丰富性展现出来。他用了一场洪水作背景,让人与动物在一个极端的环境里呈现出人性与灵魂的复杂性。显然,他做到了,而且做得很成功。

2022年4月3日于北京风渡嘉荷十二号院

故乡手记

题记：壬寅春天，我因疫情防控滞留在故乡。苦雨。幸好故乡还有朋友。他们带我看山、看树、看湖、看花……我用手机记之，谓之"故乡手记"。

春雨

春夜，有一片湿淋淋的水声。这水声像是我住在深山的一条溪流旁，那溪流没日没夜地流淌着。溪流从两岸青山中淙淙而出，但我看不见它的源头，也看不到它的归宿，留给我的只是水声，巨大的、无休无止的水的流淌声。

但这分明是在下雨。夜晚黑漆漆的，闪电如巨大的枝杈戳破了夜空。紧接着，就有一阵密似一阵的巨响。雨，在电闪雷鸣中撒欢似的倾盆而下。我说它撒欢，它偏偏又是沉闷的，郁郁寡欢。一声又一声，有时雷声骤然炸响，像是对谁不满意似的，经常做出磅礴的一击。这一击，就从天空返响大地，又从大地返响天空，万物都在雷声中惊醒。黑暗中,没有人看到人们面孔上的表情。

雨这样一直下着,雷声和雨声在这样的春夜显得有些粗鲁。春天的一双大手到底掌握了大地上的什么?雷霆一般的呼唤、呐喊,让春芽从地下猛然惊醒、萌动。春芽们贪婪地吮吸着这来自上苍的甘霖与雨露。

等第二天放晴,我出了一次门,我看到河边一排柳树的枝头,抿起了浓浓的绿意,似乎向我点头致意,又仿佛表达春天的爱和愤怒。

一棵树

再也没有见到过那棵树。

但那棵树固执地长在我童年的土地上——每个人的童年都有土地。在那一块属于自己的土地上,我们打过滚、搭过窝,牙牙学语、蹒跚学步……丢掉童年的土地是我长大后的事,连同那样的一棵树。

那棵树生在老屋背后的一处断崖之下,暗褐色的树干,绿葱葱的树叶。春天,它径自开着白边嵌着淡紫色的花朵,花一串串、一绺绺地挂在羽状的叶子里,像是树的眼睛,一只只的,诡谲、怪异。秋天,它又结出黄澄澄的果子。本家的一位小叔叔叮嘱我,那黄黄的果子有毒,鸟都不敢吃。果然——果熟的季节,果子洒落树脚一圈,都自然地腐烂了。而在果子壮硕时,我们只能用它做子弹,用木头制的弹弓将它射向高远的天空。

那棵树叫苦楝树。奇怪的是,在我的老家方圆几里就那么一棵。它离群索居,孤寂嶙岣,无依无靠,清净幽微地屹立着。现在看到如此孤独的树,我想我的心会为之一紧,但那时没有。我甚至不知道那棵树是什么时候消失的。

说是苦楝树开花时有一股子清香,我也不记得。我不记得那棵树的消亡是否与它的名字有关。

太阳雨

细雨淅沥的时节,有一次我误打误撞地走进了深山。抬头一望,群山之巅灰色的天空滚涌着黑色的云翳,山峦上是被雨雾湿透的,一眼望不到边的森林,如黛如墨……刹那间,我眼前一片灰蒙蒙,心里变得阴沉。我感到了一丝莫名的恐惧。

忽然,头顶上裂出一道亮光。抬头,我看到天的尽头,天穹与群山似乎正在接吻,也就在那一瞬间,万千霞光从云霭中透射了出来。阳光恰逢雨露,天穹豁然,次第开朗、辽阔。色彩斑斓的灵光里,刀光剑影一般,仿佛充斥着一股血与血、力与力的搏杀、厮咬……我看得如痴如醉,发觉有一朵云,像一匹黑马奔腾着,最后唰唰地倒卧在那如血的残阳中。

幸好,这时候阳光忽然明媚。雨丝透过云层泻下,千万缕银丝漫天飘洒。阳光和雨丝就这样相互交织、蒸腾。阳光照亮了雨丝,晶莹剔透;雨丝伴随着阳光,光怪陆离。雨里有太阳的颜色,太阳里又有雨的光亮,好像无数根银针……淅淅沥沥的太阳雨里,一些植物发出嘎巴嘎巴清脆的拔节声。泥土的清香里,蘑菇撑开了春天的小伞。我的心情也由恐惧变成了喜悦。

悬崖

突然就出现了一处悬崖。

似是高昂的秃秃的头颅、粗壮的胳膊、坦荡的胸怀……悬崖,竟像一位气概不凡的男子汉,有着男子汉伟岸的身躯和一颗倔强、憨厚的心。

溪流从它身上静静地流过,带来的一丝冰凉似乎让它咯吱了一下,就不知道笑着跑到哪里去了;春风从它身上掠过,送来一丝凉爽,可它给了风儿温柔一掌,风儿涩涩的,耷拉着脑袋也奔向了远方……

别看它有冷冰冰的额角、冷冰冰的胸膛,它笨拙的手脚捧起的却是一棵棵青草——稚嫩、倔强,又那么自信的青草。在悬崖上,在足可依赖的泥土里,那些青草挺立着,竖起了孤零零的身子,有些吃力,却又有些自豪地伸出了一星青绿……让人诧异这寂静冷漠的悬崖,怎么挤出这一大片生命的柔来。

稀稀落落的青草,可以说是悬崖青春的胡须;青草上的露珠与雨珠,也似它温柔的泪滴。那一棵青草,仿佛一株生命的常青藤,又像一支谁含在嘴里吹奏的青春的竹笛……悬崖上,我看见了一棵正在怒放的山茶花。那一树红艳艳的山茶花,宛如林语堂先生所写:"看见崖上一枝红花,艳丽夺目,向路人迎笑。"

花开

　　站在油菜花开的田埂上,我发现油菜花零零星星。有的含苞,有的结蕾。它们茂密盛开的日子似乎还没有来到,而先前开放的黄花,让昨夜的风雨打击了一下,已经委身成泥。有的凋谢,像是翅膀沾了泥水的黄蝴蝶,趴在地上一动不动的,有的干脆如黄鹤杳杳。

　　这几天我见到过很多的花,大丽花、一串红、梅花、樱花、杜鹃花、山茶花、木瓜花……这些花都竖着红色的耳朵,喧闹得很。在我彭家外婆的坟山前,我见到了一株高大的紫玉兰。紫而带茄红色的紫玉兰不像是开,而像是有些潦草、毫无章法地挂满了树枝。一树繁茂,热烈而浓艳,就像清明我为外婆坟头插的纸标。后来,我见到了一株白玉兰,雪白、肥硕的白玉兰在风中含笑。在心里,我把这两株玉兰花比较了一番,结果是:一个浓烈,一个高洁。

　　大丽花、一串红,还有木瓜花……这些花我都是在人家庭院里见到的,它们在春天有理由开得红红火火,表现出主人的雅致和热情。而就在刚才进山的路上,我坐在车子里看到最多的却是山桃花。或在山坡,或在树林,山桃花一株一株地开放,隐匿得很。有好几次,我是在车子转弯时猛然发现的。我心里一激灵,就觉得它像乡村我打猪草的小妹妹,耳畔依稀听见一阵咿子呀子哟的黄梅腔。

伞

在大山的某户人家门前,无意间,我看到了一把黄雨伞。黄色的竹骨油布伞蜷缩在墙角,湿漉漉的,像极了一束淋水的枯萎的黄菊花。

很久没见这样的雨伞了。少时每逢下雨,乡下人披件棕毛的蓑衣,戴着竹编斗笠,像是穿了一身的铠甲;还有人穿着油布雨衣,厚厚的帆布制作成的雨衣;更多的人却用一块透明胶皮遮挡着。风雨天里,透明胶皮系在身上,风一吹,把人裹得就透不了气。

雨伞是那时乡下孩子们的奢侈品。下雨时,人们只好赤着脚,光着头在雨里奔跑。细细的牛毛雨飘曳,也有令人想象不到的愉快。只是一旦下起瓢泼大雨,一个个便被淋成了落汤鸡,甚至淋得感冒发烧。故乡有一段漫长的梅雨天气。

雨伞、遮阳伞……后来各式各样的伞如雨后春笋。在有雨和有阳光的时候,城市的街道像是长满了蘑菇,或像是一条色彩斑斓的河流。但竹骨油布或油纸伞却不知不觉地消失了。现在,猛然看到这样的一把雨伞,我才明白,我与童年时奢望的竹骨油布伞,算是彻底地错过了——世上有些东西从前无法拥有,现在也不会拥有。

小时候,我还见过一种红伞,红彤彤、油亮亮的竹骨油纸伞。在很长一段时间,它都出现在一幅油画上——一个俊朗的书生轻夹着红红的油纸伞,满面春风地走在去安源的路上。那一把红色

竹山可望 | 289

的油纸伞在风雨里被缓缓地撑开,便映红了山河。

一座湖

我真正地走近这座湖,是在一个春雨绵绵的日子。雨,时落时歇,时缓时急,低矮的天空涂抹出一片青花瓷色。远山如黛,恍若一条青龙。烟雾从湖面、山峦、竹梢、树林间纷纷涌出,袅袅、渺渺,聚拢起来像一条偌大的白蛇。云烟缥缈间,湖水泛绿,波浪不兴。一湾绿水、几点黛青和几缕白雾缭绕,像是一幅幅水墨画或者水彩画。

目前我目之所及的树木杂花,娇翠欲滴,含露待放。我认识的一株株梅花,在风雨中格外明丽和耀眼。我和朋友撑着伞散步,兴致勃勃地走到一棵不熟悉的树前,我用手拨了一下树木发亮的枝头,晶莹的水珠立即溅了我一身。

而在从前,这里不是这样的。那时,这里青山叠翠,十里溪水,数亩山田,一涧溪流从山里奔腾而来;那时,这里地偏人稀,夹岸翠篁,掩映着三两户人家,鸡鸣狗吠,柴门尽开;那时,这里空谷无声,山涧怪石,苔藓遍布,偶尔猿啼鸟鸣,更显一山幽静,俨然一处世外桃源——那时,这里是"翠荫烟笼竹,香清雨熟梅"。

诗是在清乾隆年间写的。后来,人们在这里挑土拦起一条大坝,建了座名叫"长春"的水库。——母亲说,她也在这里挑过土。再后来,这里的水库不叫水库,而改叫长春湖了——说是沧海桑田,说是从前,其实也就是1959年之前。六十多年过去,等我来时,这里梅子依然未熟,梅花灼灼地开满湖山。

2022年4月4日整理于北京风渡嘉荷十二号院

从前慢·去省城路上(外一章)

老梅

老梅镇。在这里从来没见过一株梅花,我也从来没有问过这里为何叫老梅镇。这里,离我们去省城的起点有三四十里地,不远亦不近。但那些年,我们的车子并不打算在此停留,也没有探寻一下老梅的意思。

多年以后,我已经知道老梅镇真的有一株梅树,一株很古很老的蜡梅树,几个人张开双臂才能抱得住的蜡梅树。粗大的梅树凌空峭直,老干虬龙,仿佛静静地蛰伏在时光的水里。疏梅弄影,暗香浮动。

但我们还是没有探访那株老梅树。实际上,我们去省城,已经多年不走这条路。听说老梅镇也被并入他乡。老梅还在,老梅镇不在了。

大关

路过这里,就觉得天气突然变得异样。一边树木萧瑟,一边树木却萌生了新芽。一边冷风习习,一边却有着浅浅春意。到了这里,天仿佛就分了两重:一重是南方的艳阳高照,一重是北方的黄叶铺地。

长江在它的南方,淮河远在它的北边。长江之北、淮河之南——大关岭,分明是这两个名词的分水岭。那些年,我们的车子在大关岭停下。下车后,我总是忍不住打一个激灵。我不止一次地相信,这是江淮之间一个季节的关隘。

当然,我说了不算,风说了算。风在那边似有凛凛的寒意,在这边却是春上眉梢。风说了不算,那就大雪说了算。那边,大雪纷纷如鹅毛,而这边,雪花飘落得似有若无。太阳一出来,雪花落满的大地,泛着无限春光。

梅心驿

后来,我才知道,梅心就是梅花的苞蕾。那么,梅心驿一定是有梅花的。那些年,只要是经过梅心驿,我的心头就会弥漫出一腔古意。我仿佛看见了一匹白色的驿马,还仿佛看见一位走累了的书生,都寄住在这个叫梅心的驿站里。

但是,梅心驿,我只是路过。我们的车子同样也不想停留。梅心驿,从我的眼前一闪而过,在我脑海里一闪,一闪而过……层林雾绕,白鹭一行,阳光挂在高高的树梢,偶尔还会遇上夜晚的灯火,梅心驿在我心头倏忽一闪。

那是因为,我们希望赶到下一个地方——桃溪。那里桃花流水,鳜鱼正肥。

桃溪

桃溪,一条载有桃花的溪流。但到了桃溪,我们一次也没有看到桃花落满溪水。桃溪,只是一个地名,是我们去省城经常停留的一个地方。

当然也不全是。桃溪,首先还是诗意的。它让我想到李白,想到皖南的十里桃花,一潭深水。在这里,我们驻足是为了吃一顿可口的午饭。有人喜欢这里的鸡鸣小店,喜欢这里的鲢鱼烧豆腐火锅。没有鲢鱼,还有泥鳅烧豆腐。新鲜的泥鳅和豆腐。

冬天里,我们总吃得大腹便便。抹抹嘴,赶路。朴实的老板娘笑着,端着水壶,给我们的茶杯注满热水。她知道这里到省城还有小半天的路程。

但她就是不知道:桃溪,桃花似锦,中夹一溪,故名。

贵州至盘江路上

玉舍

给玉安个家,这样的家并不富丽堂皇,却朴实无华。只是个安妥灵魂的家。

白鸡坡

一群白鸡站在山坡上,这是怎样的一个地方?背后青山万重,面前万山如黛。

发耳

一绺青丝耷拉在耳旁。想是怎样一个清秀的女子,撩起了一缕美丽的相思。

茅草坪

又多了一块茅草的地方。南方朴素的事物总喜欢在风中小憩。

三家寨

三家就拼凑成了一个寨子。不是人烟稀少,而是人丁兴旺的家族的繁衍与延绵。

松河

松松的一河水,就懒散散地留在这里了,还可以说是松树围成的河流。

柏果

松柏的果子,掷地有声。

红果

又一枚落在地上的相思之果。

月亮河

如月的河流,总有月光照耀,荡漾的是乡村明丽的往事与秘密。

2022 年 4 月 15 日于北京寓所

读书二题

温故

常常想起我读小学时,班主任说书的事。

那是小学五年级临近毕业那年,班主任突然心血来潮,不知从哪里找来几本小说,每天下午下课后就给我们念上一段。我印象最深的是她念《追穷寇》。这本书讲的是一个剿匪的故事。解放军参谋长江峰发现国民党残匪李懵之流窜在大别山区,于是率队星夜追捕,经过种种曲折,终于捉拿到匪首李懵之。班主任像个说书人,抑扬顿挫,念到紧要处便戛然而止,卖一个关子"且听下回分解"。只是她这一卖关子,就把我们少年的胃口吊得高高的。

那本书班主任在班上读了一个多月。听了这书,我知道了"龙""虎"连在一起,不仅有"生龙活虎""龙腾虎跃"这样的成语,还可以说成"龙精虎猛"。而书里一句"暴露在阳光下的一只小老鼠,藏也无处藏,跑也无处跑",就成了那时我们写批判文章时经常出现的套话。后来,还有许多同学作文只要写到下雨,就会写"乌云密布,天上就像扣着口大铁锅,黑漆漆的",害得我几次逢雨天上学就抬头看天,想看头顶上有没有一口漆黑的大铁锅。

我最早接触唐诗宋词是源于我的一位邻居,乡亲们称他"江先生"。他家就有很多诸如《论语》《左传》之类的古书。在他那里,我读到了一本线装的《唐诗三百首》。读初中的时候,我的语文老师吴畏先生仿佛也嫌当时的课文枯燥无趣,上课上得一高兴,他就丢开课文,摇头晃脑地给我们背诵一些唐诗宋词。很快,我就被他引入了一个非常美丽的语言世界,被那些陌生而神奇的诗词迷住了。于是每天一下课,我就跑到他那里抄上几首。这样积累下来,我就有了自己的一本《唐诗宋词选》。我煞有介事地把它编成线装本,还在书前画了李白、杜甫、屈原的像……

自编的这本《唐诗宋词选》至今还在。现在偶然翻到,我心里就会涌起一种岁月的流逝、一种无以名状的亲切感。到了读高中时,我看到我的一位同学成天手里捧着一部《唐诗小札》,津津有味地读着,且在上面圈圈点点地做了很多笔记。我看了也很羡慕,心里就把他引为知音。几次想找他借来看看,但未等我张口,他就把书收了起来。因为高考在即,我也很快把这事给忘了。

去年某一天待在家里,我突然想起了这两本书,立即在一个旧书网上淘到了。我这才知道《追穷寇》是一本薄薄的小册子,作者叫李晓明,小说写了八个章回。而《唐诗小札》的作者是刘逸生,这本书也只是通俗性的诗歌点评与赏析。但我还是饶有兴趣地把这两本书重读了一遍。重温旧书,恍恍惚惚,我就像是寻梦一样——寻找到青少年时代一个关于读书的梦。真好。

反刍

真正地读到自己想读的书,除因为现代出版业的发达和购书便利,还因为我们的居住条件有了改善。我在老家有一个书房。我现在的住地有一个半地下室,也专门用来做了书库,把几千册书都一一上了书架——这样,我就能方便地站在一排排书架前,抽出以前想看而没有看的书,或读以前读过,现在又想读的书。

因疫情滞留在老家,我花时间重读了几本旧书。重读昔日读过的书,我觉得自己就像老牛吃草,有一种咀嚼与反刍的味道,心情十分惬意。特别是读帕乌斯托夫斯基的《金蔷薇》,我竟又有了一回奇妙的阅读享受。

这本书说是散文文体,其实是谈论创作的书。不是系统地阐释创作理论,却是他对文学的理解与心得。他谈灵感,谈构思,谈细节,谈语言,还谈作家的观察力、艺术感,谈艺术与人民、艺术与人生,几乎无所不谈……他提供了一大堆素材,然后又把它们写成一篇篇洋溢着美的气息的作品。我觉得,这本书就是一本"反刍"的书,是作者反刍作家与创作、反刍文学的书。

细细咀嚼,他举出了一些例子。说"灵感",例如"但当神的语言一触及敏锐的听觉"(普希金),"那个时候,我灵魂的激动便平复了"(莱蒙托夫),"一个声音逼近了,这断肠哀音,使灵魂为之倾倒,为之返老还童"(布洛克),"神的昵近"(屠格涅夫)等等。他因此说灵感是一个严肃的工作状态,同时又充满着诗的暗示。

他不无真诚地告诉我们,人类如果没有想象,思想便是徒然的,正如想象没有现实也是徒然的一样——联想,是一个作家内心丰富的表现。如果想象消失了,人就不复是人了。

他还写了许多作家。他写安徒生面对邂逅的爱情,没有勇气和力量去承受,白白地错失了一个机会。他说:"安徒生为了童话而放弃幸福爱情,是因为他知道,想象无论怎样地有力和灿烂,都要让位于现实。"还有一个例子是说莫泊桑。一位女工疯狂地爱上莫泊桑,用一年忍饥挨饿攒的钱,买一件漂亮衣服,想穿着见他。但当那天到来时,她却受到莫泊桑朋友的欺骗而失身,最后沦为妓女。朋友告诉了莫泊桑这事,莫泊桑竟微微一笑,认为是个不错的小说素材,直到临终独自躺在床上,他才回过神来,痛苦得身子蜷曲了起来……

和我们一样,帕乌斯托夫斯基也会做梦,也会在醒来的瞬间记得梦的一些碎片,但他很快又会忘记。可这并不妨碍他诗意地理解生活,理解他周围的一切……他把攒起来的金子的粉末熔成合金,然后在白杨的飞絮、静夜水塘里的一点星光中,寻找到金粉微粒的光芒。鲜活的金蔷薇,仿佛早晨林中的一滴滴露珠。

这种奇妙的阅读感觉便是由于反刍而获得的——它使我充分相信:书如老酒,越喝越醇;书如老友,常见常新。

2022 年 4 月 23 日于北京寓所

夜宿茈碧湖

夜宿茈湖草堂，心里窃喜主人起了这么个好名字，一问才知道是因为茈碧湖。茈碧湖名字本身就很有来历。《山海经·西山经》说到洱海，有"西五十里，曰罴谷之山，洱水出焉，而西流注于洛，其中多茈碧"之句。茈碧湖故而得名。

茈碧，书上说是一种水生的花。花状似莲而细小，茎长六七丈，叶如荷钱，净白而蕊色呈黄。八月花开满湖——据说，此花每天在上午十一时次第绽放，正午盛极，下午五时闭合，故当地人又称之为"子午花"。《云南通志》说此花："气清芬，采而烹之，味美于莆（莼菜）。"

味美如莼菜，此物分明又是一道美味，是可以大快朵颐的。

茈湖草堂建在湖畔的半山上。草堂主人说，草堂原想叫"茈碧湖草堂"，但题写匾额的人嫌念起来拗口，所以除了"碧"字。而他当时选择此处建草堂，却是因他划船游湖喜欢上了这一汪碧浪。于是他要了一块地，央人用树、芦苇、山茅草搭建了草堂。建草堂仅山茅草就用了五十多吨。站在草堂观台上，我看草堂背后青山逶迤如黛,面前波光粼粼,明明灭灭。这便是茈碧湖了。

住在茈湖草堂,当然是要游茈碧湖的。

第二天游罢茈碧湖,晚上倚床读徐霞客的《滇游日记》,竟满脑袋都是徐霞客游湖的影子。他真的是喜欢云南,云南什么地方都到过。茈碧湖就游了好几遍。他似乎一下子就喜欢上了这一汪碧浪。刚到浪穹(洱海)"遵堤西行",一路观湖光山色,他就一路发感慨,说这湖"虽无六桥花柳,而四山环翠,中阜弄珠,又西子之所不能及也。湖中鱼舫泛泛,茸草新蒲,点琼飞翠,有不尽苍茫,无边潋滟之意"。他还牵挂住在浪穹(洱海)县城的一位何姓朋友,进了城就迫不及待地拜访了。

这位何姓朋友名叫何鸣凤,徐霞客称他为何君,说他"文章擅藻,丝竹俱精"。何鸣凤曾在四川郫县当过知县,后做过浙江省盐运判官。他早年仰慕徐霞客,想探访却久久未能如愿,故留有"死愧王紫芝,生愧徐霞客"之句。徐霞客知道了这事,惺惺相惜,对他心存愧疚。所以两人这次见面就大有相见恨晚之意。何君紧紧抓住徐霞客的手,欣喜万分,拉他饮酒直至天黑打更。

何君是否用茈碧做一道佳肴招待了徐霞客,徐霞客没说——张翰在异乡吃莼菜,生莼鲈之思,我想徐霞客如果吃了这如莼菜一样的茈碧,一定也会有乡愁。但从《滇游日记》上看,他逗留在茈碧湖的几日,是非常快乐的。特别是朋友何君,还让自己的四个儿子都与他见面,陪他游了茈碧湖和洱海。对这事,徐霞客有确切的记载:"何君具舟东关外,拉余同诸郎四人登舟。舟小仅容四人,两舟受八人,遂泛湖而北。舟不用楫,以竹篙刺水而已。渡湖东北三里,湖心见渔舍两三家,有断埂垂杨环之。"

竹山可望 | 301

那天吃完中饭,徐霞客游兴未减,"仍下舟泛湖"。

有一次游湖时,何君向徐霞客道出了他"将就其处,结楼缀亭,绾纳湖山之胜"的心思,欲求徐霞客为他将要建设的楼亭题写一副联额,徐霞客爽快地答应了——后来,何君在苊碧湖畔到底建了楼亭没有,我不知道。

但我知道,现在苊湖草堂主人显然是实现了古人的愿望。

苊湖草堂所在的地方叫梨园村。梨园村栽的全是梨树,梨树一簇簇、一株株,开花的时候,花如雪飞,满山皆白,清香远溢。草堂建有正堂与侧室,正堂前还有一观台。正堂是一个大厅,大厅里横卧的一条木案足有三丈多长。草堂的两侧一边是琴房,一边是"泼墨室"。在这里,朋友或品茶、饮酒、弹琴、吹箫、吹尺八,或钓鱼、游湖、看花……来,或者不来,草堂主人仿佛全然不放在心上,但又是极热心的。他话不多,整天忙忙叨叨。有时又像一位隐士,高深莫测。好几次,我想问问他的生计,但话将出口却咽了下去,只闲看他从草堂进进出出。

与他从草堂进进出出的,还有一位女子豢养的一条名叫"小熊"的大藏獒。那黑黄的藏獒见到我们,好像就有满腹的心事,一天到晚不情不愿,哼哼嘘嘘。只是到天黑,阳光一点一点舔去草堂的光亮,它才懒懒地趴在草堂的观台上,默不作声——而此时,苊湖草堂也进入一个寂静得几近虚无的时刻了。

2022 年 4 月 25 日于北京寓所

一城潜山

说起来,潜山城似乎就是为天柱山而生的。不然,它为什么叫作潜山呢?

潜山春秋时属皖国,后来做过庐江府,做过舒州治所,还叫过梅城……但不管它做过什么,叫过什么,都没有舍弃"潜山"两个字。怎么会舍弃"潜山"二字呢?向远处说,它是大别山的余脉,往近处说,它就在天柱山脚下,是潜伏于天柱山的城——或许正是这个缘故,2018年潜山县撤县设市,有人想叫天柱山或舒州市,但最终还是叫了潜山市。

潜山城从此就由近七百年的县治变成了市府。可它依然潜伏在天柱山,绕它的河依然叫潜河、皖河……还有梅河、东关河,城南还有雪湖、南湖、学湖。说是一座山城,却是满城漾着水,到处清亮亮、水灵灵的。特别是夏天,城南三湖荷叶田田,漫起半城绿云。绿云荫里,就有无数蝴蝶翩翩、蜻蜓嘤嘤。猛然几只翠鸟从荷叶丛里惊起——有荷,就有藕,就有半城荷花一城藕。一时间,鲜嫩爽口的藕上了人们的餐桌。素炒藕片、煲藕汤、桂花糯米藕,或者干脆掰了生吃,吃得口齿生香。藕是明朝的贡品,叫雪湖贡藕,有奇特的九孔十三丝。他们品尝的是奇特而又有历史感的藕。

但由此以为他们只知道吃,他们肯定不会乐意。他们会从"万山"尖上发脉,说起潜山的历史和爱情……"万山"尖上发脉,是潜山人的俗语。"万山"就是天柱山。他们的意思是说凡事要从"根尖儿"说起……从根尖儿上讲起,他们就建了一座"庐江府",说庐江小吏焦仲卿和妻子刘兰芝,如何"孔雀东南飞,五里一徘徊";说起"胭脂井",他们又建了个二乔公园,说三国时的乔公如何得孙策、周瑜二人为婿,怎样"曲有误,周郎顾"……他们还把一条高铁从潜山城修到了北京城,又把城南三湖连缀在了一起,建设起了一个绮丽的雪湖公园……说了不算,他们还唱。他们说自己的嗓子不行,但有唱得好的,那唱得好的一位名叫程长庚,一嗓子从潜山城吼到了北京城,唱成了京剧鼻祖;还有一位名叫韩再芬,咿子呀子哟的,袅袅一曲黄梅,唱得花红柳绿水含笑……

"潜山万笏又清虚,烟树人家绣不如。"这也是潜山人张恨水写的。张恨水先生除了是一位地道的潜山人外,还是民国时的第一大写手。大家都说他是大文人、大作家,他却说自己是一支秃笔"替人儿女说相思"。只是他这一说,就说透了世间儿女、夫妻、父母和朋友的情……他说了一辈子,说得著作等身。他这一说,还不经意地描绘出了一幅潜山图:潜山烟云竹树,山岳潜形,千壑竞秀,万山叠翠,攒峰列岫,齐齐地朝拜天柱峰,不就是"万笏又清虚"?

我说半城荷花一城藕,与之相对的当然就是"一城花开半是梅"了。潜山城不仅有荷,还有梅:蜡梅、红梅、绿梅、白梅、黄梅……有留下历史传奇的一位梅花小姐。因为这梅,潜山还有一个别称叫梅城,有一条河叫梅河。春到梅城一树花。老梅疏枝横斜,姚黄魏紫,各吐芬芳。白雪皑皑的日子,远远望去,一株株梅树就像一个个身着红披的女子。若是扶藜踏雪访梅花,你就知道潜山人有多浪漫了——但是,潜山当年最浪漫的不是年轻人,而是潜山的十八位退休老人。他们在此生活了一生,他们熟悉潜山,他们从骨子里喜欢潜山……种梅、养梅、护梅,他们到处奔走呼吁。当然,他们也终于圆了好梦——让梅花成了潜山市的市花。

潜山有荷,有梅,有美味佳肴;有戏,有歌,有通向外面世界的高铁……潜山人当然都有一副好心情。他们天天就利用这好的心情,小心翼翼地呵护着天柱山,建设着潜山城。就这样,在潜山,人与山、山与城、城与人、人与人相依相偎,相辅相成,相亲相恋……他们不无兴奋地说:"如果说天柱山是一顶金色的皇冠,那么潜山城就是那皇冠上的明珠;如果说天柱山是一位峨冠博带的仁者,潜河与皖水就是两条长长的银色飘带,那么,潜山城就是系着两条飘带的那一枚灵动而美丽的扣了。"

2022年4月26日于北京寓所

梅骨莲心
——申瑞瑾散文印象

尽管只见过申瑞瑾一两回,但读她的文字,恍若她就在眼前。大家静静地听她谈茶、谈莲、谈荷、谈梅,谈她走过的山水和她的至亲至爱……她绘声绘色,从不遮掩,快人快语中又极有分寸。这分寸里既有她对苍茫世事的拿捏与体悟,也有她对个体生命的宽容与体谅。文如其人。她的文字中总有一种灵魂的迷离与寻找,当然还有一副隐约浮动的梅骨莲心。

她写得多的确实是茶,是莲,是荷。她喜欢茶,也很懂一些茶道,这就不必说了。她对荷、莲的喜爱就让人很惊奇。在她看来,看荷是她夏日里必有的一场盛宴:"红的、粉的、白的荷,全像天鹅般地伸着颈……袅娜着,纤弱着,盼望着,出尘不染着。"在深深浅浅、热热闹闹的荷田里,她恍惚自己就是其中一朵。她对荷、莲的爱近乎痴迷。比如,在太原的晋祠,人们更多的是在看历史、品文物,她却流连在有睡莲的池边,看"缱绻在池塘的光影,轻拂过水面的数朵睡莲。莲叶舒展着圆润的肥臀,露出楚楚可人的姿态。锦鲤在水下穿梭,古树和夕阳的倒影一股脑地倒在池塘里,与睡莲争着水的宠,重叠着不可言喻的美感"。她喜欢荷、莲,其实就是喜欢自然,喜欢自然生命中"刹那间的芳华"。

贺兰山、响沙湾、额尔古纳河、洱海、贵州……从北到南,从西到东,她到过很多地方,也写过不少散文。这些文字的语言亦有讲究,如:"傍晚的时光和河水一样,无声无息。晚霞在不知不觉中染红了河水。恍惚间,我竟不知他们在垂钓晚霞还是钓鱼……"(《界河边的桦林与村庄》)"峡谷里的流水声与虫鸣此起彼伏,偶有蝴蝶在花草尖上稍作休息,又翩然掠过水面,飞至另一枝头。"(《福州"福果"天门山》)她自小生长在以山水著称的怀化,跑过一些山水,看山观水自有一副挑剔的眼光。在一篇《河与瀑》的散文里,她就说了她对观瀑的看法。她说:"观瀑不能近身。观诺日朗瀑布得站得远一点,这样才会将宽阔的瀑布尽收眼底;在赤水大瀑布却要感受全身被水雾笼罩,被水珠溅湿的味道;而看黄果树大瀑布,必须动静相宜,这样才会有一种'如花美眷'的幻觉。"

还因为写自然山水,她对生命产生了一种深深的恐惧。一位初高中同学因读到她写的呼伦贝尔大草原而奔赴那里,结果却因心梗而骤然离世。闻讯后,她自责不已,"心如乱麻,夜不能寐",大病了一场。后来她在《呼伦贝尔的长调与悲歌》等两篇散文里都写到了此事。她深感忏悔的还有一个早上,她急着送孩子上学,对唠叨的祖母嘟囔了句:"不要你管!"可她高龄的祖母偏偏突然在那天过世,连一个道歉的机会也没留给她。她的文字有时就这样直面人的死亡。也许正因为有了这种直面的勇气,她对生命也有了自己的心得。她说:"有时一个念想或一个决定,都可以改变一个人的一生。"而"命运推着你跌跌撞撞前行,一些人能奔向大海,一些人终抵大漠"。

然而,她终究又是容易"迷离"的。她的这种迷离在文字里也经常出现。比如在周庄,有那么一刻,她觉得自己就是那里的主人,吃着粗茶淡饭,坐在向阳的木格子窗前,泡着上好的杭州胎菊。还有一双聪明伶俐的儿女,儿女放学归家时会喊一声:"娘,今晚有什么好吃的?"(《柔软的周庄》)在湖南新化的紫鹊界,她又感觉自己便是那某户人家初长成的女孩,与姐妹们围着母亲学做女红,调皮的她总是绣不好一只鸟一朵花……(《九月的紫鹊界》)而在《带泪的溪砚》里,她干脆就认为自己是砚老板家的四小姐了,年轻砚工就是她"暗暗喜欢的人"。然而在绣楼上,她却接住了一个面白身长的书生的笑容……出嫁时,父亲为她陪嫁了砚台,一方砚工刻了一株带露珠荷的砚台。在那荷上,她看到了砚工眼角的一滴清泪……看山观水,不知不觉她就把自己嵌了进去,仿若她在寻觅自己的灵魂,又在灵魂中观照人生——这就有些迷离、浪漫而古典了。

写到这里,我突然想起那一年在鲁迅文学院,我和另两位老师受邀在他们班上讨论散文,她却不在课堂的事。后来见面,她告诉我,那天她有事出去了。现在读她的文字,我却相信那天十有八九也是因为迷离,她出去寻寻觅觅了。

2022 年 5 月 1 日于北京寓所

悬崖上的人生

一

不知为什么,我每次赶到石牛古洞都是下雨的天气。雨下得很猛,天柱山一下子就被浸泡在了水里。雨水从岩石的上方往下流,流到崖壁底下便发出了哗哗的声响。因为水流的声音,石牛古洞立即就有了动感……那些字好像也忽然动了起来,它们从溪水里缤纷浮起,像是沾了晶莹水珠的花瓣撒满了一溪……

雨帘的背后,朦朦胧胧的。那些石刻、那些字、那些人仿佛一起走了出来,就像舞台中央的灯光骤然而灭,面前黑乎乎的。我首先看到的是北宋皇祐三年(1051年)九月十六日,举着火把走来的一行人。透过他们的身影,我看到了王安石(1021—1086年)留在石牛古洞东侧崖石上的一行字:

水泠泠而北出,山靡靡而旁围。欲穷源而不得,竟怅望以空归。

这是一首六言绝句。在这首诗《题舒州山谷寺石牛洞泉穴》的旁边,清清楚楚地留有几溜行楷:"宋皇祐三年九月十六日,自州之太湖,过寺宿。与道人文锐、弟安国拥火游,见李翱习之书,坐听泉久之。明日复游,乃刻习之后。临川王安石。"

王安石似乎总喜欢举火把游洞,后来游安徽的褒禅山也是——就这样,正当而立之年的王安石选择这样一个夜晚走了进来,走进了通判舒州的生涯。而在到此之前,他是犹豫不决,甚至有些灰心的。在给弟弟王安国的诗里,他还诉说了自己的心情:"只愁地僻无宾客,旧学从谁得指南。"(《到舒州次韵答平甫》)他担心地处偏僻的舒州民风愚昧,无人交往,他的学问得不到长进。以致到了以后,舒州同僚为他摆酒接风,他也"自嫌多病少欢颜,独负嘉宾此时乐"(《到郡与同官饮》)。但从这个"听泉"的夜晚开始,他准备将他的身心交与这片山水了。

舒州大地也迎来他"怅望"的三年时光。

通判虽是一个副职,属于地方小吏,但也是由京官选派而来,有权直接向皇帝奏事,是朝廷的眼睛。王安石接受这一官职,心情极为复杂。他位卑志高,时而踌躇满志,时而也有"青山满天地,何往为吾丘"(《凤凰山二首》)的疑问。驱马舒州山水,他甚至产生了"愿为五陵轻薄儿,生在贞观开元时"(《凤凰山二首》)的想法,滋生了"毋为百年忧,一日以逍遥"(《招同官游东园》)的及时行乐思想。只是一到舒州,就遇上大旱,他无暇多思,只能与舒州的老百姓打成一片。为了祈愿风调雨顺,他洋洋洒洒写了

《祈雨文》《谢雨文》两篇文章,和当地老百姓一起求雨;为救荒济贫,他跋山涉水,发放粮食。"蓦水穿山近更赊,三更燃火饭僧家。"(《发粟至石陂寺》)偶有闲暇,与同僚"幽菊尚可泛,取鱼系榆条"(《招同官游东园》),也一起采菊钓鱼了。

"盖自三年至五年,所见闾阎之疾苦,官吏之追呼,无不具托于诗篇。"这是清代学者蔡上翔总结王安石为政舒州时说的话。此言甚是。舒州三年的从政,正是王安石一生中深入基层,当地方官时间最长的。他在舒州写的诗篇,反映的也都是当时生活艰难、民生凋敝、官吏无能的种种社会弊端。

最典型的是他的《发廪》《感事》《兼并》三首政治诗。在这三首诗里,他亲眼看到的社会黑暗昭然若揭:"三年佐荒州,市有弃饿婴……崎岖山谷间,百室无一盈。"(《发廪》)"贱子昔在野,心哀此黔首。丰年不饱食,水旱尚何有。"(《感事》)"利孔至百出,小人私阖开。有司与之争,民愈可怜哉!"(《兼并》)这些诗既有对富豪掠夺人民土地财产的强烈不满,也有对尸位素餐者的极大愤慨,还有他对丰年吃不饱饭的老百姓的忧心与愧疚,更有他对自己为政三年,没有让老百姓摆脱贫困的自责……舒州三年,对他的宦海生涯,对他后来改革思想的萌生和形成,乃至对整个北宋政坛产生的影响都不可轻视。要说他"变法"的思想在这里初备雏形并非言过其实,说他这三首诗可以与杜甫的"三吏""三别"相媲美也不为过。

王安石不仅勤政爱民,还爱好读书,经常在"潜峰阁"挑灯夜读。

现在,这里还留有一个"舒王读书台"。说王安石在赴任舒州的一艘夜行船上,遇上一位貌若天仙的女子,女子双手捧一颗宝珠,踏浪而来,对他说:"常闻君勤奋好学,特献上一颗夜明珠伴君夜读。"说罢,便在江上消失得无影无踪。王安石抵达舒州后,政务之余便将"夜明珠"放在案头,夜夜苦读,甚至通宵达旦。潜峰阁的青灯光影就像天上皎皎的月亮,以至当地人把这一景观比喻为"舒台夜月",把潜峰阁称为"舒王读书台"。他在这里读书,辑录了唐代诗人杜甫的一部诗集,亲自撰写《老杜诗后集序》,又写了首《杜甫画像》的长诗,对杜甫的诗歌极其推崇。

宋人朱弁《曲洧旧闻》有王安石一则逸事,说他吃饭总敷衍了事,只吃眼前的獐肉丝,筷子从不拣别的菜,以至人家误以为他喜欢吃獐子肉,第二天又给他送来獐脯……作为性情执拗,被大宋王朝称为"拗相公"的一代宰辅,这种传说倒是符合了民间对他的一些期待与想象——他确实是一个容易留在民间故事里的人。

时至今日,这里的民间还流传着王安石的故事。

比如,说他不修边幅。治所南边雪湖岸上有位何翁隐士,他多次拜望都吃闭门羹。有一次,他乘其不备闯进何府,何翁装作在身上捉虱子,以此谢绝。可不等何翁在身上捉出虱子,他就从自己胡子里捉出虱子递给何翁。两人相视大笑,从此成为莫逆之交。王安石的诗"有兴提鱼就公煮,此言虽在已三年"(《书何氏宅壁》)写的就是这位。在另一个故事里,说王安石在舒州乡下买米粑,与一漂亮的老板娘打赌,说老板娘若能对上对子,他就送她一幅字。他随口戏谑一联:"大大一对白娘子包。"岂知老板娘机智异常,张嘴就对出下联:"长长两幅王先生字。"害得他白白送出一幅字。

在舒州任通判三年,由于当时的宰相文彦博、欧阳修极力推荐,王安石曾有过两次到京城任职的机会,但都被他找理由推辞了。特别是至和元年(1054年)三月,他在舒州的任期已满,朝廷任命他为"集贤校理"。这个职务在宋代士大夫们眼里是清要之职,但他断然拒绝。他写了一首诗,以表达自己的胸襟与抱负:"戴盆难与望天兼,自怪虚名亦自嫌。槁壤太牢俱有味,可能蚯蚓独清廉。"(《舒州被召试不赴偶书》)

但他最终还是离开了舒州。从石牛古洞开始"怅望"的神情里,一步一步,信心满满地走向了繁华的京城,成为"中国十一世纪的改革家"(列宁语)。只不过,这时他花了三年的时间,经历了一个由初到舒州时的茫然,到"欲辞皖潜更踌躇"的心路历程,对舒州人民有了依依不舍和"自羞"的情愫。直至元祐元年(1086年),他在金陵(南京)孤寂地离世,孤傲执拗的"改革者"背影凄然地消失在北宋的天空,再也没有回来。但穷其一生,他一直没有忘记舒州,也没有摆脱与舒州的关系——元丰元年(1078年)他受封舒国公,病逝当年被追封为舒王。

还是在受封舒国公时,他认为那是朝廷对他最大的肯定和恩宠,竟高兴得一口气写了三首诗——他怀想"落木云连秋水渡,乱山烟入夕阳桥"(《九日登东山寄昌叔》)的舒州山水,思念"皖城终岁静如山"(《次韵曾子翊赴舒州官见贻》)的日子,自觉"今日桐乡谁爱我,当时我自爱桐乡"(《封舒国公三首·其二》)。元丰七年(1084年),见到舒州的逊师,他又写诗,云:"亦见桐乡诸父老,为传衰飒病春风。"遥望留有遗憾的舒州,他的内疚和羞愧感与日俱增:"看君别后行藏意,回顾潜楼只自羞。""相看发秃无归

竹山可望 | 313

计,一梦东南即自羞。"

不羞的是他那留在舒州的一首首诗,刻在石牛古洞的一方方石刻。他那首"竟怅望以空归"的六言诗,连他政治上的反对派,苏门"四学士"之一、北宋文学大家晁补之看到,也不由得心存敬意,云:"盖公在江南时所书野壁辞,凡二十四言,世以谓具六艺群言之遗味,故与其经学典策之文俱传焉。"这一方石刻历经九百多年的风雨,就像王安石抛向波澜壮阔的生命大河里的一只铁锚,牢牢地嵌入了古皖大地。

二

石牛古洞就像天柱山的一张嘴巴,年复一年、日复一日地诉说着什么;又像天柱山三祖寺的一只耳朵,总在倾耳谛听什么……这里,第二个朝我走来的就是黄庭坚(1045—1105年)了。他在舒州逗留的时间不长,但他以此为家。他自号山谷、山谷道人、摩围老人、摩围居士……把自己唯一的爱女嫁给李公麟的侄子李文伯。他在此挥就的诗篇,已成为中国文学天空中一抹绚烂的霞光。

这位北宋的大诗人、大书法家自幼聪颖,七岁时便写了诗《牧童诗》,八岁时写出诗《送人赴举》,两次乡试均为第一。英宗治平四年(1067年)进士及第,神宗熙宁五年(1072年)任北京(今河北大名)国子监教授,神宗元丰三年(1080年)改任吉州太和(今江西泰和)县令。

虽然他的履历有"徽宗起知舒州"之句,但他实际并未就任。

他到舒州全是六舅父李公择也即李常在这里当官的缘故。李常任淮南西路提点刑狱,治所正在舒州。据资料考证,黄庭坚一生只在元丰三年(1080年)两次到过舒州,分别是那一年的秋天和冬天,也即他的恩师苏轼因"乌台诗案"被贬谪黄州的年份——"长我教我,实为舅氏"。自从十四岁时父亲过世,他就跟着舅父李公择在这一带生活,他对这里应该不是很陌生。

黄庭坚三十五岁时来到石牛古洞,比王安石当年来时大五岁。在石牛古洞,面对王安石三十年前留下的石刻,他有些兴奋,也有些忐忑,写了一首六言绝句:

司命无心播物,祖师有记传衣。白云横而不度,高鸟倦而犹飞。

这诗有禅意,似是脱胎于《景德传灯录》中"一片白云横谷口,几多归鸟尽迷巢"之句。后来在《山谷诗集注》中,他自注云:"荆公通守舒州,尝题诗云……故山谷拟作。"意犹未尽,他还写了同样充满禅意的一首诗,名为《题山谷石》:

畏畏佳佳石谷水,冬冬隆隆山木风。炉香四百六十载,开山者谁梁宝公。

走进石牛古洞,黄庭坚倏然看见一头青牛跪卧溪畔,似饮水又像是撒欢,朝他哞哞叫唤。他恍恍惚惚,思绪萦回,仿佛就回到了自己的童年,脱口叫一声"青牛"。他兴致勃勃地在石牛溪旁大

竹山可望 | 315

石上写了一首诗:"郁郁窈窈天官宅,诸峰排霄帝不隔。六时谒天开关钥,我身金华牧羊客。羊眠野草我世间,高真众灵思我还。石盆之中有甘露,青牛驾我山谷路。"然后,又在石壁上刻下题记:"李参、李秉夷、秉文、吴择宾、丘揖观余书青牛篇,黄庭坚庚午小寒。"

天柱山层峦叠嶂,是道教第十四洞天、五十七福地。苍苍莽莽中有司命真君所居的司元洞府。那时,这里道宫幢幢,道场林立,有一种神秘的道教祖庭文化气息。与之前两首诗迥然不同,他的这首诗诗风突变,瞬间就说他是一位堕落凡尘的"金华牧羊客"。如今"高真众灵思我还"——黄氏祖寓婺州(即金华)。而《神仙传》上也说:黄初平年方十五,为家牧羊,由一道士携至金华山,历四十年,成为神仙。后来黄初平的哥哥找到他,问羊何在,他喝令满山白石化为数万只羊……登上石牛背,恍若骑上出关的青牛,黄庭坚流露出夫子自道的道家心性。

黄庭坚是愿意相信人有"宿根"的。有一地似曾相识,他就觉得前生到过。宋人笔记《春渚纪闻》等书,也有黄庭坚前世是一位闺中才女的记载。说那位才女平生最大的愿望就是"身为男子,得大智慧,为一时名人"。才女熟读《法华经》,所以得以托生于他。还说黄庭坚被贬至四川涪陵时,梦见一女子说坟里的棺材朽坏,尸身腋下有蚁虫咬噬。他的腋下本有湿癣。于是他真的找到这座坟,为她改棺重葬,腋下的顽疾也不药自愈了。

前世抑或今生,因"乌台诗案"带来的种种人生的失意、苦闷和迷惘顷刻间烟消云散。骑着青牛,牧笛横吹,黄庭坚仿佛找到心中的一处世外桃源。后来著名画家李公麟以此为背景,画了一幅《鲁直坐石牛图》,题曰:"鲁直坐石牛上,题诗石上,所谓'青牛驾我山谷路'也。"并请人刻在了溪边的石壁上。可惜这方石刻不知何时被人盗走,石壁上兀自留下个凹处,让人唏嘘不已。

李公麟(1040—1106年),字伯时,舒州人。神宗熙宁丙科。历南康、长垣尉,泗州录事参军,为中书门下后省删订官、御史检法。好古博学,长于诗。他与当时舒州的李亮工(公寅)、李元中(冲元)号称"龙眠三李",与黄庭坚交情尤其深厚,且终生不离不弃。黄庭坚把女儿嫁给李公麟侄李文伯,便是这种关系最有力的见证。

与舒州结下秦晋之好,成了儿女亲家,也给舒州增添了一桩喜事,黄庭坚没有理由不喜欢舒州。但毕竟是客游舒州,他在此写诗,尽管一写就写成了千古流传,但那只能说是他的过人之处。

《宋史》对黄庭坚那次游历舒州是这样记载的:"初,游潜皖山古寺、石牛洞,乐其林泉之盛,因自号山谷道人云。"那次,他与表弟李秉彝(夷)等游览潜峰、山谷寺、万松亭诸名胜,盘桓了五十余天。在舒州,他在延寿寺徘徊徜徉,欣赏芍药、牡丹、春笋……拜谒前辈王安石读过书的"潜峰阁",追寻"梅蕊破颜冰雪,绿丛不见黄甘"的友情,登上"擢秀阁",饱览"岁晚对烟景,人家橘柚间"的舒州黄昏……听说有"烟波钓徒"之称的唐代大诗人张志和的后人隐居在此,黄庭坚还兴冲冲地邀他煮泉品茗,作《灵龟泉铭》。特别有趣的是,在陪同的朋友丘揖的家里做客,看到父亲亲手点校的一部《韩愈文集》,他激动不已,手舞足蹈,赋诗曰:"中有先君手泽,丹铅点勘书诗,他日还君一鸥。"(《从丘十四借韩文二首》)不仅要还丘揖一壶酒,看丘揖临摹王羲之《兰亭序》,他还把自己收藏的几本王羲之字帖都给了丘揖。据说,那次他把"少负奇气,七岁能诗"的外甥徐俯也带在了身边。

黄庭坚对舒州山水如痴如醉,现在,我们也许可以从他的家乡找到一些答案。

他在家乡江西双井的居住地背靠凤凰山,面对修明河的明月湾,十里秀水穿村而过。四周象形山、虎形山以及狮形山逶迤环抱……让人奇异的是,石牛古洞面临潜水河,背靠的也是名为凤凰的山,周围也是连绵不绝的天柱山山峰。他七岁时写的《牧童诗》:"骑牛远远过前村,短笛横吹隔陇闻。多少长安名利客,机关算尽不如君。"——这里也有一头牛,一头石牛。所谓"青牛驾我山谷路"也。

此情此景,暗合了他怎样的一个生命密码?

元丰三年(1080年)十月,也就是黄庭坚赴吉州太和任知县时,他自金陵溯江而上,凑巧六舅李公择自舒州治所外出巡察。不知无意还是有约,两人在皖水入长江处相遇。风雨连绵十几天,甥舅两人喝茶饮酒、读书聊天;对床夜语,抵足而眠。黄庭坚情不自禁地想起诗人韦应物《示全真元常》一诗,反复揣摩吟咏其中"宁知风雨夜,复此对床眠"两句,迷离不已。与舅父分别后,他把这十个字作为自己写的十首诗的韵脚,将童年以来舅父给予的关爱一一溢于言表,最后,动情地说:"何以报嘉德,取琴作南风。"他取"昔者舜弹五弦之琴,造《南风》之诗。其诗曰'南风之熏兮,可以解吾民之愠兮;南风之时兮,可以阜吾民之财兮'"(《孔子家语·辩乐解》)的典故,希望能像舜那样为民解忧纾难,为民增财添富……

由于赴任在即,黄庭坚惆怅地告别了舅父。临别之际,他写诗呈给舅父:"昨梦黄粱半熟,立谈白璧一双。惊鹿要须野草,鸣鸥本愿秋江。"意思是说这次见面很快乐,昨夜睡得很香,还梦见自己当了大官,获得重赏。宦海沉浮,他已然是一只受惊的小鹿,只求像江上的鸥鸟能自由自在飞翔就好了……诗里突然透露了一种无名的悲伤,仿佛预感前路虎视眈眈,命运的大网张开了狰狞的大口。

崇宁元年(1102年)六月初九,黄庭坚领太平州(治在今安徽当涂)事,仅仅当了九天太守,就再次被免除职务。黄庭坚《年谱》记载:"崇宁元年七月甲午,系舟达观台下,待舒城家问。"崇宁二年(1103年),朝廷将《元祐奸党碑》颁布天下,又开始新一轮对元祐党人的打击,黄庭坚名列其中,由此遭逢厄运——著名女词人李清照的公爹,也曾是他在北京大名府国子监时的同僚赵挺之当了副宰相。此人为人阴险,卑鄙无耻,与他一直不和。果然,转运判官陈举秉承赵挺之意旨,呈上黄庭坚写的《荆南承天院记》片语,以"幸灾谤国"将他治罪,将他贬到当时蛮荒的宜州(今广西河池)。

六年的贬谪生活,给黄庭坚一家带来了沉重的打击,也使他的身心遭到致命的摧残。崇宁四年(1105年),朝廷欲将他流放永州(今湖南),但九月三十日,他没有听到诏令就溘然长辞,生命的光辉凝结在了六十岁的人生刻度上。

据说,他生前最快意的事就是饮完酒把脚伸到栏杆外面淋雨,然后说:"吾平生无此快也!"

三

狭长幽深的石牛古洞,一股股溪流如抖落的白练。流水沿山谷的石壁湍急而下,或穿岩击石,訇然作响;或百转千回,溅雪飞玉;或潺潺溪溪,窃窃私语……有了流水,这里不仅有了动感,还有了人迹,有了生命,有了鲜活的人文气息和永恒生命的影子。留字或没有留字的,来过或没有来过的,都像影子一样存在这里。人影幢幢——这里,留下最大的影子的就是苏东坡(1037—1101年)——苏轼了。他没到过石牛古洞,却像影子一样真实而诗意地存在。他的诗,他的为人,他的故事……在这里到处传说。

水无心而宛转,山有色而环围,穷幽深而不尽,坐石上而忘归。

石牛古洞岩石上这首六言诗,因旁边刻有"荆公"二字,就有人说是王安石后来补刻的,也有人猜是黄庭坚步王安石诗韵而作。但两人的诗集均没有收录。因此,这首六言诗就成了诗坛的一桩疑案。于是有人喟然长叹,说:"如果这诗是苏轼——苏东坡写的多好!"

这当然是人们的一厢情愿。因为从苏轼的生命轨迹和他的诗文看,他没有到过这里。他与舒州的关系只是朋友,只是诗歌的关系。

苏轼第一次知道舒州,是在杭州通判任上。熙宁七年(1074

年),朋友柳子玉要到舒州任灵仙观监,他赠诗一首,劝勉朋友,也期待"何时梦入真君殿,也学传呼观主来"(《送柳子玉赴灵观》)。熙宁十年(1077年),朋友王景纯致仕归隐,他赠诗一首,与之开玩笑说:"他年若访潜山居,慎勿逃人改名字。"(《赠仲素寺丞致仕归隐潜山》)他与王安石、黄庭坚共同的朋友——李公麟为弟弟李亮工隐居之宅绘制《归来图》,他还是赠诗一首:"五亩自栽池上竹,十年空看辋上图。"(《李伯时画其弟亮功旧隐宅图》)

苏轼和舒州的关系当然还因为李公择。李公择是黄庭坚舅父,也是苏轼的密友。黄州与舒州当时同属淮南西路,苏轼初贬黄州(今黄冈)副团练使,属设在舒州的舒黄蕲镇抚使管辖。事实上李公择经常去黄州,还将舒州的柑子寄给他尝鲜。"我有同舍郎,遗我三寸甘。"(《东坡八首·其一》)——他吃了不算,还期待第二年的春天,弄些柑苗栽在自己的荒地上:"想见竹篱间,青黄垂屋角。"(《东坡八首·其一》)舒州产梅,梅花开时,李公择写了一首长诗,苏轼依韵而和:"诗成独寄我,字字愈头痛。""何当种此花,各抱汉阴瓮。"表示要与李公择一起回乡抱瓮,同种梅花。

《苏轼文集》里有一篇《记公择天柱分桃》的文章写得很有意思:"李公择与客游天柱寺还,过司命祠下,道旁见一桃烂熟可爱,当往来之冲,而不为人之所得,疑其为真灵之瑞,分食之则不足,众以与公择,公择不可。时苏、徐二客皆有老母七十余,公择使二客分之,归,遗其母,人人满意,过于食桃。此事不可不识也。"

这是不可多得的一篇笔记小品。因其中有"此事不可不识也"语,有人认为苏轼去黄州之前,应该向舒黄蕲镇抚使报到过,意思是到过舒州。但更多人坚持认为,虽然他被授"舒州团练副使"之职,但紧跟其后有一句"永州居住",意思是他不得离开永州——到底有没有到过舒州,留给世人的只能是一个千古之谜和叹息了。

但苏轼晚年有卜居舒州的打算,是千真万确的。

苏轼几遭贬谪,晚年为在何地安家居住费尽了心思——似乎也没有人像他那样为晚年的卜居而一波三折。他最早动这个念头是在元符三年(1100年)十一月。当时,朝廷有旨给他:"复朝奉郎,提举成都玉局观,在外州任便居住。"(《苏轼文集》)即他可以自由自在地选择自己的住地——何以为家?他首先想到的当然是老家,如"蜀若不归,即以杭州为佳"。但两地到底都不合适。于是他想到了常州。原因一是他在常州还有一点田产,二是在"乌台诗案"发生时,他曾将一家老小安置在常州的宜兴县。

他从贬谪之地岭南北归,途经绍州(广东)遇上了好友李亮工(公寅)。后来,他说:"今三十年而见君曲江(今广东韶关),同游南华,宿山水间数日,道旧感叹,且劝我卜居于舒,故诗中皆及之。"(《苏轼文集》)由于李亮工的劝导,他有了卜居舒州的打算。

"青山只在古城隅,万里归来卜筑初。会见四面朝鹤驾,更看三李跨鲸鱼。"(《次韵韶倅李通直二首》)这是他关于卜居舒州的诗。他知道舒州城边有雄奇灵秀的天柱山,也知道舒州有"龙眠三李"等朋友,且对舒州的山水和乡风民俗一清二楚。因为李亮工的劝导,他兀自做了一番美好的想象,与之分手后,便"意决往龙舒(即舒州),遂见伯时为善也"。

随后,他写信给了舒州的另一朋友李惟熙:

> 倘得生还,平生爱龙舒风土,欲卜居为终老之计。(《苏文忠全集·东坡续集》)

> 住斗龙舒为多……龙舒闻有一官庄可买,已托人问之,若遂,则一生足食杜门矣。(《苏轼文集》)

但在着手购买官庄时,事情发生了变化。比他先期遇赦的弟弟苏辙(子由)已经定居在许昌。弟弟来信希望他定居许昌。苏轼收到信,就产生了"老兄弟相守过此生矣"的想法。可即便是这样,他的心还是在常州、舒州、许昌三地来回摇摆,游移不定,以至中间还有过定居真州(今仪征)的想法。

最后,考虑到当时常州远离北宋政治中心,又有当年为官的一些根基,他还是选择了常州。只是遗憾的是,他在那里住了一个多月便怆然而逝了。

名下虽然挂了"舒州团练副使"职务,舒州人民终没有福分接纳他的肉身。

> 船头坐三人,中峨冠而多髯者为东坡,佛印居右,鲁直居左。苏、黄共阅一手卷。东坡右手执卷端,左手抚鲁直背。鲁直左手执卷末,右手指卷,如有所语。东坡现右足,鲁直现左足……佛印绝类弥勒,袒胸露乳,矫首昂视,神情与苏黄不属……珠可历历数也。

这是明朝魏学洢写的一篇《核舟记》。他把苏轼、黄庭坚和佛印三人刻画得神情毕肖,活灵活现。但实际上当年乘舟泛游赤壁的并没有黄庭坚和佛印两人。只是在神刻王叔远眼里,舟上有苏轼,一定就有黄庭坚,有佛印……同理,在舒州人民的眼里,王安石、黄庭坚到过舒州,那么苏轼也应该到过舒州。只有三个人聚集在这里,才是北宋文坛的风云际会……

不过,让舒州这一片山水后来感到幸运的是,他们三人或足迹,或灵魂,或背影,抑或仅仅就是一缕缥缈的诗魂,最终他们都用各自的方式把自己留在了这里,留在了石牛古洞那一泓潺潺不止的溪流之中了。

这是舒州山水的一种功德圆满。

这三人中,苏轼是四川人,王安石和黄庭坚是江西老表。王安石年长苏轼十六岁,苏轼又年长黄庭坚八岁。三人是诗友,又同卷在党争的旋涡里。黄庭坚父亲与王安石是同乡同年进士,黄庭坚自少年时代就推崇王安石,他与王安石一样经历了少年丧父之痛。孤傲的性格与王安石也有的一比。苏轼"乌台诗案"株连到他,他受到了罚红铜二十斤的处罚……或为朋友或为政敌,他们三人却总是惺惺相惜。

苏轼被捕关押,政敌们欲置之死地而后快。面对确凿的证据,杀还是不杀,神宗皇帝一时举棋不定。就在这关键时刻,罢相而退居金陵的王安石毫不含糊,连夜派人飞马进京上书给神宗,说:"安有圣世而杀才士乎?"

元丰七年(1084年),苏轼离黄州奉诏赴任汝州(今河南汝阳,未果),途经金陵(今南京),专程拜访王安石。王安石穿了便服,骑着毛驴接他。苏轼慌乱得连帽子都没戴,迎前施一大礼说:

"今日太失礼,竟敢以便服来参见大丞相。"王安石道:"礼仪哪里是为我们这种人而设呢!"说罢,两人一起诗酒唱和,好不投机。王安石约他在金陵买田筑屋,相邻而居。苏轼感动得和诗一首,曰:"骑驴渺渺入荒陂,想见先生未病时。劝我试求三亩宅,从公已觉十年迟。"(《次荆公韵四绝·其三》)诗中充满了对王安石的景仰。两人相处了三十多天。

苏轼离开时,王安石还对人说:"不知更年几百,方有如此人物!"

这样的苏轼——这样的苏东坡,舒州人民当然世世代代地喜欢。何况,他为舒州写了那么多美妙的诗文,留下那么一个美妙的卜居之梦——现在,这里民间宴席摆放桌椅,仍然有"苏端""欧端"之分;民间嫁娶也有"苏才""郭福""姬子""彭年"之说。这"苏"就是舒州人对苏轼生命的一种朴素而真诚的认可和怀念。

四

石牛古洞六百多米长、十七米宽,面朝潜水河,依偎三祖寺。两岸青山傍围,藤萝满壁。松篁交蔽、绿荫成盖的天然洞穴里,又因长年溪流不息,被人们称为"山谷流泉"……据专家辨识,散落在山谷的石刻自唐贞元初年,至宋元明清乃至民国都有,共有三百多幅,是一处罕见的没有断代的摩崖石刻……石刻字或大如斗,或小如蝌蚪,或飘逸或沉雄,或苍劲或圆润,行楷隶篆草、颜柳欧米赵……虽然其中也不乏"到此一游"之语,但文体繁杂而齐备,大都出自一些官宦名流、骚人墨客之手。

流水不腐,转眼便是永恒。这些石刻经过千百年风霜雨雪的洗礼,已与天柱山浑然一体。剔除所有的烟尘与浮华,仿若上天赐予天柱山的一座书法艺术博物馆,已然凝结出一束遮挡不住的巨大的人文之光。同时,它又像绽放在溪谷的一朵硕大无朋的宗教与艺术之花,日浸月润,兀自散发出了一种禅意的澄澈和芬芳,历久弥香。

  水曲霞筋转,泉水漱玉抱。(宋·陈楠)

  拂拭悬崖观古字,尘心病眼两醒然。(宋·留正)

  禅林谁第一,此地冠南州。(宋·张同之)

  扶藜踏雪访梅花,小注青牛处士家。(宋·赵希衮)

  石牛洞里诗无数,尽在烟云缥缈间。(元·吴伋)

  醉倚石牛山谷晚,泉声静听思冷然。(明·万象春)

  水流云自在,去住各无心。(民国·施树岩)

这都是留在石牛古洞里的诗句。不仅如此,这里还有诸如求雨、祭山、赈灾这样的记事石刻。有一方石刻就记载了南宋庆元三年(1197年)"劳农"(慰问农民)赈灾之事。从石刻的文字来看,安庆知府陈楝先来慰问农民,七十五天之后,他又到了天祚宫祷告雨神。这石刻起码透露了两条完整的信息:一是南宋庆元三年这里有过大旱,二是当时父母官亲力亲为。光绪壬午年(1882年)清知县陈慎容在此赈灾,如法炮制,勒石以记。

宋人赵彦卫《云麓漫钞》卷二有一段记载:"舒州皖公山洞(即石牛古洞),留题者甚众。沈枢密复曩尝游,见洞上莓苔剥落处露一字,曰下火,知非今人名。试命抉剔之,乃李翱题,字甚劲健。予尝亲到,名公题刻已遍,山水殊胜。"这些石刻,无论是被山水遮蔽或者显示,都能让人寻到一些有趣的历史细节,看到历史光鲜的叶片和生动的枝蔓。

石牛古洞有过热闹,有过沉寂,有令人揪心的破坏。

现在的石牛古洞分为三段:曰"潺潺溪",曰"石牛溪",曰"山谷流泉"。《潜山县志》记载,石牛踪迹或有两处:一处在上游,浑圆巨石如巨牛卧伏溪底,沐浴溪流,腹背外露,水时而漫溇其上,两只天然蹄印嵌在类似脊背的石头上,被人叹为"天下奇观"。另一处就是黄庭坚吟咏的那头"青牛"了。青牛落在进石牛古洞的门口,四蹄弯曲腹下,头、背、腹、腿的线条分明,酷肖青牛跪卧溪畔,饱饮了清泉,然后在茂林修竹间翘首蓝天,谛听三祖禅寺古刹之钟声。千百年来岁序更替,地质变迁,两只牛蹄印仍然完好无损,但黄庭坚骑过的那头青牛却被当成"牛鬼蛇神",炸了牛头,只剩下残缺的牛身卧伏在溪水里,如怨如诉,如歌如泣。

关于青牛,当地衍生了一些神话。一说老子骑青牛过函谷关,走着走着,忽然感觉青牛的脚步放慢了。老子问:"你伴我数十春秋从不懈怠,今天怎么啦?"青牛忽地泪水一流,垂下双耳伏在地上,说:"你出关得道成仙,归时无期,老畜还是眷念中原山水,不忍离去。"老子一笑:"各有其志。待你送我西行三日,我即让你返回。"青牛一听,不用扬鞭自奋蹄,把老子送到西域后,脚踏祥云便往回走。走了一阵,云彩忽被天柱峰扯住,青牛低首一看此处如蓬莱,遂落下了云头。后来人们经常看见一头硕壮的青牛出入天柱山。一位贪心财主看到这条无主青牛,想牵牛回家,于是使劲地拽牛的尾巴。青牛本能地一跺脚,财主不幸摔到谷底,一命呜呼。青牛见断送一条人命,遂心如死灰,摇身一变,变成石牛遁迹了山林。青牛跺脚处便留下了牛的蹄印。

  二说与《牛郎织女》的神话故事有关。说从前这里有头水牛精出入田园菜地,糟蹋庄稼,当地老百姓苦不堪言。有一天,为牛郎织女牵线搭桥的金牛星路过,见到这头水牛精横行霸道,为害一方,就大声叱责。不想,水牛精心生歹意,竟用双角顶撞金牛星。这情景恰被天宫值日的星君看见,立即告诉了太上老君。于是太上老君将水牛精困在天柱山的一个山洞里。但水牛精嫌那山洞逼仄,还是挣扎着逃脱。此事又被凤凰山的仙鹤禀告了太上老君。于是太上老君废了水牛精的灵性,罚它跪卧石牛古洞,永不超生。

  两则神话都劝人向善。有趣的是,它们都与天柱山的道教有关。

  石牛古洞是佛道的,也是儒家的,更是诗意的……它最大的诗意是这里经常上演中国古典诗歌的盛宴——"和诗"。

  自王安石那首"竟怅望以空归"的六言诗横空出世,不仅有了"坐石上以忘归"的六言绝句,还因为黄庭坚那首"白云横而不度,高鸟倦而犹飞"的和诗,源源不断地引来了众多唱和者。例如:"诗可弦兮介甫,操可砺兮涪翁。己已一时陈迹,悠悠万古清风。"(宋赵希衮)"水如玉而可掬,山似黛而重围。坐石上以濯缨,沿山阿而咏归。"(明刘应峰)"水流碧兮如玉,山交翠兮若围。临石崖以兀坐,卧云榻而迟归。"(明张应治)"往古今来递嬗,青山白水重围。望前贤而仰止,探胜迹以忘归。"(清张期愈)"前古游人来往,崖头姓字朗朗。我来石上观泉,又见鸣琴诗榜。"(民国黄任琦)"山崎岖兮四绕,水浅湛兮中流。问凿基兮谁知,曰志公兮建修。"(民国王光约)和诗布满了石牛古洞。

"东坡文章妙天下,荆公绝句妙天下。"这是宋代文坛流行的两句话。前夸苏轼文,后夸王安石的诗。宋代文人称赞王安石六言绝句天下无双。据说一次翰林日,苏轼邀请门人聚集太乙宫,欣赏王安石的两首六言绝句,吟咏再三,苏轼对黄庭坚说:"座中只有你的笔力可及。即使可及了,但不会有荆公的自在。"虽然如此,但和者还是纷至沓来,他们把酒临风,吟诗唱和,其乐融融。这些和诗既有对王安石、黄庭坚两位前辈的怀念与追思,也表达出他们自己体悟的人生意趣……

漫漫岁月,诗人们隔空而吟,也促使他们成为各自生命的启迪者、鼓舞者。

与王安石举火游石牛古洞,整整相距九百三十年。1981年的仲夏,也是从此走出的曾任全国政协副主席、佛教协会会长的赵朴初来到这里,他步韵而作,挥毫泼墨:"汲尽泠泠江水,冲开靡靡山围。三祖道场重现,千花满载而归。"1990年第二次来此视察,他心游万仞,又赋六言诗一首:"大悲无不包容,浑然忘得是非。

识得信心不二,千花满载而归。"

千花满载而归。是啊,时光流转近千年,赵朴初先生这两首六言绝句,便是思接千载,直指佛心,直指一种生命的"华枝春满,天心月圆"吧。

雨,不知什么时候已经停了。石牛古洞里烟雾暗涌,云霞缥缈。溪石竹树若隐若现,时而一片迷蒙,如梦如幻。溪石上湿淋淋的,晶莹的水珠在竹叶与树梢上闪烁着,像洒落人间的一颗颗灿烂星辰。烟树之中,或坐或卧的王安石与黄庭坚那两尊铜像,犹如两颗硕大的星斗渐渐浮现了出来……伴随着溪流婉转激回的,是一阵款款低吟的洞箫声。一切宛如天籁。望着巍峨的天柱山,我突然觉得,这就是天柱山最温柔的一部分了。

五

裹挟着盛唐的烟霞、大宋的风雨,再上场的应该是明朝正德年间的胡缵宗了。虽然"舒州"两字早已写进了历史,这里改叫安庆府,治所也从舒州潜山搬到长江边的宜城,他也只能称作安庆知府胡缵宗,但在石牛古洞,能承接唐宋之风的也只有他了。

史载,胡缵宗(1480—1560年),字孝思,一字世甫,号可泉,一号鸟鼠山人,陕西秦安(今甘肃天水)人。他的祖父曾任过县官,父亲胡士济是一位儒生,曾在四川双流等地任县学教谕。明孝宗弘治十四年(1501年)他考中举人,正德三年(1508年)考中三甲一名进士,被破格擢用,授翰林院检讨,参与编纂《世宗实录》。正德五年(1510年),权擅一时的刘瑾谋反被诛,胡缵宗被人诬告而受牵连,谪为嘉定州判官。正德十年(1515年),升为南京户部湖广司员外郎,后升为郎中。正德十四年(1519年)十二月二十五日改任安庆知府。这时,他才三十九岁。

由于父亲博学多识,胡缵宗耳濡目染,从小就喜欢学习,读书异常刻苦。坊间还有姐姐用嘴衔油点灯,供他读书到三更的故事。他没有辜负姐姐的期望,正德三年(1508年)就考中进士,殿试为一甲,后因大学士焦芳包庇其子焦黄中,把他改为三甲第一名。当时的阁臣试官李梦阳看不过去,特奏请让他等同于一甲,为传胪,他这才被授予翰林院检讨,成了当时朝廷惜才怜士的一则佳话。他与李梦阳、何景明、徐祯卿、边贡、康海、王九思和王廷相"七子"友善,后来诗学思想也接近他们。

"青山下碧流,江树行舒州。千里轻帆外,层层见水楼。"(《望安庆》)从南京赶往古舒州——安庆的船上,他写了这样一首诗,可见心情是何等惬意。就是在那一年,明太祖第十七子朱权之玄孙朱宸濠起兵谋反,很快攻陷南康、九江等地,就在想沿江东下,直取南京时,却在安庆遭到了守军的拼死抵抗。朱宸濠亲临督战,激战十几天仍攻克不下安庆城。其时都察院左佥都御史王守仁(王阳明)攻克其老巢南昌,朱宸濠只好回师。安庆解危。但这个"宁王之乱"却给安庆造成了极大破坏。胡缵宗到安庆后,首先做的就是战后恢复工作。为此,他定了许多规矩,比如,不准属吏骚扰百姓,如有诉讼只是"里人论之",然后又"裁河泊之冗员,裁粮役之虚耗,裁商税之滥科,而弊政以厘"(李天爵《知府胡公去思碑记》)。再实地考察,"开吴塘乌石堰,溉民田",在短短的时间里就使安庆"抚绥安辑,民以大苏",从而深得民心。

在石牛古洞的东侧,有一方石刻上写着:

前翰林检讨胡缵宗,前监察御史余珊,前兵科给事中齐之鸾正德辛巳至日集此,陈良材刻。

如果与当年通判舒州的王安石相比,胡缵宗是"一把手",比王安石有权得多,也多干一年——因府治移到了安庆,他把著名的"天柱阁"从潜山迁到长江的岸边。这样,他既能感受"云从天柱出",又能领略"月傍小孤流"的安庆山水了——在安庆,除了加强府学和县学外,他还恢复和新建了近思、山谷、桐溪、皖山等书院,在安庆各地建设名宦祠、乡贤祠、忠烈祠等。他精研文史,在文学、理学、书法等方面都有造诣。作为明朝地方志历史派的代表人物之一,他在这里不仅留下了大量诗词歌赋,还主修了十七卷《安庆府志》,为安庆留下了一份珍贵的地方文献。

与他一起吟诗唱和的朋友主要是齐之鸾、余珊两位。他们经常攀登天柱山,"上山扫碧霞,下山凌苍濛"(《马上观天柱山》)。天柱山的石牛古洞、山谷流泉、三祖寺、白鹤观等等,都留下了他们寻访的足迹和诗句。在王安石读书遗址旁建造读书台,在石牛古洞石刻"望岳""靡靡溪""山谷"等,仅他一人留下的石刻就有七八方之多。

由于勤政爱民,礼贤下士,胡缵宗的政绩在安庆有口皆碑,以至离任安庆时,当地士民为他刻立"去思牌",说是"皖之士民,远至深山穷谷,蟠蟠之辈,咸奔走嘘唏,不舍公去"。他走的那天,安庆一带甚至连路边相送的人都万般不舍,泣不成声。数百艘的船只一路相送他到京口才折返。

离开安庆后,胡缵宗陆续在苏州、山东、浙江、山西、河南等地做官。嘉靖十八年(1539年)年底,在河南巡抚任上,因衙门失火烧毁符敕,他引咎辞职,退守老家甘肃秦安,在葫芦河畔开始过上读书著述的隐居生活。然而,没有想到的是,在家居住生活了十年之久,到嘉靖二十八年(1549年),他却遭遇一场"诗案之狱"。

事情缘于当时的户部主事王联。王联是一个贪婪成性、睚眦必报的小人。胡缵宗任河南布政使时,王联就在其管辖的阳武县任知县。虽是父母官,他却在当地大肆搜刮民脂民膏,中饱私囊,以致阳武县民不聊生,民怨沸腾,老百姓恨之入骨。为了惩戒王联,胡缵宗叱责过一次他,但他屡教不改。胡缵宗只得叫人在他屁股上打了一顿板子,希望他洗心革面,重新做人。可王联不但不思悔改,而且怀恨在心。当了户部主事又违反国法入狱,为了苟且,他上书诬告了胡缵宗。

明武宗朱厚照游览楚地时,胡缵宗曾写了首《迎驾诗》,其中有"穆天八骏空飞电,湘竹英皇泪不磨"两句——"穆天八骏空飞电",语出左丘明《子革对灵王》里"穆王欲肆其心,周行于天下,将皆使有车辙马迹焉"。意思是说周穆王随心所欲,走遍天下,想让天下都印上他的车辙和马蹄印。王联说这是诽谤明武宗贪婪。而"湘竹英皇泪不磨"之句则暗示明武宗像舜一样死在南巡的路上,他的爱妃也会像娥皇女英恸哭不已,泪洒青竹变成泪痕斑斓的"湘妃竹"……王联抓住这两句诗上书明武宗,说胡缵宗心怀歹意,含沙射影地诅咒圣上。

经他这么恶意的挑拨,明武宗也觉得胡缵宗这诗包藏了祸心,是在诅咒他,便怒火中烧,接到王联的上书后,立即要求特案特办,将胡缵宗捉拿进京,判了死刑。受株连者一时竟达百余人。在狱中,胡缵宗抱膝无眠,依着寒灯孤影,竟以锦衣卫的八种刑具为题写《制狱八景》诗。

同监的难友都替他难过,见他这时候还写这种诗,便抢了他的笔,责怪道:"你是因为写诗才获了死罪,现在还写诗干什么?"胡缵宗凄然一笑,说:"我是因诗而惹祸,现在我不写诗,就能免除我的死刑吗?"白驹过隙,如今四百多年过去,在他的诗集里再找不到这首著名的《制狱八景》诗了。但他的这个"作诗当死"的故事却在当地流传。

由于刚正的刑部尚书刘讱的据理力争,确认胡缵宗这首诗不是诽谤,而是歌颂,应予原宥,这才真相大白,尘埃落定。不久,王联以诬罔罪处死,但明武宗恨意未消,仍将胡缵宗"杖四十遣归"。出狱时,布衣诗人谢榛闻讯,赠胡缵宗以诗,云:"白首全生降圣主,青山何幸见骚人。"年迈的胡缵宗立即口占一诗致谢。后人以此说:"缵宗意气,殆不减苏长公也。"出了牢狱,胡缵宗回老家仍著书不歇,直至七十五岁时还完成了一部学术著作《愿学编》。

嘉靖三十九年(1560年)九月初三,胡缵宗挥毫对客,以八十岁高龄卒于家中。

如此,明王朝胡缵宗这样一位著名的大儒和封疆大吏,终于幸运地捡回一条老命,以善终的方式魂归了故土……只是以诗惹祸招灾,他生前不知是否会想到,在他曾经为官的地方——在那遥远而美丽的天柱山山麓,他们留下的石刻,为他和像他一样行走在悬崖上的人生,延续了一种生命的永恒。

2020 年 8 月 26 日写于北京寓所,2022 年 5 月 22 日定稿

追寻生命的升华
——序胥得意散文集《每个人都是一条河》

我几乎是伴着泪水读完《每个人都是一条河》的。在胥得意的笔下,这"每条河"简直就是每条"泪河"。从杨子荣、八女投江、刘英俊,到杜富国、张浩、森林消防员以及许许多多平凡的人……英雄血脉相连,英雄的行为崇高伟大。当读到他采访木里火灾,与三位幸存的战士抱成了一团,读到"八女投江",女战士们留下的那句"别管我们,冲出重围",读到英雄的妻子林红艳在中秋月圆之夜,默默退出晒着幸福的朋友圈,读到英雄的母亲叮嘱儿子的未婚妻不要参加追悼会时,我都禁不住潸然泪下……胥得意说:"人的生命如同一条河……每一条河的光亮都是太阳给予的,没有了太阳的照耀,河水在黑夜里只是仍然不睡的灵魂,但它缺少光彩。"我理解这种太阳的"光亮"或"照耀",不是瞬间迸发出的那种英雄主义光彩,而是贯穿在一个个生命中的英雄气质,是一种生命必然的精神升华。

由于军人出身和特殊的职业身份,胥得意有机会接触一些保家卫国的军人、武警、消防指战员……每天面对生死,甚至每天都要走在死亡线上的一群人——作为曾经的森林消防队伍中的一员,他知道这支世界上唯一保卫生态的队伍,是一群经常和火魔做斗争,逆火而行、向火而生的人。他深深明白"他们没有惊天动地的事迹,但他们却承载着惊天动地的危险"。如此,他的眼光和笔触也就经常面对一种意外的"情感事实"。或者说,他要常常面对一些无法用语言,只能用泪水才能宣泄的情感。这种意外又不意外的情感事实,我们普通人知晓得不多,但它犹如镌刻在巍巍青山中的群雕,是一个巨大而坚实的存在。

凑巧,就在读胥得意这部散文集之前,我刚读完他的长篇散文《沙卜台:无锁的村庄》。在这部书里,他以中国一个罕见而普通的村庄为例,刻画了特定年代一个村庄的众生相。那里有他的邻居、朋友、亲戚,有他的父老、兄弟姐妹。那一群匍匐在大地上的人,默默无闻,然而又有血有肉,贫穷而有滋有味地生活着。他们的生活可以说是千千万万个中国乡村的真实生活的写照,是这个社会的绝大多数。例如,用一生酿出异样忠贞的贾英莲,用时光疗法疗治心中伤痛的林万有,用勤劳的补丁把日子填满的小宽家,还有作者的二姨、父母……如果说每个人都是一条河,那么这每一条河都是有别于"英雄"的河流。在这些河流里,既没有我们平常理解的英雄人物,也没有什么"惊天地,泣鬼神"的英雄事迹,他们不会进入我们所理解的英雄谱系。但即便是一条朴素的河流,他们生命的律动也是每一条河的律动,是每一条河自自然然地流淌。我觉得这部《每个人都是一条河》与他书写的沙卜台,有着一种割舍不去的内在精神联系,当然也有他一以贯之的对生命的真诚叩问与表达。

伟大来自平凡,平凡造就英雄。或许有人说这是一句套话。但胥得意笔下的这一群"大写的人",相信与沙卜台的芸芸众生一样,他们首先也都是普通而平凡的。每个人都是一条河。是河,就要流淌;是河,就有它最终的流向;是河,就会翻腾出一朵朵喜怒哀乐、酸甜苦辣的浪花。生而平等,万物都应被尊重,崇拜英雄要从尊重平凡开始。有人说,从"平凡"变成"英雄"也就是瞬间的事,比如:杨子荣一脚把马架房踹开,他的枪栓突然被卡住;刘英俊驾驭的炮车的辕马突然受了惊;八位抗联女战士掩护大部队突围,突然被逼迫到了水里……但事实上,英雄并非天生,也绝不会是一蹴而就的。在这些"瞬间"的背后,在已定格的英雄主义色彩的镜头里,一定都有他们成长的印痕,有他们生命得以升华的因子,有他们整个的人生修为和博大的家国情怀。"人的内心是一块地,种什么种子极为重要。"胥得意在探求这些平凡而特殊的生命升华的同时,其实也在探寻英雄的性格和形成英雄的生活"种子"。

在《落叶掩埋的青春》这篇散文里,胥得意写彝族青年布约小兵,当父亲把穿军装的梦想给了他,他如愿以偿地穿上了军装后,万万没有想到,他只是从西南的大凉山走进了东北的大兴安岭。他实际上从没有离开过梦的原点。但他在成长。他从一个不知道北京在哪里、火车是什么的新兵,成长为一位优秀的消防员。做了父亲后,他回到老家,想亲近儿子,儿子却不允许他与自己同睡一张床上。"没有办法,每天睡觉前,布约小兵只好用被子蒙住头,等儿子睡着了才悄悄钻出来……"胥得意这样描写,一位可爱、憨厚的森林消防员的形象就出现在我们的面前。

他写"扫雷英雄"杜富国的父亲杜俊,突然听到儿子在边境扫雷出事的消息,急急忙忙拉上儿媳和女儿,包了一辆车连夜就赶往部队。到了部队,看到被纱布严严实实包裹的儿子,他却强忍着老泪向部队提出要去看看儿子战斗的地方和儿子的战友。到了那里,部队的领导才知道,他是祈望儿子出了事故后,不要给儿子的战友们带来阴影,他是要给儿子的战友们鼓劲……胥得意不仅在写英雄,更大写了英雄的父亲,他说这是"坚强的父亲,养育了坚强的兵"。

在一篇《他陪哥哥守森林》的散文里,胥得意写了大兴安岭地区森林消防支队的战士季海全、季海军兄弟俩。他们同时参加一场灭火作战,早上兄弟俩还见了一面,但不久就传来了哥哥牺牲的噩耗。为了陪哥哥守森林,胥得意笔下的这位"扑火干将"一直守在哥哥英灵安歇的地方,继续着哥哥的森林消防事业。当领导劝他回去照顾父母时,他却对父母说:"趁着你们身体还行,我还想在这里陪哥哥几年……"他在这里陪着哥哥,也守护着他生命的森林。

胥得意的这些散发着鲜活生活和时代气息的文字,既没有对英雄进行呼天抢地的渲染,也没有让英雄故作惊人之语。他撷取的只是他们平凡的工作、朴素的生活和事实,以及偶尔追寻到的英雄生长的"土壤"——他看到英雄刘英俊生前的日记:"从平凡的人到英雄,这条路并不长。问题是看你有没有决心走,看你怎么走。"然后,他又将自己长期采访英雄的体会娓娓道来:"人的一生,绝大多数人并不是生来就想当英雄,甚至很多人没有准备好让自己成为英雄……英雄是他身后的冠名,英雄这个称号比他们的生命还要永恒。"于是他对"英雄"这个词语就有了自己的认识。正是基于这种理解,他无论对我们熟悉的杨子荣、投江的八女、杜富国等英雄的追忆和怀念,还是对年轻的飞行员、森林消防员的动情描写,都着力挖掘和描摹他们平凡的生活细节。一面当他们是"身边欢声笑语的兄弟,是活蹦乱跳的生命",一面又极力给我们呈现英雄人生的森林大海,并在其中展现他们豪迈的英雄气概,从而在内心把他们当成生命的偶像。然后又告诉我们,他们是一个国家生生不息的动力与源泉,是一个民族不屈不挠的脊梁。

　　我与胥得意相识的时间并不是很长,但从与他有限的交往之中,我感觉到他不仅是一位很有成就的青年作家,更是一位很有情怀的人。他的才华与勤奋,他的乐于助人,他为了让自己"内心丰富地活着"的种种努力,首先还是源于接纳他生命的村庄沙卜台和那里的父老乡亲。尽管"他们"不是他笔下的这种"英雄",却是他认识世界、认识人生的起点。后来,他在部队度过了人生最好的年华,并在这个大熔炉里真切地锻造了自己。正是这种锻造,使他清清楚楚地知道:每个人都是一条河,河越走越宽阔,而它的终点是消泯于更为宽广的怀抱。而一旦一个人成了别人生命中的一条河,这条河便不会干涸,只能一直流,一直流,流得久了,就流成了上善的味道。

　　是为序。

2022 年 6 月 5 日于北京寓所

达者永生

——怀念恩公徐继达先生

按照民间的一种说法,恩公继达先生已过了"头七"。送别恩公,我就到了湖湘大地。不停地奔波或徜徉在湖南山水间,淤积在心里的哀伤或有减轻。但行走在旅途中,面前的山水时而就幻化成家乡的山水,山水里也总浮动着他的音容笑貌——他的大嗓门,他的豁达,他真诚的笑,都真真切切地呈现在我脑海里。这让我觉得他没有离去,觉得他依然住在他的"逸园",或独自在离家不远的斗室里工作……他依然爽朗而顽强地忙碌着。在忙碌中,他的生命得以永生。

我与恩公相识相交有三十多年,但真正在一起的时间也就那么五六年。可那五六年是怎样美好的时光啊……送走恩公的那天中午,我与朋友在一起小聚了下,见到昔日的好友,都不由得回忆起恩公生前的种种。朋友念起我们几个开始文学创作向恩公求题词的事。我印象很深的却是 1988 年召开首次张恨水研讨会,在舒州大酒店报到的头天晚上,他亲自装会议材料时那落寞而又倔强的身影。我们几个于心不忍,便默默地陪他一起装完材料。为此,他开心地一笑,让人专门为我们做了夜宵。而自1990年正式到他手下工作,我更感受了他一切的一切。一面,他确实是严厉的。在他手下工作过的人,都知道他很少有节假日,他严厉得不让我们说"大概""估计",严厉得在报批每笔账时,他都又记在自己专门的笔记本上。有一年,单位购买了几十套《张恨水全集》,他一套套地算计着,送给该送的人。那时我也希望有一套,但他看了看我,又点点书,还是没能让我如愿。亲者疏,疏者亲;亲者严,疏者宽。他总是这样的。另一面,他又是慈祥的。他慈祥得见到一些穷困乡亲,总是悄悄地塞钱给他们;慈祥得我们可以在一个床上捣腿;慈祥得一起出差,点一盘雪里蕻肉丝就能大快朵颐。现在想起来,那几年我们在一起工作虽然繁忙,却是最快乐的。他让我很早就学会了如何认真严肃地工作,如何轻松快乐地生活。

我不是一个善于表达情感的人,就是"恩公"两字也只是在送他书时,才恭恭敬敬地写上。平时却一直羞于表达,甚至工作中还偶有不懂事的小脾气。但我分明又知道"恩公"两个字的分量,分明又是与他走得最近的。关于与他相识相知的一切,我在《写在山水边上——我所认识的徐继达》那篇文章里有过一些交代。在我后来离开故乡,离开他身边工作的那些年,每次回家他都要我完成三个"一",即一个工作会、一顿工作餐、一次小娱乐。后来我们彼此都离开原来的工作岗位,但只要我回去,就会在他的斗室里有一次促膝长谈。谈天柱山的开发,谈张恨水的研究,谈皖文化历史,谈梅城的梅花及家族史。他依然关心家乡的建设,关心天柱山的旅游。记得在潜山撤县改市的那天,他还兴奋地给我打了电话——当然,他也关心我的身体,关心我的事业和家庭。2013年1月,我的弟弟不幸出了一次车祸,他知道我在安庆陪伴,竟和另一位老者亲自赶到安庆看望我躺在病床上的弟弟,找我出去吃个中饭,安慰我。晚年,他最关心的是我孩子的婚事。只要我回去与他见面,他都会郑重其事地叫着我,说:"小老子(他称孩子)的事,小老子的事,你要上心哦!"最后孩子如愿地结婚。今年3月回故乡,我把这一消息告诉他,他竟以九十一岁的高龄携带着我尊敬的刘姨到场祝福,真心地为我高兴,为我庆贺。

恩公取名"继达",可能是因为徐氏家族在明朝时出了重臣"徐达"。但在写这篇文章时,我突然发觉我竟从没有问过他这名字的来历。这名字是他自己取的,还是父母给予的?"达"者,通也,通达、豁达、洞达、练达。也真的名如其人,他确实是一位"达"者。相识几十年,我深切地体会到他既有兼济天下的家国情怀,也有圆融无碍的达观精神。他抓天柱山的旅游开发,倡导张恨水研究,甚至提倡在梅城栽梅花,都有着他传统的"为官一任,造福一方"的理念与魄力——他原本是可以享受离休待遇的老干部,但由于年轻时的不计较给耽误了。那些年,他接触的都是一些重要领导,他却从来不为这事张口。我这样说,是因为和他在一起,我目睹了他们关系的亲切以及这件事的来龙去脉。后来,一位与他差不多情况的同事享受到了待遇。他告诉我,他也写了个报告,就是不知道行不行。我与他开玩笑,也有点嗔怪道:"那几年,您有机会说这事,您自己不说,现在还问我行不行?"他淡然一笑说:"我也不是为了那几个钱,我只想还原事情本来的面目。"

在送别恩公的那天,他的二公子刘进悄悄地告诉我,恩公这次得病后,他要孩子送他回了一次老家。让孩子们搀扶着,他先是在老家母亲的坟前磕了个头。后来,他还走到自己为自己早就准备的墓穴前,说:"我这一生最后一个头就给我自己磕了,以后再也不会磕头了!"我的同事也说,这次生病后不久,他有一天竟央求家人把他送到工作过的地方,向他的同事们一一做了告别——也就在那个时间前后,通过张恨水研究会朱秘书长的手机,我在北京和他有过一次视频通话。在视频里,他告诉我他现在卧床了。他大声地说:"我时间已经不多了,时间不多了哦!"说着说着,他就有些糊涂了。听了他的话,望着视频里他满头的白发和迷离的双眼,我潸然泪下。一位从不肯下人的老人,竟然在生命的最后,一边井井有条地处理后事,一边又为生命的无力而抱愧……这是怎样一个清醒的生命和一个生命的传奇?

"继承涧水千秋业,达就秀山万代情。"在恩公的灵堂上,我看到了这样一副挽联,当时心里不由得一愣。因为倡导并身体力行开发天柱山,研究张恨水,家乡人早把他与天柱山,与张恨水紧密联系在一起,都打内心里敬服他,送了他"山水共天长"的美誉。我想,如果在灵堂上有一副这样内容的挽联,不仅无可厚非,甚至还是潜山人心里早就有的愿望。但万万没有想到,是他自己避开潜山人民给他的赞美,在生命的最后,他竟把自己退缩到故乡,退缩到生他养他的那名叫秀水乡涧水村的村庄——他仿佛在告诉我们,人的生命是可以被超越的,而超越自己生命最好的方法就是做减法,就是退缩,就是谢绝一切的名利。他希望他的村庄繁衍不息,永远有情有义,有忠有孝。积自己九十多年的人生经验和智慧,他最终把自己的生命退回到精神的原点,其实是他洞明了人生精神的起点。

　　当然,他一生做到的远远不止这些……潜山人说,做官,他时时刻刻想着做人;做人,他实实在在做着好事;做事,他可谓有始有终,鞠躬尽瘁——他是值得我们永远敬重的一位人生的智者,生命的达者。

　　达者永生!

2022 年 8 月 3 日于北京寓所

潜山归去来

我的家乡潜山在春秋时称"皖国"。山曰"皖山",水曰"皖水",城曰"皖城"。安徽省简称"皖",即源于此。皖山又叫天柱山。潜山就是潜伏在天柱山山下的一座山城。历史上这座城曾做过郡、州、县府治所。不过,这座城现在已是一个市府的所在地了——2018年8月28日,潜山撤县设市,开始了新的奔跑。

我到潜山工作时,正是二十岁的青春年华。心情忧郁苦闷时,我就昂着脑袋凝望天柱山。神奇的天柱山,层峦叠嶂,千峰万壑,古松怪石,悬崖飞瀑。云雾缭绕中,天柱峰若隐若现,虚无缥缈,宛若蓬莱仙境……这就带给我许多美丽的想象。很久以来,天柱秀色与山下的名刹古塔、摩崖石刻以及我国第一首长篇叙事诗《孔雀东南飞》的诞生地等等互为衬托,交相辉映,弥散着一股浓郁而独特的自然人文气息。但那时天柱山静如处子,鲜有游迹。攀登天柱山,要走一段起伏不平、漫长而枯燥的石阶和山路,因此很多人对天柱山望而生畏。直至20世纪80年代,潜山一批有识之士呼吁开发天柱山——冷落名山今始热,天柱山才逐步走进游人的视线。

1982年11月,天柱山被国务院列为首批国家级重点风景名胜区,从此焕发出一座名山应有的光芒。古老的县城幢幢楼房拔地而起,顺着老四牌楼向西北,对外拉开一条叫"南岳路"的二十四米宽的大道,在大道一侧兴建了一个百货商场,建农贸市场,为天柱山旅游配套建"舒州饭店"……一时间,潜山街头南来北往,人流如织;车水马龙,摩肩接踵。来自四乡八镇的著名土特产品,如黄泥的花炮、水吼的茶叶、余井的藤编、王河的舒席、痘姆的陶器等等,琳琅满目,让人眼花缭乱,也吸引着游客们流连忘返。他们欣赏着地道的黄梅小戏,津津有味地品尝着"九孔十三丝"的雪湖藕及各种风味小吃,饱了耳福又饱口福……

我在潜山居住十多年,见证了潜山那些年的蝶变。后来,我到北京工作,成为往来于北京和潜山之间的一位常客……但从潜山到北京,我一开始还要坐一段长途汽车到省会合肥,再在合肥坐绿皮火车或飞机到北京。潜山归去来,我首先感觉变化最大的还是交通。来来往往,以前不管是搭乘吉普、小轿车等便车,还是乘坐漫长而乏味的长途大客车,总之都有大半天的车马劳顿。但很快,潜山就有了一座火车站,附近也有了一个飞机场,潜山与外面的联系与来往就便捷多了。2021年12月,潜山破天荒地开通了一条高铁。第一次乘"复兴号"回潜山,我乐不可支地出站,又孩子气地跑到进站口,绕着高铁站慢慢走了一圈,仔细地打量潜山高铁站,心里充满了喜悦。

让我更加喜悦的是,潜山以前没有一座公园,现在一下子有了两座。"二乔公园"是根据汉末居住此地的著名美女大乔、小乔的故事修建的。家乡人围绕美女留存的"胭脂井",把建安年孙策纳大乔、周瑜纳小乔的美艳爱情演绎一番,打造了一个二乔文化主题公园。有年回潜山,我把母亲带到二乔公园,沿着甬道,一个展厅一个展厅地转悠。我把二乔的故事说与母亲听,母亲看得认真,听得仔细,高兴地连声说:"这事在戏里听说过,没想到戏文里的事出在家门口,你不带我来看,我哪里晓得啊!"而现在正在建设中的"雪湖公园",不仅把潜山城南雪湖、南湖和学湖连缀在一起,据说还要恢复当年的文峰塔、皖山书院,把北宋在此当过通判的王安石的"舒王阁"读书台也依样重建,再现当年"舒台夜月"的景色。"藕花风晚起城南,舟泛湖心水色蓝"……在潜山,我第一个工作单位就在雪湖边,对雪湖公园的恢复与建设,我内心充满特别的期待。

一城潜山,潜山却漾了满城的水。潜山不仅有城南的雪湖、南湖、学湖,还有城东的梅河、东关河,城西的西河……到处水汪汪、水灵灵的。西河又叫潜水。我在潜山工作时曾在那里当了几个月的沙场场长,主持建造了场房。那时,潜水河堤长满了芭茅草和水竹,河堤灌木丛生,荆棘遍地。但现在漫步河堤,我当年建造的几间场房荡然无存。潜水两岸修起了一条漂亮的景观观光带。随着天柱山声名远播,游人越来越多,白天也有游客三三两两地走在河堤上,坐在河边美人椅上小憩,或者笑看倒映在河水里的蓝天白云和天柱山倩影。夏天的黄昏,偶尔还有游客与当地人一起到河里游泳,共同在水里触摸着天柱山,将天柱峰小心翼翼地捧在手心,摊平,展开或者复合……直到华灯初上,一河的璀璨夺目,他们才恋恋不舍地从水里爬上来,望着潜水河两岸亮丽的流线型灯光。它们像无数条明黄的丝带缠绕,把潜山城打扮得犹如天柱山山下一颗熠熠生辉的明珠。

野性岂堪此,潜山归去来。

每次归去来,潜山都让我有一种新的发现和惊喜。

2022年8月9日于北京寓所

阳光照耀崇礼

有点像安徒生笔下的童话世界。山冈上,树木和灌木丛积满了白雪,似是绽放的一朵朵亮晶晶的花。"看起来就像一座完整的白珊瑚林……"那么多的雪人一阵风似的来了,他们叽里呱啦地说着各国的语言,越野滑雪、跳台滑雪、自由式滑雪……时而,空旷的雪野里响起他们射击的枪声。然后,他们又一阵风似的走了,留下了一座有着奇艳风情的滑雪小镇,留下了一个童话般美丽的崇礼小城。

童话里首先是一片森林,森林里有白桦树,有落叶松……高而挺直的白桦树遮天蔽日,有风吹来,兀自翻转的叶片泛起一层白银般的光亮。落叶松静静的,伞状或塔状般静静肃立,散发出一种独特而高贵的宁静气息。各种各样的鸟跳跃、鸣叫着,耳边似乎还有狍子、狐狸、獾猪、野兔、松鼠、苍鹭等动物奔跑的声音。我看见一只小松鼠在树林里跳跃着,见到人立即蹿上树,眼睛滴溜溜一转,像是树精,一闪就不见了。森林里开满了花。当然,花开得茂盛稠密的还是草原——莜麦花、土豆花、洋芋花、马鞭草、亚麻花、油菜花……草原天路伸向天边。走进蜿蜒的草原天路，仿佛伸手能扯下一片白云，也能扯下几束野花。各种颜色的花朵星星点点在眼前开放，漫坡遍野，随风摇曳着，惹得蝶舞蜂飞地追逐，如童话乐园里嬉戏的孩童。远处，那一个个风力发电塔，宛如白色大风车转动或者静默着，给崇礼的童话乐园更增添了一种浪漫。

阳光照耀崇礼。崇礼太子城畔，国家跳台滑雪中心如一柄巨大的雪如意，被置放在崇山峻岭间，在阳光下闪闪发光。依山峰而卧的太舞滑雪小镇，也散发出谜一般的异域风味。小镇里，有着数不清的酒店，数不清的美食餐厅，以及各种娱乐休闲设施，还有体育公园和北美风情的商业街。没有雪的夏天，这里依然熙熙攘攘，人来人往……小镇自然不缺的就是滑雪场，这里滑雪场地势落差大，在冬季能举办世界顶级赛事。刚刚过去的第二十四届冬季奥林匹克运动会，就是在这里为运动员们提供餐饮住宿的……而在崇礼城的富龙四季小镇，天还没黑，路上彩旗飘飘的，红灯笼、雪花灯就早早地亮了——这个以音乐、养生温泉以及餐厅、咖啡厅为特色的小镇正在营业。夜晚灯光璀璨。夏天的滑雪场上，绿蓝红的滑道像草原上的花草一样绚丽，成了孩子们滑草的乐园。五彩的灯光里，音乐喷泉激情四射，一堆堆篝火点燃着人们心中的热情，让崇礼小城充满一种梦幻般的色彩。

冬奥会虽然结束了，但这里的一切依然有着浓浓的冬奥会氛围。美丽崇礼犹如塞外的一颗明珠，散发着自己独有的运动的光芒。特别是小城的街道，异常干净、整洁，与童话小城非常契合。在崇礼的县城，我与温文尔雅的城市管理局局长王金交谈着，他告诉我,以前这里可不是这样的,单是非机动车的乱摆乱放,就令他们非常头疼。他有一次到社区,听一位大妈说:"会写字的人都当了官。"他听了,心想:大妈的意思不就是说会写字的人需要体面?他灵机一动,以后遇到违章停放非机动车的,就让他们抄写崇礼的"市民公约"。这样一来,果然,非机动车的管理效果立即有了质的飞跃。"治理这个,我们是动了心思的。"他说,管理城市还是要靠眼勤、腿勤、嘴勤。

说起动了心思,我说现在崇礼县城街道上匾额制作得好,既不给人零乱的感觉,也没有千篇一律的呆板,而是疏朗有致,醒目舒展,应该是花了心思的。他说:"这下你猜对了。"为了改变崇礼小城匾额的傻、大、粗、愣、密问题,他们找人设计了很多的模板,一遍遍地认真沟通设计方案,然后他们把自己关在屋里,与领导一起,一个模块一个模块地摆放,直至找到大家共同认可的,然后让商家制作牌匾,才形成现在的样子——从崇礼小城的框架拓展到市容市貌,从长效的管理机制形成到网格化的精细管理,以及到"精品街道"的创建,崇礼小城的城市管理者们花费了很多的心血,王金局长因此也被人亲切地称为"马路局长"。

阳光照耀崇礼。崇礼不仅享受着阳光的沐浴,更是享受着冰雪的美丽。这里地处北纬四十一度,平均海拔一千二百米,植被覆盖率高,山地形成的小气候带来丰沛的降雪,存雪期可以达到五个月,天然的滑雪期至少也有四个月,属于"世界黄金滑雪带"。除了太舞、富龙两座大型滑雪场外,这里还有万龙、云顶、多乐美地、长城岭、翠云山银河等大型滑雪场。在第二十四届冬奥会上,这里就诞生了五十一块金牌。无疑,崇礼这座冬奥小城已成为世界级的冰雪小城和一处冬季旅游胜地了。但崇礼人说,不仅如此,这里可以春赏花,夏避暑,秋观景,冬滑雪,一年四季都有美景……经历了一次冬奥会,他们说,他们知道什么样的城市管理是国际水平。他们什么都知道。

我好像也知道了——他们不仅要扮靓这座美丽的冬奥城市,还要让崇礼小城像童话那般永远地迷人。

2022 年 8 月 15 日晨于辽宁沈阳

辽西走笔二题

万物朝阳生长

对于远古,对于地球的侏罗纪时代,辽西朝阳鸟化石馆呈现的景象与人类的想象大抵相同。依然是莽莽苍苍的森林,森林里湖泊纵横交错……有水,水里有龙、鱼、虾,天空有无数啁啾的飞鸟,地上有无数竞相开放的鲜花——朝阳古生物化石充分表明,这块土地曾有着繁华的过往。土地、江河、飞禽、走兽,有一切的动植物,而万物生长靠太阳——有太阳才能朝阳。

朝阳,这个名字本身似乎就是一个隐喻。

还原侏罗纪时代,当然是为了还原地球上那场无以名状的突然降临的灾难。灾难使一切的生命在瞬间定格,这就形成了一个巨大的反差。这种反差使恐龙、狼鳍鱼、虾类、蜻蜓、各种飞鸟等等,顷刻间幻化成眼前的化石。由此,化石馆带给人的视觉冲击是蛮横的、猛烈的、粗犷的,是震撼的、惊心动魄的。映入眼帘的景象不仅让人眼花缭乱,更让人惊叹生命的茁壮和绽放,似乎就是为了迎接那沉重而具有毁灭性的一击。

它让人想到"泥沙俱下""鱼龙混杂",这些成语就是因它而生。

在朝阳鸟化石馆里,我看到无数鱼和虾曾有的美丽游姿,也看到了远古的时光一只只悠闲的龙鸟……"寐龙"算是一个形象最为甜美的化石了。小小的头骨,长长的后肢,后肢还蜷缩于身下。它弯曲着脖子,前肢像鸟一样,折叠着身子。复原后的"寐龙"全身有浅蓝色的毛发,仿佛一只神态安详的大鸟在假寐——然而,还原生命的本来,动物自私、凶残的基因也暴露无遗。一种名为巨爬兽的哺乳动物,强壮的骨架撑起的上腹部里,竟残存着一团鹦鹉嘴龙的骨骼。而一只小兽被另一只恐龙吞食,满洲鳄也有吃同类的化石……还有一块鹦鹉嘴龙化石,一只爬上了另一只鹦鹉嘴龙的背上,做着交媾状。这可以说是美好的爱情,也可以说是一次不愉快的强暴。

我是愿意相信生命是甜美和美好的。比如一朵花开放,在这里就无比美好。庞杂、华丽而精致的朝阳鸟化石馆里,我与这朵花有过两次近距离的对视。我知道一朵花与大量的古生物化石相比实在是太渺小,渺小得微不足道,但它是国际古生物界公认的世界迄今最早的被子植物——这种化石,说是花,其实就是一枝类似于花,形似蕨类权状的枝条。但正因为这朵花,我满心都盛开着花。我甚至不止一次地想,在朝阳,"朝阳花开"是一件多么简单而顺理成章的事……辽宁古果、中华古果,朝阳人说这是世界上第一朵花盛开的地方,并赋予了它们美好的名字。但这依然是一个隐喻,依然没有逃脱"朝阳花开"的比拟。

有花就有鸟,这似乎是自然的生存法则。朝阳鸟化石还证明,这里是世界第一只鸟飞起的地方——中华龙鸟、孔子鸟、中国鸟、朝阳会鸟、娇小辽西鸟,这些精美的鸟化石,在这块土地上原来是那么真实地生存着,现在还原、复古或者呈现,也依然是真实地存在着。我感觉每一只鸟都在眼前飞翔,凝视它们那张开的嘴,我似乎还听到了这来自远古,来自这个地球上的最古老的语言。

这些鸟儿与花儿一起构成了辽西远古世界的鸟语花香。

而现在的辽西大地呢?

凑巧,我们一行人这次正从离这不远的科尔沁沙漠边过来。那里有一个叫彰武的县,风沙曾像一条横空飞舞的黄色孽龙肆虐着,它吞噬农田、牧场,埋没房屋、道路。因此彰武人把黄沙称为"黄龙"……在鸟化石馆里,我看到龙的化石,自然就想到了那一条"黄龙",想到了人类为缚住"黄龙"付出的种种努力——为了紧紧缚住这条"黄龙",彰武人进行了无数次的试验,他们创造并总结出"迎风栽锦鸡儿,落沙栽黄柳,丘顶种胡枝,丘腹差巴嘎,丘脚紫穗槐"的固沙系列灌木。最后,基于一种叫樟子松的松树,他们培育出了更适宜在那里生存的松树——"彰武松"。

彰武松的繁育与生长已经以一种传奇的方式在流传。

1990年,彰武固沙所工程师张树杰在收购樟子松的种球时,发现一位农民卖的种子颗粒大于普通樟子松,于是询问种子的来源。那人告诉他,种子是从四合城林场的一棵松树上采下的。张树杰立即赶到了那个林场并找到了那棵松树,进行了相关的松树繁育研究。然而,繁育出来的二代松树并不稳定,与母树也有很大区别。于是工程师们将攻关方向转向嫁接。自1992年开始,在一位名叫黎承湘的高级工程师的亲自主持下,经过试验、失败、再试验等艰苦的探索,彰武人终于培育出一个抗病、抗旱、抗虫、抗风水平都远优于樟子松的新树种。然后,他们在固沙所繁育了三百多亩,竟然都成活成林了。

彰武松这个新树种是由赤松和当地固有的油松天然杂交形成的。赤松是科研人员从黑龙江地区引进的抗沙树种。如果没有他们为之牵线,这两个树种几乎没有可能相遇,即便有机会接触,杂交成功的概率也仅有万分之一。

我把思绪从科尔沁沙漠的边缘拉回到鸟化石馆,将眼光从那一条条龙的化石转移到松柏类化石的身上。据说,在这里发现并研究的松柏类化石达十九属三十二种。当地人说,这里的松柏类化石,其数量在热河生物群植物化石中是最多的。比如,密叶松型化石、披针型林德枝化石……我不知道这些松柏类化石与樟子松,以及与后来研发的彰武松有什么关系,但这些松柏化石至少可以说明,这里曾经处于季节性干旱或半干旱的气候,而松柏类树木一直是这块土地最为温暖和坚硬的植物之一。

由此,我当然联想到达尔文说的"适者生存"。

英国演化生物学家理查德·道金斯在《自私的基因》一书里曾说:"达尔文的'适者生存'其实就是稳定者生存这个普遍法则的广义特殊情况。宇宙为稳定的物质所占据。"依他的说法,大地上的一切动植物都有"生存机器"。他说,动植物的生存机器存在两大分支,每一分支在某一特殊方面"如在海洋里、陆地上,天空

竹山可望 | 357

中,地下,树上或其他生命体内,取得高人一等的谋生技能。这种分支不断形成的过程,最终带来了今日给人类如此深刻印象的丰富多彩的动植物"。

可见,变或不变,抑或沧海桑田,总有生命朝阳生长。

盘锦的锦绣

在盘锦,我诧异于红海滩的颜色了。在我的印象里,红海滩的红,应该是一种稠稠的鲜红,如红染坊染缸里的那种颜色。那种红浓酽酽的,即便没有汹涌,也会旋起一道或一圈圈旋涡。那种旋涡铺天盖地,从我的眼里一浪一浪转着伸向海边,像是流泻着一摊生命的汁液……当然,也会看到一株株细小的红,正是这无数细小的红,才成就了铺天盖地的红——然而,我没有想到的是,当我走近红海滩时,我面前的红草似乎被什么遮蔽着,灰不溜丢的,既不热烈,也不澎湃,仿佛富户人家丢弃的一段蒙尘的旧绸缎,一段旧时光。

但旁边的绿依然是纯正的,依然是那种鲜嫩的、苍翠的绿——我说的是芦苇,与红海滩一路相隔的芦苇荡。便是芦苇荡阻隔了红海滩的红。芦苇仍然是我见到的那种绿,无边无际,无垠无涯的绿,从红海滩相反的方向蔓延,向远方铺展而去,让人一看就有一种心灵的战栗,有一种惊心的动魄。这样的夏天,正是水草丰茂、芦苇葳蕤的时候,若仔细地听,不仅能听到芦苇茁壮拔节的声音,还能听到悠扬的芦笛。相比于红海滩的碱蓬草,我对芦苇是熟悉的。"蒹葭苍苍,白露为霜",我甚至看见它在《诗经》

里被人朗诵的样子,看到秋天银白的芦花在风中漫天飞舞,摇曳出一种黄褐色,就变成了一种天荒地老般的苍黄。芦花似雪,一望无际的芦花开在盘锦的秋天,该是怎样的一种轻盈与飘逸?

也许我来得不是时候。当地的朋友告诉我,现在不是碱蓬草生长最好的季节。碱蓬草,这里又叫它"翅碱蓬",是一年生的藜科植物。它虽然不是什么奇花异卉,却也有"翡翠珊瑚"的美称。翅碱蓬茎叶鲜嫩,成熟时植株火红,就像海滩上奔跑的一束束火焰。它喜欢生长在滨海湿地上,可以直接当盐用。在它还鲜嫩的时候,当地有人把它当野菜剜起,用水再三焯焯,再晒干收存,就能当成一道菜。而在秋天,翅碱蓬结的子儿,也有人把它抖落下来,像炒瓜子一样炒熟,或者磨成粉末——据说在"瓜菜代"的饥饿年代,这嫩芽、籽粒都成了当地人的救命的食物。所以人们又叫它"盐荒菜""荒碱菜",灌满了酸楚的回忆。这样的红色碱蓬草,虽然《诗经》里没有吟哦,却在宋代曾巩的《隆平集·西夏传》里有着记载。

这一红一绿的颜色,就让我的心灵微微震撼了。但在盘锦,在红海滩,我感受到的远不止这两种颜色。这里,冷不丁就能找到几种颜色的集合。且不说蔚蓝色大海,那样的大海也有黄浪滔天的时候——就是眼前富饶的大地也如此,植物如此,动物亦是如此。在这里,出没碱蓬草和芦苇荡的有狍子、獾子、山猫以及白鹭、灰鹤、鹰、大雁、百灵鸟等形形色色的动物。我首先看到的是丹顶鹤。丹顶鹤永远都是头顶一抹鲜红,通体白色的羽毛,却生长着黑色的颈和脚,叫谁一见到丹顶鹤,就知道那是红、白、黑三位一体的仙鹤,是人间仙鸟。因为有了翅蓬草,红海滩就成了丹顶鹤驻留栖息的地方。翅蓬草的嫩芽和种子,也就成了丹顶鹤的美味佳肴。当地人说,红海滩早就是丹顶鹤的神圣家园。在红海滩,我们与一群两三个月大的丹顶鹤邂逅,看它们那稚嫩的生命,听它们一声声浅浅的鹤鸣,就让我们身心充满无限的祥和。

还有一种颜色和谐的鸟叫黑嘴鸥。黑嘴鸥虽然没有丹顶鹤头顶上的红,却有着人间最纯净的两种颜色——白与黑。它眼睛外围有着一大圈白,仿佛有人故意给它画了个白眼圈。但它的头是黑色的,眼睛是黑色的,甚至那喙也是黑褐色的。当地人形容黑嘴鸥"头戴黑礼帽,身穿燕尾服",像个绅士,又像一位美丽的舞者。很久以前,黑嘴鸥就在盘锦的红海滩繁衍生息。沿海的渔民出海,它成群结队地围着渔船盘旋着,在有雾的大海,还能把迷海的渔船带回港口。所以它被渔民们尊为"神鸟"。

但盘锦人真正认识这些神鸟,是在 20 世纪 80 年代末。当时有一支中外鸟类专家组成的考察团,在这里盘桓一百个日日夜夜,发觉这里一千二百多只的黑嘴鸥,其数量竟占全世界的百分之七十。当盘锦人知道红海滩就是黑嘴鸥生命的产房,单一配偶的黑嘴鸥生生世世讲究的也是一夫一妻,并共同繁衍后代时,他们欢呼雀跃,仿佛找到了知音。从此,他们几乎是掀起了保护盘锦黑嘴鸥的运动。正是这种保护,使这里黑嘴鸥的数量现在达到了一万多只,栖息种群数量超两万只……他们说,黑嘴鸥白装盈身,但在它展开翅膀或者偶尔搞"小动作"时,那若隐若现地露出的黑羽,宛若一位少女摆动着黑白相间的百褶裙在舞蹈。

黑石油、红海滩、绿芦荡、蓝海洋、青河蟹、金稻米、白色鸟,同行的小说家周建新告诉我,盘锦人正以盘锦这七种颜色,打造自己的七彩之城。我听了心里一愣,因为我觉得盘锦的颜色真的不好概括。我知道并且尝过的"盘锦大米"的那种白嫩,我就觉得它应是其中最为优秀的白色。色彩,在盘锦实在无以名状——翅碱蓬的红,芦苇的绿,黑嘴鸥的黑与白,丹顶鹤的红、黑、白,植物以及许多生命的丰富,都造就了这片土地颜色的丰富。这里不仅有植物与植物相处的和谐,也有生命与生命相处的和谐,更有颜色与颜色相处的和谐……

因此,我只能说未到盘锦,红海滩是一个传说。

到了红海滩,我发现红海滩、芦苇荡都如锦绣。颜色的锦绣、自然的锦绣、生命的锦绣……盘锦本就是一座锦绣之城。

2022 年 8 月 25 日下午于北京也卜居

N位诗人，N种方向

存在的飞翔

大概是在20世纪80年代，我读到一本《佩索亚诗选》——现在更多地被翻译成费尔南多·佩索阿。实际上佩索亚也好，佩索阿也罢，这位诗人的名字，诗人自始至终都当作某种符号。他本人就给自己取了许多的笔名，并用这些笔名发表了许多不同风格的诗作。最为出名的就有阿尔贝托·卡埃罗、阿尔瓦罗·德·坎波斯和里卡多·雷耶斯。

有一年，我的一位朋友向我辞行，手舞足蹈背诵的就是佩索阿的一首诗："他们挥动手帕，向人们告别；他们有幸福，也有哀愁。我却唯有忧愁，饱尝生活的苦味，无论什么都使我伤感，哪怕梦见一个栖生浪尖的孤儿……"（《远航》）。在我最初阅读的那本薄薄的《佩索亚诗选》（张维民译）里，他的诗给我审美的启示尚在其次，重要的是思想。在一首《自由》的诗里，他说："最伟大的是诗,是乐,是舞,是善;最美好的是鲜花,儿童,太阳,月亮……"他的诗让我读来感觉或者浅显、通俗易懂,但也喜欢。特别是其中的民歌体,翻译家将它译成《民谣》的那一部分。如"当你转身把我问,两个耳坠晃不停。活像一对小乳燕,翅膀尚未长得硬"(《当你转身把我问》),以及"风来麦舞,麦舞于风,情动神飞,芳心不停"(《风来麦舞》)。前者有一位活泼可爱的少女形象,后者就像一位隐者,一位禅师的偈语,有一种神秘的智慧和自然的诗意。在《恋爱中的牧羊人》组诗里,他写到"蝴蝶":"一只蝴蝶在我前边飞,有生以来头一回我注意到,原来蝴蝶既无色彩也不运动,正如花朵既无香味也无色彩……蝴蝶只是蝴蝶,花朵只是花朵。"在《神秘的诗人》的诗里,他说:"你必定不了解花、石头与河是什么,才去谈论它们的感觉。谈论石头、花和河的灵魂,就是谈论你自己和你的错误思想。感谢上帝,石头只是石头,河只是河,花只是花。"其中都充满禅思,很有哲理。

佩索阿生于1888年,死于1935年,葡萄牙人。他的肉体生命并不长,且不满六岁时父亲病逝,母亲改嫁葡萄牙驻南非德班的领事。青春时代,他与一位名叫奥菲莉娅·凯洛兹的姑娘一见钟情,但又因各种原因割断情缘,终生未娶。诗人埃德温·霍尼格说:"佩索阿一生未娶,而他的异名者就是他的家人。"想必这是同为大师级诗人的知识之言。如果仔细地读佩索阿的诗,连同他本人就有"四位"诗人出现。他精心安排"四位"故意有着不同艺术取向的诗人,显然内心是做了极大的区别。不然,他不会赋予他们不同的身份。如卡埃罗是一位自小失去双亲的牧人,仅受过小学教育,和一位姑奶奶居住在乡间,二十六岁就患肺病过世。坎波斯是对科技充满兴趣的一个工程师,思想激进,其诗作近乎散文自由体。而雷耶斯是一位医生,是"用葡萄牙语写作的希腊式贺拉斯"。他对爱情、神灵和信仰都有自己的独特思考。佩索阿试图让自己笔下的诗人创作的诗歌各具特色,又相互制造障碍和矛盾。其实,这些障碍和矛盾,终究还是佩索阿一个人的心灵矛盾或者平衡。有趣的是,他利用雷耶斯和坎波斯两个名字,煞有介事地评论那个叫卡埃罗的诗人的诗歌,认为他的诗是"感觉主义",并把他与美国草叶诗人沃尔特·惠特曼相比较。

假借雷耶斯之手,佩索阿在《几乎》一首诗里写道:"将生活归置得井井有条,将我的行为放在架子上,我想这样……我打算把确定性装进手提箱,我打算整理《阿尔瓦罗·德·坎波斯》……我们都是浪漫主义的产物,如果不是浪漫主义的产物,可能我们什么也不是。"这几乎可以看作是他当时的某种生命状态。生活中,他似乎一直想"收拾好真理,安顿好生命",然而,他一直没有做到。在佩索阿的《每天都在悲欣交集中醒来》(杨子译)诗集里,我真的读出了佩索阿的那种"悲欣交集"。一些明亮的句子,如"春天了,明月高悬天上。我想你,我的心圆满无缺"(《春天了,明月高悬天上》),"全部的事实看着我像一朵里边藏着她面孔的向日葵"(《爱是形影不离》),还有"她笑,牙齿洁白如河中的石头""像天空再次打开他胸中悲伤的自由"等等,都十分明丽、清新而富有想象力,有着令人欢欣的那个"欣"的成分。然而,"我不再是我,我是快乐",可我当真快乐,或者当真快乐过吗?

杨子说佩索阿的那首叫《棋手》的诗,读来让人诧异。相信很多人有同感。这首诗,佩索阿也是假借雷耶斯之口,叙述的是波斯湾战争时期,两位棋手眼见侵略者们杀人放火,无恶不作,蹂躏他们的妻子儿女,蹂躏他们的家园,却无动于衷的事。"两位棋手继续他们,没完没了的对弈。"而身边,他们还预备了一罐葡萄酒解渴。在这首诗里,我看不出诗人的愤恨。这当然让人匪夷所思。即便如他后来还是利用雷耶斯之口说"惠特曼对各种具有人性的事物都有兴趣,卡埃罗则对人类的感觉,痛苦或快乐都冷漠以对",也无法一言以蔽之,说这一定是诗人内心世界的心理折射。

热爱佩索阿的人说,读他的诗能读出一种宁静、凄凉、睿智和酷烈的美。他的诗歌确实具备了天才的想象力和创造力,充满神性。据说,仅在1914年3月8日那一天,他就创作了《牧人》(共四十九首)一首的大部分,似有神助。但就是这样一位诗人,他生前出版的诗集只有三卷《英文诗集》(1918)和《使命》(1934),开始的创作很多年没有产生多大的影响。直到1927年创办评论杂志《存在》的几位年轻人,看出佩索阿的诗在葡萄牙作家中的重要性,于是在他生命剩余的八年时光里,定期发表他的大量诗作。这样使他声名鹊起,终于成为葡萄牙国家文学的骄傲。这情形倒有点像他的《当我死去而你,草地》那首诗里表现的:

> 最后会像一只鸟儿降落在
> 树枝上。往回看,想起
> 根本不存在的
> 存在的飞翔。

赞美生活，即幸福

我喜欢切斯瓦夫·米沃什的几首诗。重读，还是喜欢那么几首。比如，他的《草地》（张曙光译）："这是河畔的草地，葱郁，在干草收割之前，一个六月阳光里的美好日子，我搜寻着它，找到了它，认出了它，青草和花朵生长在我童年就熟悉的地方。眼皮半闭着，我承受光。"仔细说起来，我喜欢的他的几首诗里都有草地、宁静和一种光亮。在一篇说散文的文字里我曾有过这样的表达："我喜欢的散文是一股能拧出的青草之汁。"但他的诗不是青草，是干草，是一点就燃的一蓬干草，或者是干草收割之后寂静的草垛。

大家都评论说切·米沃什的诗歌语言精确优雅，感情沉郁，硬朗的诗风透着幽默与反讽。我不会评论他的诗歌艺术，但我想，如果说"静止"中有一种沉郁的感情的话，我倒十分地喜欢他对静止状态的那种描写。比如在《季节》里，他写道："明晰的树。蓝色的早晨是迁徙的鸟儿，寒冷，因为雪仍然在山中。"这显然是欧洲一座叫伯克利的城市早晨的真实素描。这种风景恐怕在许多地方都有，却让人无动于衷。米沃什便在无动于衷中发现了美和诗意。我喜欢这样的早晨，也特别喜欢这样美妙的诗句。

切·米沃什（1911—2004年）诞生于"从来就是一个从童话里长出来的城市"的波兰维尔诺（现在的立陶宛维尔纽斯）。他说，他了解那个城市的一切，包括城市的每一块石头。1980年，他获得了诺贝尔文学奖。在获得诺贝尔文学奖的演讲词里，他对那座城市的精神面貌有过认真描述,说那座城市"有一种宽容的无政府主义,一种使凶猛口角罢休的幽默,一种有机的群体,一种对任何集权的不信任"。他经历过二战,后来自我流放到西方,成为一位波兰籍的美国诗人。也正因为如此,尽管他一生都在用波兰语写作,并被誉为"波兰的良知",但波兰诗人们,例如彼得·佐默却不把他当作波兰诗人,认为他是西方或者美国诗人。他自己在许多诗作后,也总留下"写于伯克利"的字样。他说:"1948年当我来到旧金山时,我还不知道海湾对面的城市将注定成为我此生长久的居住地。即便是我度过中学与大学时光的维尔诺也不能与之相比。"伯克利成了他事实上的故乡。美国诗人约瑟夫·布罗茨基称他是"我们这个时代最伟大的诗人之一,或许是最伟大的"。他诗歌的创作成就当然是世界级的。

切·米沃什说过,自童年起他就努力去了解一只鸟的名称和它的外表与习性,认为写作与这种行为差不多。他知道描写需要对自然的观察。他凝视蝴蝶、海参和"一只画眉鸟,一个蜗牛,都会进行相当科学的观察。也就是说,当某些物体出现在我们视野里,我们要对相应的表面产生感觉并进行观察"。他自称对此"所得甚微"。但他的人生时时刻刻都在观察中。只不过,对一切存在的观察,他保持着让人意想不到的高度诗意。例如,他的诗《一小时》(张曙光译):

叶子在阳光中闪亮,野蜂热切地嗡鸣。
来自远处,来自河的那边,游荡的回声。
和一只锤子从容的声响,不只给我一个人带来喜悦。

与五种感官打开之前,比任何初始更早。

它们就做好的准备,等待着自称为凡人的人们。

这样他们可以像我一样,赞美生活,即幸福。

仅一小时,他就在叶子、野蜂这静与动的事物中,发现和表达了一种超自然的感觉。他的这首诗让人读起来趣味盎然。但要我说出它们的意义,我却做不到,只有阅读而说不出来的一种愉悦。当然,诗歌本身也只有让人感受,而无法准确理解的情况。因为喜欢,我把这几首诗抄在一个笔记本上。他还写过一首《赞美诗》,把美丽的身体比作"透明的玻璃","最有力的火焰"像是水,洗涤"旅人疲惫的双脚"。那"绿色的树像铅,盛开在最稠的夜晚。爱是送给干渴者的一壶盐水"。我认为这都是诗人顺畅快乐的情感宣泄。在《幸福的生活》一诗里,他写道:"他的晚年赶上了丰饶的岁月。没有地震、干旱或是洪水。看起来似乎转向了持续收获的季节,星星变得明亮,太阳也增强了威力……"然而,"在他死后的两天,一场飓风铲平了海岸。浓烟从休眠了一百年的火山中涌出。熔岩漫过了森林,葡萄园和城镇。战争以岛上的一次战斗开始"。他清晰地知道,珍惜幸福生活或一种幸福生活的终结都不容易。他对生活的赞美是由里到外的。

还有一首题名《礼物》的诗,很多人都能背诵:"多么快乐的一天。雾早就散了,我在花园里干活。蜂鸟停在忍冬花的上面。尘世中没有什么我想占有。我知道没有人值得我去妒忌。无论遭受了怎样的不幸,我都已忘记。想到我曾是同样的人并不使我窘迫。我的身体里没有疼痛。直起腰,我看见蓝色的海和白帆。"这首诗揭示了一个饱经沧桑而又心静如水的理想生命状态,诗中自有一种宁静与从容。那一种"抵达心灵天堂"之后的洒脱与大度,给人生顺境或逆境的启示与愉悦,相信都有很强的感染力。诗蕴含了人生非常丰富的经验与智慧。

切·米沃什曾说:"语言是我的母亲。"据说,他十分着迷一些咒语般的语言,说"仿佛一念就能使鸟出现"。带着这些美丽的语言,他在世界各地不停地流徙。"在一个句子里寻找我的家,简明的句子,仿佛锤子敲击在金属上……"在他的随笔《米沃什词典》里,他写到"敬慕"这个词语,说:"我敬慕过许多人,我一向自认为是一棵弯曲的树,所以尊敬那笔直的树。"说到"自然"时,他用了"觉醒""爱"这两个词。他说:"我们不知道,我们对树木、河流和飞禽的爱也叫爱。"这都是充满了无言的美和某种神示——此时此刻,我也多么希望一些诗人保留这样的句子,努力在这些句子里寻找一个家。

在疼痛中说话

最早读到耶胡达·阿米亥的诗,是在弟弟由于车祸躺在医院期间。那时,弟弟正经历着他人生中一次巨大的肉体的疼痛。他被车子撞得骨盆破碎,血流不止,脸上疼痛得没有一丝血色,气如游丝,危在旦夕……我在医院陪伴他的那几个月里,目睹了他的疼痛,同时读到了阿米亥的一首诗《疼痛的精确性和欢乐的模糊性》(罗池译):

> 疼痛的精确性和欢乐的模糊性。我在想
> 人们是怎样精确地在医院里向大夫描述他们的疼痛。
> 即便那些还没有学会读写的人也懂得精确：
> 这种是一跳一跳的痛，这种是
> 扭伤的痛，这种是咬痛，这种是灼痛，还有
> 这种是刀割似的痛，而这个
> 是一种隐痛。在这儿。精确地说就在这儿，对，对。
>
> 欢乐却把一切弄得模糊。
> ……

"疼痛的精确性和欢乐的模糊性"似乎是一个科学的医学论断。但这个论断现在已诗意地存在于他的诗歌中。更多的疼痛还在他的心里。他有一首诗叫《我的儿子应征入伍》（黄福海译），他写道："我们送他，到车站，他的脸融入别人的脸……我人生的汽车与列车从眼前掠过，一扇扇窗口……眯着眼睛的脸。这时，是他的脸。在车窗一角，像信封上的一张邮票……"（欧阳昱译成"就像信封上盖着的一个邮戳"）后来他的女儿也去从军当兵。远离父母的儿女蜷缩在车窗一角，都"像信封上的一张邮票"或绚丽的邮戳，包含着父亲一种怎样的深情。儿女即将离开父母，像是不知要邮到何处。他还给儿子传授战场经验："夜间外出巡逻，水壶要装得满满的，这样水就不会哐啷作响，暴露你的目标。"这种情感与经验，只有经历过战争，并长年笼罩在战争阴影里的诗人才有可能获得。实质上，作为父亲和诗人，阿米亥清楚

地知道:"我教会他们走路,现在他们却要离开我,我教会他们跟世人说话,现在他们却教我跟内心倾诉……"事情的结果他当然也很清楚,那就是:"父亲,就像那堵城墙,只是一个幻象,都没有保护的能力。只能爱,只能忧虑。"这是怎样的一次无奈和悲凉的诗情?阿米亥,每次读这首诗我都眼含热泪。

所有的诗歌创作都无法离开意象、象征和隐喻。只不过修辞的准确性和诗意运用的远近与高低,可能是区别诗人优劣的某种标准之一。在《耶胡达·阿米亥诗选》(傅浩译)里,我读到了很多具有想象力的句子,比如"你有葡萄般的笑声,许多圆圆绿绿的笑"(《六首给塔玛尔的诗》)、"在这城里还有一些我父亲留下的朋友,散处如没有铭刻或传说的古董"(《有些蜡烛记得》)等等。信、信箱、开信器、邮局、邮票、邮戳……不经意间,他对信函这个意象的营造似乎有特别的热爱。除了那首写儿子应征入伍的诗外,还有如"被放在那里的大块石头,依旧封闭着,像信函,没有地址,无人收到它们"(《一间屋里三四个人当中》)、"所有信函,和照片,排排摆起。这样她就能度量,上帝的手指的长度"(《给我母亲》)、"在夜里,月亮刺透信箱的孔隙,把它点燃,白得,像一封信"(《两首贝都因人之歌》)、"至于我的灵魂;那道道褶皱一直存留着,好像一封不敢再度展开的,旧信上的褶皱"(《在七十年代前夕》)、"你送给我一把银制的开信器"(《爱的礼物》)、"在烧信的篝火上"(《在某个美丽的地方远足》)、"而爱情——在那几夜,就像稀罕的邮票。触摸着心,别伤着它"(《我离去的日子》)、"我只记得那张邮票的,苦涩胶水味在我的舌尖上"(《黑暗处的人们总是看见》)等等。对"信"及由此延伸的意象的营造如此众多,恐怕连他自己也没有想到。卓越的想象力,使他的诗歌在广泛运用一些联想和比喻,特别是明喻时,都是浑然天成,令人赞服。阿根廷作家罗伯特·阿尔特说:"在纯粹的想象力方面,在不断更新的诗歌涉及现实之能力的意识方面,阿米亥在以色列舞台上无人可比,也许在世界范围内也少有匹敌。"确实,阿米亥的这样充满想象力的诗句总让人眼睛明亮。

耶胡达·阿米亥(1924—2000年)生于德国的维尔茨堡,1936年移居巴勒斯坦。他十八岁时正是二战时期,因此参军与英国的犹太人一起作战,后来参加1948年的以色列独立战争。战后,他在希伯来大学求学,毕业后又长期在中学教授希伯来文学和《圣经》。1955年出版诗集《今日和他日》,在诗坛引起强烈反响,成为以色列新一代诗人即"第三代诗人"的代表人物之一。他一生共出版过二十三部诗集及多种著作,是一位世界性的诗人。说是在以色列,他的诗广受人们欢迎,年轻人服兵役时除了随身行李,另外就是带上他的诗集。

正是因为从军的经历,他不仅对"信"之类的物件特别敏感,而且对"烈士"这个群体也有着特殊的理解。他写了一首《谁还记得那些记忆的人》,也令人心颤:"在别的某个地方,远远地,掩映在灌木丛中,一块破裂的大理石碑,刻着姓名,一枝夹竹桃将那些姓名隐去,像一绺秀发遮掩了一副花容。"(黄福海译)这是一副多么俊美的战友的形象!《旧约·撒母耳记下》里说:"比鹰更快,比狮子还强。"但阿米亥深入其中,见到的显然不止这些。他吟叹着:"如果他们真的比鹰更快,他们就会高飞在战争之上,不会受到伤害。我们就会从地下仰望他们,说:'看那雄鹰,那是我儿子,我丈夫,我兄弟。'……"

无疑,耶胡达·阿米亥是属于生命感意识强的那一类诗人。正是这种很强的生命感,使他常常将自己的视线聚焦于个人的日常生活。由此,他对现代情感、现代人际关系以及现代生存状况都有着切肤疼痛的感受,他从这些感觉与经验中提炼"具有普遍意义的朴素真理",并学会了"在各种疼痛中说话"。

抓住耳朵的诗意

在路上,我总念起谢默斯·希尼的诗句:"照白的路标不断闪过。蒙特瑞尔、阿比维尔、巴伐利亚斯……如路标所示,来了,来了又去。每个村都不折不扣地按名报到。"(《夜间驾车》)"一棵花楸像一个抹着口红的姑娘,在岔路和大道之间。"(《歌》)这是开车行驶路上之所见。"最后来到一个凉风习习灯光点点的车站,列车离去以后,潮湿的铁轨,就像我一样赤裸而紧张……"(《地铁中》)这是坐地铁时的感受。从开车到坐地铁,希尼给我们在路上的事实想象充满了美感。当然,我喜欢他的诗还因为他的《铁匠铺》:

> 所有我知道的是一道通往黑暗之门。
> 外面,旧车轴和铁箍已经生锈;
> 里面,大锤在铁砧上急促抢打,
> 那不可预料的扇形火花,
> 或一个新马蹄铁在水中变硬时的咝咝声。

> 铁砧一定在屋子中央的某处，
> 挺立如独角兽，下端则方方正正，
> 不可移动地坐落在那里：一个祭坛
> 在那里他为形状和音乐耗尽自己。
> 有时，围着皮围裙，鼻孔长满毛，
> 他探出身来靠在门框上，回忆着马蹄的
> 奔腾声，在那闪耀的队列里；
> 然后咕哝着进去，以重锤和轻锻，
> 他要打出真铁，让风箱发出吼声。

在很多诗人的笔下，"铁匠铺"总充盈着饱满的诗意。在读希尼的《铁匠铺》前，我就曾在切·米沃什的诗里读过铁匠："在湖边的铁匠铺，锤击之声。一个男人，弯下腰，修理一把镰刀，他的头在炉膛火焰中闪现。"（《歌》，吴季译）切·米沃什还有首诗也叫《铁匠铺》，谁翻译的不记得，但我记得诗里写到的"淬火"：把铁"投入一桶水中，刺啦，冒气"。他说"荣耀万物，只因它们存在"。作为一位铁匠的儿子，我对铁匠铺自有一种刻骨铭心的记忆。以打铁为生的父亲，他的铁匠铺曾经在我童年记忆中的街镇的老街、公社综合场和一条国道旁不停地辗转，或者干脆在家乡的村庄走村串巷。打铁，曾是父亲为我们全家谋生的手艺。在锻造中，父亲一天天老去。当意识到父亲衰老时，我发觉他一生就如诗人说的"荣耀万物"，同时也是走向"一道通往黑暗之门"。

希尼的《铁匠铺》就这样让我有不可言说的亲切感。我的关于父亲铁匠铺的所有记忆也在他的诗中得以复活：简陋的房屋、不显眼与晦暗的铺面、生锈的旧铁器和锃亮的铁块,还有飞溅的火星、各种打铁的工具,父亲的围裙被火星烧得百孔千疮……沉重的一块铁砧,让一截树桩坚定地竖立在铁匠铺的中央。希尼的诗说的"祭坛"这个词,使我一下子仿佛找到知音。感谢希尼,他的提醒与意象使我认识到那就是一个"祭坛"——青春的祭坛、手艺的祭坛、农业文明的祭坛。站在火炉边的父亲,一生都在用他的生命守护这个祭坛。"他要打出真铁,让风箱发出吼声。"(王家新译)《铁匠铺》还让我真切地想起,当年我在父亲的铁匠铺手拉风箱时的青涩,一种迷惘与绝望的心灵挣扎。

希尼1939年生于爱尔兰,2013年逝世,享年仅七十四岁。虽然我与他没有真切的生命交集,但也有整整五十年生活在同一个世界。我读他的诗很晚,如果不是这首《铁匠铺》,我有可能就错失了这位伟大的诗人。有一篇题为《康斯巴恩》的随笔,希尼写到他与文学的关系。他说,他六岁时开始尝试阅读时,"家中最重要的读物只是些配给性读物——有粉红色衣裙的票证和可换取蜜饯和水果的绿色小票",十一岁时,他"就能够靠死记硬背记住大段大段拜伦和济慈的诗篇"。在学校的一堂爱尔兰历史课上,他实实在在地读到一批神话和传说。这与很多作家成功的童年生活相仿。1966年,他受聘于女王大学当讲师,同年出版第一本诗集《一个自然主义者的死亡》,成为一名专业作家。到他第四部诗集《北方》出版时,他的诗歌创作已成就斐然,在诗坛上有了自己牢固的地位——而我仅仅是一位铁匠的儿子。

1987年,希尼出版了他的另一部诗集《山楂灯笼》。这部诗集被认为是他诗歌创作出现重大转变的一个标志。他一改过去诗歌创作的自传性写法，显现了现实主义与幻想交织在一起的诗风——现实生活中的冬山楂，被他幻想成"亮着小小的光"的红灯笼。他说："冬山楂在季节之外燃烧，带刺的酸果，一团为小人物亮着的小小的光，除了希望它们保持自尊的灯芯，不致死灭外一无所求，用明亮的光使他们盲目。"山楂灯笼，还被他幻化成被称作"人类的良知"的古希腊哲学家狄欧根尼斯。他写道："但当你的呼吸在霜中凝成雾气，它有时化形为提着灯笼的狄欧根尼斯。漫游，寻找那唯一真诚的人；结果你在山楂树后被他反复观察，他拿着灯笼的细枝一直举到齐眉……"在现实与幻想之中，这首诗凝聚和提炼出了一个"红灯笼"的意象。红灯笼，"用可啄食的成熟审视了你，然后它继续前行"，从而照亮人的内心。

　　1995年，希尼获得了诺贝尔文学奖，授奖词里对他有一段如此的评介："他的诗作既有优美的抒情，又有伦理思考的深度，能从日常生活中提炼出神奇的想象，并使历史复活。"研究者们说他的诗歌创作，源于他在北爱尔兰的一段童年生活以及他对平凡日常的生活敏感而产生的灵感。后来，他似乎自己也意识到"诗人需要超越自我以达到一种超于自传的声音"，于是创作风格发生变化。在接受翻译家吴德安访谈时，他郑重地表达了他对"诗意"的理解，形象地说写作就是"抓住耳朵的诗意的东西"。除了诗歌创作，他同时还是一位优秀的诗歌评论家，他写有大量的随笔诗评，对一些重要诗人如叶芝、切·米沃什、奥登、伊丽莎白·毕肖普、西尔维娅·普拉斯等，都有非同凡响的认识。

蜂蜇

普拉斯的诗像毒药,像鲜花,像树液,像分裂飞舞的碎片……她的诗歌意象繁复,无处不在。敲骨震髓般,灾难性纷呈,每一首诗都直击人心不可预测的幽深。同时,又似一朵罂粟花的开放、一棵树的叶落、一只奔跑的诗歌野兽或如脱兔,稍纵即逝。读她的诗,还像与她在锻打生铁,那种对意象的铺陈,对生命深刻的沉迷,时而惹得火星四溅。

"去年夏天的芦苇全嵌入水中,如你的形象深入我的眼睛……"(《冬日风景·秃鼻鸦》)我经常看到寒雪折断的芦苇冰封在水里。当我凝视它时,它似乎就变成无数双眼睛望着我。斑驳、闪烁、蒙眬。普拉斯以此比拟,却充满了暗喻,她把所有的物事都涂抹上一层金黄的诗意。那是一种诗意的观感。这在她《呼啸山庄》这首诗里就更为明显:"石楠的根,它们将邀请我,/去我的中间把我的骨头变白。"石楠的根、白骨头……虽然不是直接描写,却有了一个再贴切不过的比喻。

但她又是热烈的。那热烈是一种炽热的鲜红。红色的血、红色的山楂、红色的绸子……都融入了她的生命。"沿着她血脉的,什么样的火在奔窜,什么样的饥饿在苏醒?"(《追猎》)如果说这只能算是她追猎时的血脉偾张,那么她写的"红色山楂树经受风雪的攻击,仍明亮如血滴,证明勇敢的枝条不会死"(《五月花》)就让人看到忍耐和她所赞赏的崇高与美了。至于"红丝绸在闪耀,向着太阳的刀锋燃烧,绽开"(《珀耳塞福涅两姐妹》),分明让人又感觉到一种凡·高式的死亡仪式——生命的刀、生命的风、生命的红丝绸以及燃烧的本身。我以为,这些诗也成就了她的生命本色。

诗人本身就是虚幻的存在。忧郁症疾病使她生命定格在1963年。在英国伦敦最冷的那年冬天,她开煤气自杀身亡,时年三十一岁。生前,她出版过一部诗集《巨人及其他诗歌》和被誉为具有塞林格风格的自传体小说《钟形罩》。直到1981年,她的诗歌全集才由她的前丈夫、英国桂冠诗人特德·休斯编辑,收录她全部的二百七十四首诗出版。第二年即获得普利策诗歌奖。关于诗歌,她在《仁慈》一诗里写道:"诗是血的喷涌,根本无法停止。"(胡梅宏译)不知道这是不是她有关诗歌的宣言,但显然,诗没停止,她停止了。《纽约时报》评价她的诗歌创作,说:"她的诗精美而令人心碎,这使普拉斯成为我们公认的悲伤女王……她的诗像死亡一样完美,它使我们心醉的力量如同使她心醉的力量一样强大。"

普拉斯的诗,很多人喜欢《晨曲》(又译《晨歌》)、《榆树》、《拉撒路夫人》(又译《拉扎勒斯女士》)等几首。但我首先读到的是同为诗人的谢默斯·希尼一篇文章提到的《词语》:"斧子/树木在它的砍伐下鸣响,/回声传来!/群马般地/回声从中心扩散开来。//树液/像眼泪涌流,像池水/努力使/自己重新平复如镜/在坠落和//翻滚着的石头之上,/一颗白骷髅,被丛生的青草吞噬。/多年之后我/在路上遇见它们——//词语枯竭,没有骑手,/不倦的马蹄踏踏作响,/而/从那深潭之底,固着的星簇/支配一生的性命。"(穆青译)这首诗似乎是缘于一个林业工人砍伐树木的意象,里面有斧子、砍伐、树液……她因砍伐之声而想到群马呼啸——想到马、群马。这真是出人意料的非凡想象。在寂静的森林,树的汁液、白花花的树杈尖锐地晃在她眼前,但她想到了马,并幻化成一个巨大的意象。词语涵盖了这首诗的所有,最后"支配一生的性命"。我读诗的最后一句,至少读到过两种版本:一是"主宰生命",一是"主宰一生"。我觉得"主宰一生"或许更好,普拉斯知道怎么主宰自己的一生。

普拉斯对自然和乡村生活有着天然的亲近。许多乡村的动植物,比如榆树、燕麦、红狐狸、鼹鼠、斑鸠、云雀都曾进入过她的视野和诗歌,且充满了无限喜悦:"云雀升起,/你追我赶/飞来赞美我的爱人。"(《夏日之歌》)这是一种多么大的欢乐!她真的感觉整个大地都受到了"词语的召唤"。她在《泰德颂》里写道:

> 他随便看一眼,荒地便出产作物:
> 被手指犁过的每一片田野,
> 喷涌出根茎、叶子、果实般翡翠;
> 亮晶晶的谷物罕见地快速生长,
> 是他早已以意念催成;
> 他的手坚定地命令,鸟儿便筑巢。

手指的神奇,便引出神奇的诗性。普拉斯用手一指,诗亦如谷物般生长。她好像喜欢蜜蜂这个小动物,为此写了不少的诗。《蜂蜇》《蜜蜂会议》《蜂箱的到来》《蜂群》《过冬》《养蜂人的女儿》……读了她的蜜蜂诗,不得不说她提供了一个丰富、完整的

"蜂群"生活场景。"孤零零的蜜蜂在草间筑窝。我跑下来/……撞见一只/哀伤如泪的圆圆的绿眼。"这是我们常见的蜜蜂的眼睛。她十分清楚蜜蜂间的争斗,感觉"白色蜂房像处女一样温暖"。她近距离接触过一些养蜂的人,看到蜂箱,把它比作"一个侏儒或者方形婴儿的棺材"。更对蜜蜂的劳动充满了礼赞:"这是我的蜜蜂机,/它将不假思索地运转,/在春天开工,如一只勤劳的处女蜂"。她似乎就生活在一个蜜蜂的王国,她能见到蜜蜂代理人、秘书、绿色防御帽、樱桃的衬裙、凝乳的花冠、蜂房的车站、糖浆罐……她集中所有蜜蜂的意象,宏大或细小,荒诞或凝重,喜悦或悲伤……都照单全收,然后构建出了自己独特而坚固的一个诗的蜂巢。恍若,这也成了她自己生命的写照——我就感觉她一生如同蜜蜂一般。她有一间温暖的蜂房,她本身也是一只勤劳的蜜蜂——不幸的是她突然狠狠地蜇了一下诗歌,蜇了一下世界,便香消如泥。

2022 年 11 月 6 日至 12 月 3 日于北京寓所

建安年的女神

一

2018年的一个春天,我住在长沙的湖南宾馆,看到电视里正在播放京剧《刘兰芝》,心里一激灵就看了起来。在这以前,我看过取材于汉乐府诗《孔雀东南飞》改编的越剧、黄梅戏……看到京剧还是第一次。当然,我想表达的另一个意思是,刘兰芝是我家乡人——东汉建安年间庐江郡府就在我的家乡。在异乡百无聊赖的夜晚,我看《刘兰芝》,就有点他乡遇故知的感觉。听着那字字怨、声声泪,如泣如诉的唱腔,我仿佛穿越到了一千八百年前,置身在庐江郡府,体会着汉代的市井生活和那份坚贞的爱情。

"孔雀东南飞,五里一徘徊。"《孔雀东南飞》诗里名叫刘兰芝的女子,"十三能织素,十四学裁衣,十五弹箜篌,十六诵诗书"。她多才多艺,知诗识礼,家教有方,有着许多女子所不具备的才貌和勤劳、善良、聪慧等一切美德。作为庐江郡府的一名小吏,焦仲卿与他守寡的母亲和小妹相依为命,也有一个殷实的幸福家庭。刘兰芝与焦仲卿心心相印,相亲相爱,自十七岁嫁到焦家后,她就"奉事循公姥""昼夜勤作息,伶俜萦苦辛"。为人媳为人妻,她做了该做的一切,形象几近完美。

"幸复得此妇。"焦仲卿言辞恳恳,说"结发同枕席,黄泉共为友",也可谓伉俪情深。在外人眼里,这对夫妻郎才女貌,应该恩爱美满才是。可偏偏刘兰芝的婆婆——这个不知怎么心理变态、凶狠乖张的焦母,对刘兰芝却横竖不容,百般虐待。她逼迫儿媳"鸡鸣入机织,夜夜不得息",即便"三日断五匹",还是嫌慢,又嫌她织得不好,横挑鼻子竖挑眼,甚至责怪她"无礼节""自专由"。与媳妇情深意合的儿子向她"长跪告",甚至明确发誓"今若遣此妇,终老不复取",也没有改变她要儿子休妻的决心。

刘兰芝逆来顺受。被焦家休妻后,县令、太守先后都托媒为儿子说亲,"性行暴如雷"、长着势利眼的兄长逼她再嫁。面对封建礼教和封建家长的重压,尽管"两情同依依",两人还有"君当作磐石,妾当作蒲苇"的山盟海誓,但最终只落得一个"揽裙脱丝履,举身赴清池",一个"徘徊庭树下,自挂东南枝"。生不同衾死同穴。就像梁山伯与祝英台化蝶一样,两人化作鸳鸯鸟,比翼双飞在林间。

汉乐府诗《孔雀东南飞》吟唱的就是这样一个世俗故事——这首诗最早收辑在《玉台新咏》里,题目叫《古诗为焦仲卿妻作》,作者无名氏。诗前有段小序,开始就将诗中故事发生的时间、地点、人物、事件、原因、结局交代清楚了。序云:"汉末建安中,庐江府小吏焦仲卿妻刘氏,为仲卿母所遣,自誓不嫁。其家逼之,乃投水而死。仲卿闻之,亦自缢于庭树。时人伤之,为诗云尔。"在中国古典文学史上这首诗与《木兰辞》合称"乐府双璧",这个凄艳的爱情故事也被当作东方版的罗密欧与朱丽叶。

在《白话文学史》一文中,胡适先生曾说到《孔雀东南飞》这首诗,他说:"我以为《孔雀东南飞》的创作大概去那个故事本身的年代不远,大概在建安以后不远,约当 3 世纪的中叶。但我深信这篇故事诗流传在民间,经过三百多年之久(230—550 年)方才收在《玉台新咏》里,方才有最后的写定,其间自然经过了无数民众的减增修削,添上了不少的'本地风光'(如'青庐''龙子幡'之类),吸收了不少的无名诗人的天才与风格,终于变成一篇不朽的杰作。"

在家乡昔日庐江郡府的所在地,那因庐江小吏而被称为"小吏港"的小镇,现在不仅经常有一些学者模样的人寻访,在民间,这首诗的故事更是被当地人长年累月地挂在嘴边。他们把折磨媳妇的恶婆叫焦八叉,把性子懦弱驯良的老好人称为"焦二",把趋炎附势的人叫"刘大",把心灵手巧的姑娘称为"焦(娇)小姑",把受苦受难的媳妇叫"苦芝子"。许多女孩取名时,也总爱带着"兰"或"芝"的字样。焦心说成"焦死了"……常常,他们对汉代发生的这个爱情悲剧愤愤不平,把诗中人物命运当作他们无数个夜晚谈论的话题,并由此衍生出一些无谓的争吵。

《仪礼·丧服》云:"七出者:无子,一也;淫佚,二也;不事舅姑,三也;口舌,四也;盗窃,五也;妒忌,六也;恶疾,七也。"他们一般从旧时"七出"的休妻条件说起,说刘兰芝没有一样违反,焦母为何要赶走她呢?他们或说"生小出野里"的刘兰芝配不上"仕宦于台阁"的焦仲卿,或说是因为刘兰芝不生育。"不孝有三,无后为大。"在中国漫长的封建社会,很多家庭都认为女人不生孩子罪不容赦。他们把一切归于封建礼教的残害。还有人搬来弗洛伊德的学说,说焦母有"恋子"情结、"寡妇心态",见不得儿子与刘兰芝缠绵……更有人从现代心理学入手,分析他俩性格,认为刘兰芝秀外慧中,外柔内刚,而过于刚烈偏执;焦仲卿怯懦软弱,偏于优柔寡断。两人的爱情悲剧深刻地表明,没有健全的人格和心理,就很难有爱情的长久和婚姻的美满……

但说着说着,他们自己就犯糊涂了。他们又从诗里找证据,说刘兰芝不算是乡野之女,她家"承籍有宦官",也说得上是门当户对。说她不生育,可她正处在如花似玉的年龄。他们百思不得其解,就开始自己生闷气,张嘴就骂焦母,骂她是多年媳妇熬成了婆,摇身一变,就变成了一个不可理喻、刁钻古怪的恶婆婆,是个母老虎、母夜叉!她强加在刘兰芝身上的一切都是欲加之罪,何患无辞!

与《木兰辞》中花木兰的家国情怀大大不同,这首诗叙述的是一个世俗、琐碎的婆媳矛盾以及家庭关系——有人说,《孔雀东南飞》之所以千古流传,是因为它塑造了美丽善良的刘兰芝、刁蛮的婆母、活泼天真的小妹、懦弱的丈夫和"混子"刘洪等一系列鲜明的人物形象。特别是焦母这样一个恶婆婆,她以一己之利棒打鸳鸯,造成家庭悲剧,使这个爱情故事有了经典性意义,使这些人物在中国文学画廊也倍觉丰满而饶有趣味。

故事虽然已过去一千八百余年,但婆媳关系的处理不易,在中国自古以来就是一个客观存在。两个普通、善良,甚至都十分贤淑的女人一旦成为婆媳,关系就变得异常微妙和复杂。即使有再超常的想象力,也难以想象间隔如此遥远的年代,现在婆媳关系现在仍然是许多家庭绕不过去的话题——"多谢后世人,戒之慎勿忘。"谆谆告诫,言犹在耳。

> 刘兰芝成覆水泪如泉涌,
> 别过高堂母再别夫君,
> 到你家数年来艰苦受尽,
> 每日里察颜色忍气吞声,
> 到头来无罪过反遭遣摒,
> 劝官人多保重忘却前情,
> 对小姑道万福更须孝顺,
> 从今后真成了陌路之人。
> ……

听着京剧《刘兰芝》激昂、悲伤的倾诉与呐喊,我的眼窝几番噙满泪水。

二

古老的庐江大地生长了无数美丽的女子。

《孔雀东南飞》这首长诗,不仅把一曲爱情故事写得凄美艳丽,而且还将刘兰芝这个庐江女子刻画得栩栩如生,光辉照人。她不仅是一位能织布、裁衣、读诗书的才女,还是"指如削葱根,口如含朱丹。纤纤作细步,精妙世无双"的大美女。隔着一千多年遥远的历史,还让人感觉如刻如镂,芝兰馨香……

"大乔娉婷小乔媚,秋水并蒂开芙蓉。"(徐贲)撩开汉代庐江的一缕烟霞,我发现故乡亭亭玉立的还有"芙蓉并蒂"的一朵姊妹花——大乔和小乔。她们如刘兰芝一样清纯可爱,因为命运的格外垂青,她们甚至被认为是倾国倾城,是一代"国色天香"。但她们像刘兰芝一样,真实的遭遇也令人肝肠寸断,心痛不已。

史料的记载一鳞半爪,能觅到踪迹的就是她们的父亲避地庐江,在皖城之北三里彰法山的山麓居住(后改为广教寺)。那里溪水环绕,松郁竹茂。《三国志·集解》引云:舒州怀宁县有桥(乔)公亭,在县北,隔皖水一里,今亭溪为双溪寺。王渔洋《渔洋诗话》云:"二乔宅在潜山县,近三祖山,故山谷诗云:'松竹二乔宅,雪云三祖山。'今遗址为彰法寺。余甲子过之,有诗云:'修眉细细写松山,疏竹泠泠响佩环。霸气江东久销歇,空留初地在人间。'"

蛾眉故宅徒然沦为禅院,但传奇在民间世代相传。

《三国志·吴书·周瑜传》载,东汉建安四年(199年),孙策从袁绍那里借得三千兵马,在周瑜的扶持下,一举攻克了皖城:"从攻皖(今潜山),拔之。时得桥公两女,皆国色也。(孙)策自纳大桥,(周)瑜纳小桥。"汉代,乔、桥二字通用——那意思就是攻下皖城后,意气风发的小霸王孙策纳了大乔,羽扇纶巾的大都督周瑜纳了小乔。

建安四年(199年),周瑜和孙策两人都是二十四岁,正是风华正茂的年龄。在攻克皖城的胜利中喜结连襟,孙策与周瑜春风得意。孙策与周瑜自嘲说:"桥公二女虽流离,得吾二人为婿,亦足欢也。"——虽然"流离"二字将大、小乔的身世罩上了一种不祥,但少年英雄豪气干云,乱世佳人明艳照人,英雄与美女、战争与爱情——他们完美的爱情,很是符合了中国人的文化期待与理想。

从此,东吴将军行辕、从军帐里就有了叮当作响的环佩之声。但真应了"情深不寿,慧极必伤"那句俗语。大乔嫁给孙策后,忙于开创江东基业的孙策,东征西伐,马不停蹄,夫妻相聚在一起的时间并不多。仅过去一年,即建安五年(200年)的暮春,威震江东的孙策在打猎时就被前吴郡太守许贡家门客刺杀,身受重伤,因伤口感染而亡——年仅二十五岁。成婚才两个年头,正值桃李年华的大乔如遭晴天霹雳,悲不自胜,从此夜夜孤枕,守着襁褓中的遗孤,面对空寥与寂寞,吞声饮泣柔肠寸断。

清人薛福成在《庸盦笔记·卷五》说大乔在孙策死后,痛哭几个月后郁郁而终。很多人当作野史付之一笑,但2016年,在江苏苏州虎丘路出土的大型东吴家族墓,一枚出土的精美的鸟首金钗,似乎印证了这个记述的正确性。

小乔比大乔的命运似乎也好不到哪里去。她与周瑜如胶似漆,耳鬓厮磨,虽然还在享受着属于他们的幸福时光,但在这些时光里,周瑜作为东吴的统兵大将,或江夏阻击黄祖,或火烧赤壁破曹操,或南郡大败曹仁……"谈笑间,樯橹灰飞烟灭。"置身于烽火硝烟之中,他只能随着军事的进退、时局的跌宕而起伏,偶尔和小乔琴瑟和弦,互诉衷曲。

然而,还是天妒英才。建安十五年(210年)冬,周瑜在准备攻取益州,筹备为孙权与曹操二分天下的战略时,却病死在巴丘

（亦有传闻是被害），年仅三十五岁，一代名将终归于一抔黄土。消息传回江东，孙权不由得放声痛哭，说："公瑾有王佐之才，如今短命而死，我何赖哉？"他亲自为周瑜吊唁，周瑜的灵柩运回江东，他又亲自到芜湖迎接。

这一年，周瑜的女儿刚出生。小乔也不过三十岁。

"美人自古如名将，不许人间见白头。"虽然说周瑜死时，小乔不在他的身边，所以没有感到特别地悲伤，但当年孙策不幸伤亡的那个暮气沉沉的春天，她在姐夫的眼里却看到了姐夫流露的无尽的依恋和悲情，还有姐姐大乔悲痛欲绝的号啕。也是从那时起，小乔就特别害怕面对生离死别。所以当周瑜离世的噩耗传到耳畔时，她浑身一颤，从心底深处升起了一股莫大的悲凉。

周瑜遗体运回老家——家乡已是一片白雪皑皑的世界。但那天黄昏，天空不知怎么突然溅射出了几缕夕阳，雪白的丘陵被涂染上一层金黄。小乔浑身缟素，轻轻地抚着丈夫的金棺，感觉金黄的夕阳里飘动的白幡，总含着周郎恋恋不舍的目光。

周瑜生有两子一女。三个孩子是否均为小乔所生，史有争议，但她终究是两子一女的嫡母。由于周瑜功勋巨大，孙权待他们也算是优厚。其女（不知其名）后来嫁给太子孙登。孙登若不是赤乌四年（241年）年仅三十二岁时病亡，她很有可能成为一代皇后。长子周循，"尚公主，拜骑都尉"，如周瑜一般地风流倜傥，但亦英年早逝。次子周胤，娶的也是宗室之女，后还受封"都乡侯"，却因"酗淫自恣"，屡次得罪朝廷，被废爵发配庐陵，不过最终仍被孙权赦免，赤乌二年（239年）因病而故。

似是一语成谶。一对佳丽起于"流离"，又终归"流离"。两位美女都没能和夫君白首偕老。汉代风俗开放,寡妇再嫁亦很平常。三国时的魏蜀吴开国皇帝都娶过寡妇,比如曹丕立袁术儿媳甄氏为皇后,刘备纳同宗刘琮的遗孀,孙权娶陆尚之嫠妇……刘兰芝被焦家休妻,县令和太守的儿子也竞相讨娶。按说,以大、小乔的姿色才情再嫁应是不难,但史书上并无她们另嫁的记载。如果说大乔以江东国母身份不能如常人那样另结鸾俦,那么对于小乔,只能说是无人能替代她心爱的周郎。况且她膝下还有周瑜的三个儿女。

周郎已去,何人顾曲?

清代的方扶南在周瑜墓写有一联,云:"大帝君臣同骨肉,小乔夫婿是英雄。"人们称赞这十四个字是"雍容豪健,落落大方"。但英雄美女,琴瑟已断,如李清照"试灯无意思,踏雪没心情"的感受谁人能理解?小乔从此只好与姐姐一样,在建安年剩下为数不多的十几个黄昏,相思如缕,花颜飘逝……

建安是东汉的一个年号,但没有人想到的是这是大汉王朝的黄昏了。尽管那时三国还没有正式开场,可三国的人物如曹操、刘备、孙权、诸葛亮、关羽、周瑜等等,差不多都已悉数亮相,有的甚至登场谢幕,归于杳杳。说建安年间群雄并起,人才辈出,也可以说美女如云,我们耳熟能详的就有蔡文姬、貂蝉、孙小妹、甄夫人……

而在我的家乡,一下就有了大乔、小乔、刘兰芝这三位或出自诗词歌赋,或真实存在过的美女。她们岂止是美女,她们简直是女神,是乱世里的美神……

竹山可望 | 389

三

"什么人十三能织素,什么人十四学裁衣,什么人十五弹箜篌,什么人十六诵诗书,咿呀嘿。兰姑十三能织素,兰姑十四学裁衣,兰姑十五弹箜篌,兰姑十六诵诗书,咿呀嘿……"这是流行在乐府诗《孔雀东南飞》诞生地的《小放牛》曲调。在这里,衍生的还有《焦刘定情歌》《刘母自叹》《十恨焦八叉》等民歌小唱。

《孔雀东南飞》在中国文学史上被称作"长诗之圣"。但其因质朴土气,不受当时"绮丽"之风的文坛欣赏。评价越来越高是后来的事。北宋刘克庄在《后村诗话》中云:"《焦仲卿妻诗》,六朝人所作也。《木兰辞》,唐人所作也。乐府唯此两篇作叙事体,有始有终,虽辞多质俚,然有古意。"后人尤其推崇诗的语言。如明胡应麟《诗薮》(内篇卷二)说:"矢口成言,绝无文饰,故浑朴真至,独擅古今。"清代沈德潜在《古诗源》一书里也说:"淋淋漓漓,反反复复,杂述十数人口中语,而各肖其声音面目……"

究其原因,或儒家文化一统天下,人们对殉情文化无法接受。所以如此感人肺腑的汉乐府被束之高阁。它真正进入人们的视野应该是"五四"时期——五四运动掀起了人道主义和个性解放的思潮,以生命捍卫爱情、反抗封建礼教、追求恋爱自由的故事一时成为文学艺术表现的题旨。《孔雀东南飞》的故事恰好暗合了这一主题。因此一些作家把眼光投向了它。自20世纪20年代以来,取材于这首叙事诗的各类作品不断问世。

1921年,北京女子高等师范学校学生改编《孔雀东南飞》;

1927年,杨荫深创作《磐石和蒲苇》;1929年,熊佛西创作独幕剧《兰芝与仲卿》,同年,袁昌英把它改编为三幕剧;1946年,欧阳予倩将其改编为京剧《孔雀东南飞》。之后,就经常有人以此诗为题材进行改编创作。京剧之后相继就出现了越剧、沪剧、扬剧、昆曲、淮剧、苏州评弹……有了京剧,黄梅戏也不甘落后——20世纪60年代,当地小说家张恨水还把它改编成小说。

五里一徘徊,十里一悲鸣。魂系皖河水,依依终不去。千百年来,孔雀悠悠的悲鸣声似是不停地倾吐着恋恋不舍,诉说他们的恩怨情仇——不再孔雀,不再徘徊,如今,清凌凌的皖河水仍然日夜奔腾,奔腾不息的还有一河的诗意和诗意里的江东二乔……

二乔的形象与故事不断被搬上文学艺术的舞台。现存最早且最著名的是唐代诗人杜牧的那首颇有争议的诗《赤壁》:"折戟沉沙铁未销,自将磨洗认前朝。东风不与周郎便,铜雀春深锁二乔。"

这个故事进入艺人创作话本是元代的《全相三国志平话》。话本说赤壁之战前夕,诸葛亮苦心劝周瑜起兵抗曹:"今曹公动军,远收江吴,非为皇叔之过也。尔须知,曹操长安建铜雀宫,拘禁天下美色妇人。今曹相收取江吴,虏乔公二女,岂不辱元帅清名?"

建安十三年(208年)的赤壁之战,是决定三国命运的一场鏖战,也是周瑜军事上的得意之作。便是《全相三国志平话》的一种提示,历朝历代的文人自然就将大小二乔、曹操和赤壁之战尽情地编排在一起,把二乔附丽于那场战争,让男人的战争沾上粉艳的绯闻……

罗贯中的《三国演义》获得上述那段说辞,在第四十四回和四十八回便进行大量艺术虚构。出于"尊刘贬曹"的思想需要,他在刻画赤壁之战中的人物和事件时,大肆铺陈,绘声绘色地渲染曹操如何觊觎二乔的美色。随着《三国演义》的家喻户晓,影响广泛,这个故事便以假乱真,一时流传开来。

在《孔明用智激周瑜》一回里,诸葛亮明明知道周瑜与小乔的关系,却假装献上一计,不动声色地说:"亮居隆中时,即闻操于漳河新造一台,名曰铜雀,极其壮丽……操本好色之徒,久闻江东乔公有二女,长曰大乔,次曰小乔,有沉鱼落雁之容,闭月羞花之貌。操曾发誓:'吾一愿扫平四海,以成帝业;一愿得江东二乔,置之铜雀台,以乐晚年,虽死无恨矣。'今虽引百万之众,虎视江南,其实为此二女也。将军何不去寻乔公,以千金买此二女,差人送与曹操,操得二女,称心满意,必班师矣。"为了激怒周瑜,他还故意背诵《铜雀台赋》,并加上"揽二桥(乔)于东南兮,乐朝夕之与共"两句,为曹操喜欢大小二乔增添证据。

在《宴长江横槊赋诗》一回里,罗贯中更是添油加醋,让曹操亲自出面,对众官说:"吾自起义兵以来,与国家除凶去害,誓愿扫清四海,削平天下;所未得者江南也。今吾有百万雄师,更赖诸公用命,何患不成功耶!收服江南之后,天下无事,与诸公共享富贵,以乐太平。""吾今年五十四岁矣,如得江南,窃有所喜——昔日乔公与吾至契,吾知其二女皆有国色。后不料为孙策、周瑜所娶。吾今新构铜雀台于漳水之上,如得江南,当娶二乔,置之台上,以娱暮年,吾愿足矣!"

其实,这都是不折不扣的艺术创造。因为铜雀台是曹操在建安十五年(210年)建的,那时赤壁之战的帷幕已落。而其子曹植《铜雀台赋》里,也只有"连二桥于东西兮,若长空之虾蝶"之句。罗贯中在小说里把诸葛亮的激将法写得天衣无缝,激得周瑜做出坚决抗曹的决定,同时也把曹操推向了铜雀台那一台艳戏里。

至于杜牧的那首"咏赤壁"诗,有人说他触景抒情,由赤壁而想到赤壁之战,进而浮想联翩,说如果周瑜不是借助东风,火烧赤壁打败曹操,东吴很有可能战败。那样,大小二乔就有可能被曹操掳到铜雀台。因为那个时代,战胜者总喜欢把被征服者的妻女姐妹掠为己有。比如前文说的曹操把袁绍媳妇甄氏纳作儿媳,孙权把袁术女儿纳为妻妾……曹操一旦征服东吴,掳走二乔也不足为奇。不过,也有人持不同意见。宋代许顗在他的《彦周诗话》中就说:"意谓赤壁不能纵火,为曹公夺二乔置之铜雀台上也。孙氏霸业,系此一战,社稷存亡,生灵涂炭都不问,只恐捉了二乔,可见措大不识好恶。"清代更有人反其意而咏之:"千古大江流,想见周郎火。草草下江陵,匆匆让江左。纵使不东风,二乔亦岂锁?"(清·阮元)

不管历史本身如何,这种想象给文人提供了一个巨大的创作空间,由此诞生了一些经典的艺术形象和作品,成了民族文化里的一份瑰宝。

有趣的是,后来京剧里都是由须生(老生)饰演诸葛亮,小生饰演周瑜,并有"周郎"之爱称。所以在人们的印象里,诸葛亮年龄大于周瑜。但实际上周瑜生于公元175年,卒于公元210年,诸葛亮生于公元181年,卒于公元234年。周瑜比诸葛亮要大六岁,且两人生前并没有直接交集。后世以"一时瑜亮"为典故,就是源

竹山可望 | 393

于《三国演义》写周瑜临终时的那一声"既生瑜,何生亮?"的长叹——艺术往往会造成历史的错乱。

四

车过庐江我下了车。我乘坐的这趟从北京到安庆的火车,每次都是黎明时分停靠庐江,然后开一个小时就到我的家乡。来来回回,不知多少次经过这里,但这次我中途下车了。我下车与其说是一时心血来潮,倒不如说是为了叫"庐江"的地名,为了寻访建安年间那一对乱世儿女……在汉代,这里与我家乡同属于庐江郡,这里至今还有与我家乡同样的方言,有一样浸润着祖先生命的乡音。

天下了雪,出火车站,雪悄然停住。我眼前雪灿灿的一片。雪覆盖着屋顶、绿化树和街道,偶尔有车子从街上小心驶过,发出吱吱的声音——庐江冬天的早晨睡眼惺忪,街上许多店铺的门还没有开,偶尔开门的早餐店,冷冷清清,只是屋里时而冒出一股热气和主人忙碌的身影,让人感到一丝暖意。我看看时间还早,就钻进了一家早餐店。老板一看,明白我有等早餐的意思,就有一搭没一搭地与我闲聊。

老板问我哪里人,我笑笑。想说我是庐江人,或者说要是生在汉代,我们就是同一个庐江郡人。但我没有说,因为我觉得我这样说,会说得很复杂。简单地说,就是那时这里叫舒县,我的家乡叫皖县。开始庐江郡府治就设在这里,即现在县城西南。后来因为战乱,他们被迫把郡府迁移到了我的家乡。对此,《三国志》

里有明确记载:汉初平四年(193年)春,袁术入据寿春(寿县),庐江太守陆康与袁术"有隙(怨恨)",将攻康,康遣(陆)逊及亲戚(亲属)还吴(苏州),遂将庐江郡自舒县移治皖县……庐江郡府迁向西南,但庐江这个很汉代、很男人的名字却留在这里。

离开早餐店,我先去的是周瑜的墓园。周瑜就是这里的人。史书里的周瑜,字公瑾,东汉末孙权的部将。他出身士族,精音律,少时即与孙策为友,后归附于孙策,为建威中郎将,人称周郎。"曲有误,周郎顾。"周瑜不仅少年英俊,还精通音律,即使喝醉了酒,弹奏者出现细微的差错,他都能觉察到,并会立即扭头去看那个出错者。据说,那时不少的美女都故意弹错曲谱,为的就是博他看一眼。

天空又飘起雪花。雪花飘落在墓园里,落在高高的门楼,影壁、门阙、石像生、享堂、碑廊上,落在那一组仿汉的古建筑群上。墓冢高大,是按汉代墓冢的形制建的覆斗形方锥夯土墓冢。园内松柏掩映,白雪映丽,给人一种旷远肃穆的感觉,一下子就把我带进遥远的建安年代。我心里不由自主地冒出苏东坡的词:"遥想公瑾当年,小乔初嫁了,雄姿英发。羽扇纶巾,谈笑间,樯橹灰飞烟灭……"

关于周瑜墓园的所在,一直存在争议。唐代梁肃的《周公瑾墓下诗序》和陆广微的《吴地记》都说周瑜的墓在苏州,云:"周瑜坟,在县东二里"。还有湖南岳阳、江西新淦。再就是陆游所撰的《南唐书》上也记载得真伪莫辨:"瑜葬宿松,即墓为祠,子孙居其旁者,犹数十家。"而与庐江接近的巢县、舒城也说发现周瑜墓……直至20世纪80年代末,安徽省文物管理部门组织专家对各地周瑜墓进行科学论证,最终确认庐江周瑜墓为首丘之地,由省政府公布为省级重点文物保护单位。

墓园里有一口"胭脂井",井旁是一尊小乔雕像。在这里有一口胭脂井,我想就是墓园文化的一种需要。因为史料确凿地记载,胭脂井是在潜山乔公故居旁边。相传,花容月貌的大小二乔,那时以井水为镜梳洗妆扮,残脂偶尔落于井中,井水渐为胭脂染红,故曰"胭脂井"。井栏石上,还刻有"建康元年(144年)二月"的字样。明代诗人罗庄在《潜山古风》诗中赞:"乔公二女秀色钟,秋水并蒂开芙蓉。"当代史家乌以风先生诗云:"双双身世付王侯,倾国定怜汉鼎休。谁识深闺残井水,至今似有泪痕流。"周瑜墓前的胭脂井,只能说是一种象征。此时,白雪覆盖在小乔的雕像上,像是给她披上了一件雪白的斗篷,衬得她宛如一位踏雪寻梅的美少女。

踏着白雪,我到了以她名字命名的小乔巷。

说是小乔巷,其实是一条宽宽的街道。《庐江县志》记载:"真武观西百步,周瑜之妻乔氏也。俗称瑜婆墩,冢上多古砖,人不敢窃,动辄有咎。"白云苍狗,沧海桑田,一千八百余年过去,小乔墓仅存遗址。围绕小乔墓的四周,高楼大厦鳞次栉比。为了纪念小乔,当地人将小乔墓遗址东侧的居民小区与县法院、粮食局宿舍之间的巷道称为"小乔路"。2017年,庐江市政道路改建,围绕小乔墓遗址,他们将小乔路与黄山南路的通道拓宽,名为"小乔巷"。街道的一侧,逶迤的白墙汉瓦恍若一只时光的梭子,织着一匹来自三国的锦缎烟云,让人感觉周瑜与小乔真的住在小巷的深处。

湖南的岳阳也有一座小乔墓。按照流传在湖南的说法,小乔随周瑜镇守巴丘,死后就葬在了那里。但有史料证明,周瑜死后,还是小乔扶棺回到周瑜的故乡,从此以柔弱之躯扶养遗孤,直至三国初见分晓的公元223年病逝,享年四十七岁。在无情的历史长河中,一朵残荷转眼凋零。小乔巷里,周瑜故乡人建了一堵诗墙,真实记载了建安年间这对著名夫妻的故事。走在小巷里,脚下雪踩得吱呀作响,令人感觉这声音仿佛自汉代穿越而来。我抬头看天,竟是夕阳西下。暖阳照着白雪,泛出一层明黄的光。

霎时,我想起周瑜灵柩回庐江时的那一场白雪,看到一双越过千年风尘的眸子满目怨楚,两行清泪噗地而落。

当然,这也是我拜谒焦仲卿与刘兰芝合葬墓的错觉——在《孔雀东南飞》的故事诞生地,焦仲卿和刘兰芝两家隔河相望,相隔不过六七里。我早在1989年就曾到过那里。记得那天,当地一位老人吧嗒着尺许长的烟棒,踉踉跄跄,指着一棵树、一口水塘,吟诵着"自挂东南枝""举身赴清池",然后颤巍巍地翻着发黄的《刘氏族谱》,要我看《烈女传》上刘兰芝的名字,最后引我走到当地俗称的乌龟墩,说是"两家求合葬,合葬华山傍"的孔雀坟。我看坟前的石碑真的刻有"汉焦仲卿刘兰芝之墓"的字样。

那天,我写了一篇名为《孔雀徘徊的地方》的文章,记下了开始的感受:

> 这里的大人、小孩分明随口就能背诵得出那首流传千古的乐府民歌,又都分明像熟悉他们心爱的兄弟姐妹那样熟悉刘兰芝和焦仲卿。在一口水塘边,我见一位老大娘和一群孩子在捣洗衣衫,正想着问刘兰芝,老大娘抬起头,用手一指,

说:"刘兰芝的娘家就在刘家山呗！那不!"那神情就像是对我们说,刘兰芝刚刚从那古老的屋子里走出,刚刚穿上大红的嫁衣裳。系着小红肚兜的孩子们更是忍俊不禁,如一群刚出窝的百灵鸟,一个个快快活活地从塘里爬上岸,叽叽喳喳地答应道:"我晓得,我晓得!"他们自豪地蹦着、叫着,幸福得就像一群快乐的小天使。

一切都显得这样的生动和真实。

五

建安年间是三国鼎立前纷繁而混乱的二十五年。

《孔雀东南飞》诗序云:"汉末建安中,庐江府……"汉庐江郡府所在的皖城,即孙策与周瑜两人抱得大乔小乔美人归的皖城——无论是汉乐府诗《孔雀东南飞》中的人物,还是历史里真实的大小乔,她们既然生活在同一时代,同一座城,那么,她们是否有着一种美妙的交集呢？难道《孔雀东南飞》仅仅是一曲小人物的悲歌？

总有人这般刨根究底式地追问,且这种追问从来没停止过。

有人根据《孔雀东南飞》"云有第五郎,娇逸未有婚"的诗句,认定庐江太守第五个儿子既然看中了刘兰芝,焦仲卿在太守府工作,这事应该与太守有关。庐江太守陆康、刘勋、李术、孙河等等,像走马灯一样就有六七位之多,虽诗隐其名,但依据诗中的人物与事件,有人很快找出了当时的庐江太守李术——李太守知道儿子的心思,又知道焦仲卿的懦弱和孝顺,所以给焦母施加了压力。

而焦母为了儿子的前程,也只得百般刁难刘兰芝。

他有条不紊,分析得有理有据,让人读来觉得不无道理。

作家马伯庸先生为此写了一篇题为《破案:孔雀东南飞》的长文。他剥茧抽丝,层层递进,考证这首诗更是大有玄机,甚至隐藏了一个惊天大阴谋。

庐江小吏焦仲卿虽官职不高,却侍奉过三任太守,其中与建安年前的太守陆康交情深厚——史料证实,当年陆康确实深孚众望,与孙策父亲关系也不错,孙策还救过他儿子的命。可袁术命令孙策攻打庐江,孙策围了皖城,使一城百姓陷入饥荒,随之城破人亡,陆康于是赴死——这就给焦仲卿心里埋下一颗仇恨的种子。"守节情不移"的焦仲卿在忠心耿耿地照料陆康遗属的同时,与刘兰芝结了婚。但身处多事之秋,他忙忙碌碌,与妻子聚少离多,因此让刘兰芝也生出了"贱妾留空房,相见常日稀"之叹。

只是焦仲卿没有想到,由此,他卷入了一场更大的阴谋之中。

这个阴谋的炮制者就是当时曹操和孙策两大集团,甚至隐约可见汉献帝朝廷的影子。眼见孙策攻克皖城,在江东一人坐大,大有一发不可收拾之势,他们就各怀心思。汉献帝阵营想利用孙策制衡曹操,曹操集团以郭嘉为首的幕僚们觉得孙策是一个不小的隐患。于是各方精心布局,都各自寻找联络人。这时郭嘉让自己暗藏在庐江的密使,找到了一心想复仇的庐江府小吏焦仲卿。

在马伯庸的故事里,孙策集团的联络人就是大小乔或她们中的一个——孙策与周瑜与这对姊妹完婚后,孙策让大小乔以"秦罗敷"的身份在庐江隐居下来。这也就是诗里说的"东家有贤女,自名秦罗敷",以及不明真相的焦母要焦仲卿娶"秦罗敷",焦仲卿一口回绝的原因——马伯庸先生结合另一首汉乐府诗《陌上桑》，认为这位邻居的出现绝非偶然。

层层推理，他把矛头直指庐江太守李术。往下叙说的故事就更加曲折与精彩。

《江表传》记载，李术深得孙策信任与重用。孙策与周瑜攻克庐江后，让他当了庐江郡的太守。《江表传》有云："（孙策）表用汝南李术为庐江太守，给兵三千人以守皖。"可偏偏，李术就不是一个安分的人，当上太守，手中有了地盘和武装，他就专横跋扈，不可一世，甚至开始拨打自己的小算盘。史料上说，他见孙策被刺身亡，便极其高调地接纳从孙权麾下叛逃的人，准备拥兵自立。孙权向他讨要，他却嚣张地回了一封信："有德见归，无德见叛，不应复还。"——他的这种野心，后来把皖城推向了战争的深渊。

其时，当孙策的联络人"秦罗敷"以采桑之名联系上李术，要他与北方保皇势力共同实施袭击许昌和刺杀曹操的策略时，李术自己不敢出面，便委派府吏焦仲卿与她（们）联络。"秦罗敷"见到焦仲卿，立即和盘托出了汉献帝臣子董承、种辑的"刺曹"计划，希望李术能配合孙策的意思行动。只是她（们）做梦也没想到的是，焦仲卿一听到孙策的名字，复仇的种子立即在心里发芽长刺了。

焦仲卿与"秦罗敷"虚与委蛇，一面为孙策和董承的配合穿针引线，一面毫不犹豫地向许昌曹操集团的重要谋士郭嘉汇报此事。于是郭嘉将计就计，委托他不断地从"秦罗敷"那里刺探情报，并联络江东的豪门大族，开始实施刺杀孙策的行动——焦仲卿担当了一个双面间谍的角色。

这以后的故事就更活灵活现了——建安五年（200年）初，曹操根据郭嘉的情报，先发制人，将汉献帝的臣子董承、种辑等人杀害。孙策"刺曹"计划受挫。消息传到江东，庐江太守李术吓得惶惶不可终日，他唯恐孙策知晓自己暗中的勾当，于是唆使焦母挑拨焦仲卿和刘兰芝的关系，想以此来控制焦仲卿。

焦仲卿一心想为故主报仇，李术却不知内情，还在为自己的儿子向刘兰芝家求亲，并确定婚礼日期是三月三十日。李术希望通过这种方式，让焦仲卿尽快刺杀孙策。但到了三月三十日，焦仲卿获得孙策前往丹徒的确切情报，让吴郡太守许贡的门客埋伏在指定地点完成他的复仇计划，然后心急如焚地赶回庐江，想在太守儿子的婚礼前，讨回刘兰芝。

可李术见这边的暗杀计划已经启动，焦仲卿已无用处，便伪造了刘兰芝自杀的现场，然后让焦仲卿"自挂东南枝"，企图以此掩盖自己在这起谋杀案中的作用——他甚至故意在庐江郡府传播焦仲卿、刘兰芝两人忠贞的爱情故事——洞悉内情的"秦罗敷"一听到这个消息，知道情况不妙，凭借自己的机灵或是在周瑜策应下，顺利逃出皖城，回到江东立即恢复了"大乔小乔"的真实身份。

建安五年（200年）的四月暮春，孙策在丹徒遇刺身亡。至此，江东"刺曹"计划宣告彻底破产。而李术这时不知天高地厚，想借孙策之死而举兵自立。接替孙策大位的孙权一怒之下，旋即率兵攻入皖城。对此《江表传》载说："策亡之后，术不肯事权……权大怒，是岁举兵攻术于皖城……屠其城，枭术首，徙其部曲三万人。"这次屠城，给皖城人民带来了毁灭性的灾难。

在这篇"破案"的文字里,马伯庸先生说他的结论是:这两首诗都是前人为了不让这两位才貌双全的女子被人遗忘而创作的诗篇,是前人试图通过伪造爱情故事这种隐晦的方式,向后人传达她们曾经存在的证据……"谁能想到,这两首诗的背后隐藏着如此波谲云诡的政治纷争呢?"他说。

不过,仔细研读这篇"破案"故事,我觉得也并非无可挑剔。

因为在这个故事文本里,除了首鼠两端的庐江太守李术是一个真实的存在外,他把诗里的"秦罗敷"说成大小二乔,把庐江郡府小吏焦仲卿设计成一个双面间谍,都让人难以置信,甚至感觉有一些荒诞不经。只能说,这个故事是建安年间一个无法得到证明的历史想象,是一位作家为焦仲卿与刘兰芝这对恩爱夫妻、大小二乔这双绝代佳丽,在无数传奇中制造的另一个传奇。

传奇自然不能当真。但他引用陆侃如先生在法国留学接受博士论文答辩时,以古诗十九首对乐府的事例,真的是绝妙无比:

考官问:"为何孔雀东南飞?"

陆侃如先生答:"西北有高楼。"

2022 年 11 月 29 日于北京寓所

生命的荒腔走板

一

我最早知道阮大铖是因听闻了一则趣事：1915年，家乡的邻县怀宁发起了一场声势浩大的"拒阮运动"。当地百名举子秀才经过考证，认为阮大铖是桐城人，说："旧志云明季阮大铖自号百子山樵，辱此山矣。大铖实桐城人，今礼部题名碑及府学前进士坊可考也！"桐城人听了却一百个不情愿，说百子山就坐落在怀宁，桐城自古乃诗书礼仪之邦，就像阮大铖的亲戚钱澄之（1612—1693年）说的，桐城怎么会出这样"急权势、善矜伐，悻悻然小丈夫也"？

这就是流传在家乡的关于阮大铖"桐城不要，怀宁不收"的典故。那时我就知道阮大铖是一个恶名上了历史"奸臣传"的人。他的创作，《明史》"削其诗不登艺文志"，清代的《四库全书》和朱彝尊的著作《明诗综》也"不屑录之"。在家乡还有一句"杀了阮大铖,安庆始得宁"的俗话。而他声名显赫的阮氏家族在编修《阮氏宗谱》时,也把他当成一个不肖子孙,不列其名,不收其诗。比他小四十多岁的同代诗人夏完淳在《续幸存录》里,就直接称呼他为"小人中之小人"。

这当然是人生一种最大的失败和悲哀。但让我深深感到悲哀的还是读到《安庆历代名人》里一条叫"阮濬"的词条:

阮濬,字季子。怀宁人。明末清初在世。终生隐居于安庆城北大龙山中,无论夏冬,只穿一件破衲,故别号"一衲"。知者说他是阮大铖子。阮濬嗜酒,工诗善画,经常"携一仆,担酒坛、画具,任意遨游,遇惬意处即作淹留"。其诗"具郊寒岛瘦之致";其画"枯木数枝,别有寄托"。阮濬与杨桥深庄刘鸿仪为知交,阮濬闭口不言自己身世,而鸿仪知其身世甚详。故阮濬在临死前再三嘱托鸿仪在其墓碑上只题"此饮者阮一衲之墓"八个字。鸿仪如其所嘱,将他葬于其生前庐居之侧,并以酒酹地吊之曰:"酬君君不知,去去复回顾。一片纸钱灰,飞上梅花村。"阮濬所以如此,很可能是以父亲大铖的品行不端为累、为恨。

看了这样一段文字,我心里止不住一阵辛酸。我没有想到,一个生命会给另一个生命造成如此巨大的痛苦。即便是血浓于水的父子关系,也有一种可能,让人可以决绝到一定程度。对于阮濬来说,无论他是不是阮大铖的儿子,但只要他姓阮,阮大铖于他,于他们整个的阮氏家族显然都是一个耻辱和无法抚平的创伤。

阮大铖(1586—1646年),字集之,号圆海、石巢、百子山樵,或称皖髯。明万历四十四年(1616年)进士。擢户科给事中。天启时依附魏忠贤;崇祯时削职为民,寓住南京。清兵入关,与凤阳总督马士英拥立福王于南京,任弘光朝兵部侍郎。次年,擢兵部尚书。清兵渡江,南京城破,福王被擒,他逃走金华,为绅士所逐,转投方国安,旋即降清。后随清军攻福建时,横死途中。其著作有《咏怀堂诗》《咏怀堂诗外集》等诗两千首,戏曲作品有《燕子笺》《春灯谜》《牟尼合》《双金榜》《狮子赚》《老门生》《赐恩环》《井中盟》《忠孝环》《桃花笑》十种,现有四种存世,称《石巢传奇四种》。

简单地搜寻着阮大铖的人生履痕,就可以看出他是一个极其复杂的人物——《阮氏宗谱》记载,阮氏家族原属陈留阮氏一支,唐末时南迁。"至阮大铖出生时,阮氏一族居桐城(今枞阳)实已逾六百年",是当地一大名门望族和科举世家。其祖先可追溯到"建安七子"之一的阮瑀以及"竹林七贤"中的阮籍与阮咸。明代文学家、万历戊戌年(1598年)科进士,被称为"风流太守"的阮自华是他的叔祖父。据说他的这位叔祖父好酒,一次御史巡视到他那里,他刚从酒席上下来,忍不住将肚中污物喷了御史一身,遭到了贬斥。其一生放荡不羁,有诗酒风流之誉……阮大铖的曾祖父阮鹗(1509—1567年),字应荐,号函峰居士。《明史》有传。明嘉靖二十三年(1544年)进士,官至都御史,浙闽巡抚,也是一位抗倭名将,勤政的官员。在闽浙一带享有威名。他崇尚王阳明"心学",对心学也颇有心得。阮大铖祖父为嘉靖辛酉年(1561年)举人,生父叫阮以巽,廪生,人称柱麓翁,号园。因叔父阮以鼎没生

竹山可望 | 405

儿子,父亲便把他过继了过去。住在怀宁的嗣父阮以鼎与叔祖父同为万历戊戌年(1598年)科进士。所以阮大铖从桐城到了怀宁。到了他这一代,他们一家有五名进士,一位举人。在当地被传为美谈。

在乡村,这样的家族自然是兴盛的。只是没有想到,到了阮大铖这一代却凋零如花,留下无限的寂寥和阮氏家族一个深沉如墨的黑洞。

据说在未及第时,阮大铖屋里就挂有一副对联:"无子一身轻,有官万事足。"仿佛为了成全他的信条,他果然无子。但有一女(亦说二女)。道光庚寅年(1830年)阮氏编纂的《阮氏宗谱》在卷二阮大铖的名下注云:"行传九,字集之,号圆海……娶吴氏,封安人。无嗣,女一,适曹台望。奉内院洪批,议将曹台望第三子桱继立为嗣孙。"这一女就是阮丽珍。阮丽珍相貌出众,很有才华,经常协助阮大铖训练家班,有著作《梦虎缘》《鸳帕血》等。只是人散曲尽,仅留存了她与父亲合撰的《燕子笺》。至于柴萼《梵天庐丛录》卷十六《阮大铖女》说:"阮圆海之《燕子笺》……不知实其女所作,圆海特润色之。女名丽珍,字杨龙友之幼子名作霖者,美容色,工词曲,阮降清,女为某亲王所得,甚宠爱之,后为福晋所嫉,鸩死。"有人考证说这是因为她家门遭遇不幸,所以人们对她生出红颜薄命,身世飘零之叹。

钱澄之在《皖髯纪略》里也说阮大铖无子。他俩是表亲戚关系,如无偏见,他的话应该可信。可是他与阮大铖政见不同,且又受到过阮大铖迫害,他说阮大铖绝后,就有人认为他是感情用事。有的学者根据阮大铖诗句"远树平畴江上村,遥知稚子候柴门"

(《舟行将抵家,赵裕子以诗赠别依韵赋答》),觉得阮大铖应该是有儿子。其子就是《阮氏宗谱》所载的"一衲道人"。宗谱里对此列有《一衲公传》,曰:"阮濬,字季子,生长名族,幼宕逸不羁,不慕荣利,城溃(此城为安庆)后,益坚糜性,草筑龙山,读书纵酒,冬夏惟披一衲,因自号焉。工诗画,遗落世事……"《安庆历代名人》收录"阮濬"的词条,说阮濬是阮大铖的儿子,怕是依据这个词条而来。

并不久远的历史,阮大铖一家犹如繁华落尽——钱澄之说,弘光元年(1644年)五月,清兵南下,阮大铖出逃,南京的咏怀堂就被抢掠一空,家人星散。在怀宁的旧居也变成了演武场。钱澄之晚年路过阮氏的遗址,"问其家,无遗种矣"(《田间文集》卷十八),无限唏嘘。

或许因为家道中落,又时值清军进犯故乡安庆之际,阮濬以与父亲阮大铖截然不同的态度表明自己的心志,也很有可能——痛恨父亲一生的恶行,他因此看淡人生,虔心向佛,他不想让阮大铖的恶名玷污阮氏家风,同时也在用自己的生命做一种真诚的忏悔。

二

著名史学家黄仁宇在《万历十五年》书中说,明万历十五年(1587年),是明朝甚至中国封建社会转折的一个十字路口。当时资本主义生产关系萌芽,商品经济高速发展。同时朝野党争激烈,社会道德崩溃,纵情享乐的糜烂之风蔓延不止。就连阮大铖家乡的《怀宁县志》对那段历史也有记载："嘉靖迄万历初,风气趋盛。等威辨,廉耻明。其缙绅崇礼学,尚节义……昌、启以后,淫侈之俗日长。始于大家华丽相尚,绣服珠衫,食备珍错,纨绔子弟纵酒呼卢,俾夜作昼。即如竞渡观灯,趋走如骛,靡费无算。闾阎山泽之民,转相仿效,家博人优,务淫巧而轻稼事,识者已知乱之将作。"

阮大铖在万历十五年(1587年)的前一年降临人世。出生在这样一个书香门第、科举世家,他自然衣食无忧,生活优渥。他饱读诗书,少年风流,很快就成了一位辞章才子。任南京礼部侍郎的叶灿曾在《咏怀堂诗序》里说:"公少负磊落偶侻之才,饶经世大略,人人以公辅期之。居掖垣谔谔有声,热肠快口,不作寒蝉喋嚅态……家世簪缨,多藏书,遍发读之。又性敏捷,目数行下,一过不忘。无论经史子集,神仙佛道诸鸿章巨简,即琐谈杂志、方言小说、词曲传奇。无不荟聚而掇拾之……"万历三十一年(1603年),年仅十七岁的阮大铖考中了举人。嗣父去世,丁忧在家。他就在家乡百子山、浮山、天柱山以及湖北黄州一带,与同道们一起组建"和箫社",饮酒唱和,读书吟诗。诗作后来结集为《和箫集》。因才华横溢,潇洒无拘,卓尔不凡,他在当时的科场和诗坛名噪一时,有"江南第一才子"之称。

到了三十岁那年,他考中了进士,真正进入了而立之年。

"怀宁阮大铖,初本清流。"明末遗老,也是文学家的归庄说。阮大铖初涉官场,专司捧节奉使,出使过凉州、福建。按归庄的说法,阮大铖在天启元年(1621年)之前,为人处世还是无可指摘的。从这年九月阮大铖的一封奏疏中也可以看出。奏疏说:"一操守宜核,谓'贪廉'两字,舜、跖大关,惟言清行浊、盗名欺世之流,残剥脂膏、广猎称誉,决不可取其虚气魄、伪声名,溷入清华……一衡量宜定,谓人品各有确然之位置,公论难逃几许之推敲,发访已审,即当速考注衔……"这奏疏就有注重操行和实事求是的观点。阮大铖希望朝廷讲究因时制宜,不可拘泥成宪。还说"采访宜精""衡量宜定",这也显出他在意外界的评价。另外吁请朝廷严辨公论或中伤,也很有现实意义。

不仅如此,那时他还有为人仗义执言的举动。

一位名叫刘琛的穷生员十年寒窗苦读,参加万历四十年(1612年)壬子科乡试,书经答卷被当时的监试御史钱桓算、大主考官郭涥选为备卷,用以取代引发物议的原第二十五名沈德符,因此中举。但被人告发为贿赂考官,约定在卷中写"因用其道而不以语人"等字相认,所以上榜。此案一拖十一年,天启三年(1623年),任吏科给事中的阮大铖和同僚蒲秉权两人看到,分别上奏朝廷呼请礼部速查,为刘琛申冤。那年二月,阮大铖从户科给事中升转为吏科右给事中,资历优于蒲秉权,但他邀请这位"臣同官"同为刘琛申冤,蒲秉权也为他的侠义心肠感动。

因为和左光斗同乡,阮大铖最初也以"清流自命",引东林党人"为同志"。朱彝尊著《顾杲传》里说:"大铖在《东林点将录》,号'没遮拦'。"但到天启四年(1624年),突然发生的一件事却让阮大铖深深陷入了泥淖——其时,吏科都给事中职位空缺,按朝中当时次序应该由他接替,左光斗也告诉了他。对此,《明史·阮大铖传》记载说:"(天启)四年春,吏科都给事中缺,大铖次当迁,光斗招之。而赵南星、高攀龙、杨涟等以察典近,大铖轻躁不可

竹山可望 | 409

任,欲用魏大中。大铖至,使补工科。大铖心恨,阴结中珰寝推大中疏。吏部不得已,更上大铖名,即得请。大铖自是附魏忠贤。与霍维华、杨维垣、倪文焕为死友……"明明左光斗答应的事,却突然如煮熟的鸭子飞了,阮大铖气不打一处来。于是他结交了霍维华、倪文焕等阉党成员,捏造魏大中罪名,迫使吏部重新用自己。从此与阉党有染。但似乎他也清楚此举有亏,所以任职不到一个月,他就辞官回家。不久,魏大中顶了这个职位,阮大铖闻讯后,还悻悻地说:"我犹善归,看左某能如何善归?"

天启六年(1626年),东林党被阉党打压下去。阮大铖征召为太常少卿。虽然接任了职务,但政治嗅觉异常灵敏的他预感好景不长,于是开始做"骑墙派",既不想得罪东林党,又不想得罪阉党。连在魏忠贤手下为官,每次觐见,他都贿赂门卫,收回自己名刺。这样干了七十天左右,他又挂冠而去。惜乎崇祯即位时,他准备了两份奏疏,一份指责魏忠贤阉党,另一份指责东林党,并把两份奏疏交给了杨维垣,想让杨维垣根据朝中形势随机应对。结果未能如愿,杨维垣送上了那份指责东林党的奏疏,使阮大铖在光禄卿任上不久即遭到弹劾,最终罢官归家。崇祯二年(1629年)被钦定逆案,因依附阉党,被判永世不得为官。

这就是阮大铖官场磕磕绊绊的第一步。如果说天启三年(1623年)他在人生舞台上紧锣密鼓的,还没有荒腔走板的话,那么从天启四年(1624年)三月起,他就彻底丢掉了自己道德的外衣,投向了不堪的人生深渊,沦落成一个"二丑"的角色——由此成为他泾渭分明的一道生命分水岭。

当然,这样的划分也许是没有道理的。人的一生就像流水,抽刀断水水更流。这水,便是中国传统文化汹涌澎湃的道德之水、气节之水。

孔孟之道就有"为政以德""颂其诗,读其书,不知其人可乎"之说。司马光也旗帜鲜明地指出:"才者,德之资也;德者,才之帅也。"用人必须"德才兼备,以德为先",才德不能两全,则"宁舍才而取德"。而文人更要"文如其人"。孔圣人认为学习六艺的人要"志于道,据于德,依于仁,游于艺"(《论语·述而》)。就是有明一代,"明末五子之"一的屠隆也强调"夫草木之华,必归之本根;文章之极,必要诸人品"(《白榆集》)——阮大铖一上场,显然就被这滔滔道德之水狠狠呛了一口水。

为此,不少人替他惋惜,认为他走到这一步与他的家族有关——他的曾祖父阮鹗任巡抚期间,带兵抗倭,却失事下狱致死。祖父阮自仑、阮自华闻讯后为父亲泣血鸣冤,尽管得到平反,终被"诏复公爵,赐祭葬。浙祀名宦,皖祀乡贤"(《阮氏宗谱》)。但这个过程对阮大铖的成长带来了深刻的影响,使他从小就体会到了人生的凉薄,对灾祸和权力有了天然的恐惧和向往。

三

由于品行不端,阮大铖一下子就被钉在历史的耻辱柱上了。他的故事被人添油加醋地写进了小说和戏曲,如《樵史演义》《姑妄言》《李姬传》等。半个世纪后,孔尚任根据《李姬传》创作的戏曲《桃花扇》,用插科打诨的讽刺手法,借用剧中人物之嘴骂他:"裤子裆(库司坊)中软(阮)。"作为明代有"天造之才"之称的一代剧作家,阮大铖恐怕连做梦也没想到,他从此成了一个"剧中人",且是生净旦末丑中的一个"二丑"。

其实,从进士中榜进入官场,由东林党同志转而依附阉宦,到崇祯即位时废贬,然后受阻于东林党和复社,前后还有过十七年韬光晦迹、含羞忍垢的闲散生活。再到迎立南明弘光朝廷,依附权奸马士英,如愿以偿地重新迈进宦途,当上兵部尚书。又值清兵攻打金华时,主动到钱塘江乞降,做贰臣。沉沉浮浮,起起落落——阮大铖实际在位的时间总共不过三四年。

在如此短短的时间里,就有了四起四落的跌宕人生,真是人间一大奇迹。

《桃花扇》写的就是他这样一个传奇。这部传奇虽然写的是侯方域与李香君的爱情,但阮大铖在其中有着浓墨重彩的一笔:作为阉宦魏党残余,他与东林、复社的文人之间有着不可调和的矛盾;作为南明弘光朝重臣,他亲自参与迎立弘光帝,亲历整个弘光朝从建立到消亡的过程。他趋炎附势,处事圆滑,对时局却又有清晰的认识。作为一个戏曲大家、一位诗人,他不仅驰骋在当时剧坛,也有自己不少的知音和粉丝,但终究,他是一个心机深重、肚量狭小、锱铢必较、睚眦必报的小人。

在《桃花扇》里,孔尚任让阮大铖出场亮相就现出一副偷偷摸摸、见不得人的猥琐形象。在《哄丁》一出戏里,他看复社文人祭祀孔圣人,也想结交这些年轻人,于是就悄悄地混入其中,不料却弄巧成拙,很快就被以吴应箕为首的一群复社的文人发现,毫不客气地痛斥和驱赶他,使他这个"阮大胡子"——"剩了俺枯林鸦鸟,人人唾骂,处处击攻"。

在第四出《侦戏》这段戏里,孔尚任还原了历史上东林、复社文人在鸡鸣埭上边喝酒、边观看阮大铖的新戏《燕子笺》的故事。因为喜欢他的戏曲,他们特地邀请了他家的戏班子演戏。阮大铖一高兴,不仅叫家里的戏班子穿上最好的行头,还喊了一个仆役跟着听听反应。其时,他的好友杨文骢来到咏怀堂,原也想看戏,但见戏班子被叫走,只好与他一面喝酒聊天,一面听仆役的回话——"周郎扇底听新曲,米老船中访故人。"杨文骢算是他的知音人。不一会儿,那让去听反应的仆役回来告诉阮大铖,说那边看戏的人看得"点头听,击节赏,停杯看"。又说:"论文采,天仙吏,谪人间。好教执牛耳、主骚坛。"都是一些赞扬的话。他听了十分兴奋,说:"太过誉了,叫我难当,越往后看,还不知怎么样哩?"很快,仆役又传回了话,说那边看戏的人话锋突变,不停地臭骂他、耻笑他,说他是"呼亲父,称干儿子,厚颜无耻,也不过仗人势,狗一般",气得他如丧考妣,恼羞成怒,自嘲道:"好好拜庙,受了五个秀才一顿狠打。好好借戏,又受三个公子一顿狠骂……"于是,就有了杨文骢为给他们撮合,让阮大铖代侯方域迎娶李香君准备妆奁的事。可巾帼不让须眉的李香君知道后,当场拔簪脱衣,毫不犹豫地拒绝了他,让他彻底断了结交的心思。

第八出《闹榭》写的是端阳时节,吴应箕、陈贞慧、侯方域等复社文人又在一起饮酒作诗看灯船,举行文会的故事。那天夜深人静,阮大铖也带着他的戏班子夜游秦淮河。他不知道他们举办文会,心里还想着"只恐遇着轻薄厮闹,故此半夜才来",但偏偏是冤家路窄,他还是碰上了写有"复社文会,闲人免进"的船只水榭,吓得他"歇笙歌,灭灯火,急急撑船下",赶紧灰溜溜地离开了。

崇祯十七年（1644年），甲申巨变，政权交错。阮大铖和凤阳督抚马士英不失时机，趁机迎立了福王朱由崧，建立弘光朝……寻找朱由崧，夜访史可法，他事事亲为，可当万事俱备，他却发觉自己竟没有任何身份拜见新主。马士英让他充当赍表官，他竟毫不脸红地说："你不要取笑我，日后挂在凌烟阁上，倒是有些神气哩！"活生生露出了争"拥戴之功"的投机者嘴脸。孔尚任在这一出戏里，用"潜往江浦，寻着福王，连夜回来"等连串的动作，表现他的急切难耐的心情和果敢的作风。等到迎回朱由崧，他扬扬得意地对马士英说："除了史可法，我看满朝文武，哪个是有定见的？乘舆一到，只怕递职名的还挨挤不上哩。"与马士英上下勾连，朋比为奸，在明末士子们弥漫的不屈气息里，他剑走偏锋，自甘堕落。

第二十九出《逮社》这段戏，阮大铖已从昔日"胯下韩侯"升任了兵部侍郎兼右副都御使。在仇恨的煎熬中，他小人得志，势焰熏天，满街地搜拿东林、复社文人。等抓到复社吴应箕、陈贞慧、侯方域三人，他以公谋私泄私愤，穷凶极恶地说："若是天道好还，死灰有复燃之日。我阮胡子呵！也顾不得名节，索性要倒行逆施了。"后来在弘光帝的朝堂里，他更是大言不惭，赤裸裸地利用朱由崧沉溺声色的毛病，献上自己的戏曲，使"圣心大悦，立刻传旨，命礼部采选宫人，要将《燕子笺》被之声歌，为中兴一代之乐"。

有意思的是，孔尚任在把阮大铖塑造成一个"二丑"形象的同时，对他的才华却给予了肯定。比如第三十一出《草檄》一戏，孔尚任借用在明代有"李龟年"之称的苏昆生之口，说出了他对阮大铖戏曲的看法——为解救被陷害的侯方域,苏昆生远涉湖广求援宁南侯左良玉,但因"一住三日,无门可入",苏昆生住在黄鹤楼畔的酒家,饮酒唱曲以解闷消乏。唱完一曲,借着酒意感叹,说:"这样好曲子,除了阮圆海却没人鉴赏。罢了罢了,宁可埋之浮沉,不可投诸匪类。"作为天下第一个唱曲的名手,苏昆生在此提起阮大铖,认为"除他之外,没人鉴赏"。可见当时人们对他深深的可惜和无奈之情,真可谓"最可叹龙盘虎踞,尽消磨《燕子》《春灯》"。

阮大铖的种种行为,的确不少都构成一个腼颜偷生的"小人"因子。比如,他贿赂门卫,收回门刺,准备两份奏疏和《牟尼合》的两个曲本,都表明了他深沉的心机和首鼠两端的阴暗心理——孔尚任在《桃花扇·凡例》中,说自己创作遵循的是真实,云:"朝政得失,文人聚散,皆确考实地,全无假借。"戏曲史家吴梅也说:"观其自述《本末》,及历记《考据》各条,语语可作信史,自有传奇以来,能细按年月确考时地者,实自东塘为始……"但若说《桃花扇》"语语可作信史",也有些言过其实。比如《桃花扇》第四十出《入道》,给阮大铖安排的"山神、夜叉,刺副净下,跌死"的死法就不确切——只是对阮大铖盖棺论定,戏曲的力量太强大了。

四

阮大铖有两部诗集遗世,一部《和箫集》,一部《咏怀堂诗集》。学者胡金望先生考证,《和箫集》有王之朝题词,收录了阮大铖七十多首山水田园及应酬唱和之诗,是他青少年时代在故乡的文学活动与思想的反映。王之朝题曰:"诗自歌行五七言近体,无不清雅奔放,名章俊语,拟诸古则长吉之怪,元稹之洁,李玉之豪,出入同异,各臻妙境;而为人复风流宕跌,鉴朗神澄,盖翩翩西晋间,非后世法中人物也。"阮大铖后来说自己"萧然无一事,惟日读书作诗,以此为生活耳。无刻不诗,无日不诗"。这倒好像是肺腑之言,诗歌创作确实贯穿了他的一生。

因人称"阮步兵"的阮籍著有"咏怀诗",为追怀先祖,阮大铖把书斋取名"咏怀堂",诗集叫《咏怀堂诗集》《咏怀堂诗外集》……或感怀世事,或怀古寓今,或纵情山水,他的诗既有"萧萧彭泽门前柳,闲于邻翁话晚烟"的闲适,也有"男儿手不草平胡,便当散发归江湖"的豪迈,还有"儿家住在横塘曲,夜夜吴歈唱采莲"的轻欢。他不仅喜欢竹林七贤,还时时以阮步兵自许:"为报浣花溪上月,不妨摇过步兵庐"(《柬杜大将军弢武》)、"竹林还忆步兵狂"(《黎比部尔瞻见讯赋答》)、"孔李无忘老步兵"(《寄王崑生蓝生两文学》)……在《咏怀堂诗集·自叙》中,他把阮籍与诗人屈原、陶渊明、王维相比较,认为他们的诗歌精神相通。无论早期的《和箫集》,还是后来的咏怀堂,他的山水田园诗都写得十分出色,其中也有着与陶渊明一样的恬淡清雅,与王维一样的空灵脱俗。如:

尽日翠微中,山舍上古风。槿为门户障,竹作水邮筒。柳密鸟呼鸟,天晴峰叠峰。女萝人不见,香雨散溟濛。

——《潜山道中》

坐听柴扉响,村童夜汲还。为言溪上月,已照门前山。

暮气千峰领,清宵独树闲。徘徊空影下,襟露已斑斑。

——《秋村》

山月满庭树,树静山更凉。良友坐此间,幽意殊相当。澹然共茗粥,清论浮兰香。

——《灵谷月下圣羽至》

深林麋鹿共忘机,支远遥遥至翠微。石路绕松长觉远,筇声蹈竹即如归。高潭六月鸣寒瀑,弹指孤峰下夕晖。为约长于钟月夜,杖藜访菊啄秋扉。

——《酬契玄至灵谷见访》

读阮大铖的这些诗,真的让人感受到一种山水田园的恬静之美。无论是香雨中的鸟鸣,还是山月下的孤峰、静树、溪流,他沉湎于淡淡的"幽意"。在山间独行或独处,看山舍柴扉、水邮筒,或与良友品茗或食粥,他追求着一种物我两忘的境界。至于笔下的山中石路绕松、高潭鸣瀑、夕晖下孤峰,与麋鹿共忘饥、杖藜访菊……那种浸淫着仙风道骨式的旷古高迈,也给人一种超凡脱俗之感,让人迷恋不已。有一次,他激动地写了四首诗寄怀林茂之——林茂之是明亡后一位遗民,因胳膊上长年系有一枚万历钱,曾引起遗民界"咏一枚钱"的诗歌创作风潮,其清操独立的人格在明末士人中很有号召力。阮大铖山居想起林茂之,其中如"单视月何在,斯知心所归""尘梦难干处,高峰独掩扉""朝夕坐岩下,对之如古人""百虑都捐际,闲观浩劫尘""桃源烟已破,更欲访云岑"之句,就表达了他想远避世事,做一个尘外之人的意愿。

或自辩,或本真,阮大铖在给朋友的诗中,一有机会就透露自己对无欲无求的生活的羡慕。如崇祯元年(1628年),他写给家乡潜山知县李新的唱和诗:"疏狂礼法久相仇,农圃如今倘自繇。凿牖薄能通野月,濯缨时复耐寒流。掾曹忝窃征三语,居士宁惭号四休。天柱近传仙令尹,吟来笙鹤破穷秋。"意思是说"我"虽被征召担任幕府之职,却羡慕你如鱼得水的日子。自由自在地欣赏野外的月光,放浪形骸,临溪洗濯冠缨的生活多么美好!在诗里,他以"粗茶淡饭饱即休,补破遮寒暖即休,三平二满过即休,不贪不妒老即休"。——宋代四休居士孙昉的"四休"为念,说这样终老就知足了。

在弘光朝求得大官,潜山县令陈周政赋诗赠阮大铖。他以诗原韵作答:"天柱春云映道南,辛盘生菜与同甘。藜分太乙烟相织,花割河阳露并酣。鸡肋都忘三见已,鸥群未觉七难堪。剪灯细品千秋雪,稷下应无此夕谭。"阮大铖说:"我与你曾在春天的天柱山一起用生菜卷五辛盘迎春,结有'鸥盟'之约,至今我还记得那美味。我出任这种食之无味、弃之可惜的官职三次,原来相约退隐的朋友却并不觉得我违约,让我真的感到羞愧与难堪。现在灯下细细品味天柱雪景,我想,即便古代稷下的那些人也没有这样的雅致吧?"

阮大铖致仕还乡,陈周政雪中到访,他还以诗答谢,表达自己脱俗的心迹。

峨眉饶古雪,积素通万里。高从天柱飏,光照中江水。众象既以辉,纤尘复何滓！迎暄弄华色,蓄涧流春雨。陈侯天壤英,为政亦如此。余方息微躬,霜畴守寒耜。高轩闻见过,榛莱蔚焉起。一感罗雀心,争鸣若臻喜。何时侍清弦,寓目春风美。更濯吴塘缨,长歌醉香芷。

——《雪中陈潜山蝶庵见枉赋答》

他说:"你的故乡峨眉山古雪皑皑,你来到天柱山。天柱山映照莹莹白雪,照耀着我家乡的长江水。纤尘不染,万象生辉。处处现出一片华丽的色彩,溪涧中蓄积流淌着春水。你这位英才,治理政事也如同天气般美好。我也想休息休息,与土地和农具相守,但未能如愿。忽听说你的信息过来,我这杂草丛生的荒芜之地一下子就蓬勃起来了。一颗门可罗雀的心,也有鸟雀争鸣报喜,真使人感动。何时我们能一起弹唱,在春风中观赏美景,在吴塘堰中洗濯冠缨,长歌一曲,醉卧于花草之中？"

"夫诗者,教所存以情治情之物也。情亦奚事治？盖身心与物触,诗生焉。""夫诗不能志时,非诗也。"阮大铖对诗歌创作是有主张的。但他入世太深的心性使他终不可能成为一个真正的田园诗人。钱钟书说他:"欲作山水清音,而其诗格矜涩纤仄,望可知为深心密虑,非真闲适人,寄意于诗者。"又说:"圆海(大铖)况而愈下:听其言则淡泊宁静,得天机而造自然,观其态则挤眉弄眼,龉齿折腰,通身不安详自在。"钱钟书认为阮大铖的田园诗并非出自己抒,而是言不由衷。因为在人品与诗品之间发生了错位,所以他的诗只能淹没在历史的浊流里。

因为道德恶名,阮大铖的诗歌几没于世。但同光体诗重要诗人陈三立(散原)对他评价极高:"芳洁深微,妙绪纷披,具体储、韦,追纵陶、谢,不以人废言。吾当标为五百年作者。"(《咏怀堂题记》)陈寅恪晚年谈到他,也说:"圆海人品,史有定评,不待多论。往岁读咏怀堂集,颇喜之,以为可与严惟中之钤山,王修微之樾馆两集,同是有明一代诗什之佼佼者。"章太炎先生也为他打抱不平,说:"大铖五言古诗,以王孟意趣,而兼谢客之精练……潘岳、宋之问险诈不后于大铖,其诗至今犹存。君子不以人废言也。"胡先骕更是称他为"有明一代唯一之诗人"。对他诗歌的评价似乎也从弃之如敝屣,转变到毁誉参半。

五

"春光渐老,流莺不管人烦恼。细雨窗纱,深巷清晨卖杏花。眉峰双蹙,画中有个人如玉。小立檐前,待燕归来始下帘。"这就是阮大铖的传奇戏曲《燕子笺》"题笺"里的一首《减字木兰花》唱词,很多人认为这首词与北宋词人的气韵相谐。"细雨窗纱,深巷清晨卖杏花"由此也成为诗词名句,被士林传诵。

明朝的中叶至明末清初,在南曲戏文向传奇过渡中,戏曲传奇因注入人文精神,戏曲创作得以繁荣,其中以汤显祖"临川四梦"为标志的传奇达到高峰。同时大量戏曲作家和作品也相继涌现,阮大铖便是其中佼佼者。他的《牟尼合》《双金榜》《春灯谜》被认为与汤显祖的《邯郸记》和《南柯记》等,有异曲同工之妙。且与汤显祖明显地暴露官场黑暗不同,阮大铖的作品聚焦于普通人的命运,演绎着人间的啼笑因缘。

阮大铖的戏曲因缘,或许与他的祖父阮自华有关。在他考中进士那年,阮自华辞官故里,在安庆天台里创办了家庭戏班。后来阮大铖南京戏班的部分演员,就是从那里挑选过去的。史载,他"流寓南京,治亭台园圃,蓄声伎以自娱","每夕与狎客饮,以三鼓为节,客倦罢去,阮挑灯作传奇,达旦不寐,以为常"。除了他的《春灯谜》是在故乡创作的之外,他另外几本传奇,大约都是崇祯六年(1633年)至十五年(1642年)在南京附近姑孰(今隶属安徽当涂)和南京城南牛首山的祖堂寺创作的。

《燕子笺》记述了唐代茂陵才子霍都梁与华行云、郦飞云的爱情故事。安史之乱时,霍都梁与同窗贾于佶赴长安赶考,在下榻的客店与旧友——青楼女子华行云相遇,两人在青灯古佛前许下终生。但因为霍都梁为华行云所画的《听莺扑蝶图》与郦飞云装裱的《水墨观音像》误取,又加上贾于佶的陷害和各种误会,波折横生。如,霍都梁与郦飞云结了婚,华行云却对爱情始终如一。只是到最后霍都梁得状元,又娶了华行云,三人团圆。这部戏情节曲折,悬念丛生。特别是让青楼女子与宦门小姐地位平等,就颠覆了当时戏曲才子佳人的套路。

较早创作的《春灯谜》一戏,阮大铖以湖湘乡学使宇文行简的儿子宇文羲、宇文彦与西川节度使韦初平的女儿韦影娘、韦惜惜的颠倒姻缘为线索。成双成对,让男主人公为逃婚易容改装,女主人公为爱情变女为男,从而引出系列的误会。从头到尾,他设置了很多错讹,不停地制造戏剧冲突。及至洞房花烛,这才各自得以相认,始知前面的一切都是"错认",所以该剧又称为《十错

竹山可望 | 421

认》。

《牟尼合》讲的是达摩交付梁武帝一对牟尼珠,传到梁武帝的孙子萧思远手中。但萧思远因打抱不平,遭奸人陷害,四处逃难。在经过一番曲折后,一对牟尼珠终于"团圆",他们的冤情也得以昭雪,被封为兰陵郡公。《双金榜》也是写一位洛阳秀才皇甫敦被误认为盗贼被人追捕,皇甫敦经过千辛万苦,身背的两案才终被昭雪,被授翰林院修撰,结果以家传碧玉蝴蝶为证,让一对离散的父子冰释前嫌,骨肉团圆。

阮大铖的这些戏曲传奇轰动一时,引得复社文人四君子方以智、冒襄、陈贞慧、侯方域也竞相观看。"一时应制诸名贵咸置酒高会,中秋夜觞,姬(董小宛)与(冒)辟疆于河亭演怀宁新戏《燕子笺》。"(金嗣芬《板桥杂记补》)。《西陂类稿》说:"侯朝宗(方域)与贵池吴应箕、宜兴陈贞慧善……能歌所演剧号《燕子笺》者……会诸名士以试事集金陵,朝宗置酒高会……方度曲,四座互称善……"陈贞慧曾参与过反对他的《留都防乱公揭》一文的起草,但对《燕子笺》不吝赞誉:"诸乐府音调旖旎,情文婉转。"孔尚任写《桃花扇》中《侦戏》的那一出戏,就是以这个故事为原型的。

阮大铖爱戏成癖,不仅自己写传奇,还会填词作曲。高兴时,就 自己配曲自己鼓板顿足而唱。遇到有北人不懂南方曲调,他也能当场改为北方曲调"弋阳腔",亲自演唱。樊树志的《晚明史》记载了一件逸事:"阮大铖督师江上,居然全副戏子打扮,'衣素蟒,围碧玉',令人瞠目结舌。"阮大铖在船舱里演戏,身穿戏服督师。"左右皆曼声美色,而倡优者皆锦绣。"(戴名世《孑遗录》)陈子龙说这是"清歌漏舟之中,痛饮焚屋之下",可谓前无古人,后无来者。

当时的文人学士对阮大铖的戏曲评价也很高。王思任在《春灯谜·序》中称他"早慧早髦复早贵。肺肝锦洞,灵识犀通,奥简遍采,大书独括。会以文魁发燥,表压会场。奉使极旗亭邮道之踪,补充益山龙谷藻之美。著作建明,别有颠尾"。刘世珩跋《燕子笺》时说:"明末阮圆海所撰……曲文隽妙,尚存元人余韵。脍炙艺林,传播最广,观者不以人废言也。"曲学大师吴梅在《中国戏曲概论》中亦云:"……不以人废言,可谓三百年一作手矣。"公认他是"临川派"代表性作家之一,是集编导演唱于一身的戏剧大家。

主张"人无癖不可与交",也很有气节的散文家张岱曾说:"阮圆海大有才华,恨居心勿静,其所编诸剧,骂世十七,解嘲十三,多诋毁东林,辩宥魏党,为士君子所唾弃,故其传奇不之著焉。"张岱这话的意思是说,阮大铖创作戏曲有如他的诗歌,不仅展现了他个人的人生冷暖,也有向世人洗刷自己冤屈的嫌疑。更有人认为阮大铖是将戏曲创作作为自己的进身之阶。

当然,持与此相反意见的人也不少。如吴梅在为阮大铖《双金榜》撰写的跋中就说:"然则圆海诸作果各有所影射欤?今读诸剧,惟《双金榜》略见寄托,顾亦非诋毁东林也。"

有意思的还是张岱——他一面说着阮大铖"为士君子所唾弃",一面却经常跑到阮大铖家里看戏,甚至在许多方面与阮大铖声气相投。在《陶庵梦忆》一书里,他说阮大铖的戏曲:"讲关目,讲情理,讲筋节……笔笔勾勒,苦心尽出。本本出色,脚脚出色,出出出色,句句出色,字字出色。"又说:"其串架斗笋、插科打诨、意色眼目，主人细细与之讲明。知其义味，知其指归，故咬嚼吞吐，寻味不尽……纸札装束，无不尽情刻画，故其出色也愈甚……如就戏论，则亦镞镞能新，不落窠臼者也。"

在《阮圆海祖堂留宿》一诗里，张岱就阮大铖为复社文人驱逐一事，说："无生释子话，孰杀郑人歌。"下面有小注云："时圆海（阮大铖）被言，故为解嘲。"他把阮大铖的被哄骂比作子产执政之初，不为郑人所理解而被诅咒之事。这个比拟有点大，但其中包含了他对阮大铖的深深同情。对同是定为逆案，也是戏曲家的朱云崃，张岱就毫不客气，骂他是"无知老贱"。相比较而言，对阮大铖，他是留了情面的。至于他说"恨居心勿静"之"恨"，好像也不是痛恨，而是一种惋惜。

这与阮大铖的家乡"桐城不要，怀宁不收"形成了鲜明的对比，颇堪玩味。

六

不能不说一下阮大铖之死。

关于阮大铖的死亡时间，史家公认是在南明隆武二年、清顺治三年（1646年），时年阮大铖已六十花甲。但奇怪的是，他的"死法"坊间有不少的猜测：有说他被士卒推挤落崖而死，有说他被空中雷𬘬祚击坠马而死，有说他自己在金华督师朱大典宅那里搜得美女四人，宣淫纵欲，中风坠马而死，等等。史书对此的记载也有三种：一曰他随清军从攻仙霞关，僵死五通岭石上（《明史》）；二曰乱后不知所终（钱谦益《列朝诗集小传》）；三曰他因畏

"龙杠之祸",自投崖死,仍被戮尸(《明季南略》)。

这些说法都头头是道,有板有眼,但又莫衷一是。

他的亲戚、一生的死对头钱澄之在《皖髯纪略》里取《明史》的说法,云:"……始至五通岭,为仙霞最高处,见大铖马抛路口,身踞石坐,喘息始定。呼之骑不应,马上以鞭掣其辫,亦不动,视之死矣。诸公乃下马聚哭极哀,急命置薪举火焚其尸,家童固请全尸归葬先垄。诸公不能久待,异以十二金命为殓具。仆下岭求棺数十里外无居人,三日后乃得门扉一扇,募土人往移之下,则已溃烂虫出矣。"

不知道这是不是钱澄之对他的诅咒之言。但总之,阮大铖真实的生命下场是很凄惨的。

凄惨的还有清代扬州人焦循在《剧说》一书里说的一件事。他说:"阮大铖死后,他的戏班散尽。但他家班伶人为表示对他的尊重,都拒绝再演他的戏曲,以免'每一演其剧,笑骂百端,使人懊恼竟日,不如辞以不能为善也'……"

当然,至为凄惨的还是由于不能承担嗣子之职,阮大铖的嗣父阮以鼎后来又从三房头那里要来阮大锜为嗣。这就等于把阮大铖活活地给退了回去。

因为生命的荒腔走板,他的人生这一回彻底地没有团圆的可能了。

2022 年 12 月 13 日于北京寓所

《徐迅散文年编》有关篇目附注

《**石牛古洞**》入选《天柱山散文选》(黄山书社,1996年4月第1版)。

《**寻找程长庚**》入选《可爱的安徽》(中国文联出版社,2004年3月第1版)。

《**故乡的屋檐**》入选《十八岁的风采》(安徽文艺出版社,1989年6月第1版),获1989年全国青少年散文大奖赛征文"佳作奖"。

《**父亲**》入选《语文主题学习·人间有味》(上海教育出版社,2022年5月第1版)。

《**天柱石**》入选《天柱山散文选》(黄山书社,1996年4月第1版)。

《**临窗梧桐**》入选:1.《百年中国性灵散文》(花城出版社,2004年8月第1版);2.《新课堂语文·课外阅读(七年级下册)》(山东教育出版社,2006年2月第1版);3.《2009年值得小学生珍藏的100篇散文》(华东师范大学出版社,2009年12月第1

版);4.《最受小学生喜爱的散文全集》(天津教育出版社,2011年1月第1版);5.《值得小学生珍藏的100篇散文》(北方妇女儿童出版社,2010年8月第1版)。

《雪原》由《小品文选刊》月刊2018年第5期选载。

《鸟声》由《散文选刊》月刊2000年第6期选载。

《落叶》由《小品文选刊》双月刊2004年第1期选载。

《染绿的声音》入选:1.《散文选刊》月刊1999年第7期;2.《'99中国最佳年度散文选》(漓江出版社,2000年1月第1版);3.《散文选刊·精短美文·在大漠的呼吸里醒着》(广西人民出版社,2000年9月第1版);4.《青年博览》2001年第8期;5.《语文学习》月刊2002年第9期;6.《名人佳作·情感抒情篇》(伊犁人民出版社,2002年10月第1版);7.《学生课外阅读经典·精短散文》(人民日报出版社,2003年2月第1版);8.《语文新天地·初中卷》(浙江人民出版社,2003年7月第1版;2008年8月重印);9.《精美散文珍藏·美文小品》(新疆人民出版社,2003年12月第1版);10.《试题研究》2003年第20期;11.《中国现当代文学名家经典·精美散文珍藏》(新疆人民出版社,2004年1月第1版);12.《幸福是禅·卷首语精品》(中国电影出版社,2004年1月第1版);13.《中国新时期经典散文(1976—2003)》(长江文艺出版社,2004年4月第1版);14.《语文阅读能力强化训练·阅读新概念》(南京大学出版社,2004年7月第1版);15.《体验新阅读·语文·高一A卷》(延边教育出版社,2004年8月第1版);16.《精短散文》(延边人民出版社,2004年8月第1版;2008年10月第2次印刷);17.《心湖的涟漪·校园文学》(学苑音像出版社,

2004年8月第1版);18.《对着一朵花微笑》(花山文艺出版社,2004年12月第1版);19.《文苑·经典美文》月刊2005年第1期;20.《高中语文·现代文阅读》(河北教育出版社,2005年3月第1版);21.《染绿的声音·中学生以读促写》(海天出版社,2005年4月第1版);22.《阅读与鉴赏》月刊2006年第1~2期;23.《中学语文》月刊2006年第6期;24.《语文阅读能力强化训练·阅读新概念》(南京大学出版社,2006年7月第1版);25.《文化心灵·新课标语文阅读》(外语教学与研究出版社,2006年8月第1版);26.《高中现代文阅读训练300篇·基础卷》(上海交通大学出版社,2006年7月第1版;2009年7月第4次印刷);27.《高中现代文阅读训练300篇·提高卷》(上海交通大学出版社,2006年9月第1版);28.《视野》半月刊2006年第23期;29.《都市文萃》月刊2006年第12期;30.《新读写》月刊2007年第1期;31.《语文教学与研究》月刊2007年第2期;32.《新课标·东方新阅读》(中国言实出版社,2007年2月第1版);33.《新人文读本·珍藏版》(北京大学出版社,2007年2月第1版);34.《今日文摘》半月刊2007年第4期;35.《读者》月刊彩版2007年第5期;36.《中学语文》月刊2007年第6期;37.《麻辣阅读·和谐》(广西教育出版社,2007年6月第1版);38.《精短散文·珍藏版》(人民日报出版社,2007年7月第1版);39.《学生推荐100篇》(上海远东出版社,2007年8月第1版);40.《意林故事》(未来出版社,2007年11月第1版);41.《中学语文园地》月刊2008年第1~2期;42.《我有一把青春的剑》(安徽少年儿童出版社,2008年5月第1版);43.《励志中国·最美的散文》(万卷出版公司,2008年6月第1版);

44.《语言天使·修辞篇》(首都师范大学出版社,2008年6月第1版);45.《语文》(有评)月刊2008年第6期;46.《中学语文园地(高中版)》月刊2008年第6期;47.《青苹果》(有评)月刊2008年第8期;48.《读与写》(有评)月刊2008年第7、8期合刊;49.《考试阅读虫·精神世界卷》(辽宁教育出版社,2008年8月第1版);50.《七彩阅读(高中版)·精美散文阅读》(江苏科学技术出版社,2008年8月第1版);51.《中国孩子最喜爱的情感读本·假如没有战争》(北京大学出版社,2009年1月第1版);52.《初中语文·阅读与作文》(华语教学出版社,2009年3月第1版);53.《高效学习法·九年级语文》(北京教育出版社,2006年第1版,2009年4月第5版);54.《初中生标准新阅读·优化训练》(陕西师范大学出版社,2009年6月第2版);55.《青少年文摘》2009年第6期;56.《初中语文专项·现代文阅读题型大突破》(华语教学出版社,2009年8月第1版);57.《新课标·东方新阅读》(首都师范大学出版社,2009年8月第1版);58.《时文"热"读·第五辑》(广州出版社,2009年8月第1版);59.《中国记忆·美文》(百花洲文艺出版社,2009年8月第1版);60.《智慧背囊·中学生阅读提高升课外读本》(吉林出版集团有限责任公司,2009年9月第1版);61.《60年中国青春美文经典》(中国青年出版社,2009年10月第1版);62.《初中生之友》2009年第11期;63.《2009年值得小学生珍藏的100篇散文》(华东师范大学出版社,2009年12月第1版);64.《语文报·30年经典阅读集萃》(华夏出版社,2010年1月第1版);65.《优秀作文选评》2010年第4期;66.《中考必读经典美文精选》(中国华侨出版社,2010年4月第 1 版);67.《最飘逸的抒情散文》(吉林大学出版社,2010 年 6 月第 1 版);68.《值得中学生珍藏的 100 篇散文》(北方妇女儿童出版社,2010 年 8 月第 1 版);69.《最受小学生喜爱的散文全集》(天津教育出版社,2011 年 1 月第 1 版);70.《阅读与作文(高中版)》2011 年第 4 期;71.《初中生阅读世界》2011 年第 9 期;72.《小品文选刊》月刊 2012 年第 1 期;73.《意林》半月刊 2012 年 3 月下半月刊;74.《读者(乡土人文版)·十年精华文丛 B 卷》(甘肃人民出版社,2012 年 6 月第 1 版);75.《晚报文萃》上半月刊 2012 年第 6 期;76.《中华活页文选(高一年级)》月刊 2013 年第 6 期;77.《小学生之友·阅读写作版》2014 年第 6 期;78.《初中生之友》2014 年第 13 期;79.《核子知与行》2016 年第 1 期;80.《经典美文》月刊 2017 年第 5 期;81.《时代青年》2017 年第 8 期;82.《语数外学习(初中版)》2018 年第 1 期;83.《语文主题学习·大地之声》(上海教育出版社,2019 年 6 月第 1 版);84.《高考应试名家美文阅读与解析》(北方妇女儿童出版社,2020 年 7 月第 1 版)。

《山心水目》入选《天柱山散文选》(黄山书社,1996 年 4 月第 1 版)。

《梅城的梅》入选《一城梅花》(潜山市政协文史和学习委员会、市文联,2023 年 5 月第 1 版)。

《风檐展读》中《英雄》入选《抵抗投降书系——无援的思想》(华艺出版社,1995 年 6 月第 1 版)。

《雪原无边》由《散文·海外版》双月刊 2004 年第 1 期选载。

《好女人是一种好心境》入选：1.《当代散文精品2000》(广州出版社,2000年11月第1版)；2.《精美散文·人生哲理卷》(延边大学出版社,2001年2月第1版)；3.《学生课外阅读经典·精短散文》(人民日报出版社,2003年2月第1版)；4.《精美散文珍藏·风雨人生》(新疆人民出版社,2003年12月第1版)；5.《智慧林》月刊2004年第6期；6.《飘雪的冬季》(大众玩家出版社,2004年8月第1版)；7.《名家散文·经典品读》(南方出版社,2006年12月第1版)；8.《名家散文·精品集》(作家出版社,2007年10月第1版)。

《淬火》入选《中国当代矿冶文学经典读本》(冶金工业出版社,2020年6月第1版)。

《秧歌舞》入选《打不开的窗口》(德宏民族出版社,1996年12月第1版)。

《我刚读过的几本书》中《苇岸，大地的理念》入选：1.《上帝之子》(湖北美术出版社,2001年4月第1版)；2.《未曾消失的苇岸》(广西师范大学出版社,2019年5月第1版)。

《大地芬芳》(十三章)入选：1.《散文选刊》月刊1997年第6期；2.《安徽青年作家丛书·散文卷》(作家出版社,2002年7月第1版)。

《大足无声》入选：1.《今日重庆》双月刊2002第1期；2.《新游记》(作家出版社,2002年12月第1版)。

《苦水里的一朵玫瑰——读彭明艳散文集〈苦水玫瑰〉》入选《语文主题学习·悦目赏心》(上海教育出版社,2019年11月第1版)。

《**生命的吆喝声**》入选《语文主题学习·风俗画卷》(上海教育出版社,2019 年 11 月第 1 版)。

《**庐山雾**》入选《我思故我悟》(光明日报出版社,2012 年 5 月第 1 版)。

《**我与地坛**》由《经典美文》2011 年第 9 期选载。

《**我说散文**》载《散文选刊》月刊 1998 年第 9 期。

《**作家与足球**》入选《当代散文精品 2000》(广州出版社,2000 年 11 月第 1 版)。

《**读书与读人**》入选《自爱的真意》(中国致公出版社,2001 年 9 月第 1 版)。

《**看张**》入选《张恨水研究论文集》(国际文化出版公司,1997 年 11 月第 1 版)。

《**人像一根麦秸**》入选:1.《中国现当代散文三百篇》(中国社会科学出版社,2003 年 8 月第 1 版);2.《当代永恒主题散文精品选》(济南出版社,2005 年 5 月第 1 版);3.《感动中学生的精品美文·遗憾也美丽》(青岛出版社,2006 年 5 月第 1 版);4.《感动中学生的精品美文·遗憾也美丽》(青岛出版社,2008 年 5 月第 1 版);5.《文苑·经典美文》2009 年第 6 期;6.《新中国散文典藏》(山东友谊出版社,2015 年 4 月第 1 版);7.《中国现当代散文选》(人民文学出版社,2022 年 5 月第 1 版)。

《**远去的苇岸**》入选《未曾消失的苇岸》(广西师范大学出版社,2019 年 5 月第 1 版)。

《**皖河散记**》中《一个人的河流》原载《人民文学》2001 年第 10 期"新散文"专辑,获 2002 年首届老舍散文奖,2004 年第二届冰心散文奖。有关篇章被中央电视台《子午书简》2004年3月9日至12日连续播出。入选:1.《散文·海外版》双月刊2002年第1期;2.《首届老舍散文奖作品》(台海出版社,2002年5月第1版);3.《散文选刊》月刊2002年第6期;4.《散文·海外版》双月刊2002年第5期;5.《语文天地》(有评)半月刊2002年第18期;6.《语文新圃》(有评)月刊2002年第11期;7.《当代散文精品2002》(广州出版社,2002年12月第1版);8.《2002年中国散文年选》(花城出版社,2003年1月第1版);9.《大地的眼睛》(百花文艺出版社,2003年1月第1版);10.《2002年文学精品·散文卷》(敦煌出版社,2003年4月第1版);11.《老舍文学奖·获奖散文》(华文出版社,2003年9月第1版);12.《散文选刊》月刊2003年第12期;13.《读者·乡村版》月刊2004年第5期;14.《语文新天地·七年级下》(浙江人民出版社,2004年2月第1版);15.《禅趣小品》(北京图书馆出版社,2005年12月第1版);16.《冰心散文奖获奖作品(单篇)选》(西藏人民出版社,2006年10月第1版);17.《小品文选刊》月刊2008年第6期;18.《安庆六十年文学精品集》(合肥工业大学出版社,2009年9月第1版);19.《安庆六十年文学艺术作品选》(安庆市文联编,2009年9月第1版);20.《新中国文学精品文库·散文卷》(海天出版社,2010年1月第1版);21.《小作家选刊》2010年第8期;22.《读者(乡土人文版)·十年精华文丛A卷》(甘肃人民出版社,2011年1月第1版);23.《中华活页文选(初一年级)》月刊2011年第5期;24.《21世纪中国最佳散文(2000—2011)》(贵州人民出版社,2012年3月第1版);25.《叫一声老乡好沉重·经典中国书系散文随笔精品文库·乡土卷》(中国言实出版社,2013年1月第1版);26.《中国企业职工文化大系创作文丛·荣光绽放(散文卷)》(中国工人出版社,2013年7月第1版);27.《老舍散文奖获奖作品集》(地震出版社,2014年4月第1版);28.《大家写安徽》(合肥工业大学出版社,2014年12月第1版);29.《树知道》(江苏凤凰出版社,2015年3月第1版)。

《**大地的心**》2001年获第四届全国煤矿文学作品"乌金奖"一等奖。

《**散文散话**》被香港教育专业人员协会列为香港《中国语文课程六百篇》,入选《当代散文精品2003》(广州出版社,2003年9月第1版)。

《**塞罕坝之旅**》(二题)入选《呼唤蓝天·碧水·绿地》(中国文联出版社,2000年12月第1版)。

《**写给二〇〇〇年**》(又名《世纪末随想》)入选《长城文萃》(群众出版社,2002年8月第1版)。

《**这趟车上**》载《散文选刊》月刊2000年第8期。

《**余杰的疲惫**》载《中华文学选刊》月刊2000年第7期。

《**散文的事**》载《散文选刊》半月刊2010年第1期。

《**读碟记**》入选《中国实力作家作品概览》(中国文联出版社,2002年6月第1版)。

《**坛城根随笔**》中《热爱茶》入选:1.《幸福禅》(光明日报出版社,2012年4月第1版);2.入选《长城文萃》(群众出版社,2002年8月第1版)。

《**异类五题**》中《蝴蝶》入选:1.《文苑·经典美文》2009年

第9期;2.《当代文萃》2010年第5期;3.《新世纪文学选刊》2010年第3期;4.《东方大语文系列教程·阅读作文》(2019年9月)。《苦哇鸟》入选《文苑·经典美文》2009年第3期。

《作家还是梦吗？》入选《散文2010年精选》(百花文艺出版社,2011年1月第1版)。

《在乡下怀想四季》中《春天的速度》入选:1.《南风如水·散文精品卷》(新华出版社,2001年8月第1版);2.《在乡村感受四季》入选《新世纪艺术散文选萃》(中国文联出版社,2003年1月第1版);3.《散文选刊》月刊2008年第3期;4.《阅读与鉴赏》(有评)月刊2008年第12期;5.《阅读与作文》(有评)月刊2008年第12期;6.《少年小说》月刊2009年第2期;7.《湖北招生考试·快速阅读》(有评)2009年第4期;8.《文苑·经典美文》2009年第4期;9.《新高考》(有评)2009年第4期;10.《中学语文园地》(有评)月刊2009年第5期;11.《2009年值得中学生珍藏的100篇散文》(华东师范大学出版社,2009年12月第1版);12.《中华文摘》月刊2010年第1期;13.《新读写》月刊2010年第4期;14.《最受中学生喜爱的100篇散文》(华东师范大学出版社,2010年4月第1版);15.《优秀作文选评》2010年第5期;16.《高考中学课程辅导》(有评)月刊2011年第5、6期;17.《最受中学生喜爱的散文全集》(天津教育出版社,2011年1月第1版);18.《中文自修》月刊2011年第7、8期合刊;19.《小学生学习指导》2012年第3期;20.《小星星:作文100分(小学版)》2013年第1期;21.《爱在爱中》(《社会主义核心价值观优秀文学读本·散文卷》,北京联合出版公司,2015年10月第1版);22.《中华活页文选(小学版)》月刊2016年第3期;23.《语文主题学习·百味人生》(上海教育出版社,2023年5月第1版)。

《在乡下怀想四季》中《秋水》入选:1.《2001年中国精短美文100篇》(长江文艺出版社,2002年2月第1版);2.《当代散文精品》(延边大学出版社,2003年5月第1版);3.《在风吹麦浪里轻舞飞扬》(花山文艺出版社,2004年12月第1版;2009年第3次印刷);4.《散文选刊》月刊2008年第3期;5.《中华活页文选(高一年级)》月刊2008年第11期;6.《少年小说》(有评)月刊2009年第3期;7.《2009年值得小学生珍藏的100篇散文》(华东师范大学出版社,2009年12月第1版);8.《爱在爱中》(《社会主义核心价值观优秀文学读本·散文卷》,北京联合出版公司,2015年10月第1版)。

《我说散文》(之二)载《散文选刊》月刊2001年第1期。

《父亲不说话》2006年获第五届全国煤矿文学作品"乌金奖"一等奖。入选:1.《散文选刊》月刊2001年第12期;2.《2001年中国散文年选》(花城出版社,2002年4月第1版);3.《新时期中国散文精选(1978—2003)》(花城出版社,2003年12月第1版);4.《沐浴情感》(时代文艺出版社,2004年3月第1版);5.《当代百家人生读库·真爱无语》(金城出版社,2008年1月第1版);6.《新世纪优秀散文选》(花城出版社,2008年1月第1版);7.《朝圣者的姿态》(中国文联出版社,2010年9月第1版);8.《中国实力派美文金典·感恩卷》(北方儿童妇女出版社,2013年1月第1版);9.《浮世悲欢·散文选刊创刊30年散文精选集》(同心出版社,2013年7月第1版);10.《新中国散文典藏》(山东友谊出版社,2015年4月第1版)。

《天柱山冬云》(又名《冬云》)入选:1.《少林寺禅文精选》(少林书局出版社,2006年8月第1版);2.《2009年值得中学生珍藏的100篇散文》(华东师范大学出版社,2009年12月第1版);3.《最受中学生喜爱的散文全集》(天津教育出版社,2011年1月第1版);4.《考点阅读·七年级语文》(合肥工业大学出版社,2015年9月第1版)。

《又见桃花源》入选《长城文萃》(群众出版社,2002年8月第1版)。

《两三松树老疑仙》入选:1.《新华文摘》月刊2001年第11期;2.《2001年中国最佳传记文学选》(漓江出版社,2002年1月第1版)。

《五四两乡音》获《野草》首届"鲁迅风"征文一等奖。

《写在虫子的边上》入选:1.《青年文摘》2001年第10期;2.《小作家选刊》2005年第1期;3.《时文鲜读·小桃花源的咒语》(重庆出版社,2005年8月第1版);4.《阅读版语文·我们和心愿再一次约会》(朝华出版社,2006年1月第1版);5.《小作家选刊·作文考王》2011年第5期;6.《新时文·大地上的欢歌》(延边教育出版社,2011年12月第1版)。

《散文的碑石》入选《岁月如歌·副刊精品卷》(新华出版社,2001年8月第1版)。

《半堵墙》2011年以其为名的散文集获第六届全国煤矿文学作品"乌金奖"一等奖。入选:1.《当代散文精品2001》(广州出版社,2002年1月第1版);2.《散文选刊》月刊2011年第1期;3.

《读者·乡土人文版》月刊2011年第4期;4.《中外文摘》半月刊2011年第22期;5.《中国实力派美文金典·感恩卷》(北方儿童妇女出版社,2013年1月第1版);6.《大爱无价——名人的父母亲情》(中国少年儿童出版社,2013年7月第1版);7.《一辈子有多少来不及》(《读者乡土人文版》,敦煌文艺出版社,2015年10月第1版)。

《飘忽的青布衫》入选:1.《张恨水研究论文集》(香港新闻出版社,2001年7月第1版);2.《当代散文精品2001》(广州出版社,2002年1月第1版);3.《山西文学作品精品·和钱锺书同学的日子》(陕西人民出版社,2007年7月第1版);4.《成功》月刊2008年第11期;5.《读者》半月刊2009年第4期;6.《影响孩子一生的经典阅读(中学版)》2009年第5期;7.《高中生·青春励志》2013年第5期;8.《张恨水纪念文集》(广陵书社,2019年6月第1版)。

《一座山和一个人》入选《2002中国年度传记文学》(漓江出版社,2003年1月第1版)。

《阳光照得最多的地方》为"2003年当代中国文学最新作品排行榜"上榜作品,入选:1.《散文·海外版》双月刊2003年第4期;2.《散文选刊》月刊2003年第9期;3.《精品散文》(西安出版社,2003年10月第1版);4.《中国文学2003最新作品排行榜》(文化艺术出版社,2003年11月第1版);5.《当代文萃》月刊2004年第1期;6.《21世纪年度散文选2003散文》(人民文学出版社,2004年1月第1版);7.《2003年中国散文年选》(花城出版社,2004年1月第1版);8《教育参考》月刊2004年第2期;9.《青年文摘》十年珍藏版(内蒙古文化出版社,2004年2月第1版);10.《2003年我最喜爱的中国散文100篇》(中国文联出版社,2004年7月第1版);11.《作文通讯》2005年第1期;12.《魔法阅读·时文精选》第七辑(长征出版社,2005年1月第1版);13.《时文精选100篇》(上海远东出版社,2005年8月第1版);14.《阅读版语文·烛影篱落月光明》(朝华出版社,2006年1月第1版);15.《震撼中学生的101篇散文》(内蒙古文化出版社,2006年1月第1版);16.《震撼中学生的101篇随笔》(内蒙古文化出版社,2006年1月第1版);17.《超越阅读·高考现代文分册》(上海教育出版社,2006年1月第1版);18.《文苑·经典美文》月刊2006年第10期;19.《新课标语文精品读物·语文阅读》(世界图书出版公司,2006年12月第1版);20.《当代精短散文选萃·露珠里的芬芳》(中国文联出版社,2007年1月第1版);21.《时文选粹》(南方出版社,2007年5月第1版,2009年6月第7版);22.《思维源自聪明屋·体悟创新》(南方出版社,2007年7月重印);23.《阳光照得最多的地方(二章)》入选《21世纪中国经典散文·情思掠影》(内蒙古文化出版社,2007年10月第1版);24.《感恩天下父母》(内蒙古文化出版社,2008年2月第1版);25.《中学语文园地》(有评)月刊2008年第3期;26.《感动心灵美文·快乐男孩卷》(安徽少年儿童出版社,2008年4月第1版);27.《中华活页文选(高一年级)》月刊2008年第6期;28.《中学语文》月刊2008年第11期;29.《阅读与鉴赏》(有评)2009年第2期;30.《当代文萃》月刊2009年第5期;31.《中外文摘》半月刊2009年第14期;32.《中华活页文选(初一年级)》月刊2009年第10期;33.《优秀作文选评》月刊2009年第11期;34.《最受欢迎的名家亲情美文排行榜》(石油工业出版社,2010年1月第1版);35.《初中生学习》月刊2010年第3期;36.《最受中学生喜爱的100篇散文》(华东师范大学出版社,2010年4月第1版);37.《初中语文早读晚练》(陕西师范大学出版社,2010年6月第1版);38.《感悟睿版》月刊2010年第6期;39.《值得小学生珍藏的100篇散文》(北方妇女儿童出版社,2010年8月第1版);40.《格言·禅思馆》(凤凰出版社,2010年12月第1版);41.《中国儿童文学分级读本·初中卷·身体渴望歌唱》(浙江少年儿童出版社,2011年1月第1版);42.《高等语文》(合肥工业大学出版社,2011年9月第1版);43.《最美儿童文学读本·夏天里的苹果梦》(万卷出版公司,2014年11月第1版);44.《中文自修》2014年第2期;45.《大学:上旬〈高中生阅读〉》2016年第7期;46.《经典儿童文学读本·夏天里的苹果梦》(万卷出版公司,2018年7月第1版)。

《春天乘着马车来了》(外二)中《春天乘着马车来了》以《徐迅散文三题》为名入选《2003年中国精短美文100篇》(长江文艺出版社,2004年3月第1版);又名《扒乘"蚱蚂子"》入选《心香·中国安全生产报创刊10周年文萃》(人民日报出版社,2011年9月第1版)。

《大美无言——与作家刘庆邦一次关于美的访谈》入选:1.《短篇小说》2002年第2期;2.《中国作家档案书系——遍地白花》(新世界出版社,2002年5月第1版)。

《夜气》,《散文·海外版》双月刊2004年第3期选载,以《徐迅散文三题》为题入选《2003年中国精短美文100篇》(长江文艺出版社,2004年3月第1版)。

《写作源于阅读》以《徐迅散文三题》为题入选《2003年中国精短美文100篇》(长江文艺出版社,2004年3月第1版)。

《当旅游被"文化"了以后》入选:1.《高考第二轮复习用书·语文》(吉林文史出版社,2010年10月第1版);2.《活着,走着想着》(春风文艺出版社,2015年2月第1版)。

《大地上我们只过一生》中《被拯救的人》入选《心香·中国安全生产报创刊10周年文萃》(人民日报出版社,2011年9月第1版)。

《回家过年》中《火车上艳遇的遐想》入选:1.《散文百家》选刊版2004年第3期;2.《散文选刊》月刊2004年第6期;3.《2004年中国精短美文100篇》(长江文艺出版社,2005年1月第1版);4.《2004年中国散文年选》(花城出版社,2005年1月第1版);5.《2004年中国散文排行榜》(北京工业大学出版社,2005年1月第1版)。

《我们都是木头人》(外二章)中《我们都是木头人》入选:1.《散文选刊》月刊2005年第6期;2.《杂文选刊》月刊2005年第7期;3.《文学教育》2005年第7期;4.《2005年中国散文年选》(花城出版社,2006年1月第1版);5.《2005年中国精短美文100篇》(长江文艺出版社,2006年1月第1版);6.《经典散文书系·中国最美的哲理散文》(湖南人民出版社,2013年7月第1版);7.《树知道》(江苏凤凰出版社,2015年3月第1版)。其中《什么鸟儿最爱惜羽毛》入选:1.《文苑·经典美文》月刊2007年第11期;2.《精品悦读》月刊2010年第5期。

《湮没》由《散文选刊》月刊 2004 年第 12 期选载。

《流逝的岁月或者词语》(之二)入选:1.《视野》半月刊 2010 年第 23 期;2.《2010 年中国散文精选》(长江文艺出版社,2011 年 1 月第 1 版)。

《鲜亮的雨》入选:1.《2004 年我最喜爱的中国散文 100 篇》(中国文联出版社,2005 年 6 月第 1 版);2.《语文主题学习·人间有味》(上海教育出版社,2019 年 6 月第 1 版)。

《在传说中生活和写作》入选:1.《中华文学选刊》月刊 2004 年第 6 期;2.《时代文学》双月刊 2004 年第 5 期;3.《中国文坛最佳人气榜》(文化艺术出版社,2005 年 6 月第 1 版)。

《散文年华》入选《山云散文百家谭》(中国文联出版社,2004 年 10 月第 1 版)。

《蒙古长调》(又名《在元上都怀古》)入选:1.《长调:胸腔里的苍穹》(新疆美术摄影出版社,2006 年 6 月第 1 版);2.《中国散文大系·旅游卷》(中国文联出版社,2012 年 11 月第 1 版)。

《还我一个春天》入选《恰同学芳华》(敦煌文艺出版社,2014 年 8 月第 1 版)。

《蚕豆开花是紫色》入选:1.《散文选刊》月刊 2005 年第 12 期;2.《2005 年我最喜爱的中国散文 100 篇》(中国文联出版社,2006 年 9 月第 1 版);3.《语文教学与研究》(有评)月刊 2006 年第 10 期;4.《语言天使·风格篇》(首都师范大学出版社,2008 年 6 月第 1 版);5.《同步美文阅读·九年级》(华语教学出版社,2009 年 1 月第 1 版);6.《2009 年值得中学生珍藏的 100 篇散文》(华东师范大学出版社,2009 年 12 月第 1 版);7.《值得中学生珍藏的100篇散文》(北方妇女儿童出版社,2010年8月第1版);8.《最受中学生喜爱的散文全集》(天津教育出版社,2011年1月第1版);9.《读写月报(初中版)》2011年第6期。

《泥土里的果实》由《散文选刊》月刊2007年第6期选载,其中《谁家儿女落花生》入选《2007年中国散文年选》(花城出版社,2008年1月第1版)。

《家住翠堤》由《散文选刊》月刊2006年第6期选载。

《一九九九年的双抢》中《母亲像一扇磨盘》入选:1.《书摘》月刊2008年第1期;2.《作家文摘》2008年1月22日;3.《青年文摘》月刊2008年第3期;4.《阅读在线·现代文阅读》(吉林大学出版社,2009年6月第1版);5.《新语文学习》2010年第7、8期合刊;6.《中国当代名家情感散文集萃》(内蒙古文化出版社,2011年2月第1版);7.《美文精选》2013年第108、109期合刊。《一九九九年的双抢》(选二)入选《乡村书系列·自家食粮》(新疆美术摄影出版社,2011年5月第1版)。

《双瀑记》入选《语文主题学习·山水寄情》(上海教育出版社,2019年11月第1版)。

《夜车安静》入选:1.《小品文选刊》半月刊2007年第5期;2.《2007年中国散文精选》(长江文艺出版社,2008年1月第1版)。

《七月之歌》入选《2007年中国最佳散文》(辽宁人民出版社,2008年1月第1版)。

《北京散章》入选《创新发展话东城》(中国文联出版社,2017年3月第1版)。

《奥运村：消失或正在生长的》入选：1.《文学教育》月刊2008年第2期；2.《2008北京奥运作家大型采风活动·奥林匹克的中国盛宴》（中国青年出版社，2008年11月第1版）。

《地球，一个蔚蓝色的梦》入选《地球与人类》（湖南地图出版社，2010年3月第1版）。

《从和平里出发》入选：1.《名家笔下的东城》（北京市东城区文联编，2009年6月第1版）；2.《新北京新京味儿》（光明日报出版社，2021年6月第1版）。

《碎屑，或者捡拾碎屑》由《文学人生》月刊2009年第10期选载。

《村里所剩下的》（外一篇）为"2010年中国散文排行榜"上榜作品，入选《2010我最喜爱的散文》（大众文艺出版社，2011年3月第1版）。

《平庄男人》入选《2010中国年度散文》（漓江出版社，2011年1月第1版）。

《走森林》入选：1.《经典美文》月刊2011年第6期；2.《2011年中国精短美文精选》（长江文艺出版社，2012年1月第1版）。

《在雨天怀想袁崇焕》由《作家文摘》2013年4月23日选载。

《未完成的旅行》入选：1.《北京日报创刊60周年·文学作品精选集》（同心出版社，2012年10月第1版）；2.《中国报纸副刊选萃·我们便身在天堂》（上海文汇出版社，2013年7月第1版）。

《我的故乡雨雪初霁》2017年以其为名的散文集获第七届全国煤矿文学作品"乌金奖"一等奖。入选：1.《文学东城(2010—2012)》(北京东城区文联编，2012年)；2.《中国实力派美文金典·情怀卷》(北方妇女儿童出版社，2013年1月第1版)；3.《2015年中国好散文》(山东人民出版社，2016年3月第1版)。

《桃花红，梨花白》入选《2018年中国精短美文精选》(长江文艺出版社，2019年1月第1版)。

《忙里偷闲读游记——读吴晓煜散文集〈华夏与海国游记〉》入选《晓煜文丛》(应急管理出版社，2021年6月)。

《杭州的绿》入选《浙江散文选》(百花文艺出版社，2022年10月)。

《在古井镇喝贡酒》由《传奇·传记》月刊2013年第12期转载。

《说说徐坤》(又名《说说作家徐坤》)入选：1.《文学生长力量》(文艺报社主编，安徽文艺出版社，2013年9月第1版)；2.《后窗四人谈——北京文学评论集》(新华出版社，2016年10月第1版)。

《抱一壶长江水，我溯源北上》由《海内与海外》月刊2012年第9、10期转载；入选：1.《奇迹就这样诞生》(作家出版社，2013年4月第1版)；2.《千秋伟业，百年风华·人民万岁》(中国言实出版社，2021年8月)。

《文成小品》入选：1.《文成之文》(中国文联出版社，2015年5月第1版)；2.《浙江散文选》(百花文艺出版社，2022年10月)。

《让阳光照进现实》入选《访谈与陈述——名刊名篇的时代表情》(北岳文艺出版社,2023年1月)。

《北京的地铁》入选:1.《皇城脚下的记忆》(北京东城区文联编,2013年10月第1版);2.《中学生阅读(高中版)》2013年第12期选载。

《冰封的烈焰》入选《嵌金印象——中国当代名家看阿城》(长江文艺出版社,2015年4月第1版)。

《把吴钩看了》入选:1.《2016年中国散文精选》(长江文艺出版社,2017年1月第1版);2.《东城故事——2020印记》(世界知识出版社,2020年12月)。

《秋山响水》入选:1.《人民日报2015年散文精选》(人民日报出版社,2016年5月第1版);2.《记得住乡愁》(人民日报出版社,2022年3月)。

《砖塔胡同九十五号》入选《创新发展话东城》(中国文联出版社,2017年3月第1版)。

《躲进一座山里》入选:1.《情感读本》2016年第3期下;2.《散文百家30年作品精选》(2018年散文百家增刊)。

《响水在溪》入选:1.《中学生学习报·初中版》2016年第9期;2.《2016年中国精短美文精选》(长江文艺出版社,2017年1月第1版)。

《想起了雪湖藕》入选:1.《散文·海外版》月刊2017年第2期;2.《人民日报2016年散文精选》(人民日报出版社,2017年7月第1版);3.《2017年中国精短美文精选》(长江文艺出版社,2018年1月第1版);4.《读写月报·初中版》中旬刊2017年第

6期。

《镜泊湖之冬》入选:1.《中华活页文选(初一年级)》月刊2017年第12期;2.《小学生之友·阅读写作版》2018年第1期;3.《语文主题学习·四季如歌》(上海教育出版社,2019年6月)。

《尚义赏荷》入选《东城故事——2020印记》(世界知识出版社,2020年12月)。

《炒板栗,烤红薯》(又名《街头乡思》)入选《人民周刊》2017年第24期。

《心存宽厚,树自芬芳》入选:1.《书人书事》(国际文化出版公司,2020年7月);2.《满树芳华情未尽》(三晋出版社,2021年4月)。

《有湖的城市》入选《有湖的城市》(安徽文艺出版社,2018年5月)。

《秋上枫林谷》入选:1.《小学生之友·阅读写作版(下旬)》2018年第5期;2.《感受辽宁之好》(春风文艺出版社,2020年4月)。

《太白鸟》《朱雀花,莲花姜》入选《诗意仙居》(浙江人民美术出版社,2019年1月)。

《小乔的婆家》入选:1.《2018中国年度作品·散文》(现代出版社,2019年1月);2.《庐江之美》(黄山书社,2019年11月)。

《天柱杜鹃红》由《小品文选刊》2020年第6期选载。

《爱石记》入选:1.《小品文选刊》2019年第12期选载;2.《2019年中国精短美文精选》(长江文艺出版社,2020年1月);3.《中国名家精品书系·文心雕石》(吉林出版集团股份有限公司,

2020年5月)。

《唐宋的马》入选:1.《东城故事——2020印记》(世界知识出版社,2020年12月);2.《作家文摘》2020年12月25日转载。

《一花一木耐温存》入选《山水清华——当代作家笔下的瓯海》(瓯海区文学艺术联合会,2020年10月)。

《村庄的路灯》入选:1.《作家文摘》2022年11月25日选载;2.《作家文摘》2023年特刊。

《听笋》由《小品文选刊》2020年第12期选载。

《一城花繁半在梅》入选《一城梅花》(潜山市政协文史和学习委员会、市文联,2023年5月)。

《听取新翻杨柳枝——读吴晓煜〈煤炭文学作品札记〉》入选《晓煜文丛》(应急管理出版社,2021年6月)。

《云端上的乡音》入选:1.《2021年中国随笔精选》(长江文艺出版社,2022年1月);2.《2021年中国随笔精选》(辽宁人民出版社,2022年1月);3.《中国文学年鉴2022》(中国文学年鉴社,2022年12月)。

《临潭的眼》由《小品文选刊》2021年第5期选载。

《打铁的父亲》入选:1.《散文选刊》2001年第4期;2.《2021年民生散文选》(中国言实出版社,2022年1月)。

《陪母亲》入选:1.《2021年民生散文选》(中国言实出版社,2023年1月);2.《作家文摘》2022年5月10日选载;3.《年度散文50篇》(北京时代华文书局,2023年4月)。

《青绿》由《小品文选刊》2022年第4期选载。

《"也卜居"记》由《散文选刊》2022年第7期选载。

《**读书二题**》入选《作家文摘》2022年6月3日。

《**悬崖上的人生**》入选:1.《散文·海外版》2022年第9期;2.《海外文摘》2023年第1期。

《**阳光照耀崇礼**》由《神州·西部散文选刊》2022年第11期选载。

《**建安年的女神**》入选《海外文摘》2023年第8期。

另:《染绿的声音》《阳光照得最多的地方》《秋水》《蚕豆开花是紫色》《谁家女儿落花生》《春天的速度》《温暖的花朵》《临窗梧桐》《天柱山冬云》《有一种树叶叫茶》《杭州的绿》《作家还是梦吗?》《北京的地铁》《想起雪湖藕》《秋山响水》等50多篇被多次选入中专及高考试卷。

(据不完全统计,以创作时间为序)